Dinah Jefferies

Die toskanische Contessa

Roman

Übersetzung aus dem Englischen
von Angela Koonen

lübbe

Dieser Titel ist auch als E-Book erschienen

Die Bastei Lübbe AG verfolgt eine nachhaltige Buchproduktion. Wir verwenden Papiere aus nachhaltiger Forstwirtschaft und verzichten darauf, Bücher einzeln in Folie zu verpacken. Wir stellen unsere Bücher in Deutschland und Europa (EU) her und arbeiten mit den Druckereien kontinuierlich an einer positiven Ökobilanz.

FSC www.fsc.org MIX Papier | Fördert gute Waldnutzung FSC® C014496

Vollständige Taschenbuchausgabe
der bei Bastei Lübbe erschienenen Paperbackausgabe

Titel der englischen Originalausgabe: »The Tuscan Contessa«

Umschlaggestaltung: Johannes Wiebel | punchdesign, München unter Verwendung von Illustrationen von © Pasko Maksim, Zeynep Dogan/shutterstock.com; Dzha33/shutterstock.com; DiegoMariottini/shutterstock.com; StevanZZ/shutterstock.com; Hintau Aliaksei/shutterstock.com; Grischa Georgiew/shutterstock.com; kavram/shutterstock.com
Satz: Dörlemann Satz, Lemförde
Gesetzt aus der Bembo
Druck und Verarbeitung: GGP Media GmbH, Pößneck
Printed in Germany
ISBN 978-3-404-18853-6
5 4 3 2 1

Zur Erinnerung an das italienische Volk, dessen Tapferkeit und Mut mich zu diesem Buch angeregt haben.

1

In dem Burgdorf Castello de' Corsi in der Toskana
29. Juni 1944, 19.15 Uhr

Auf der kleinen Piazza zwischen Ziegeldächern, Balkonen und geschlossenen Fensterläden herrscht eine drückende Hitze, und die Luft riecht nach Rauch. Die Bewohner schlafen oder halten sich im Verborgenen. Die einzigen Stimmen, die man hört, sind die der kleinen Schwalben. Als eine große schwarze Krähe von den Zinnen des Turms herabfliegt, übertönt sie das Gezwitscher mit ohrenbetäubendem Kreischen. Eine zweite Krähe folgt der ersten. Und eine dritte.

Drei Krähen, denkt die alte Frau. Drei bedeuten den Tod. Sie zählt sie an den Fingern ab. Im Eingang des Hauses, das einmal ihrem Sohn gehört hat, sitzt sie auf einem Stuhl und nippt an ihrem verdünnten Wein. Sie unterdrückt ein Gähnen und zieht sich trotz des warmen Abends den zerschlissenen Wollschal enger um die Schultern. »Alte Knochen«, murmelt sie.

Rings um den Platz leuchten die jahrhundertealten Mauern im goldenen Sonnenschein: Wohnhäuser, zwei Läden, das Herrenhaus mit seinen hohen Flügelfenstern und dem breiten Dachvorsprung, von dem im Winter das Wasser tropft. Und der einzige Torbogen in der Wehrmauer, breit und hoch genug für Pferd und Kutsche. Ungepflegte karminrote Rosen, die aus einem Tontopf bis zum ersten Stock des Herrenhauses klettern, verströmen ihren berauschenden Duft in die Abendluft. Die Sonne, gegenwärtig noch ein mild scheinender Ball im azurblauen Himmel, wird bald zum Horizont sinken und ihn rot färben.

Es ist eine selten friedliche Stunde, doch die Ruhe wird gestört, als ein Schrei über den Platz gellt. Ein paar dunkle

Fensterläden klappern. Einer fliegt auf, und eine junge Frau schaut erschrocken heraus, den Blick nach unten auf die Piazza gerichtet. Was ist los? Was kann da passiert sein? Die alte Frau blickt nach oben, als könnte sie es bereits wissen, obwohl nichts zu sehen ist außer einigen Tauben, die zur Zisterne flattern.

Der Wind streicht durch die Blätter des Feigenbaums, und ein kleiner Junge kommt durch das Dorftor gerannt und kreischt erneut, denn er jagt einem weißen dreibeinigen Hund nach, der offenbar seine Brotrinde im Maul hält. Sie rennen um die Zisterne, bis der Junge auf einer Feige ausrutscht und der Hund entkommt.

Die alte Dame lacht. »Gut für dich, mein dreibeiniger Freund«, flüstert sie, obwohl sie den Jungen und auch seine Großmutter kennt.

Eine Frau in Blau überquert den Platz in Richtung des Turms und bleibt stehen, um einer anderen ein Zeichen zu geben. Sie deutet nach rechts. Nachdem die andere durch einen Hauseingang verschwunden ist, setzt die blau gekleidete Frau ihren Weg fort, hält aber noch einmal inne, weil sie ein Auto hört. Sicher nicht die Deutschen, nicht jetzt. Alliierte also? Sie bekreuzigt sich und geht weiter.

Doch in dem Moment, und in ihrer Erinnerung wird er sich zu einer Ewigkeit dehnen, hört sie einen erstickten Schrei. Die Hand über den Augen, blickt sie zum Turm hoch und sieht es mit ungläubigem Schrecken: Auf den Zinnen sitzt eine Frau mit dem Rücken zum Abgrund. Mit gesenktem Kopf hockt sie da, rührt sich nicht, dreht sich nicht um. Einige Sekunden vergehen. Ein Windstoß fegt über den Platz, und die Frau in Blau schaut stirnrunzelnd nach oben, unsicher, was sie gesehen hat. »Sei vorsichtig!«, ruft sie hinauf.

Eine Antwort bleibt aus. War es nur ein Schatten, oder waren da zwei Leute auf dem Dach des Turms? Sie ruft erneut, und auf einmal passiert alles so schnell. Die Frau auf dem Turm neigt sich gefährlich weit zurück, und etwas fällt herab, bauscht sich, treibt im Wind. Die Frau in Blau rennt los, so schnell wie noch nie, und stolpert ein paarmal über ihre Füße. Sie sieht den Seidenschal am Boden liegen, und mit hämmerndem Herzen läuft sie auf die Turmtür zu.

2

Castello de' Corsi
Sieben Monate zuvor – November 1943

Sehnsüchtig hoffend schaute Sofia über das Val d'Orcia, wo die dunkelbraunen Hänge Tal um Tal bildeten. Der violette Himmel, der von der untergegangenen Sonne noch schwach beleuchtet wurde, schien den Atem anzuhalten. In der Ferne wachte der grüblerische, einsame Monte Amiata, während die rotgoldenen Weinstöcke und Eichen in ihren letzten Augenblicken trotzig leuchteten und Sofias Verlangen, das Verlorene zurückzugewinnen, noch einmal steigerten. Der Winter rückte näher, doch sie sehnte sich zurück nach den diesigen Sommerabenden, an denen sie die nackten Zehen im trockenen Gras krümmte und spreizte, sie beide den Glühwürmchen zusahen und Rotwein aus der Flasche tranken.

Seit jeher liebte sie solche Übergänge, wenn die Welt für wenige Momente dunstig, märchenhaft, unwirklich wurde, wie auch die Minuten zwischen Schlafen und Wachen, weil sie weder dem einen noch dem anderen unterworfen war. Sie konnte sich einbilden, sie gingen noch Hand in Hand in den diesigen Olivenhainen spazieren und schmiedeten Zukunftspläne, ohne zu wissen, was auf sie zukam.

Als die Nacht allmählich schwarz wurde und in den kleinen Salon vordrang, warf sie die knarrenden Läden zu, dass sie in den Rahmen zitterten, dann schloss sie die Fensterflügel und wandte sich dem Raum zu, um den Anblick in sich aufzunehmen.

Sie roch den satten, tröstlichen Geruch von Lorenzos Zigarren, als sie vor dem Kamin in die Hocke ging und ein Scheit ins Feuer legte. Dabei blickte sie kurz über die Schulter zu dem verschossenen blauen Samtsofa, wo er saß und die beiden Hunde zu seinen Füßen dösten.

Die stillste Zeit im Haus war auch die dunkelste, und dann verfolgten sie ihre Befürchtungen. Die Schatten im Raum veränderten sich mit dem Flackern des Feuers. Lebendig und unförmig fuhren sie bis zur Decke hoch, um wieder zu schrumpfen, wenn sich die Flammen legten. Aber Lorenzos freundliche graue Augen schimmerten weiter im Feuerschein. Was er dachte oder empfand, wusste sie nicht. Trauer, ja, doch diese Gereiztheit an ihm war neu. Er klopfte neben sich auf das Sofa, und sie streckte sich, bevor sie zu ihm ging und sich an ihn schmiegte.

Gerade als er ihr die Haare aus dem Gesicht strich, hatte sie das Gefühl, etwas von sich zu verlieren und auch etwas von ihm.

»So, jetzt kann ich dich sehen«, sagte er.

»Du hast mich immer gesehen«, erwiderte sie und erzählte dann, dass sie an die Mohnfelder gedacht hatte.

»So?«

»Ich wünschte, es wäre Mai und all das läge schon hinter uns.«

Er machte ein nichtssagendes Gesicht. »Wird es vielleicht nicht.«

»Ich habe davon geträumt. Von den Mohnblumen.« Sie sagte nichts von dem fleckigen Rot der Blüten und dem herabtropfenden Blut.

Er hob ihre Hand an, um ihre abgebrochenen Fingernägel zu betrachten. »Das ist keine Farbe unter deinen Nägeln, nicht wahr?«, meinte er sanft.

»Das kommt von der Gartenarbeit.«

»Ach so. Nun, ich habe gerade an Florenz gedacht.«

»Du meinst, an früher?«

»Als du noch an der Kunstakademie warst und ich an der Landwirtschaftlichen Fakultät.«

Lächelnd dachte sie an ihr sorgloses neunzehntes Lebensjahr zurück.

»Das war neunzehnhundertzwanzig, und du siehst noch genauso aus wie damals.«

»Schmächtig? Blass? Runzlig?«

»Wohl kaum.« Seine Augen funkelten belustigt. »Elegant. Schön wie immer. Aber ich werde schon grau und du nicht.« Er fuhr sich über die grau melierten Haare.

»Mir gefällt das.«

»Aber du malst in letzter Zeit nicht mehr so viel, nicht wahr?«

»Ja, seit dem Krieg. Doch neulich habe ich die Pinsel wieder in die Hand genommen.«

Sie verfielen in Schweigen, und jeder hing seinen Gedanken nach. Wie gern hätte sie weiter mit ihm in Erinnerungen geschwelgt, sich vor Augen geführt, wer er eigentlich war, und auch, wer sie selbst war, aber sie fand nicht die richtigen Worte. Sie blickte ihn aufmerksam an, doch er lächelte nur, und so fragte sie sich, ob sie wohl beide an dasselbe dachten. In der Stille hörte sie neben dem Knacken der brennenden Scheite die Standuhr ticken, die die Sekunden abzählte, und je länger sie schwiegen, desto weiter entfernten sie sich voneinander.

»Denkst du …«, begann er schließlich, als hätte er ihre Gedanken erraten.

»Was?«

»Ach, nichts.« Er schüttelte den Kopf. »Ich dachte nur …«

»Woran?«

»Na ja … du weißt schon …«

Was? Unsicher runzelte sie die Stirn.

»An uns«, antwortete er.

»O ja …«

Sie beließen es bei dem seltsamen Gesprächsfetzen, und sie hoffte, sie würden sich wieder auf ungefährlicheres Terrain begeben. Am Ende war er es, der den Faden wieder aufnahm.

»Sofia, ich wollte sagen … Tja, ich habe auf den passenden Moment gewartet, aber … eigentlich gibt es den nicht. Deshalb sage ich es jetzt einfach.«

»Nur zu.« Sie hörte den Anflug von Angst in ihrer Stimme und sah, dass Lorenzo sich nachdenklich das Kinn rieb.

»Die Sache ist die, ich muss für eine Weile weg.«

Sie löste sich von ihm und setzte sich auf das Chintzsofa gegenüber, schlug die Beine unter und versuchte, nicht gekränkt zu erscheinen. »Was ist daran neu? Du bist immer weg.«

Er verzog das Gesicht. »Und ich komme immer zurück.«

»Das heißt, diesmal nicht?« Die Vorstellung, das Gut ganz allein verwalten zu müssen, erschreckte sie.

»Nein, doch es könnte diesmal etwas länger dauern. Aber ich muss nicht sofort weg.«

»Was wirst du tun?«

»Nichts Schwieriges. Du brauchst dir keine Sorgen zu machen.«

Sein Tonfall war zu unbekümmert. Sie war überzeugt, dass er log. »Erzähl es mir«, verlangte sie.

Er seufzte. »Man hat mich gebeten, den Alliierten Informationen zu übermitteln, die sie vielleicht nützlich finden.«

»Ist das nicht furchtbar gefährlich?«

Er hielt ihren Blick fest, und sie las es in seinen Augen. Selbstverständlich war das gefährlich.

»Du wirst trotzdem weiter im Ministerium arbeiten?«

»Sicher.« Er stand auf.

Aus dem Augenwinkel sah sie ihn ein kleines, unförmiges Päckchen aus der Tasche nehmen und hochhalten. Sie deutete mit dem Kopf auf den Sofatisch, damit er es dort hinlegte.

»Willst du es nicht auspacken?«, fragte er.

»Später.«

»Werdet ihr hier im Castello sicher sein?«, wollte er wissen, und sie las in seinen Augen, wie bewegt er war.

Das war eine ernste Frage. Er sah die hohen Mauern und ihr Zuhause vor sich, nicht gerade eine Festung, aber das Herrenhaus ihres kleinen, befestigten Dorfes aus dem dreizehnten Jahrhundert, in das man nur durch ein einziges Tor gelangte und dessen Wehrmauer noch kein Feind überwunden hatte. Bisher.

»Sicher? Wir? Vielleicht.« Aber nicht unsere Schweine,

dachte sie. So wenig wie die Puten, Hühner, Enten, Perlhühner, Wildschweine und Rinder. Es ärgerte sie, dass ihre zweiunddreißig Bauernhöfe immer wieder bestohlen wurden, und sie dachte daran, wie einsam sie lagen, alle außerhalb der Mauer. Eine leichte Beute. »Dieses Jahr wird es keine Würste geben.« Falls sie gerade verbittert klang, war ihr das gleichgültig.

»Aber du hast doch Vorräte versteckt?«

»Ein paar, doch für uns und die Bauern wird es kaum Fleisch geben. Was glaubst du, warum wir ständig Kaninchen essen?«

Er lächelte und gab sich unbeschwert. »Ich mag Kaninchen.«

»Dann ist es ja gut.«

Einen Moment lang betrachtete sie ihre Hände.

»Was ist?«, fragte er.

»Nichts.« Und mit den Gedanken bei dem Brief, den sie ihm bisher verschwiegen hatte, sprach sie ihn auf etwas anderes an. Denn wahrscheinlich würde es gar nicht dazu kommen, und dann würde sie froh sein, ihn nicht beunruhigt zu haben. »Was wirst du mit deinem Parteiausweis machen?«

Er holte scharf Luft und blickte sie enttäuscht an. »Das schon wieder?«

Sie wurde ungehalten. »Nun, seit dem Waffenstillstand mit den Alliierten …«

Erneut schwiegen sie, aber nur kurz.

Sie führte den Satz zu Ende. »Die Lage ist doch jetzt anders, nicht wahr?«

Lorenzo neigte den Kopf hin und her, wie um seinen Nacken zu lockern. »Sie ist kompliziert.«

Er hatte recht. Da sie unter deutschem Kriegsrecht lebten, musste er zu seiner Sicherheit den Parteiausweis bei sich tragen.

»Nicht im Süden, wo die Alliierten sind«, fügte er hinzu. »Aber du weißt, wie es seit der Besatzung ist: Entweder du machst bei ihnen mit, oder sie betrachten dich als Feind. Dazwischen gibt es nichts.«

»Also werden sie weiterhin glauben, dass du zu ihnen gehörst.«

Sie hoffte nur, dass er den Ausweis versteckt bei sich trug. Und sie verstand ihn. Das tat sie wirklich. Er wollte nicht darüber reden. Das war ein wunder Punkt zwischen ihnen, seit 1932, als alle Staatsangestellten der faschistischen Partei hatten beitreten müssen. Andernfalls hätte man ihnen gekündigt.

Sofia hatte seine Entscheidung eigentlich nie verstanden, denn er war auf die Stelle nicht angewiesen, da sie durch das Gut und ihre Wertpapiere genügend Einkommen hatten. Aber er arbeitete im Landwirtschaftsministerium, und seine Leidenschaft für den Landbau trieb ihn an. Von Mussolinis Bonifica integrale, der Urbarmachung von Brachflächen und unbrauchbarem Land, war er begeistert gewesen. Man musste sich nur das Val d'Orcia ansehen. Mit Lorenzo als Vizepräsident des örtlichen Konsortiums war es in visionärer Weise kultiviert worden. Eine öde Landschaft hatte sich in fruchtbares Land verwandelt, auf dem Getreide und Obstbäume üppig gediehen.

Dennoch kam ihr unweigerlich ihr gebildeter, schrecklich kluger Vater in den Sinn, der sich geweigert hatte, den Faschistenausweis zu unterschreiben, und jetzt mit ihrer Mutter in einer Wohnung in einem Renaissance-Palazzo in Rom lebte und kaum genug zum Leben hatte.

»Ich weiß, was du denkst«, sagte Lorenzo mit einem traurigen Lächeln.

Sie erwiderte es. »Wirklich?«

Er stand auf und streckte die Hände nach ihr aus. Sie ging zu ihm, und sie wiegten sich in einer Umarmung.

»Also, was ist in dem Päckchen?« Sie schaute zum Sofatisch, wo es lag.

Er sah ihr in die Augen. »Eine kleine Pistole.«

»Cristo!« Sie war ziemlich erschrocken. »Die brauchst du jetzt?«

»Tatsächlich habe ich schon eine. Diese ist für dich.«

»Du glaubst, ich brauche sie?«

»Könnte sein.«

»Und du wolltest sie mir überreichen wie eine Schachtel Pralinen?«

Er gab keine Antwort. Eine Pistole, um Himmels willen! Sie beschloss, sich später darüber Gedanken zu machen.

Lorenzo beugte sich zurück, um ihr ins Gesicht zu sehen. »Du hast die dunkelsten Augen und die schönste Stimme von allen.«

Sie lachte. »Du wechselst das Thema … und überhaupt sagst du das immer.«

»Und ich sage auch immer, dass ich mein ganzes Leben damit verbringen könnte, sie zu ergründen und dir zuzuhören.« Er löste die Kämme aus ihrem Haar, sodass es wie ein Schleier zur Taille herabfiel. »Deine Eltern könnten zu uns kommen. Ich hätte nichts dagegen. In Rom wird es schlimmer.«

»Du weißt, das werden sie nicht tun.«

Das stimmte. Ihre Eltern erzählten ihr nicht alles, aber soweit sie wusste, waren sie an irgendetwas beteiligt. Und in Rom an etwas beteiligt zu sein wurde von Tag zu Tag riskanter.

»Ist Carla noch da?«, flüsterte er an ihrem Ohr, dann nahm er das Ohrläppchen zwischen die Zähne.

Sie verspürte das gewohnte Kribbeln. Wenigstens das war ihnen geblieben. »Sie ist zu ihrer Tochter gegangen, um den kleinen Alberto ins Bett zu bringen. Sie wird ein paar Stunden weg sein. Und wer weiß, was ihr danach noch einfällt«, sagte sie, obwohl sie das wusste.

Einen Moment lang sah sie Carla auf der Kopfsteinpflastergasse mit eingezogenem Kopf durch den Regen eilen, zu den kleinen Häusern am Glockenturm. Die Dorfmauer drückte dort die Wohnhäuser zusammen, sodass es aussah, als stützten sie sich gegenseitig, so wie sie es jetzt alle tun mussten.

»Und Giulia?«, fragte Lorenzo.

»Ist nach Hause gegangen. Wir haben das Haus für uns allein.«

Sein Blick wurde sanfter. »Dann werde ich noch ein Holzscheit aufs Feuer legen, und du ziehst das Kleid aus. Ich muss deine Haut spüren.«

Sie lachte. »Vor dem Kamin?«

Und ihr Verlangen nach ihm verdrängte die Gedanken an alles andere, an den Krieg, das Überleben, ans Siegen oder Verlieren oder an die Sorge, was sie noch zu essen haben würden. Das war das Einzige, was all dies erträglich machte, denn sie fürchtete den Morgen, an dem sie ihrem Mann beim Malzkaffee gegenübersitzen würde und nicht mehr wusste, wer er noch war.

Sie nahm zwei Kissen vom Samtsofa und auch die alte Chenille-Decke, die die kahl gesessene Stelle kaschierte. Dann zog sie sich aus und legte sich auf dem alten Fliesenboden auf den Teppich, um Lorenzo zu betrachten, während er seine Kleidung ablegte. Groß und schlank war er, und seine Schultern schimmerten im Feuerschein. »Die Socken auch«, verlangte sie.

Er lachte, gehorchte aber, dann legte er sich zu ihr unter die Decke. Sie erschauderte. Draußen vor den starken Mauern sammelten sich die Geister dieses Krieges und wurden immer zahlreicher. Beobachteten sie ihr Tun jetzt voller Neid? Sehnten sie sich danach, einen Rückweg in ihr warmes Leben zu finden? Schauderte sie deshalb oder nur, weil es im Zimmer kalt war? Es war November, und das Feuer wärmte bloß eine Seite ihres Körpers.

Lorenzo rieb ihr kräftig den Rücken, und sie lachte wieder. »Ich bin kein Hund, weißt du?«

Er küsste sie auf die Stirn und auf die Nasenspitze. »Ist mir schon aufgefallen.«

Sobald ihnen warm war, liebten sie sich leidenschaftlich. Wie schon immer. Sie waren den Gefahren der Gewöhnung und gedankenlosen Trägheit, die zu Untreue führen konnte, nicht erlegen. Vielmehr brannte das Feuer in ihnen heißer und schmiedete ein stärkeres, tief reichendes Band. Und sie wussten beide, dass menschlicher Kontakt, Verbundenheit, Liebe, wie immer man es nennen wollte, genau das war, was sie durchbringen würde.

Sofia seufzte, und bei jeder Berührung seiner Lippen wurden ihre Gedanken blasser, bis sie sich ihren Empfindungen und dem natürlichen Agieren ihrer Körper überließ. Alles würde wieder gut werden. Das musste es.

3

Rom

Maxine Caprioni nahm ihre Reisetasche und verließ das düstere Zimmer in der Via dei Cappellari. Draußen klappte sie den Wollkragen gegen die Kälte hoch. Sie trug einen Männermantel in unansehnlichem Braun mit großen Taschen, den sie mithilfe eines Gürtels eng um sich gezogen hatte.

Sie eilte die unbeleuchtete Straße entlang, die Augen auf das Trottoir gerichtet, um Pfützen auszuweichen. Wegen eines Kratzgeräusches schaute sie hinter sich. Stinkender Müll, der nicht abgeholt worden war, lag in Haufen an der Straße, und angewidert sah sie ein paar Ratten durch den Unrat huschen.

Maxine ging weiter durch die schmalen Straßen des Viertels, über kleine Plätze und an alten Kirchen vorbei zum Campo de' Fiori. Von dort hielt sie auf die Via del Biscione zu, unweit des gespenstischen Jüdischen Ghettos.

Ein Schrei nahe der Straßenecke ließ sie abrupt anhalten. Sie atmete tief durch, doch dann versteckte sie die Tasche, ohne weiter zu überlegen, in der dunklen Gasse neben sich und eilte auf die Stimmen zu. Hatte sie ein Talent, in Schwierigkeiten zu geraten? Schon möglich – aber viel eher hatte sie, wie ihre Mutter sagen würde, einen starken Drang, in Not geratene Kätzchen und Kinder zu retten.

Als sie um die Ecke bog, wäre sie fast in zwei Männer hineingerannt, die an Ärmeln, Kragen und Brust allerhand Abzeichen hatten. Unter ihren Jacken trugen sie die verräterischen schwarzen Rollkragen. Das waren Schwarzhemden, und sie traten einen alten Mann, dessen Gehstock ein Stück entfernt am Boden lag. Voller Zorn und mit Herzklopfen beobachtete Maxine, wie die Schwarzhemden den wehrlosen Mann mit kräftigen Tritten quälten. Dann hob einer seinen

Kopf an und schlug ihm mit der Faust ins Gesicht. Ein Dritter – wie die anderen kaum älter als siebzehn Jahre – hob den Gehstock auf und zerbrach ihn lachend über dem Knie.

Der alte Mann, der nun blutend in der Gosse lag und wimmernd mit den Armen seinen Kopf zu schützen versuchte, flehte um sein Leben. Maxine schätzte die Chancen ab. Wenn sie eingriff, könnte ihr die gleiche Behandlung zuteilwerden, aber wenn sie sich nicht einmischte, würde der Mann wahrscheinlich sterben.

Die Schläger hatten freie Hand, die Straßen vor und während der Ausgangssperre zu durchstreifen, und drangsalierten, wen sie wollten. Maxine sah auf ihre Uhr. Noch eine Viertelstunde bis zur Ausgangssperre.

»He, Jungs!« Sie öffnete ihren Mantel, warf den Kopf zurück und schwang ihre langen rotbraunen Locken, sodass sie verführerisch über eine Schulter nach vorn fielen. »Wollen wir was trinken gehen?«

Die jungen Männer hielten inne, um sie zu mustern.

»Du bist spät unterwegs«, sagte einer kurz angebunden.

»Keine Sorge, ein bisschen Zeit bleibt noch.« Sie war gebürtige Italienerin, und wegen ihres dunklen Teints und der ausdrucksvollen braunen Augen hielt man sie auch dafür. Sie hoffte nur, dass der Einfluss ihrer Kindheit in New York sich nicht auf ihren toskanischen Akzent niederschlug. Sie öffnete die obersten zwei Knöpfe ihrer Bluse und schlenderte auf einen der Männer zu. »Schau, die Bar da drüben ist noch offen.« Sie zeigte zur Ecke gegenüber.

Die Kerle zögerten, dann streckte einer die Hand aus. »Papiere?«

Sie wühlte in ihrer Handtasche und holte den neuen Ausweis und eine Lebensmittelkarte heraus. Den amerikanischen Pass hatte sie bei ihrem britischen Führungsagenten lassen müssen.

»Die Getränke gehen auf mich.« Hüftenschwingend machte sie ein paar Schritte und blickte über die Schulter zurück, um sie anzulächeln. Sie war froh, dass sie roten Lippenstift trug. Da sie in Little Italy und East Harlem aufgewachsen war, hatte sie im Laufe ihrer neunundzwanzig Jahre schon einige Erfahrung mit solchen Schlägern gesammelt.

Einer von ihnen nickte, vielleicht der Anführer, und nachdem er den still daliegenden Mann noch einmal getreten hatte, schloss er sich ihr an. Die anderen beiden schlenderten hinterher.

So betraten die drei mit ihr die Bar und bestellten Wein. Was jetzt? Sie riss einen Witz, mit dem sie für Gelächter sorgte, und währenddessen schätzte sie ihre Begleiter ein.

Du bist zu impulsiv, Maxine, hörte sie ihre Mutter in Gedanken sagen. Du denkst nie auch nur einen Augenblick nach.

Ihre Mutter hatte recht. Einer der Kerle legte den Arm um ihre Schultern und zog sie an seine Seite, um ihren Nacken zu liebkosen, während seine andere Hand schwer auf ihrem Oberschenkel lag. Wahrscheinlich hielten sie sie für eine Hure.

Sieh zu, dass du da wegkommst, flüsterte ihre Mutter.

Sie bestellte eine zweite Runde und dazu für jeden einen Brandy. Dabei blickte Maxine verstohlen zu der Uhr an der Wand. Die Minuten vergingen zäh.

Morgen würde sie in die Toskana reisen, um sich dort mit wichtigen Widerstandskämpfern in Kontakt bringen zu lassen – sofern es verlässliche Partisanengruppen überhaupt gab. In England war man sich da nicht sicher gewesen. Wenn sie zu dem Urteil kam, dass die Leute vertrauenswürdig waren, würde sie zwischen den Alliierten und dem Widerstandsnetz als Verbindungsperson fungieren.

Das war eine hochriskante Operation, und für die Briten war es praktisch unmöglich gewesen, Italiener zu finden, die bereit waren, als SOE-Agenten nach Italien zurückzukehren und sich an Sabotageakten, Spionage und Aufklärung zu beteiligen. Maxine dagegen hatte die Chance sofort ergriffen und würde nun die strategischen Fähigkeiten der Resistenza auskundschaften.

Im Gegensatz zu den Agenten, die die SOE nach Frankreich schickte, war sie nur geringfügig ausgebildet worden. Ronald, ihr Führungsagent, hatte sich sehr bemüht, ihr das klarzumachen. Schließlich war Italien seit Anfang September lediglich besetzt, und das Anwerbungsgespräch mit Ronald hatte bereits im Oktober stattgefunden. Zugegeben ein hastiges Vorgehen, aber sie brauchten schnellstmöglich Leute vor Ort.

Jetzt drückte der Kerl ihren Oberschenkel. Sofort fing sie im Plauderton von etwas Belanglosem an und wand sich aus seinen Armen. Dabei lächelte sie so verführerisch, wie sie konnte. Das Bild des alten Mannes in der Gosse und ihr Zorn über seine Erniedrigung spornten sie an. Ihr kam eine Idee. Die könnte funktionieren, und das war vielleicht die einzige Gelegenheit. Der Kerl starrte sie an. Deshalb nahm sie ihren Mut zusammen und strich ihm über die Wange. »Ich will mich nur rasch frisch machen.«

Sein Blick wurde misstrauisch.

Sie hatte es sich zur Aufgabe gemacht, den Hinterausgang jeder Bar auszukundschaften – für den Fall, dass sie plötzlich einen Fluchtweg brauchte. Und sie war so klug, die Gegend rings um die Via Tasso zu meiden, wo SS und Gestapo ihr Hauptquartier hatten. Die Bar lag eine Dreiviertelstunde von dort entfernt.

Maxine schlüpfte an den Toiletten vorbei in den Hinterhof, kletterte über die niedrige Mauer in den Nachbarhof und stieg durch einen zerbrochenen Zaun, sodass sie in die Gasse gelangte, die parallel zur Straße verlief. Sie holte die Reisetasche aus dem Versteck und rannte zu dem alten Mann. Während sie ihm half aufzustehen, erfuhr sie, in welchem Palazzo er wohnte. Zum Glück lag der auf ihrem Weg.

»Wir müssen uns beeilen«, flüsterte sie drängend. »Die Schwarzhemden werden uns gleich suchen.«

Sie gingen los, aber der Mann war so schwach auf den Beinen, er konnte nur schlurfen und stöhnte in einem fort, sodass sie ihn eindringlich bitten musste, still zu sein. Quälend langsam bogen sie um die nächste Ecke und Gott sei Dank in die Straße, die sie selbst entlangmusste.

Irgendwo hinter ihnen ertönte ein Ruf. Er hallte durch die menschenleere Straße. O Gott! Männerstimmen. Konnten das schon die drei Kerle sein?

Sie passierten mehrere Häuser und näherten sich einem Palazzo mit der typischen reich verzierten, beschlagenen Holztür. Waren sie am Ziel? Wenn nicht, konnte es nicht mehr weit sein. Doch da ihnen die Schwarzhemden dicht auf den Fersen waren, drückte sie kurzerhand gegen die Tür. Zum Glück war sie unverschlossen. Halb zog, halb schleppte sie den wimmernden Mann in den Durchgang zum Innenhof, schloss die Tür und lehnte sich dagegen.

Maxine hielt ihm den Mund zu, denn er atmete zu schnell und zu laut, und daraufhin blickte er sie mit großen Augen flehend an, offenbar unsicher, ob sie ihm etwas antun wollte. Sie schüttelte den Kopf und kniff die Lippen fest zusammen, weil sich draußen energische Schritte näherten. Aufs Äußerste angespannt lauschte sie und hörte lautstarken Streit. Die drei Schläger gingen sich gegenseitig an die Gurgel. Einer bestand darauf umzukehren; der Anführer war sich jedoch sicher, auf der richtigen Spur zu sein.

Mit zusammengebissenen Zähnen hörte sie sich an, welche abscheulichen Dinge sie ihr antun wollten, wenn sie sie in die Finger bekämen. Wie lange würde sie den alten Mann dazu bewegen können, still zu sein?

Sie roch Rauch – nicht den, der in Rom ständig in der Luft hing – und hielt den Atem an. Die Kerle hatten sich Zigaretten angezündet und lungerten herum, um zu sehen, ob ihnen noch mehr »Spaß« über den Weg lief. Oder wussten die etwa, dass sie hinter der Tür stand? Sie würde den alten Mann nicht mehr lange aufrecht halten oder am Stöhnen hindern können. Sie wagte nicht, sich zu bewegen, denn auf der Straße war es zu still. Die Kerle würden sie hören.

Vom angespannten Warten bekam sie Kopfschmerzen, aber

sie zwang sich zu langsamen, tiefen Atemzügen. Nach fünf Minuten etwa beschlossen die Schläger, woandershin zu gehen. Im Innenhof brachte sie den Mann zu der Tür, auf die er deutete.

Eine Frau öffnete und unterdrückte einen Aufschrei, als sie das Blut an seinem schäbigen Mantel und die Platzwunden und Blutergüsse in seinem Gesicht sah.

»*Dio mio!* Ich sage ihm immer, er soll im Dunkeln nicht mehr aus dem Haus gehen, aber er ist ein sturer alter Narr. Danke, dass Sie ihn zurückgebracht haben.«

»Das ist nicht der Rede wert«, murmelte Maxine und fragte dann: »Wissen Sie, wo Roberto und Elsa Romano wohnen?«

»Nebenan im obersten Stock.«

Vorsichtig schlüpfte Maxine nach draußen und in das Nachbarhaus, dann lief sie die Marmortreppe hinauf.

Rom war seit dem elften September von den Deutschen besetzt. Sie hatten die Telefonzentrale und den Rundfunksender übernommen, und weil Benzin schon knapp war, fürchteten die Leute, bald ohne Strom dazustehen. Zwar war Rom schon im August zur offenen Stadt erklärt worden, die nicht verteidigt wurde und deshalb nicht angegriffen werden durfte, doch Maxine hatte die Deutschen trotzdem einmarschieren sehen. Sie waren über die Via del Corso marschiert mit dem einzigen Zweck, die Menschen einzuschüchtern.

Als sich die Tür einen Spaltweit öffnete, flüsterte Maxine die Losung und wurde von einer älteren Frau mit angegrauten Haaren in einen dunklen Flur gewinkt. Die stellte sich als Elsa vor und führte Maxine in einen Raum, in dem Kerzen und Öllampen brannten. Der warme Lichtschein ließ ihn trotz der hohen Decke und der Kälte behaglich erscheinen.

Maxine überlief ein Schauder. Das war mal ein vornehmer Salon gewesen. Die Möbel sahen zwar schäbig aus, hatten aber einmal viel Geld gekostet. Sie blickte sich um. Fünf Augenpaare musterten sie argwöhnisch. Es war nur natürlich, dass die Leute ihr erst einmal misstrauten.

»Guten Abend«, sagte sie, stellte die Tasche ab und band sich die Haare zusammen. Sie setzte sich auf den freien Platz an den großen Esstisch, auf dem Stöße von bedrucktem Papier lagen.

»Was ist mit Ihren Händen?«, fragte Elsa.

Maxine sah jetzt erst, dass sie sich an der Mauer die Handflächen aufgeschürft hatte, und wischte sie an der Hose ab. »Das ist nichts. Entschuldigen Sie, dass ich zu spät komme. Ich habe es gerade so geschafft, aus einer heiklen Situation zu entkommen. Ich heiße Maxine. Ich …« Sie war im Begriff, von dem Vorfall zu berichten, besann sich aber noch rechtzeitig. Es war besser, darüber zu schweigen.

Zwei der versammelten Männer und Frauen nickten.

Ein vornehm wirkender älterer Herr lächelte sie an, doch als er sprach und ihr die Hand gab, bemerkte sie, dass er zitterte. »Ich bin Roberto, Elsas Mann. Das ist unsere Wohnung. Sie wurden uns nachdrücklich empfohlen. Darf ich annehmen, dass Sie unbemerkt hierhergelangt sind?«

Maxine antwortete vage. Elsa strahlte ruhige Zuversicht aus, doch ihrem Mann zitterten erneut die Hände, als er ein Blatt Papier vom Tisch nahm. Im nächsten Moment war Maschinengewehrfeuer zu hören, und alle wechselten angstvolle Blicke.

Elsa schüttelte den Kopf. »Das ist weit weg.«

Vielleicht, doch Maxine war heilfroh, dass sie schon am nächsten Morgen in die Toskana aufbrechen würde.

Auf dem Tisch lägen die fertigen Flugblätter, erklärte Roberto, verfasst und gedruckt von Mitgliedern des Nationalen Befreiungskomitees, zu denen auch er gehöre.

»Nachdem die Deutschen unsere Truppen bei Porta San Paolo vernichtet hatten und anschließend ihr Kriegsrecht verhängten, haben wir das Komitee gegründet.«

»Und nun verbreiten wir Nachrichten von Radio London«, fügte Elsa hinzu. »Sie wissen, dass das verboten ist?«

Maxine nickte.

»Und wir informieren unsere Partisanen mithilfe von Untergrundzeitungen wie der *L'Unità* und *L'Italia Libera.«*

»Und die Druckmaschine?«

»Diese Information bekommen nur wenige.«

Maxine schaute in die Runde. Die Leute sahen aus wie Intellektuelle, bis auf einen langhaarigen, unrasierten Mann. Seine Erscheinung wies ihn als Partisanen aus, obwohl er einen förmlichen Anzug trug. Oder war er Soldat gewesen? Der Mann ertappte sie bei ihrer Musterung, zog die Brauen hoch und zwinkerte ihr zu. Sie hielt seinem Blick stand. Er hatte außergewöhnliche Augen von hellbrauner Farbe, die vor Klugheit und Lebendigkeit leuchteten. Gefährlich aufregende Augen, dachte sie. Sein Gesicht war kantig, und neben seinem Stuhl lehnte ein Spazierstock.

In Rom versteckten sich so viele verlorene Seelen, darunter auch britische Kriegsgefangene, die entweder geflohen oder von italienischen Soldaten, die nicht mehr aufseiten der Deutschen kämpften, freigelassen worden waren. Der Mann musterte sie nun seinerseits, und dabei kam er ihr nicht vor wie ein britischer Soldat.

Nach ein paar Augenblicken merkte sie, dass Roberto auf eine Antwort wartete, oder darauf, dass sie etwas tat. Hatte er überhaupt eine Frage gestellt?

»Entschuldigung«, sagte sie und nahm sich ein Flugblatt, um die ersten Abschnitte zu überfliegen, dann blickte sie Roberto an. »Sie wollen, dass ich die mitnehme?«

»Nun, das wäre praktisch, da Sie ohnehin nach Norden fahren.«

»Lieber ich als eine Staffetta?«

»Im Augenblick ist es für unsere Kuriere zu schwierig. Geben Sie die Flugblätter an die Partisanen weiter, die verteilen sie, wo es möglich ist. Sie wissen, wohin Sie gehen müssen?«

»Noch nicht. Mein Führungsagent hat mir Ihre Adresse gegeben, die Uhrzeit des Treffens genannt und gesagt, dass ich die weiteren Anweisungen von Ihnen bekomme.« Sie erwähnte nicht den britischen Funker, mit dem sie in der Toskana Kontakt aufnehmen sollte. Diese Informationen durften nicht unnötig weitergegeben werden. Und Ronald hatte ihr eingeschärft, dass die Widerstandsgruppen anders als in Frankreich weit verstreut waren, sodass es außerordentlich schwierig war, sie zu finden und mit Waffen und Munition zu versorgen.

»Sie müssen nach Castello de' Corsi«, erklärte Roberto. »Im Herrenhaus fragen Sie nach Sofia de' Corsi. Sagen Sie, dass wir Sie geschickt haben, dann wird sie Sie aufnehmen. Ihr Mann könnte auch da sein, Lorenzo de' Corsi. Sie dürfen auch mit ihm sprechen, doch reden Sie möglichst zuerst mit Sofia.«

»Weiß sie nicht, dass ich komme?«

»Nicht genau. Erklären Sie ihr, welchen Auftrag Sie haben, aber außerhalb ihres Hauses wahren Sie Stillschweigen. Ihr können Sie sagen, wie Sie wirklich heißen, ansonsten benutzen Sie Ihren Decknamen. Sie haben doch eine Legende ausgearbeitet?«

»Ja. Ich hatte mir überlegt, mich als Journalistin auszugeben, die einen Artikel darüber schreiben will, wie sich der Krieg auf die normale Bevölkerung auswirkt. Ich habe bei einer Zeitung gearbeitet, wissen Sie? Doch mein Führungsagent hat mir die Idee ausgeredet.«

»Das ist auch besser so, würde ich meinen, vor allem wenn Sie mal Deutschen in die Arme laufen. Die würden Sie sofort für eine Spionin halten. Von Marco wissen wir«, er deutete auf den jungen Mann mit den hellbraunen Augen, »dass die Partisanen in der Toskana ein bunt zusammengewürfelter Haufen sind, ohne Ausbildung, aber rücksichtslos und zornig.«

Marco nickte bekräftigend, und sie lächelte ihn an. Also war er tatsächlich ein Partisan.

»Sie werden mit ihm zusammenarbeiten, und er wird Sie bei allem unterstützen«, fuhr Roberto fort. »Sobald klar ist, wie arbeitsfähig die Gruppen wirklich sind, wie viele Männer sie haben, wo sie sich verstecken und wer sie anführt, können wir die Information an Ihren Führungsagenten weitergeben oder, falls Sie den Kontakt herstellen können, ihm das direkt in die SOE-Station im Süden funken.«

»Wir vermuten, dass in Kürze an verschiedenen Stellen britische Funker und Funkgeräte abgeworfen werden«, sagte Marco. »Wir müssen unser Kommunikationsnetz schleunigst ausbauen, denn die Alliierten brauchen uns.«

Sie nickte. »Ich werde mein Bestes tun.«

»Und Ihre Familie stammt woher?«, fragte Roberto.

»Aus der Toskana. Zu Hause haben wir immer Italienisch gesprochen, in der Schule Englisch.«

»Ihre Aussprache ist recht gut. Kein Deutscher wird merken, dass Sie aus New York kommen, aber vielleicht die Einheimischen.«

Sie lächelte ihn an. Dass sie sich nach ihrer Mutter sehnte, sobald sie an die Toskana dachte, behielt sie für sich. Sie seufzte tief und hoffte, dass sie sich richtig entschieden hatte. Obwohl ihre ganze Familie es ihr hatte ausreden wollen, war sie als akkreditierte Korrespondentin der Vereinigten Staaten nach England gereist.

Doch in einem schäbigen Hotelzimmer in Bloomsbury hatte sich für sie alles geändert. In der Presseagentur, in der sie arbeitete, bekam sie einen Brief, in dem ihr Zeit und Ort und der Name der Person mitgeteilt wurden, mit der sie sich treffen sollte. Ein gewisser Ronald Carter. Im Briefkopf stand *Inter Services Research Bureau*. Das sagte ihr nichts, und auch während sie zum ersten Mal von dem großen, dunkeläugigen und ziemlich nobel gekleideten Ronald befragt wurde, blieb ihr das ein Rätsel.

Er sagte, er habe ihre Unterlagen vom Einwanderungsamt bekommen, das die ins Land drängenden heimatlosen Ausländer kontrollierte, Flüchtlinge überprüfte, Ausreisegenehmigungen erteilte und dergleichen mehr. Er blickte sie kritisch an und sagte: »Ich will mehr über Sie wissen.«

Sie hatte gedacht, ihre Erlaubnis, in England zu arbeiten,

würde widerrufen und man würde sie in Kürze nach Hause schicken. Doch während des zweiten langen Gesprächs mit Ronald, bei dem es um ihre Persönlichkeit, ihre Loyalitäten und ihre Kenntnis von Italien ging, wurde ihr klar, was er tatsächlich wollte. Er war selbst zweisprachig aufgewachsen, und sie führten das halbe Gespräch auf Italienisch.

»Wir sind zurzeit dabei, junge, in Italien geborene Amerikaner und Briten anzuwerben, die die richtige Haltung und Persönlichkeit besitzen, um von uns ausgebildet zu werden, damit wir sie rasch in Italien als Agenten einsetzen können«, sagte er ernst.

Wenn sie sich dazu bereit erklärte, würde sie mit britischen Truppen zusammen per Schiff nach Süditalien fahren, wie er auch. Danach würde sie mit dem Fallschirm bei Rom abgesetzt werden. Partisanen würden sie in die Stadt bringen, und von da an wäre sie auf sich allein gestellt.

Nach dem Treffen mit ihm wurde sie für zwei Wochen in eine Fallschirmspringerschule zur Ausbildung geschickt, wo sie nach drei Absprüngen ihre Prüfung mit Bravour bestand. Es war beängstigend, aber auch erhebend. Es folgten weitere Lehrgänge, bei denen sie Geheimaufträge auszuführen hatte. Sie behielt dabei die Nerven, und nun war sie hier, und ihre Eltern wussten nicht das Geringste davon.

»Übrigens«, sagte Roberto gerade und holte sie damit in die Gegenwart zurück. »Sie müssen ein Kleid tragen.«

»Warum? Ich werde mit dem Motorrad fahren.«

»Trotzdem müssen Sie aussehen wie eine Toskanerin. In Hosen fallen Sie auf«, sagte er. »Elsa?«

Als seine Frau aufstand und hinausging, hatte Maxine Mühe, sich ihren Ärger nicht anmerken zu lassen. Obwohl sie groß und langbeinig und mit einer Figur gesegnet war, für die manche Frau sterben würde, hatte sie ein Talent dafür, unter Menschen nicht aufzufallen, und fühlte sich dabei in Hosen am wohlsten.

Elsa kam mit einem Stapel Kleidungsstücken zurück.

Roberto packte Flugblätter in eine abgenutzte Umhängetasche.

Als er damit fertig war, nahm Maxine sie zusammen mit der Kleidung entgegen. Elsa sagte, sie solle sich im Schlafzimmer umziehen, und während Maxine sich das Kleid anzog, bekam sie mit, dass die Leute nebenan miteinander flüsterten. Sie schlich zur Tür, konnte aber nicht verstehen, was gesprochen wurde. Sie band sich gerade das Kopftuch um, als von unten Stiefelschritte zu hören waren, die die Treppe heraufkamen, dann fielen Schüsse, und es wurde laut an Wohnungstüren geklopft.

»O Himmel. Was in Gottes Namen?«

Elsa stürmte herein. »Schnell. Nehmen Sie die Feuertreppe, und bitte geben Sie Sofia dieses Kästchen. Sie ist unsere Tochter. Sie lebt in Castello de' Corsi in der Villa. Sagen Sie ihr, dass ihre Eltern sie an die Pralinen erinnern. Das ist wichtig.«

»Sicher. Aber werden Sie hier klarkommen?«

Elsa machte eine unbestimmte Handbewegung. »Ich glaube, die Nazis beschlagnahmen unser Haus.«

»Sie wussten davon?«

»Wir wurden gewarnt.«

»Meine Güte, warum sind Sie nicht geflohen?«

»Ich habe es nicht glauben wollen. Keiner von uns will das alles glauben.«

Sie hörten lautstarke deutsche Befehle und das Jammern der Frauen, wenn die Türen unter der Gewalt nachgaben.

»Springen Sie über die Fensterbrüstung auf die Terrasse unterhalb unseres Schlafzimmers, da befindet sich die Feuertreppe.« Sie drückte Maxine die Umhängetasche in die Arme. »Da ist auch Geld drin.«

»Und das Motorrad?«

»Das ist ziemlich ramponiert, steht jedoch am vereinbarten Platz. Gehen Sie zuerst zum Castello, aber vergessen Sie nicht: Sie müssen in zehn Tagen in Montepulciano im *Caffè Poliziano* sein und sich mit Marco treffen. Seien Sie um zehn Uhr morgens dort.« Dann flüsterte sie ihr die neue Losung ins Ohr, und Maxine reckte den Daumen.

»Benzin?«, fragte sie.

»Ja. Los jetzt!«

Maxine warf sich Umhängetasche und Reisetasche über die Schulter und rannte zum Fenster. Dabei packte sie eine seltsame Erregung, die ihr kribbelnd in alle Glieder fuhr.

4

Castello de' Corsi

Während Sofia den Abend mit ihrem Mann verbrachte, zog Carla, ihre Köchin, sich den Schal zurecht, um sich warm zu halten, und setzte sich in der Dunkelheit auf den Stuhl neben der Tür. Acht Frauen hatten sich heimlich im Haus ihrer Tochter versammelt, in einem der zwei kalten Zimmer im oberen Stock.

Da der dreijährige Alberto endlich eingeschlafen war, konnten die Frauen fleißig sein. Sara saß in der Ecke am Spinnrad, Federica wickelte die Wolle von der Spindel, und die übrigen saßen um den Tisch und strickten Socken und Decken. Eine Öllampe spendete Licht, und eine Decke am Fenster sorgte dafür, dass kein Schimmer durch die Lamellen der Läden nach außen drang.

Die Stricknadeln klapperten, das Rad schnurrte, und Sara stimmte leise ein Lied an. Weil sie allein waren, ihre Männer und Söhne am Krieg teilnahmen und keine von ihnen wusste, wo sie waren, empfanden sie diese gemeinsamen Abende als tröstlich. Das Stricken, das Zusammensitzen machte sie untereinander solidarisch, wenn sie sich trotz der Ausgangssperre zu dieser Arbeit trafen. Denn täten sie das nicht, würden die Männer in ihren Verstecken im Wald frieren, und der Winter würde hart werden.

Sobald der Waffenstillstand unterzeichnet worden war, hatten die Soldaten, die nicht mehr gegen die Alliierten kämpfen mussten, ihre Posten verlassen und ihr Leben riskiert, um heimzukehren. Doch dann besetzten die Deutschen Italien und wollten die Männer zu ihren Soldaten, ihren Arbeitern, ihren Sklaven machen, hier oder in Lagern in Deutschland.

Daher waren viele in die Wälder gezogen und hatten sich

den Partisanen angeschlossen. Manche hatten nie auf deutscher Seite kämpfen wollen, waren aber zwangsweise eingezogen worden. Manche wollten auf gar keiner Seite kämpfen, und andere hatten schlichtweg genug vom Faschismus. Landarbeiter unterstützten in wachsender Zahl die kommunistische Bewegung, und so fand neben dem Weltkrieg auch ein Bürgerkrieg zwischen den Unterstützern der Faschisten und ihren Gegnern statt.

Carla schaute zu Anna hinüber, ihrer fünfundzwanzigjährigen Tochter. Ihre Älteste war groß und stark und auch schlank, im Gegensatz zu ihr selbst. Carla ging auf die fünfzig zu, und das sah man ihr an. Doch Luigi, Annas Mann, war schon tot, 1941 beim Untergang der *Zara* ertrunken. Er hatte an Einsätzen teilgenommen, die britische Konvois im Mittelmeer abfangen sollten, so teilte man ihr später mit. Die *Zara*, ein schwerer Kreuzer der Regia Marina, war durch einen britischen Luftangriff kampfunfähig geschossen und später in der Nacht bei einem schweren Gefecht von der britischen Mittelmeerflotte versenkt worden.

»Ist Gabriella auf dem Posten?«, fragte eine der nervöseren Frauen.

Carla sah ihre hübsche, kurvige, sechzehnjährige Tochter vor sich, die jetzt mit Beni, dem kleinen dreibeinigen Hund, in der Küche zusammengekauert vor dem Kamin saß, dem einzigen im Haus, in dem ein Feuer brannte. Gabriella hatte ihr in den Ohren gelegen, damit sie ihr erlaubte, Wache zu schieben, und weil sie so laut durch die Finger pfeifen konnte, dass es selbst Tote aufschreckte, hatte Carla nachgegeben.

»Hast du Nachricht von den Männern, Anna?«, fragte eine.

Die Frauen wussten, dass Anna eine Staffetta, eine Kurierin der Partisanen, war, auch wenn Carla und Anna kaum darüber redeten. Obwohl die Frauen des Dorfes miteinander befreundet waren, konnte man nie ganz sicher sein. Zum Beispiel bei Maria, der alten Klatschtante, die an der Ecke des Platzes wohnte, die, deren Enkel Paolo kürzlich weggezogen war, um

Mussolinis Schwarzhemden beizutreten. »Freiwillige Miliz für die nationale Sicherheit« nannten die sich.

Niemand wusste mehr, wo Paolo jetzt war. Zu Beginn des Krieges meldeten sich viele Männer zum Militärdienst, und die Leute akzeptierten die Einberufung mehr oder weniger, aber die Brutalität der faschistischen Schwarzhemden gegen das eigene Volk stieß auf Ablehnung. Sie wurden vom Großteil der toskanischen Landbevölkerung verabscheut.

»Keine«, antwortete Carla, bevor Anna etwas sagen konnte, und dämpfte ihre raue Stimme.

»Wen hasst ihr mehr?«, wollte Federica wissen. »Die Deutschen oder die Schwarzhemden?«

Für ein paar Augenblicke wurde es still.

»Die Schwarzhemden«, antwortete Sara. »Ich habe sie in der Stadt gesehen. Sie stoßen jeden in die Gosse, den sie nicht leiden können. Sogar schwangere Frauen. Ob alt oder jung, das ist ihnen ganz egal.«

»Sie denken, sie können tun und lassen, was sie wollen.«

»Weil sie das tatsächlich können. Aber ich sage euch, die schlimmste Seite der Nazis haben wir noch gar nicht kennengelernt.«

Während die Frauen flüsterten, richteten sich Carlas Gedanken wie so oft aufs Essen. Sie wollte am nächsten Morgen Pilze sammeln gehen für ein Kastanien-Risotto. In den mageren Zeiten hielt sich die Landbevölkerung auch mit wilden Zwiebeln, Kräutern und Beeren über Wasser. Und ihr Sohn Aldo würde in ein paar Stunden aufbrechen, um ein Wildschwein zu erlegen, von denen es allerdings nicht mehr viele gab.

Es klopfte laut an der Haustür, dann ertönte ein durchdringender Pfiff.

»Rasch, löscht die Lampe«, zischte eine.

Carla spürte die Angst der Frauen, während sie im Stockdunkeln saßen und lauschten. Mit trockenem Mund und zugeschnürter Kehle hörten sie barsche Männerstimmen von der

Straße. Zweifellos Schwarzhemden, die sich vergnügen wollten, denn die Deutschen trauten sich nachts nicht in die Gassen toskanischer Dörfer.

Aber wenn Schwarzhemden ins Haus drangen und jemanden erwischten, der Partisanen unterstützte …

Carla hörte die Haustür aufgehen und ins Schloss fallen, danach von draußen lautes Männerlachen, dem das Lachen einer Frau folgte. Gabriella? Sicher nicht.

5

Ein paar Tage waren vergangen, und Sofia verabschiedete sich von Lorenzo, da er wahrscheinlich für einige Nächte fort sein würde, dann pfiff sie die Hunde herbei – zwei hübsche braun-weiße Italienische Pointer, auch »Bracco Italiano« genannt, die für die Jagd jedoch schon zu alt waren.

Gerade hatten sie erfahren, dass das alte Chiusi, ein Dorf an der Grenze zu Umbrien, von den Alliierten bombardiert worden war, und das löste Untergangsgefühle aus, die sich nicht abschütteln ließen. Es lag über fünfzig Kilometer weiter südlich, aber trotzdem.

Es war kalt, der Himmel klar und so hell, dass einem die Augen wehtaten. Der Boden knirschte unter Sofias Sohlen, als sie die Dorfmauer und die zankenden Tauben hinter sich ließ und dem kurvigen Weg in den Wald folgte. Ein weißes Nebelmeer verdeckte die Sicht ins Tal, sodass die Hügelkuppen wie bewaldete Inseln erschienen.

In den Kastanienwäldern wurde zurzeit geerntet. Die Zweige bogen sich unter den reifen Früchten, die jetzt ein Hauptnahrungsmittel waren. Die Frauen trockneten sie und mahlten sie zu Mehl, um daraus mit Wasser und Hefe *pane d'albero* zu backen, Baumbrot. Und sie rösteten sie und mengten sie in den Gerstenkaffee, um ihm mehr Aroma zu geben. *Caffè d'orzo.* Sofia schmeckte er besser als Kaffee aus Zichorien.

Niemand hatte mehr echten Kaffee im Haus, seit die Regierung die Einfuhr nach Kräften verhinderte, doch manche behaupteten, der Kaffee sei durch das Völkerbundembargo knapp geworden. Aber wie auch immer, das Kastanienlaub wurde an die Schweine und Hühner verfüttert, die wenigen, die es noch gab.

Carla und sie hatten einen Teil ihrer Vorräte versteckt, nicht nur für sich selbst, sondern auch, um den Dorfbewohnern notfalls auszuhelfen, hielten das jedoch geheim.

Nachdem Sofia den Brief vom Ortskommandanten bekommen hatte, hatte sie Aldo gebeten, hinten in der großen Vorratskammer eine dünne Wand einzuziehen. Seit er von der Schule abgegangen war, erledigte er Gelegenheitsarbeiten für sie. Und nun lagerten hinter der Wand getrocknete Bohnen, eingemachtes Obst, Salami und Käse, Dörrfleisch und Getreide. Sollten deutsche Soldaten bei ihnen einquartiert werden, würden sie ihnen nicht alles wegessen können.

Sofia dachte an ihre Einmachwoche im Sommer, der einzigen Zeit, da Carla ihr erlaubte, in der Küche mitzuhelfen, zusammen mit ihren Töchtern Anna und Gabriella. Für Sofia war das eine Gelegenheit, mit anzupacken. Und wie könnte sie das besser tun, als Nahrungsmittel für sie alle herzustellen? Ihre gesellschaftliche Stellung war dann aufgehoben, und durch die Arbeit wurde sie eine der Ihren.

Zwar blieb sie in der übrigen Zeit die »Contessa« und tat ihr Bestes, um die Rolle auszufüllen, aber sie liebte es, auch mal ihre Zurückhaltung aufzugeben. Sie freute sich an der Kameradschaft, wenn sie Feigen, Pfirsiche, Kirschen und Tomaten zum Einkochen vorbereiteten.

Lorenzo wusste davon nichts. Er entstammte dem alten Landadel und war mit der Überzeugung groß geworden, dass jeder seinen Platz in der Gesellschaft zu kennen hatte. Obwohl er nicht auf Förmlichkeiten bestand und außerdem ein durch und durch guter Mensch war, hatte er ein bisschen mehr Standesbewusstsein als sie. Da sie nicht zur Adligen erzogen worden war, empfand sie anders.

Sie hatten auch Paprikaschoten, Möhren und Kohl eingemacht, in einer Küche voller Dampf, leuchtender Farben und satter Gerüche, und während dieser paar Tage lachten und sangen sie und vergaßen beinahe, dass Krieg herrschte.

Als sie nun den Kastanienwald erreichte, war die Ernte

schon im Gange. Da die Männer fort waren, mussten die Frauen mit der Hilfe der Greise und der Jungen die harten Arbeiten verrichten.

Sara, eine der Bauersfrauen, winkte sie heran und fragte, ob sie wohl einen Sack Kastanien für Carla zum Haus hinaufbringen würde. Sofia kannte die Frau gut. Sie hatte zwei Briefe erhalten, in denen ihr mitgeteilt wurde, dass ein Bruder und ein Sohn gefallen waren. Saras Schmerz war unvorstellbar, und dennoch arbeitete sie weiter. Manchmal hat es Vorteile, kinderlos zu sein, dachte Sofia bitter. Dann drückte sie kurz Saras Hand, nahm den Sack und ging.

Wieder oben am Castello, schlüpfte sie an der Seite des Hauses vorbei und ging durch den Teil des Gartens, der mit Zitronenbäumen und Oleanderbüschen gesäumt war, zur Küchentür, neben der ein kleiner Granatapfelbaum wuchs. Dort empfing sie der Duft von frisch gebackenem Brot. Gewöhnlich betrat sie die Küche nicht vom Garten aus, tat das inzwischen aber häufiger, da sie sich um die Gemüsebeete kümmerte, um Kohl, Zwiebeln, Spinat und Fenchel.

Carla kam ihr schon seit ein paar Tagen unruhig vor, doch vielleicht würde der neue Vorrat Kastanien sie aufmuntern.

Die Küche, die von Anfang an entspannend und tröstlich auf Sofia gewirkt hatte, war ein großer, hoher Raum mit Eichenbalken unter der Decke, alten Steinfliesen, hellgrünen Schränken und einem großen gescheuerten Tisch in der Mitte. Zwei lederbezogene Lehnstühle standen in den beiden Nischen rechts und links des Herdes, und da die Läden nicht ganz geöffnet waren, sah sie nicht gleich, dass dort jemand saß.

Carla stand mit finsterem Gesicht neben dem Herd, die Haare zusammengebunden, die gewohnte weiße Schürze über ihrem formlosen grauen Wollkleid.

Da auf dem Bord über dem Backofen ein Klumpen Teig zum Aufgehen ruhte, vermutete Sofia, dass die Köchin darauf brannte, ihn durchzukneten. Sie war eine große Frau, die ihre Haltung ohne viel Worte deutlich machte. Ihre verschränkten

Arme sagten alles, und auf Sofias fragenden Blick rollte sie nur die Augen.

Derweil stand Aldo neben der Tür und kratzte sich am Kopf. »Ich habe ihn draußen vor dem Dorf in dem Holzschuppen gefunden. Er hat nur ›Castello‹ gesagt und dann sinnloses Zeug gebrabbelt, bevor er ohnmächtig wurde.«

»›Castello‹? Wir? Er meinte uns?«

Carla rümpfte die Nase. »Wen sonst?«

Sofia sah Aldo an und dachte wie so oft in letzter Zeit, dass er sich zu einem wahren Herzensbrecher gemausert hatte. Ein gut aussehender Bursche mit schwarzen Augen, langen Wimpern, vollen Lippen und dunklen Brauen. Er war auch zupackend und fröhlich, und Sofia fühlte sich neu beschwingt, wann immer sie ihn sah.

Er strich sich die braunen Locken aus der Stirn. »Ich dachte, er kann nur unser Dorf meinen.«

Sofia ging zu dem Mann, um sich sein Gesicht näher anzusehen. Die Hunde liefen einen Schritt vor ihr her und beschnupperten ihn eingehend, verloren aber das Interesse, weil er nicht auf sie einging, und trotteten weg.

Der Mann hielt die Augen geschlossen, seine Haare waren verfilzt, die rechte Wange rings um eine Wunde feuerrot und geschwollen. Dann bemerkte Sofia seine blutgetränkte Jacke. Als sie ihn nach seinem Namen fragte, flatterten seine Lider, und dann blickte sie in die blauesten Augen, die sie je gesehen hatte.

»Wer sind Sie?«, fragte sie noch einmal.

Er griff sich an die Kehle.

»Wasser, Carla. Holen Sie ihm Wasser.«

Widerwillig füllte die Köchin ein Glas und hielt es ihm an die rissigen Lippen. Während er schluckte, schoss Sofia ein Gedanke durch den Kopf. Was, wenn er ein deutscher Deserteur war? Doch dann überraschte er sie mit einer Antwort in akzentfreiem Englisch.

»James«, sagte er schwach. »Mein Name.«

»Können Sie uns erzählen, was Ihnen passiert ist?«

Seine Lider sanken herab. War er eingeschlafen?

»Er ist Engländer«, erklärte sie Carla.

»Das hat uns noch gefehlt. Wie gesagt, er hat nur unverständliches Zeug gemurmelt, als Aldo ihn hinter dem hohen Stapel im Holzschuppen fand. Es klang nicht nach Deutsch, meinte Aldo, aber er war sich nicht sicher.«

»Er braucht einen Arzt.«

Carla verzog das Gesicht.

»Ich weiß, ich weiß.«

Die Köchin blickte Sofia stur an, lenkte dann jedoch ein. »Ich denke, wir können ihn erst mal in Gabriellas Zimmer legen. Und sie kann bei mir schlafen. Die Tür lässt sich abschließen, sodass er keinem von uns etwas tun kann. Aldo wird wie immer bei Anna schlafen. Sie ist froh, nicht allein zu sein.«

Sofia lächelte sie verständnisvoll an. Zu Anfang hatte Carla als Frau eines Bauern den eigenen Haushalt geführt, war aber später jeden Tag ins Herrenhaus gekommen, um für sie zu kochen. Als Carlas Mann, Enrico, krank wurde und nicht mehr arbeiten konnte, nahm Sofia sie auf und gab ihnen vier ansehnlich große Zimmer, eines im Erdgeschoss, das Gabriella gehörte, und drei im ersten Stock des teilweise ungenutzten Seitenflügels, der eine eigene Treppe hatte.

Dort hatte vorher die Haushälterin gewohnt, doch die hatte geheiratet und war ins Dorf gezogen, sodass die Zimmer dann leer standen. Natürlich brachte Carla damals ihre drei Kinder mit, und jetzt arbeitete Anna stundenweise als Haushälterin, wohnte jedoch woanders.

Enrico war ein großer, leutseliger Mann gewesen, der es nicht verdient hatte, so jung zu sterben. Ein Jahr lang war er damals krank gewesen, und Sofia hatte geholfen, ihn zu pflegen. Danach überschüttete sie, weil sie selbst keine hatte, Carlas Kinder mit ihren mütterlichen Gefühlen, besonders Aldo, den der Tod seines Vaters sehr mitgenommen hatte.

Trotz ihrer manchmal barschen Art war Carla eine freundliche, großzügige Seele, die sich auch mal ungezwungen geben konnte, wenn sie wollte. Sofia kamen Erinnerungen an ihr Festessen im September in den Sinn. Lorenzo und sie hatten kräftig mit angepackt, bevor die schwarzen Regenwolken übers Land gezogen waren, und am Ende der Woche hatten sie sich erschöpft und mit schmerzenden Gliedern von der Traubenernte in ihr Haus zurückgeschleppt.

Aldo in seinem leuchtend weißen Hemd, das seine schöne braune Haut hervorhob, deckte die Tische im Hof mit den blau karierten Tischdecken, die Carla gewaschen und gebügelt hatte. In dem Monat, das war kurz bevor die Deutschen kamen, hatten sie noch reichlich Schinken, Mortadella, Salami und Schafskäse zu ihrem Brot und Wein.

Als jemand anfing, Geige zu spielen, fiel die Müdigkeit von ihnen allen ab, und sie tanzten unter dem sternenklaren Himmel. Sogar Lorenzo. Strahlend vor Freude, Ausgelassenheit und Liebe, drehte und wirbelte er sie herum, bis ihr schwindlig wurde. Carla lachte lauter und freier denn je und tanzte länger als alle anderen. Schließlich musste Aldo sie von der Tanzfläche schleifen, aber sein sanfter Charme genügte, um sie zur Vernunft zu bringen und ins Haus zu geleiten.

Sofia löste sich von den Erinnerungen, um sich wieder dem Mann im Lehnstuhl zuzuwenden. »Er macht mir nicht den Eindruck, als könnte er gegen jemanden Gewalt anwenden oder auch nur irgendwohin gehen.«

In Gedanken wog sie die Möglichkeiten ab, sah jedoch, dass er ohne Hilfe vermutlich sterben würde. Lorenzo würde erst in ein paar Tagen von Florenz zurückkommen. Wenn sie also einen Platz für den Mann fänden, wo er in den nächsten achtundvierzig Stunden bleiben konnte, sollte es gut gehen. Sie wollte Lorenzo nicht in die Sache hineinziehen. Er hatte schon genug zu tragen und würde ihr Tun vielleicht auch nicht billigen.

Carla lächelte sie schief an.

»Sind Sie wirklich bereit, Gabriellas Zimmer herzugeben?«

Carla nickte. »Aldo wird helfen, ihn in das Bett zu legen, nicht wahr, mein Sohn?«

Der Junge nickte. Sofia musterte den Fremden von Neuem. Seine Haare waren zwar schmutzig, aber so blond, dass man ihn für einen Deutschen halten konnte. Groß genug war er auch. Seltsam, wie großgewachsen die alle waren. Ein Volk von Riesen. Andererseits, wenn er wirklich Engländer war und kein Deutscher, war er vielleicht ein geflohener Kriegsgefangener.

Er sah verloren aus. Woher war er gekommen? Hatte er Familie? Eine Frau? Kinder? Sie kam nicht umhin, diesen gut gebauten Mann mit ihrem großen, schmalen, aristokratischen Ehemann zu vergleichen. Seine Kleidung war unauffällig und stark verschmutzt, die Farben waren kaum zu erkennen, aber die Jacke schien grau und die Hose dunkelgrün zu sein.

Als sie die Jacke mit spitzen Fingern aufknöpfte, kam darunter ein blutdurchtränktes Hemd zum Vorschein. Er hatte so viel Blut verloren, dass Sofia erschrocken aufkeuchte.

Sie schritt sofort zur Tat und erklärte, was zu tun war. Carla schnalzte mit der Zunge und brummte skeptisch, doch Aldo, obwohl erst siebzehn und kein muskulöser Typ, hatte viel Kraft, und zu dritt schafften sie es, den stöhnenden Mann durch den großen Flur und in das seitlich gelegene Zimmer zu schleppen.

Carla nahm Gabriellas Bettzeug weg und breitete auf der Matratze eine alte Decke aus, dann legten Aldo und Sofia den Mann aufs Bett. Der stöhnte, öffnete die Augen aber nicht.

»Wird Gabriella damit einverstanden sein?«

Es verwirrte Sofia, dass Carla keine Antwort gab, sondern zu Boden sah. Dafür schenkte Aldo ihr sein süßes, entschuldigendes Lächeln, mit dem er sich als Kind vor Schelte bewahrt hatte. Wie kraftvoll das Leben in seinen dunklen Augen leuchtet!, dachte sie. Schon immer. Dann sah sie, wie er Carla anstupste.

»Erzähl der Contessa, was passiert ist«, sagte er. »Los.«

Sofia schaute zwischen den beiden hin und her. »Was denn?«

»Es geht um Gabriella«, erklärte er betroffen und besorgt. »Wir glauben, dass sie eine Stunde mit einem der Schwarzhemden zusammen war, die neulich die Frauen in Annas Haus aufgeschreckt haben.«

Carla blickte auf und sah Sofia an, als träfe sie eine Entscheidung, bevor sie sich dazu äußerte. »Das ist jetzt nicht der richtige Moment dafür.«

»Gut, dann erzählen Sie es mir später, und jetzt holen Sie mir eine Schüssel mit heißem Wasser, bitte, und ein paar saubere Lappen.« Sofia kniete sich neben das Bett. »Aldo, kannst du mir helfen, ihn auszuziehen?«

»Contessa!«, rief Carla aus.

Sofia drehte den Kopf nach ihr. »Seien Sie doch nicht so puritanisch. Ich will bloß wissen, wo er verwundet ist.« Carla war trotzdem entsetzt, dass ihre Herrin das Entkleiden übernahm, und Sofia musste lachen.

»Ich werde das tun«, sagte Carla. »Sofern es Ihnen nichts ausmacht, das Wasser zu holen, Contessa. Saubere Lappen liegen in dem Schrank rechts neben dem Spülbecken.«

Bis das Wasser gekocht hatte und Sofia einen Krug voll zu Carla brachte, war der Mann fertig ausgezogen.

»An der Schulter hat er große Blutergüsse«, sagte Aldo.

»Nur an der Schulter?«

Er nickte. »Ja. Und eine Schusswunde am Oberarm.«

Carla hatte ihn bis zur Hüfte zugedeckt und zog die Decke nun ein bisschen weiter zur Brust hinauf.

Sofia lachte wieder. »Aber Sie haben alles gesehen, ja?«

»Da gibt's nicht viel zu sehen«, murmelte Carla, und dann lachte sie prustend.

Sofia inspizierte die Wunde, während Carla die Flasche Branntwein holte, und als er die Augen ein wenig öffnete, versuchten sie, ihm etwas einzuflößen. Die Kugel steckte in der Wunde und musste entfernt werden. Nachdem er ein wenig

Branntwein geschluckt hatte, der ihm die Schmerzen hoffentlich erträglicher machen würde, biss Sofia die Zähne zusammen, und mit heftigem Herzklopfen ging sie ans Werk.

Carla hatte angeboten, ihr die Aufgabe abzunehmen, aber Sofia fand, sie sollte es selbst tun. Sie hatte sich angewöhnt, ihre Arbeiter zu verarzten, wenn sie sich verletzt hatten, allerdings hatte sie noch nie so eine schlimme Wunde versorgen müssen.

Während sie die Kugel herauszog, verzog der Mann vor Schmerzen das Gesicht.

»Tut mir leid«, flüsterte sie. »Tut mir leid.«

Er wurde auch beängstigend blass. Sie war sich nicht sicher, ob sie alles richtig machte, doch ihr Verstand riet ihr, die Wunde zu säubern. Als das erledigt war, holte Carla Jod und legte ihm einen Druckverband an.

»Eigentlich muss er genäht werden«, sagte Sofia und stand auf.

»Den Doktor dürfen Sie nicht bitten.«

»Nein.«

Sie waren in einer schwierigen Lage. Der örtliche Arzt in Buonconvento sympathisierte mit den Faschisten. Ihm durfte man nicht trauen.

»Was ist mit den Nonnen in Sant'Anna?«, fragte Aldo. »Lassen die nicht immer einen Arzt aus Trequanda kommen?«

Sofia dachte an die schönen Fresken im Refektorium des Klosters und an die freundliche Äbtissin. Zurzeit waren Klöster besonders nützlich, weil ihre Geheimgänge bei Razzien der Nazis selten entdeckt wurden. Und weil die Deutschen Nonnen meistens ignorierten, war ein Nonnengewand eine recht sichere Verkleidung.

Bei ihrem letzten Besuch im Kloster hatte Sofia mit der Äbtissin über ein rebellisches Mädchen aus dem Dorf gesprochen, das von zu Hause weggelaufen und im Klostergarten entdeckt worden war. Sie hatten bei Schafskäse und einem Gläschen Montalcino auf der Terrasse gesessen, über die Crete

Senesi geschaut und zusammen überlegt, was am besten zu tun war. Die Äbtissin würde ihnen sicher wieder helfen.

Carla schaute besorgt. »Was, wenn sie fragt, wer er ist? Wir wollen die Nonnen nicht in Teufels Küche bringen. Einem Engländer Unterschlupf zu gewähren ist hochriskant.«

»Wir müssen ihn noch nicht von hier wegbringen. Ich werde ab und zu nach ihm sehen, und wenn er wieder zu sich kommt und spricht, werde ich mehr erfahren.«

»Sie verstehen die Engländer, Contessa?«, fragte Aldo.

»Sicher. Meine Eltern haben mich Englisch, Deutsch und Französisch lernen lassen, und ich habe ein Jahr lang in London studiert.«

Aldo senkte den Kopf und griff in seine Hosentasche, dann hielt er ihr etwas hin. »Das habe ich in seiner Jacke gefunden.«

Ein Heftchen. Sofia blätterte darin, konnte dem Inhalt aber keinen Sinn entnehmen, und daher beschloss sie, es fürs Erste sicher zu verwahren und die anderen nicht damit zu belasten.

Es war zu kalt, um draußen zu malen, besonders auf dem Turm, wo manchmal ein starker Wind wehte, doch Sofia hatte den Sommer über einige Skizzen angefertigt. Den Turm hatte sie schon häufig gemalt, mal von einem Platz auf der Mauer, die an der Piazza mit der Zisterne entlangführte, und mal von einigen Fenstern ihres Hauses. Und die Aussicht, die sich einem vom Dach des Turms bot, zu dem man über eine steile Treppe gelangte, hatte sie auch in einem Bild festgehalten.

Vor dem Krieg hatte sie mit dem Gedanken gespielt, sich den obersten Raum als Atelier einzurichten, aber Lorenzo hielt es für allzu wahrscheinlich, dass er bombardiert werden würde, und darum hatte sie den Plan nicht weiterverfolgt. Vielleicht würde sie das irgendwann nachholen. Nun ging sie durch den weitläufigen Flur, wo einige kleine Gemälde von ihr hingen, in das nicht allzu große Atelier, das französische Fenster hatte und auf den Rosengarten hinausging.

Die Rosen blühten noch, obwohl es schon November war,

und der Anblick der Blüten munterte sie ein wenig auf. Sie malte gern Landschaften und Stadtansichten in zarten, gedämpften Farben, aber jetzt wollte sie lieber an ihrem jüngsten Bild weiterarbeiten, einem Porträt ihrer Mutter.

Wer immer der Verwundete war, sie hoffte es herauszufinden, bevor sie ihn wegschaffen mussten und bevor Lorenzo von seiner Anwesenheit erfuhr. Andernfalls wäre sie ihm eine eingehende Erklärung schuldig. Lorenzo würde es nicht stillschweigend hinnehmen, dass sie sich selbst und das Dorf in Gefahr brachte.

6

In der Nacht träumte Sofia vom Frühling, von üppigen Weiden, auf denen das junge Grün leuchtete, und sie träumte von roten Mohnblumen und Olivenbäumen, von der schönen bizarren Kraterlandschaft zwischen Siena und Montepulciano und den dunklen Säulenzypressen, die im Orcia-Tal ihre Blickachse querten. Sie sah am Straßenrand Teppiche von blauen Iris, gelben Ringelblumen, rosa Stockmalven, weißen Margeriten und blauen Hyazinthen. Und als sie von langen Mittagsmahlzeiten in Pienza träumte, von gefüllten Artischocken und gebratenem Lamm, roch sie den Rosmarin und die Minze und sah die blauen Schmetterlinge in der Luft flattern.

Manchmal träumte sie, sie säßen auf dem Rasen im Garten von San Quirico d'Orcia auf einer Decke und äßen toskanisches Fladenbrot und hausgemachten Käse. Der Hunger rief diese Träume hervor. Der Hunger nach gutem Essen, ja, und nach Abwechslung, aber sie hungerte am meisten danach, ihr heiles Leben zurückzubekommen. Manchmal träumte sie von langen Nachmittagen, an denen sie sich liebten und unbeschwert glücklich sein konnten, ohne dass sie sich zwischen Kriegsparteien entscheiden mussten, von einem Leben, das nicht so kompliziert war. Doch das war eine Illusion, denn Mussolini hatten sie schon seit zwanzig Jahren.

Im Halbschlaf hörte sie jemanden in ihrem Schlafzimmer. Jemand ging umher, und sofort dachte sie an den blauäugigen Fremden. Hatte er nur so getan, als schliefe er? Aber nein, er war ja in dem Zimmer eingeschlossen, nicht wahr? Sie griff zur Nachttischlampe.

»Lass das Licht aus.«

Lorenzo. Er war früher zurückgekommen.

Sie drehte sich auf die andere Seite, als er zu ihr ins Bett kam, und streckte schläfrig die Hand nach ihm aus. Ihr schöner, komplizierter Mann schlang die Arme um sie, und sie fühlte sein Herz an ihrer Brust schlagen. Die Reserviertheit, die er in letzter Zeit des Öfteren hervorkehrte, verschwand, wenn sie sich liebten. Dann wurden sie wieder eins und verloren die unangenehmen Seiten, die sie sich mit den Jahren zugelegt hatten.

Er küsste ihren Hals, und noch halb in ihrem Traum von Frühling, Sex und Liebe gefangen, bog sie katzenhaft den Rücken durch. Er strich über ihre Brüste, ihren Bauch, die Beine hinunter und zwischen den Schenkeln herauf. Streichelnd ertastete er die richtige Stelle, und in ihrem schläfrigen, wehrlosen Zustand kam sie schnell zum Höhepunkt. Er streckte ihr die Arme über den Kopf und spreizte ihre Beine, um in sie einzudringen.

Als Sofia wach wurde, schien die Sonne ins Zimmer. Sie streckte den Arm zur Seite, doch die andere Betthälfte war leer. Sie befühlte das Laken. Kalt. Hatte sie es nur geträumt? Doch dann sah sie seine Kleider über der Stuhllehne hängen. Also kein Traum.

Lorenzo fand, sie sollte wie seine Mutter sein: eine vornehme adlige Dame. Er sah es gern, wenn sie würdevoll auftrat, während sie den Familien gegenüber, die von ihnen abhingen, gütige Besorgnis zeigte. Er hatte nicht ihre unbekümmerte Art, und ihre Sympathie für die Partisanen unterstützte er nie offen. Er hielt es für sicherer, wenn sie neutral blieb, und ihre Sicherheit war seine größte Sorge. Darum verschwieg sie ihm manches.

Er hatte sich in sie verliebt, weil sie so viel Lebensfreude ausstrahlte. Das hatte er ihr während der Flitterwochen in Paris gestanden. Er liebe ihre Anmut, ihre Eleganz, sagte er, und ihre Manieren. Er liebte es, dass sie oft lächelte und glücklich wirkte. In letzter Zeit jedoch tat sie das seltener.

Es widerstrebte ihr, in seiner Gegenwart vorsichtig zu sein, doch andernfalls würde er sich nur Sorgen machen. Eigentlich war sie selbst nicht aktiv beteiligt, wusste jedoch, was vor sich ging, und schwieg darüber. Sie wusste von den Frauen, die für die Partisanen strickten, und sprach nicht darüber. Sie wusste, wo einige der Partisanen waren, und hielt es geheim. Sie wusste, dass Carla in ihrer Küche für sie kochte, und sagte nichts. Und jetzt versteckte sie den Verwundeten, ohne etwas über ihn zu wissen. Und auch das behielt sie für sich.

Lorenzo war wachsam, ein scharfer Beobachter. Er zog mit, wenn sich etwas nicht umgehen ließ, und zu Anfang hatte er wie viele andere geglaubt, Mussolini werde dem Land guttun. Mussolini baute Straßen, die Züge fuhren wieder pünktlich. Doch als er die freie Presse abschaffte, die Gewaltverbrechen faschistischer Gruppen duldete und immer mehr Macht an sich riss, verschlechterte sich die Lage im Land zusehends.

Und nachdem er sich 1925 zum Diktator gemacht und eine Geheimpolizei aufgebaut hatte, begriffen sie allmählich, was wirklich passierte. Als die Justiz geschwächt, politische Gegner verhaftet und häufig auch hingerichtet wurden, sahen sie vollends klar. Zu spät. Viel zu spät.

Freunde in England fragten, wie sie es dazu hatten kommen lassen können, und sie antworteten, die Bevölkerung sei getäuscht und manipuliert worden und hätte jemanden oder etwas gebraucht, an das sie glauben konnten. Und sie warnten die Engländer, auf der Hut zu sein. Denn wenn sich in Italien und Deutschland Populismus, Zwietracht und Hass durchsetzen konnten, dann war das überall möglich.

Inzwischen war Lorenzo rekrutiert worden, damit er Informationen an die Alliierten weitergab – was ungeheuer gefährlich war, da sein Ministerium von den Nazis kontrolliert wurde. Lorenzo sprach mit ihr nicht mehr so oft wie früher, sodass sie kaum wusste, was er tat. Dafür konnten sie beide nichts, der Krieg kam ihnen in die Quere.

Sofia fand, dass sie beide gezwungen waren, sich auf ihr

eigentliches Wesen zu besinnen, etwas, was man nur allein tun konnte. Wenn man tagtäglich um das Leben des Menschen fürchten musste, den man über alles liebte, liebte man ihn umso mehr und wollte ihn nicht mehr loslassen, doch das war unmöglich. Man wollte ihn unbedingt beschützen, und gerade deshalb musste man ihn ein bisschen loslassen, sich ein bisschen verschließen. Ihm den Freiraum geben zu tun, was er tun musste. Wenn sie sich an Lorenzo klammerte, wäre jeder Abschied für ihn nur umso schmerzlicher. Besser, er sah sie stark und wähnte sie in Sicherheit.

7

Als Sofia die Tür des kleinen Schlafzimmers aufschloss und öffnete, schlug ihr ein überwältigender Krankengeruch entgegen.

Sie fasste dem Mann prüfend in den Nacken und stellte fest, dass sein Fieber gestiegen war. Rasch zog sie die Decke weg und wies Aldo an, ein Tuch mit kaltem Wasser zu tränken und auszuwringen, dann betupfte sie dem Mann Gesicht und Hals. Obwohl der Zustand des Verwundeten, der angeblich James hieß, ernst war, würden sie eine Möglichkeit finden müssen, ihn ungesehen in das Kloster zu bringen, und das sofort, wenn sie Lorenzo nicht einweihen wollte.

In der Küche sah Aldo ihrem Hausmädchen Giulia zu, die gerade Frühstück machte und Kaffee kochte. Sie arbeitete erst seit Kurzem bei ihnen. Giulia hatte bei ihrer Großmutter in Pisa gelebt und war dann zu Beginn des Krieges ins Dorf gezogen, um bei ihrer Mutter zu sein. Sofia war sich noch unsicher, ob auf das Mädchen Verlass war, hatte aber beschlossen, ihr eine Chance zu geben.

Aldo blickte Sofia verwirrt an. »Zwei Kaffeetassen. Haben Sie einen Gast?«

»Nein. Lorenzo ist wieder da.«

»Ach.« Er war sichtlich überrascht.

»Ich habe ihn gesehen«, sagte Giulia stolz. »Er hat nach Frühstück verlangt.«

»Wird Conte Lorenzo länger bleiben?«, fragte Carla, die gerade aus dem Garten hereinkam.

»Das weiß ich nicht«, antwortete Sofia, dann ging sie zu Aldo und flüsterte: »Kannst du hier auf mich warten? Ich brauche Hilfe, um den Verwundeten wegzuschaffen.«

»Natürlich.« Er setzte sich an den Tisch, um seinen Kaffee zu trinken.

Dabei sah sie ihn wieder als das Krabbelkind vor sich und dann als den engelhaften Vierjährigen, dem sein Onkel Gino ein Auto geschnitzt hatte. Wie schnell die Zeit vergangen war! Es kam ihr vor, als wäre es erst gestern gewesen, dass Aldo im Castello umhergeflitzt, jedem vor die Füße gelaufen war und sich so niedlich entschuldigt hatte, dass ihm niemand hatte böse sein können.

Und wie sehr sie sich damals freute, wenn er es sich auf ihrem Schoß gemütlich machte und mit den Locken über den Augen zufrieden am Daumen lutschte, als gäbe es keine Sorgen! In späteren Jahren half er bei der Olivenernte mit. Während die älteren Jungen und die Männer mit langen Hakenstöcken arbeiteten, kletterte er in einen der Bäume und schüttelte die Zweige, bis haufenweise Oliven im aufgespannten Netz lagen. »Ich hab die meisten!«, rief er dann. Er würde immer einen Platz in ihrem Herzen haben.

Mit einem tiefen Atemzug kehrte Sofia in die Gegenwart zurück. Carla blickte sie an, als wollte sie etwas sagen, sah kurz weg und wieder zu ihr, und Sofia begriff, dass sie nur abwartete, bis Giulia die Küche verließ.

»Was gibt es?«, flüsterte Sofia, sowie das Hausmädchen in die Speisekammer gegangen war. »Rasch. Ich muss wieder zurück zu meinem Mann.«

Carla senkte den Kopf, und als sie wieder aufblickte, wirkte sie tief besorgt.

»Carla, was ist los? Sie machen mir Angst. Geht es um Gabriella?« Sie drehte sich zu Aldo um. »Du hast etwas von Gabriella und den Schwarzhemden gesagt. Und dass Carla es mir erzählen sollte.«

Aldo schob seinen Stuhl zurück und stand auf, seine Mutter machte ein enttäuschtes Gesicht.

»Carla?«

»Na ja, neulich Abend, da haben wir … na ja … gestrickt …«

»Ich weiß von den Strickabenden. Du meine Güte, da wird nur gestrickt. Ich weiß schon lange davon.«

»Sie haben nichts dagegen?«

Sofia schüttelte den Kopf.

»Wir wurden gestört. Niemand kommt so spät noch, nicht um diese Jahreszeit. Gabriella schob Wache, und wir hörten sie unten auf der Straße. Wir haben eine Weile abgewartet, dann bekamen wir mit, dass Gabriella draußen bei ihnen war.«

»Du lieber Gott … Haben sie ihr etwa was getan?«

Carla zuckte zusammen. »Ich glaube nicht, aber wissen Sie, sie ist mit ihnen gegangen. War über eine Stunde lang weg.«

»Sie meinen, die sind zudringlich geworden?«

»Nein. Sie kennt einen von denen. Ich glaube nicht, dass viel passiert ist, doch sie will nicht darüber reden. Ihre Kleidung war nicht zerrissen, und sie hat auch nicht geweint. Aber sie ist sehr hübsch, und Männer nutzen eine Gelegenheit, wenn sie sich ihnen bietet. Gabriella redet nie viel, doch jetzt spricht sie überhaupt kein Wort mehr. Wenn ich sie frage, was passiert ist, sieht sie nur zu Boden. Sie war schon immer ein bisschen verträumt. Ich hätte sie nicht allein unten lassen sollen.«

»Das ist nicht Ihre Schuld. Diese gottverdammten Deutschen!«

»Das waren keine Deutschen, sondern Schwarzhemden«, brummte Aldo. »Wenn ich die in die Finger kriege!«

»Soll ich mal mit ihr reden?«, bot Sofia an.

Carla schüttelte den Kopf. »Noch nicht. Aber zu allem Übel habe ich Angst, dass Aldo eingezogen wird.«

»Ist schon ein Schreiben gekommen?«

»Nein.« Sie klang elend und schaute zu ihrem Sohn hinüber. *»Per Dio,* die verdammten Nazis wollen mir meinen Jüngsten wegnehmen, damit er in ihrem Krieg kämpft.«

Aldo straffte die Schultern. »Ich kämpfe auf keinen Fall für die Deutschen.«

Seine Mutter machte ein düsteres Gesicht. »Eher haut er

ab und schließt sich der Resistenza an, sagt er.« Sie strich ihm durch die Haare. »Ein echter Hitzkopf, mein Junge. Ständig spricht er von den Partisanen. Er wird noch tot im Straßengraben enden.«

»Ich kämpfe nicht für die Deutschen«, bekräftigte Aldo. »Kommt überhaupt nicht infrage.«

Sofia seufzte schwer – als hätte Carla nicht schon genug, mit dem sie fertigwerden musste. »Versuchen Sie, sich nicht aufzuregen. Wir werden unser Möglichstes tun. Aber jetzt werde ich erst mal herausfinden, wie lange Lorenzo hierbleibt.«

Lorenzo stand vom Esstisch auf und schenkte Sofia ein herzliches Lächeln.

»Ich habe vor, zu den abgelegenen Höfen zu fahren und nach dem Rechten zu sehen«, sagte er. »Ich hatte gehofft, wir könnten zusammen frühstücken, doch du kommst spät.«

»Bitte entschuldige.« Sie fragte sich, ob er ihr ein schlechtes Gewissen machen wollte, tat den Gedanken aber ab und ärgerte sich, weil sie alles infrage stellte.

»Die Erträge sind geringer als sonst. Das überrascht mich zwar nicht, doch ich will mir die Sache selbst ansehen«, erklärte er. Ihre Anspannung schien er nicht zu bemerken.

Er wusste von ihrer Ansicht, dass die Pachtbauern eigenes Land bekommen sollten. Nach Lage der Dinge war er als der Conte de' Corsi für alle Höfe, Häuser und Villen auf seinem Land verantwortlich. Wie überall in Italien galt auch bei ihnen die alte Pachtform der Mezzadria, eine Halbpacht, bei der der Landbesitzer Gerätschaften und Saatgut zur Verfügung stellte und dafür vom Pächter die Hälfte des Rohertrags bekam. Einmal im Jahr wurde ihre Olivenpresse von allen benutzt, und vor dem Krieg hatte Lorenzo die Häuser im Dorf mit elektrischem Strom und Wasserleitungen versorgt.

»Vielleicht ist es an der Zeit, das Pachtverhältnis zu ändern?«, meinte Sofia ein wenig geistesabwesend.

Er sah sie an. »Ich behandle die Bauern und Landarbeiter anständig.«

»Ich weiß, aber …«

Lorenzo blickte sie noch immer an und wirkte verwirrt. »Worum geht es hier wirklich? Wir hatten entschieden, das nach dem Krieg zu ändern. Das weißt du. Ist alles in Ordnung?«

»Natürlich.«

»Du kommst mir … ich weiß nicht … ein bisschen derangiert vor.«

»Ach, um Himmels willen«, erwiderte sie ungehalten. »Welche Rolle spielt das?«

»Sofia, was ist neuerdings mit dir los? Eben scheint alles gut zu sein, dann reißt du mir plötzlich den Kopf ab.«

»Und du bist immer perfekt, ja?« Sie schoss ihm einen bösen Blick zu und sah dabei eine Sanftheit in seinen grauen Augen, die sie fast zum Weinen brachte. »Du bist gereizt. Du bist kaum mal hier, und wenn, dann bist du distanziert. Wenn ich es nicht besser wüsste, würde ich sagen, du hast eine Affäre.«

Er lächelte, und das ärgerte sie noch mehr.

»Du erzählst mir kaum, was du machst, wohin du fährst, mit wem du zu tun hast. Nichts! Was soll ich davon halten?«

»Es ist sicherer, wenn du nichts über diese Angelegenheiten weißt. Aber davon abgesehen, bist du in letzter Zeit nicht selbst ein bisschen verschlossen?«

Sie spürte, dass ihr eine verräterische Röte in die Wangen stieg, und wünschte sich sehr, sie könnte ihm von dem Engländer erzählen und ihn um Hilfe bitten.

»Du stehst mit der Köchin flüsternd in einer Ecke. Telefonierst spätabends noch.«

»Ein Mal. Das ist nur ein Mal vorgekommen, und jetzt erreiche ich meine Mutter nicht mehr. Ich habe Angst, dass den beiden etwas zugestoßen ist.«

»Sobald ich wieder in Rom bin, werde ich nach ihnen sehen.«

»Wann?«

»Übermorgen. Ich werde früh aufbrechen. Doch heute bin ich hier, und wenn ich von den Höfen zurückkomme, können wir den ganzen Nachmittag zusammen verbringen, und den morgigen Nachmittag vielleicht auch. Ich hoffe, ich kann dich damit ein bisschen glücklich machen. Was meinst du?«

Kannst du nicht, wollte sie antworten. Nicht heute. Stattdessen wechselte sie das Thema, um mit ihrem Plan voranzukommen. »Nun ja, ich habe selbst erst mal einiges zu erledigen. Ich nehme den Laster, sofern er noch Sprit hat.«

»Musst du? Kannst du nicht den Eselkarren nehmen?«

»Es geht um eines meiner Bilder.« Sie stockte, und es zog ihr das Herz zusammen, während sie die Lüge ausschmückte. Sah er ihr die Gewissensbisse an? »Ich habe mir überlegt, es rahmen zu lassen, und es darf unterwegs nicht nass werden.«

»Ah, es ist fertig geworden. Ausgezeichnet. Doch es sieht wirklich nach Regen aus. Warum bringst du es nicht ein andermal weg?«

»Ich möchte es gern erledigen. Meine Mutter soll es zum Geburtstag bekommen.« Sie schaute durchs Fenster zu den dunklen Wolken, die sich am Himmel zusammenzogen.

»Nun, dann sei vorsichtig. Auf meiner Rückfahrt von Florenz haben die Flugzeuge der Alliierten auf alles geschossen, was sich bewegte. Nimm Aldo mit.«

»Mach ich. Auf den schmalen Nebenstraßen wird uns schon nichts passieren.«

Lorenzo war fort. Jetzt galt es, keine Zeit zu verlieren. Ohne sich zu waschen, zog Sofia sich hastig an, steckte sich die Haare hoch und band sich ein Kopftuch um wie alle Frauen auf dem Land. Dabei fiel ihr Blick auf das gerahmte Foto ihrer Eltern, das auf ihrem Frisiertisch stand. Sie hoffte inständig, dass es ihnen gut ging.

Nachdem sie Mut gefasst hatte, ging sie durch den Seitenflur zu dem kleinen Schlafzimmer hinunter. Diesmal schlug der Mann die Augen auf und wirkte wacher als beim vorigen Mal.

»Wir müssen Sie woandershin bringen«, sagte sie. »Hier sind Sie nicht sicher.«

»Danke.« Er lächelte mühsam und klang schwach.

»Sie sind Engländer?«

Er sprach ein paar Worte italienisch.

»Als ich Sie zum ersten Mal sah, haben Sie englisch gesprochen.«

»Ja, wahrscheinlich ... Ich weiß es nicht mehr so genau.«

»Wenn man kaum bei Bewusstsein ist, denkt man wohl nicht in einer Fremdsprache.«

Er lächelte wieder schwach.

»Und jetzt? Können Sie mir etwas erzählen?«

»Der Fallschirm hat sich verheddert. Ich wurde entdeckt und angeschossen. Hab es irgendwie hierhergeschafft.« Er war heiser, und das Reden strengte ihn an.

»Wie lange ist das her?«, fragte sie sanft.

Er gab keine Antwort. Während sie sich überlegte, wie sie vorgehen sollte, schloss er die Augen. Vielleicht sollte sie den Laster zum Seiteneingang fahren. Wenn Aldo ihr half, den Mann zu stützen, könnte es gehen.

»Mein Codebuch?«, fragte er kaum noch hörbar.

»Ach, das Heftchen? Ich habe es sicher verwahrt.«

Er griff nach ihrer Hand und drückte sie.

Als Sofia und Aldo das Haus durch die Vordertür verließen, saß die alte Maria auf einem Stuhl im Eingang ihres Hauses im Schatten des Turms und beobachtete, was vor sich ging. Das tat sie tagein, tagaus. Sogar im November. Einem so kalten November! Von allen Dorfbewohnern war sie sicher am unbeliebtesten, die Ärmste.

Allerdings war sie anfangs genauso überrascht wie alle anderen gewesen, als ihr Enkel ausgezogen war, um sich den Schwarzhemden anzuschließen, und jetzt wusste niemand, auf welcher Seite sie eigentlich stand. Sie tat, als wüsste sie nicht, wohin der Junge verschwunden war. Aber hielt sie lediglich nach ihm Ausschau, oder bespitzelte sie die Dorfbewohner? Alle verstanden, dass sie sich Sorgen machte, brachten jedoch kein Mitgefühl auf, und einige konnten es kaum erwarten, den Jungen eines Tages mit einer Kugel im Kopf aufzufinden.

Aldo schloss das Tor zum alten Kutschenhof auf. Unter all den Fahrzeugen und Karren stand der Kleinlaster in einer Ecke, ein klobiges, stinkendes, schwergängiges Ding. Sie holte tief Luft und zögerte. Es war schwer zu sagen, ob sie das Richtige tat, und der Laster verbrauchte viel kostbaren Sprit. Sie sah Aldo an.

Er lächelte. »Was wir vorhaben, ist richtig.«

Sie war entzückt, weil er so oft erriet, was sie dachte. Aber eigentlich konnte man Richtig und Falsch nicht mehr auseinanderhalten. Wenn alles falsch war, tat man einfach, was nötig war, und stellte keine Fragen. Sie atmete tief durch, und ihr Entschluss stand fest.

Wie viele Männer seiner Art konnte Lorenzo überbehütend sein. Streng genommen war sie sogar selbst schuld, wenn sie ehrlich zu sich war. Sie hatte es erlaubt, anfangs sogar genossen, während sie ihm besser unnachgiebig klargemacht hätte, dass sie die Dinge sehr gut selbst in die Hand nehmen konnte. Stattdessen war sie still dazu übergegangen, das zu tun, was sie für richtig hielt. Er hatte ihr dabei zugesehen, wusste, wie mutig und stark sie war und dass sie so leicht nichts erschütterte, doch es war ihr einfacher erschienen, ihm weiter das Gefühl zu geben, er sei ihr Beschützer.

»Soll ich fahren?«, fragte Aldo.

»Ja, danke. Ich setze mich neben James. Aber wir dürfen nicht zu lange wegbleiben. Ich muss bald zurück sein, um den Nachmittag mit meinem Mann zu verbringen.«

Sie stiegen ein und fuhren an den Seiteneingang des Hauses.

Während der Rückfahrt vom Kloster über die unbefestigten Wege, die sich durch die Hügel schlängelten, brach die Sonne durch die Wolken und ließ die nasse Landschaft gleißen und glitzern.

Sofia betrachtete das Panorama der blaugrauen Hügel unter den tief hängenden silbrigen Wolken, und das hob ihre Stimmung. Sie fühlte sich, als würden sie den Krieg vielleicht doch nicht allzu sehr spüren müssen. Wie könnte es auch sein, wenn es solche frischen, glitzernden Tage gab? Und in diesen Zeiten war es lebenswichtig, den kostbaren Funken Hoffnung zu nähren. Augenblicke wie diese munterten sie auf und stimmten sie optimistisch. Und später, wenn sie sorgenvoll wach lag, konnte sie darauf zurückgreifen und sich in einer künftigen Welt vor sich sehen, die gut war, in der die Sonne schien und sie in Frieden lebten.

Aldo hielt für ein paar Minuten an, damit sie sich die Beine vertreten konnten. Sie genossen die frische Luft und sahen zu, wie sich die langen Gräser raschelnd im Wind bogen.

»Er wird dort sicher sein«, sagte Aldo.

»Ja.« Sie schwieg und freute sich, weil sie sich bei ihm unbeschwert und entspannt fühlte. »Ich erinnere mich an die Zeit, als ich gerade hierhergezogen war, um auf dem Land zu leben«, bemerkte sie dann. »Da warst du natürlich noch nicht auf der Welt. Ich war das Leben in der Großstadt gewohnt, aber kurz nach meiner Ankunft hier habe ich mich in das ganze Anwesen und seine Bewohner verliebt. Sie haben mich damals willkommen geheißen, als wäre ich eine der Ihren.«

»Meine Mutter erzählt oft davon.«

»Das war eine schöne Zeit. Wirklich.« Sie lächelte. Nie würde sie ihren ersten Winter mit Lorenzo im Castello vergessen. »Wir haben vor dem prasselnden Kaminfeuer gefaulenzt, während sich draußen eine geheimnisvolle Landschaft mit nebelverhangenen Tälern und violettem Himmel bildete, die ab und zu mit Schnee bestäubt war.«

»Contessa, Sie haben schon immer ein Auge für das Schöne gehabt.«

Sie lachte. »Du denn nicht?«

»Doch, aber ich bin ein praktisch veranlagter Mann und neige nicht so zum Poetischen wie Sie.«

Ein Mann?, dachte sie. Es fiel ihr schwer, einen Mann in ihm zu sehen.

Und als sie nun zu den Kiefern und Eichen schauten, so dunkel in den Gehölzen, kam ihr die Pistole in den Sinn und ließ ihr keine Ruhe. Vielleicht könnte Aldo ihr zeigen, wie man sie handhabte. Aber würde sie imstande sein, damit auf einen Menschen zu zielen und abzudrücken? Wäre sie fähig, jemanden zu töten? Die Vorstellung erschien ihr absurd.

»Du weißt, wie man mit einer Schusswaffe umgeht, nicht wahr?«, fragte sie.

»Ja. Durch die Jagd.«

»Könntest du es mir beibringen?«

Er lächelte. »Natürlich. Ich kann mir allerdings nicht vorstellen, dass Sie Wildschweine schießen.«

»Nein.«

Es folgte ein kurzes Schweigen.

Sie deutete über das Gelände. »Schau, wie viele Wiesen nicht gemäht wurden. Wir Frauen tun unser Möglichstes, doch das reicht nicht.«

Hinter den Wiesen lagen dichte Wälder, in denen sich Dutzende Männer versteckten. Sie hoffte, dass es für die noch genügend Wildschweine gab.

»Nachts denke ich an die Männer dort«, fuhr sie fort. »Es wird bald bitterkalt sein, und sie haben keine warme Stube. Das macht mir Sorgen.«

»Sie werden irgendwie für sich sorgen.«

Sie nahm sich vor, Carla zu sagen, wie froh sie war, dass sie für die Männer kochte, und gab von ihren Vorräten gern etwas her. Es war Zeit, ihren Teil zu einem Sieg der Alliierten beizutragen.

Während sie gedankenverloren dastand, wurde der Frieden brutal gestört durch das ohrenbetäubende Dröhnen von Jagdflugzeugen, die in Formation nach Norden flogen.

Sie hielt sich die Ohren zu. »Alliierte. Bitte mach, dass es Alliierte sind«, murmelte sie.

Aldo nickte. »Sind es, glaube ich.«

Dann, als die Bombeneinschläge zu hören waren, dachte sie schaudernd daran, welche Dörfer diesmal unabsichtlich getroffen wurden. Manchmal kam es einem vor, als wäre den Piloten und Bordschützen der Alliierten das Schicksal der Italiener gleichgültig.

8

Am nächsten Tag, als Sofia nach einem Spaziergang mit den Hunden zu Hause ankam, erfuhr sie, dass Oberst Schmidt, der Ortskommandant der Wehrmacht, in der Zwischenzeit angerufen und nach Lorenzo gefragt hatte. Einen Moment lang hielt sie den Atem an. Der Brief, der sie über die Absicht informiert hatte, das Dorf zu requirieren, war von diesem Mann unterschrieben.

Carla hatte geantwortet, dass der Conte zu Hause sei, und daraufhin hatte sich der Deutsche höflich zum Essen angekündigt. Sofia war heilfroh, dass sie James schon fortgebracht hatte. Wenn Lorenzo mitbekäme, dass sie einem Feind der Deutschen Unterschlupf gewährte, war das eine Sache, eine ganz andere aber, wenn Schmidt das entdeckte, zumal er vielleicht kam, um das Haus für die Requirierung in Augenschein zu nehmen.

Sie war dankbar für den friedlichen Nachmittag, doch jetzt war es Zeit, sich für den Abend bereit zu machen, den sie sicher nicht genießen würde. Während sie die Nachrichten im Radio hörte, schaute sie aus dem Fenster und sah die Fledermäuse aus dem Bogenfenster des Turms fliegen und über den Himmel sausen. Dann dachte sie an die widersprüchlichen Gerüchte, die sich verbreiteten wie ein Lauffeuer. Die Alliierten waren nahe. Sie konnten jeden Tag bei ihnen eintreffen. Das hörten sie immer wieder.

Doch im Augenblick waren die Gerüchte nicht so gut. Die Alliierten rückten in Süditalien nur langsam vor, und der Widerstand der Wehrmacht war stärker als erwartet. Da wurde gekämpft und gesiegt, aber die Deutschen zogen sich nur im Schneckentempo zurück und konnten dabei noch furchtbare Zerstörungen anrichten.

Als Lorenzo ins Schlafzimmer kam, fühlte sie sich entmutigt, war jedoch auch ungeheuer erleichtert, dass er da war. Den Oberst einen Abend lang allein unterhalten zu müssen war eine Vorstellung, die ihr gar nicht behagte.

»Radio London?«, fragte er. Sie zog sich gerade das schwarze Seidenkleid an, für das sie sich entschieden hatte. Es war langärmlig, hochgeschlossen, reichte bis über die Knie und saß wie eine zweite Haut, sodass es ihre schlanke Figur betonte.

»Ja. Immer noch besser als die faschistische Propaganda. Aber es gibt keine guten Neuigkeiten. Kannst du mir den Reißverschluss zuziehen?«

Nachdem er das getan hatte, schaltete sie das Radio aus. Sie sagten beide nichts weiter dazu, und eine Weile war jeder in seine Gedanken vertieft. Sofia setzte sich an den Frisiertisch und legte ihre Diamantohrringe an, Lorenzo schritt im Zimmer auf und ab.

»Du willst ihn festlich empfangen«, sagte er schließlich und trat zu ihr, um ihre Haare anzuheben und ihren Nacken zu küssen. »Du siehst schön aus.«

»Wir müssen auf den Oberst einen guten Eindruck machen«, erwiderte sie, rümpfte jedoch die Nase.

Er lachte. »Es überrascht mich, dass du dir Mühe gibst.«

»Ich war bloß sarkastisch.«

»Ich weiß.« Er lächelte, doch sein Blick wirkte nachdenklich. »Haben dir unsere beiden Nachmittage gefallen?«

»Das weißt du selbst.«

Darauf wirkte er noch nachdenklicher. »Du bist die Sonne meines Lebens. Weißt du das? Ich sage es nicht oft genug.«

Sie lächelte ihn an, dann steckte sie sich die Haare hoch und tupfte sich ein paar Tropfen Arpège in den Nacken und auf die Handgelenke. »Du musst es nicht sagen.«

»Und du weißt, ich möchte genauso sehr wie du, dass es wieder so wird wie vorher.«

»Musst du diese Arbeit für die Alliierten machen?«

Er nickte. »Ich glaube ja.«

»Du kannst das Ministerium nicht einfach verlassen?«

»Das könnte Misstrauen wecken. Mein Posten ist gut geeignet, um Informationen über Lebensmittelvorräte, Getreidelager und dergleichen weiterzugeben. Die alliierten Soldaten müssen essen. Und ich erfahre einiges über die Pläne der Deutschen, ihre Bewaffnung, Rekrutierungen und so weiter. Ich bedaure, dass ich dir nicht mehr sagen darf.«

»Ich wünschte, wir wären heute Abend allein. Ich wünschte, dieser elende Mensch würde nicht zu uns kommen.«

»Was glaubst du, was er will?«

Sie fühlte sich beklommen und bereute, ihm nicht vorher davon erzählt zu haben. »Möglich, dass sie hier Soldaten einquartieren wollen. Da ist kürzlich ein Schreiben gekommen.«

Er runzelte die Stirn, dann ging er ans Fenster und sah hinaus. Nach ein paar Augenblicken drehte er sich zu ihr um und wirkte perplex. »Liebling, warum sagst du mir das erst jetzt?«

»Entschuldige. Das hatte ich vor, aber ich habe gehofft, dass es nicht so weit kommt. Die verschicken diese Briefe dutzendweise, und oft genug passiert gar nichts. Ich wollte dich nicht unnötig aufregen.«

Er breitete die Arme aus. »Ich hätte vielleicht etwas unternehmen …«

Sie fiel ihm ins Wort. »Aber was denn, Lorenzo? Was? Niemand von uns kann irgendetwas dagegen tun. Warten wir mal ab. Vielleicht kommt es gar nicht dazu.«

»Liebling, du bist nervös.«

Er hatte recht. Sie *war* nervös.

»Komm her.«

Sie ging zu ihm, und er nahm sie in die Arme. »Es wird schon gut gehen.«

Sofia war den Tränen nah. »Meinst du? Selbst wenn sie unser Zuhause beschlagnahmen?«

»Glaub mir, wir überstehen das.«

Er hielt sie auf Armeslänge von sich und sah ihr in die Augen. »Nur eines, Liebste.« Er lächelte, doch sie bemerkte, dass sich seine Pupillen zusammenzogen. »Als ich an deinem Atelier vorbeiging, stand die Tür offen, und ich habe das Porträt deiner Mutter auf der Staffelei gesehen. Willst du mir nicht verraten, was du gestern wirklich getan hast?«

In dem Moment hörten sie das Hausmädchen rufen.

Sofia atmete auf und ging rasch zur Tür. »Später«, sagte sie zu ihm.

9

Maxine stand in dem eiskalten Flur des Herrenhauses in Castello de' Corsi und schaute sich um. Sie hatte die ungepflasterte Zufahrtsstraße tatsächlich gefunden. Das Hausmädchen, das sie hereingelassen hatte, streckte die Hand aus, um ihr Jacke und Reisetasche abzunehmen.

»Nicht nötig.« Maxine drückte ihr Gepäck unbeholfen an sich.

Unterwegs hatte sie bei einer Rast eins der Flugblätter gelesen. Darin wurden Aktionen der Partisanen geschildert, vor möglichen Reaktionen der Nazis gewarnt und erklärt, wie man die Alliierten unterstützen konnte. Aber die genaue Stimmungslage kannte sie nicht. Seit ihrer Ankunft in Italien sah sie, wie stark die Ansichten auseinandergingen. Die Bombenangriffe der Alliierten waren unbeliebt, wenn Zivilisten dabei umkamen, doch die meisten Italiener wollten mehr als alles andere, dass die Deutschen und die italienischen Faschisten ein für alle Mal verschwanden.

Jetzt hörte sie Schritte auf der großen Marmortreppe und blickte auf. Eine zierliche, elegante Frau mit dunklen Augen und hellem Teint, die ihre glänzend schwarzen Haare hochgesteckt trug, kam ruhig und würdevoll die Stufen herab. Sie war eine Frau, die Männer anbeteten, nach der sie sich verzehrten, um die sie kämpften: eine Madonna. Maxine starrte sie an und fühlte sich deplatziert und viel zu groß.

Die dunkle Erscheinung trug ein schwarzes Kleid und Diamantohrringe und ein dazu passendes Collier, das im Schein eines Kronleuchters funkelte. Ihre linke Hand ruhte besitzergreifend auf dem Unterarm eines attraktiven, würdevollen Herrn. Beide wirkten überrascht, sie in ihrem Flur zu sehen.

Maxine machte einen Schritt auf sie zu, um sich vorzustellen, doch das Hausmädchen kam ihr zuvor.

»Die junge Dame möchte die Contessa sprechen.«

Das Paar durchquerte den Flur, und die Frau streckte Maxine die Hand entgegen. Sie lächelte, aber nur der Form halber. Maxine vertraute gewöhnlich ihrer Wahrnehmung, und diese Frau verwirrte sie.

»Ich bin Sofia de' Corsi. Womit kann ich Ihnen helfen?«

Auf einmal bemerkte Maxine die Ähnlichkeit zwischen Sofia und Elsa. Sie bewegte sich genauso elegant und gelassen und redete auch so. Typisch Adel, dachte sie. Reserviert, machtgewohnt. Verwöhnt. Alter Adel, so sagte man. Wusste diese Frau tatsächlich, was ihre Eltern taten?

»Ich heiße Maxine«, begann sie, nachdem das Hausmädchen geknickst und sich still ein paar Schritte entfernt hatte. »Ich habe mein Motorrad vor dem Haus abgestellt. Ist das in Ordnung?«

Sofia zeigte keinerlei Regung.

»Ihre Eltern haben mich gebeten, Ihnen alles zu erklären«, fuhr Maxine leise fort. »Die Briten haben mich hergeschickt, aber das ist eine lange Geschichte. Ihre Mutter hat mich auch gebeten, Ihnen etwas zu geben.«

»Ich verstehe.« Sofia wandte sich kurz dem Hausmädchen zu, um es wegzuschicken, dann kehrte sie mit ihrer Aufmerksamkeit zu ihnen zurück. »Das ist mein Mann, Lorenzo«, sagte sie mit einem kühlen Blick, wie Maxine fand.

Der Mann lächelte. »Kann ich Ihnen etwas zu trinken anbieten?«, fragte er auf die höfliche Art, die Adelige immer an den Tag legten.

»Danke. Das wäre nett.«

»Rotwein?«

»Sehr gern.«

»Wollen wir erst einmal in meinen kleinen Salon gehen?«, schlug Sofia vor. »Da können wir uns unterhalten und sind unter uns.«

Sobald Sofia die Tür ihres Salons hinter sich geschlossen hatte, zog Maxine den Reißverschluss ihrer Reisetasche auf und holte das Kästchen hervor, das sie abliefern sollte. »Dies zuerst. Es wirkt ein bisschen seltsam, doch ich soll Ihnen das geben und Sie an die Pralinen erinnern.«

Ihre Gastgeberin schüttelte das Mitbringsel, ließ aber nicht erkennen, ob sie den Hinweis verstand. Maxine war sich sicher, dass die Worte eine Botschaft enthielten.

»Sehr nett von Ihnen, mir das zu bringen.« Sofia betrachtete sie zweifelnd. »Dann kommen Sie also nicht von hier? Ich kann Ihren Akzent nicht ganz zuordnen.«

»Kann ich offen sprechen?«

Sofia blieb zurückhaltend und kühl. »Kann das in diesen Zeiten irgendjemand?«

Um die Atmosphäre aufzulockern, versuchte Maxine es mit einem warmen, verbindlichen Lächeln. »Meine Familie stammt aus der Toskana, ist aber nach Amerika ausgewandert. Ich bin zweisprachig aufgewachsen.«

»Ich halte es für wahrscheinlich, dass Leute mit amerikanischer und britischer Verwandtschaft sehr bald verhaftet werden«, erwiderte Sofia bitter. »Jeder, den die Deutschen für sich als Gefahr ansehen.«

Und diese Bemerkung zusammen mit Elsas Gesinnung ermutigte Maxine, ihr alles zu erzählen. »Sehen Sie, tatsächlich arbeite ich als Geheimagentin für die Alliierten. Ich hatte gehofft, wie eine Italienerin zu klingen und gar nicht amerikanisch.«

Sofia zog die Brauen hoch. »Ach so. Und was sollen Sie hier tun?«

»Ich soll herausfinden, was die Widerstandskämpfer leisten können, und dann zwischen ihnen und den Briten als Verbindungsperson fungieren. Ich soll mich hier mit einem britischen Funker treffen.«

Sofia nickte. »Aha. Möglicherweise ist er schon angekommen.«

»Wo ist er?«

»Alles zu seiner Zeit. Meine Mutter hat vorgeschlagen, dass Sie bei uns bleiben?«

»Wenn es nicht zu viele Umstände macht. Sie hielt das für das Beste, ja.«

Sofia schien zu überlegen. »Nun, dann führe ich Sie durchs Haus und bringe Sie in einem Gästezimmer unter.«

»Es scheint sehr groß zu sein. Drei Etagen.«

»Eigentlich nicht. Die oberste muss renoviert werden, sodass wir sie nicht benutzen. Auf dieser Etage haben wir die Küche, das Esszimmer, mein Atelier und diesen kleinen Salon, auch den großen Salon und mehrere unbenutzte Zimmer, eine Waschküche und das Arbeitszimmer meines Mannes natürlich. Und die Dienerquartiere befinden sich im Seitenflügel. Möchten Sie sich gern umziehen? Haben Sie Kleidung zum Wechseln bei sich?«

»Nicht viel. Aber Ihr Mann hatte mir ein Glas Wein versprochen.«

Sofia schüttelte den Kopf. »Das hätte er nicht tun sollen. Wir erwarten gerade einen deutschen Offizier.«

»Dann sollte ich mich besser rarmachen.« Maxine bewegte sich bereits zur Tür. »Ich nehme an, mein Zimmer liegt oben?«

»Ja, unsere Schlafzimmer und Bäder befinden sich im ersten Stock.«

Die Augen der Contessa gaben nichts preis, als sie in den Flur traten, doch in dem Moment schlug jemand an die Haustür, und von woanders hörte man aufgeregtes Bellen.

Maxine sah, dass es zu spät war, um sich davonzustehlen. Verdammt, oder *mannaggia,* wie ihre Mutter sagen würde. Das Hausmädchen hatte die Tür schon geöffnet und ließ einen Mann herein. Er schlug die Hacken zusammen und verbeugte sich vor ihnen. Sofia warf Maxine dabei einen warnenden Blick zu.

»Oberst Schmidt«, sagte Sofia. »Ich bin die Contessa de' Corsi, und das ist eine gute Freundin von mir …«

»Massima«, warf Maxine ein, entsprechend ihrer Legende. »Aus Rom.« Und sie bemühte sich, den Eindruck zu erwecken, dass sie sich wie zu Hause fühlte, obwohl ihr ziemlich mulmig war. »Die Contessa und meine ältere Schwester sind zusammen zur Schule gegangen. Freut mich, Sie kennenzulernen.«

Der Deutsche lächelte steif. Groß und dünn war er, hielt sich leicht gebeugt und hatte lange, elegante Finger. Er war nicht mehr jung. Seine Haare waren recht grau, und er sah schrecklich müde aus, so als lastete die ganze Welt auf seinen Schultern.

Sofia lächelte ihn freundlich an. »Bitte entschuldigen Sie. Meine Freundin ist gerade erst angekommen und hatte noch keine Zeit, sich für das Abendessen umzuziehen.« Sie ging voraus zum großen Salon.

Schmidt und Maxine folgten ihr. Von diesem Raum schaute man über das Orcia-Tal, wie auch vom kleinen Salon, aber die vier bodentiefen Fenster gewährten einen atemberaubenden Panoramablick.

»Liebling, der Ortskommandant ist da«, sagte Sofia. »Ist es nicht wunderbar, ihn hierzuhaben?«

Lorenzo, der gerade Wein einschenkte, drehte sich kurz um und beendete, was er begonnen hatte, bevor er auf den Mann zuging und ihn begrüßte.

»Ich sehe, Sie haben ein Klavier«, bemerkte Schmidt. »Vielleicht erlauben Sie mir einmal, darauf zu spielen.«

Lorenzo lächelte. »Aber gewiss doch, das müssen Sie unbedingt tun. Möchten Sie ein Gläschen Wein, oder ziehen Sie Whisky vor?«

Der Mann deutete an, dass ihm ein Whisky lieber wäre, dann nahm er den Salon in Augenschein und setzte sich schließlich in den braunen Ledersessel am Kamin. Ruhelos schlug er die Beine mal übereinander, mal auseinander und verschränkte die Hände im Schoß.

Maxine fand seine Ausstrahlung verwirrend. Er sah aus wie

ein Berufssoldat, der den Ruhestand herbeisehnte, und machte nicht den Eindruck, als hätte er Freude an seiner Stationierung in Italien. Überrascht merkte sie, dass er ihr ein bisschen leidtat. Doch natürlich musste es unter den »Feinden« auch Männer geben, die lieber woanders wären.

»Ich hoffe, Sie wurden durch den letzten Bombenangriff nicht zu sehr beeinträchtigt?«, erkundigte er sich.

»Nicht hier«, antwortete Lorenzo. »Allerdings arbeite ich die meiste Zeit in Rom.«

»Ah ja, Sie erstellen einen Bericht über die Nahrungsmittelvorräte im Land, soviel ich weiß. Der wird uns eine große Hilfe sein. Die Versorgung der Soldaten hat für uns immer Vorrang. Sie müssen offenbar sehr viel reisen?«

Maxine sah ein leises Erschrecken in Sofias Augen, und hinter dem Rücken des Deutschen warf sie ihrem Mann einen Blick zu. Maxine konnte ihn nicht deuten, doch er hatte etwas Verstohlenes.

»So ist es. Im Augenblick bereite ich eine Dienstreise vor. Ich werde eine Weile fort sein.«

»Es ist sehr freundlich von Ihnen, mich zu empfangen.« Schmidt lächelte Sofia an. »Ich hoffe, Sie erlauben mir, Sie wieder zu besuchen, Contessa. Ich vermisse doch sehr meinen häuslichen Komfort. Mag sein, dass ich meinen Stellvertreter mitbringen muss. Er ist jung, neigt dazu, all das sehr ernst zu nehmen, wie das bei jungen Leuten so ist, wohingegen ich …« Er unterbrach sich und betrachtete seine Hände.

»Was wollten Sie sagen, Oberst?«, fragte Sofia.

»Ich bin altmodisch. Und vielleicht ein wenig im Zweifel, was … nun ja, was das Leben angeht.«

Maxine wusste nicht so recht, wie sie das verstehen sollte. Was wollte er damit andeuten? War er mit dem Deutschen Reich etwa nicht einverstanden? War er kein Anhänger Hitlers?

Sofia ging liebenswürdig darauf ein. »Sie sind hier jederzeit willkommen. Und Sie müssen sich einmal an unser Klavier setzen, Ihr Stellvertreter auch. Aber wie steht es mit den Soldaten? Werden sie nicht herkommen?«

Er lächelte zurückhaltend. »Oh, ich bitte um Verzeihung, habe ich das nicht erwähnt? Ich habe ein zweites Schreiben geschickt. Haben Sie es vielleicht nicht bekommen? Wir werden das Dorf zurzeit nicht brauchen.«

Maxine sah Sofia diskret aufatmen.

»Nun, Sie werden hoffentlich entschuldigen, wenn wir uns vor dem Abendessen kurz zurückziehen.« Sie gab Maxine einen Wink. »Es wird nicht lange dauern.«

Maxine blickte sie mit großen Augen an. Was sollte sie um Himmels willen anziehen?

»Komm, Liebes«, sagte Sofia und hakte sich auf dem Weg zur Tür bei ihr unter. »Ich habe diesmal das Grüne Zimmer für dich vorbereitet. Da schläfst du am liebsten, nicht wahr?«

Maxine nahm das mit unbewegter Miene auf, obwohl sie sich darüber freute. Die Contessa war anscheinend eine ausgezeichnete Lügnerin.

»Nur eines noch, wenn Sie erlauben«, wandte Schmidt ein. »Wir suchen einen britischen Fallschirmspringer. Wir haben ihn vermutlich angeschossen. Er ist nicht weit von hier heruntergekommen. Darum habe ich mich gefragt, ob Ihnen vielleicht etwas zu Ohren gekommen ist.«

»Uns?«, sagte Lorenzo hörbar verärgert über die implizite Andeutung. »Selbstverständlich nicht. Ich hätte Sie sofort informiert. Sofia, du hast auch nichts gehört, nicht wahr?«

Sofia fasste an ihr Collier. Für einen winzigen Augenblick zuckten ihre Mundwinkel, als kämpfte sie gegen einen trotzigen Ausdruck an. Aber der war im Nu verschwunden, und als sie sich umdrehte und den Kopf schüttelte, lächelte sie so liebenswürdig wie zuvor.

10

In der Nacht schreckte Sofia aus einem Traum auf. Sie hatte die Pistole in der Hand gehalten. Das Traumbild war ihr so real erschienen, dass sie die Hand hob, um sich zu vergewissern. In dem Traum war sie durch den Wald gerannt, gejagt von einem Rudel Hunde. Sie hatte nach ihren eigenen Hunden gerufen, doch die waren weggelaufen. Sie war einmal stehen geblieben und hatte geschossen, aber keinen getroffen und gewusst, dass sie jeden Augenblick eingeholt würde.

Sofia atmete ruhiger, damit ihr Herzklopfen nachließ, dann schaute sie zu Lorenzo, dessen Gesicht im Mondlicht geisterhaft blau aussah. Sein Atem ging langsam, und deshalb war sie überzeugt, dass er fest schlief. Sie schlüpfte in ihr Ankleidezimmer und mied dabei die Eichendielen, die bei jedem Schritt knarrten. Lautlos bewegte sie sich vorwärts, bis sie versehentlich auf eine trat, die beinahe ächzte wie ein Mensch.

Es lief ihr eiskalt über den Rücken, und sie lauschte, ob sich Lorenzos Atmung änderte. Als das ausblieb, fand sie ihren Morgenmantel, zog ihn über und hockte sich auf die Chaiselongue. Um es wärmer zu haben, zog sie die Knie an und schlang Trost suchend die Arme darum.

Neben ihr lag das Kästchen, das Maxine mitgebracht hatte. Obwohl sie fror, waren ihre Handflächen schwitzig, und sie wischte sie am Morgenmantel ab, bevor sie über den geschnitzten Deckel strich. Unweigerlich dachte sie an ihre Mutter. Vor dem Abendessen hatte Maxine beim Umziehen von Rom berichtet – sie hatte Sofias grüne Seidenbluse und einen der längeren schwarzen Röcke angezogen, der für sie trotzdem noch zu kurz war – und erzählt, dass der Palazzo ihrer Eltern requiriert worden war, sodass sie ihn verlassen mussten.

Nun war Sofia krank vor Sorge. Sicher, ihre Eltern hatten in Rom viele Freunde, weil sie schon ihr Leben lang dort wohnten, und deshalb würden sie bei jemandem unterkommen. Trotzdem machte sie sich in einem fort Gedanken und quälte sich.

Was sie von Schmidt halten sollte, konnte sie schwer sagen. Er war ihr recht anständig erschienen. Er war ihr sogar sympathisch gewesen. Nicht alle Deutschen waren Ungeheuer; zum Beispiel Gerhard Wolf, der deutsche Konsul von Florenz. Einen zweiten Mann, der so entschlossen war, die Stadt zu retten, würde man kaum finden. Und nach dem, was sie von Lorenzo gehört hatte, hassten manche Deutsche die Nazis und hofften auf die Alliierten. Dieses Mal war Schmidt nicht da gewesen, um ihr Leben im Castello auf den Kopf zu stellen, doch er würde wiederkommen, und sie fragte sich, ob er beim nächsten Mal auch so freundlich sein würde.

Sie schüttelte das Kästchen und hörte darin etwas klappern. Pralinen? Sicherlich nicht. Sofia schob die Rückwand ein Stück zur Seite und ertastete den Knopf, der das Geheimfach öffnete. Darin hatte ihre Mutter immer die Veilchenpastillen versteckt. Wie vermutet fand sie darin einen zusammengefalteten Zettel anstelle der Bonbons. Aber was musste so geheim gehalten werden, dass es nur auf diese Weise übermittelt werden durfte?

Während des langen Abendessens mit Schmidt hatte sein Blick fast die ganze Zeit auf ihr geruht. Und wenn mal nicht auf ihr, dann auf Maxine. Die Amerikanerin war lebhaft, natürlich, hatte große braune Augen und hinreißende kastanienbraune Locken, die ihr bis auf die Schultern fielen. Und wenn sich das Licht darin fing, schimmerten sie rötlich.

Sofia hatte ihre kühne, unverstellte Sinnlichkeit erlebt, ihre Kurven, ihre vollen Lippen, das breite gewinnende Lächeln gesehen und auch, wie sehr sie den beiden Männern gefiel. Sogar Lorenzo war fasziniert gewesen. Sie würde ihn später noch damit aufziehen. Aber während all das vor sich gegangen war, hatte Sofia überlegt, was sich wohl in dem Kästchen befand.

Sie faltete den Zettel auseinander und las die offenbar hastig geschriebenen Zeilen.

> Mein Liebling,
> unsere Freunde in Florenz sind an mich herangetreten.

Ihre nächtlichen Befürchtungen holten sie ein, und Sofia hielt inne. Freunde in Florenz? Was für welche?

> Ich versichere Dir, dass Du dem Überbringer dieses Briefes völlig vertrauen kannst. Bitte arbeite mit ihr zusammen.
>
> Ende nächster Woche wird Dich eine Lieferung erreichen. Könntest Du Dich darum kümmern? Wenn Du dazu bereit bist, ruf Francesco, deinen Winzer in Montepulciano, an und frag ihn, wann er den Wein bringen kann. Später werden die Kisten bei Dir wieder abgeholt. Gib gut auf sie acht. Falls Du nicht helfen kannst, sag Francesco, dass Du keinen Wein benötigst. Erinnerst Du Dich, dass wir darüber sprachen, auf welche Weise Du helfen könntest? Wir brauchen diesen Wein dringend.
>
> Deine Dich liebende Mutter

Ein starkes Heimweh überkam Sofia, doch es bezog sich auf eine längst vergangene Zeit ihres Lebens, Fetzen, Bruchstücke, Scherben einer sonnigen Jugend vor Mussolini. Und natürlich wusste sie noch, dass ihre Mutter meinte, jeder sollte helfen und Sofia werde die Gelegenheit auch noch bekommen.

»Einmal kommt der Moment, da muss man sich entscheiden«, hatte sie damals mit einem Schimmer der Entrüstung in den Augen gesagt. Doch was wollte Elsa mit diesem Brief sagen? Es ging jedenfalls nicht um ein paar Kisten Wein, und Lorenzo wäre nicht glücklich, wenn er herausfände, dass sie sich oder das Dorf in Gefahr brachte.

Schaudernd vermutete Sofia, dass das mit James zu tun haben könnte. Aber gerade jetzt, da Schmidt herumschnüffelte? Und wann war »Ende nächster Woche«? War diese Woche schon angebrochen? Sie wusste nicht mal, wann ihre Mutter Maxine das Kästchen gegeben hatte.

Am nächsten Morgen, nachdem sie am Himmel nach Regenwolken Ausschau gehalten und die Krähen beobachtet hatte, die sich auf dem Turm sammelten, rief sie die Hunde ins Atelier, die daraufhin mit treuen Augen verfolgten, wie sie die letzten Pinselstriche am Porträt ihrer Mutter anbrachte.

Währenddessen dachte sie an den geheimen Brief. Sie trat von der Staffelei zurück, um ihr Bild zu betrachten, und war zufrieden, weil sie Elsas beherzte Art darin festgehalten hatte. Ihre Augen strahlten etwas aus, Entschlossenheit, ja, und noch mehr als das. Sie hatte sich große Mühe damit gegeben und hätte kaum sagen können, welchen Ausdruck sie darstellen wollte, aber »unbeugsam« kam dem am nächsten. Porträts waren viel schwieriger zu malen als Landschaften.

Es klopfte an der Tür, und Aldo trat ein und brachte ein Tablett mit Erfrischungen. Die Hunde beschnupperten seine Schuhe. Er lächelte ihr entgegen, und das bewegte sie. Wann immer er zu ihr kam, war es, als bräche die Sonne zwischen den Wolken hervor.

»Wo ist das Hausmädchen?«, fragte sie.

»Giulia ist heute nicht zur Arbeit gekommen. Mutter ist beschäftigt. Darum hat sie mich gebeten, Ihnen das zu bringen.«

»Danke. Ich hoffe, Giulia ist nichts zugestoßen.«

Er zuckte mit den Schultern. »Schwer zu sagen.«

»Willst du dich ein Weilchen setzen?«

Er zog sich einen Stuhl heran und betrachtete das Gemälde, während sie ihren Kaffee trank. Die Hunde ließen sich zu ihren Füßen nieder und beäugten sehnsüchtig das Gebäck.

»Nimm dir ein paar Biscotti.« Sie hielt Aldo den Teller hin.

Er nahm sich einen, und beim Kauen betrachtete er nachdenklich das Bild. Sie brach ein Plätzchen entzwei und gab es den Hunden.

»Ihre Mutter?«

»Das kannst du erkennen?«

»Natürlich. Das Porträt ist gut geworden. Wollten Sie schon immer Malerin werden?«

»Ich weiß nicht. Ich bin mit Gemälden, Musik und Büchern aufgewachsen. Das hat mich wohl beeinflusst. Was ist mit dir, Aldo? Was willst du mit deinem Leben anfangen?«

»Ich will Landwirtschaft betreiben wie mein Vater. Aber vorher will ich kämpfen.«

»Du bist so jung. Eigentlich zu jung dafür«, erwiderte sie und fing dann lieber von etwas anderem an. »Wie steht's mit einer Freundin? Gibt es eine, auf die du ein Auge geworfen hast?«

Er errötete ein wenig. »Noch nicht. Doch da ist ein Mädchen in Buonconvento, das mir gefällt.«

»Wie aufregend! Erzählst du mir von ihr?« Sie reichte ihm noch einmal die Biscotti, und er schien über die Ablenkung froh zu sein, denn er errötete noch mehr und senkte den Blick. »Ich kenne sie kaum, und wegen des Krieges geht es sowieso nicht.«

»Aber das ist doch nicht wahr. Die Menschen können sich trotzdem verlieben, meinst du nicht?«

Er hob den Kopf und sah ihr in die Augen. »Ich werde gehen. Das wissen Sie. Oder, Contessa?«

Als er nach dem Tod seines Vaters verstört gewesen war, hatte sie Carla versprochen, sich immer um ihn zu kümmern, auf seine Entwicklung achtzugeben, dafür zu sorgen, dass er auf dem rechten Weg blieb. Vor ein paar Jahren noch hatte er ein ungezügeltes Verhalten an den Tag gelegt, war weiß Gott wohin abgehauen und hatte sich mit üblen Gesellen eingelassen. Daraufhin hatte sie ihn nach Florenz mitgenommen, um seinen Horizont zu erweitern, hatte ihm auch Siena gezeigt, und es hatte ihm gutgetan, etwas von der Welt jenseits der Dorfmauer zu sehen.

»Ach, komm, Aldo. Du weißt, deine Mutter hat furchtbare Angst, dass du jeden Moment weglaufen könntest.«

»Contessa, es tut mir leid, aber ich muss tun, was richtig ist.«

»Und das wäre?«

Er schaute durchs Fenster zu den bewaldeten Hügeln, wo sich die Partisanen versteckt hielten, und die grimmige Entschlossenheit in seinem Blick verriet ihr, was er meinte.

»Aldo, das ist kein Spiel. Denk an deine Familie. Sie haben nur noch dich. Du bist jetzt der Mann im Haus.«

»Und als Mann denke ich nun an mein Land.«

Sie sah ihm an, dass er seine Meinung nicht ändern würde, und überlegte betroffen, was sie sagen sollte. Er war wirklich zum Mann geworden. Sie spürte, wie stark er sich fühlte. Sofia fasste an seinen Arm, und sein Blick wurde weich. »Kann ich nichts sagen, das dich davon abhält?«

Er schüttelte den Kopf, und sie spürte, dass Traurigkeit und Leidenschaft in ihm einen verwirrenden Kampf ausfochten.

»Was soll ich zu deiner Mutter sagen? Willst du nicht noch ein bisschen warten? Du bist so jung. Wenn ich ihr erzähle, dass ich mit dir gesprochen habe, wird sie mir nie verzeihen, dass ich nicht stärker versucht habe, dich davon abzuhalten.«

Als sie seine Mutter erwähnte, schluckte er seine Rührung hinunter und starrte für den Moment auf den Boden. »Na gut, ich werde noch bleiben, damit sie sich keine Sorgen machen muss. Aber früher oder später werde ich gehen müssen.«

»Dann tu es später.«

Er blickte auf, als sie seine Hand nahm.

»Aldo, du weißt, für mich bist du wie ein Sohn.«

»Und ich werde Ihnen immer dankbar sein.«

»Ich will nicht, dass du mir dankbar bist, ich will dich in Sicherheit wissen.« Sie drückte seine Hand, und ihre Augen füllten sich mit Tränen. »Ach, mein lieber Junge, ich kenne dich schon dein ganzes Leben. Kann ich denn gar nichts sagen?«

Er antwortete nicht.

Sie berührte ihn an der Wange. »Mir zuliebe?«

Sein liebes Gesicht wurde rot vor Schmerz. »Ich kann nicht bleiben, Contessa. Das wissen Sie. Wenn ich bleibe, werden mich die Deutschen bloß einberufen, damit ich für sie kämpfe.« Dann kamen auch ihm die Tränen. »Die Zeit wird kommen, doch ich werde vorsichtig sein«, fügte er hinzu, um sie zu beruhigen. Dabei waren seine Augen dunkler denn je.

Sofia schlang die Arme um sich.

Er sah sie lange an, dann stand er auf; sein unverwüstliches Lächeln war wieder da. »Bitte erzählen Sie es nicht meiner Mutter. Das wird ihr nur Kummer machen. Lassen wir sie glauben, dass ich nicht gehe, wenigstens vorerst.«

»Natürlich.« Sie zögerte einen Moment lang mit ihrer Frage. »Würdest du mir Modell sitzen?«

Er schaute verwundert. »Für ein Bild, meinen Sie?«

»Ja.«

»Warum wollen Sie mich malen?«

»Carla würde das gefallen.«

Nachdem Aldo gegangen war, las Sofia noch einmal den Brief ihrer Mutter. Sie war im Zwiespalt mit sich. Wenn sie nur wüsste, was mit »Wein« gemeint war, könnte sie sich leichter entscheiden.

Was, wenn es sich bei der Lieferung um Waffen oder Sprengstoff handelte? Sie liebte Lorenzo und wollte keine Unstimmigkeit zwischen ihnen hervorrufen, und doch könnte das passieren, wenn sie der Bitte ihrer Mutter nachkäme. Lorenzo erwartete von ihr, dass sie ihm davon erzählte, ihn um Rat fragte, und würde es als Treulosigkeit ansehen, wenn sie das nicht tat.

Sie hatte die Stimme ihrer Mutter im Ohr. Tu es, Sofia, tu es einfach. Und, ja, da Lorenzo sich nun wieder in Rom aufhielt, würde sie vielleicht damit durchkommen, ohne ihm etwas sagen zu müssen. Doch er würde bald wieder zu Hause sein. Und wie lange würde sie die Lieferung im Castello behalten müssen?

11

Wenn Lorenzo fort war, empfand sie einen Mangel, der beunruhigender war als das schlichte Fehlen seiner physischen Gegenwart. Das Haus kam ihr leerer vor, so als wäre selbst die Luft daraus verschwunden, sodass das Atmen schwer wurde.

Oder war es ganz anders? Vielleicht war die Luft darin von etwas Unbegreiflichem geschwängert, das da lauerte, und nicht nur auf seine Rückkehr. Es war, als hätten sich die Geister des Hauses versammelt, stießen einander an und flüsterten: Was kommt als Nächstes? Was kommt als Nächstes?

Sofia saß in ihrem Atelier, in dem es tröstlich nach Ölfarben und Terpentin roch, und schaute durch die bodentiefen Fenster in den Garten. Für ein Weilchen beschäftigte sie sich damit, die Aussicht zu skizzieren, und wünschte sich, das Leben möge wieder so einfach sein wie früher, als die Bauersfrauen an den Sonntagnachmittagen zu ihr gekommen waren, um ihre Probleme vorzutragen, und sie ihr Möglichstes getan hatte, um zu helfen. Manchmal ging es nur darum, ein Kind mit Schuhen zu versorgen, manchmal um etwas Schwerwiegendes wie einen kranken Ehemann oder ein Darlehen. Und sie vermittelte stets zugunsten der Menschen.

Doch das war Vergangenheit, und ihre dringendste Angelegenheit war nun, Maxine mit James in Kontakt zu bringen. Darum legte sie Kohle und Skizzenblock beiseite, wischte sich die Hände an einem Lappen ab und machte sich ausgehfertig.

Nachdem Sofia das Auto abgestellt hatte, gingen sie beide den Pfad entlang, der um das Kloster herumführte. Die Hunde hatten gewinselt, um mitgenommen zu werden, doch sie hatte sich dagegen entschieden, weil ihr Gebell unerwünschte Aufmerksamkeit auf sie ziehen könnte.

Es war ein strahlender Tag mit wolkenlosem Himmel und nicht so kalt, wie man erwartet hätte. Die Mimosen blühten noch, und die Luft roch frisch und sauber, nach Wald, irgendwie grün und ein bisschen würzig. Allerdings war Sofia zu abgelenkt, um das zu genießen.

»Was hast du?«, fragte Maxine. »Ist etwas passiert?«

Sofia lachte. »Ob etwas passiert ist? Hm … Was könnte in dieser friedlichen Zeit wohl passieren?«

»Ich meinte, etwas Bestimmtes.«

Sofia seufzte. »Meine Mutter schreibt, dass eine Lieferung kommt, und ich soll mich darum kümmern. Sie schreibt auch, dass ich dir vertrauen soll.«

»Na, das freut mich.«

Sofia beschattete sich die Augen und musterte Maxines Gesicht. »Hat meine Mutter dir davon erzählt? Erwähnt, was für eine Lieferung das ist?«

»Nein. Doch ich hoffe, der Brite, den wir besuchen, ist Funker.«

Sofia nickte.

»Könnte es sich um sein Funkgerät handeln?«

»Ja, durchaus.«

»Das wird natürlich auch mit einem Fallschirm abgeworfen. Anders geht es nicht.«

»Sie schreibt, Ende nächster Woche. Aber wann hat sie dir das Kästchen gegeben?«

Maxine runzelte die Stirn. »Das ist eine gute Woche her.«

»Also haben wir jetzt die nächste Woche.«

»Demnach kann es jeden Tag kommen. Ich treffe mich morgen in Montepulciano mit einem Widerstandskämpfer. Wenn dein Brite bestätigt, dass der Abwurf kurz bevorsteht, werde ich darüber sprechen können. Und Hilfe organisieren.«

»Er hat einen Namen, mein Brite, weißt du?«

Maxine schmunzelte.

Währenddessen klopfte Sofia an der Rückseite des Klosters an eine grüne Tür, und die Oberin öffnete selbst. »Wie geht es ihm?«, fragte Sofia.

Die Oberin lächelte sie an. »Besser, Gott sei Dank.«

»Darf ich Ihnen meine …«, Sofia stockte, »meine Freundin Maxine vorstellen? Wir nennen sie Massima.«

Die Oberin nickte begreifend. »Ihre Freundin ist auch unsere Freundin. Hier entlang, bitte.«

Sie führte sie durch einen kurzen Gang und öffnete eine Tür zu einem hübschen Innenhof. Dort standen Zitronenbäume in Kübeln, die im Frühling üppig blühen würden.

»Hier kann niemand hineinsehen«, sagte die Oberin. »Und die frische Luft bekommt ihm offenbar gut. Dort ist er.« Sie zeigte zu einer geschützten Ecke, wo James mit einer Decke über den Knien saß. »Er ist noch schwach. Sie dürfen ihn nicht anstrengen. Ich werde Erfrischungen für Sie beschaffen.«

James drehte sich zu ihnen um, als sie auf ihn zugingen, und sah Maxine neugierig an. Wieder erlebte Sofia, welche Anziehungskraft ihr Gast auf Männer hatte.

»Hallo, ich heiße Maxine.«

Er stemmte sich hoch und lächelte sie sichtlich bezaubert an. »Sie sind Amerikanerin?«

Zum Scherz klimperte sie mit den Wimpern. »Italoamerikanerin, genauer gesagt.«

»Nun, jedenfalls freut es mich, Sie kennenzulernen.«

»Wir müssen uns mit der anstehenden Aufgabe befassen«, erklärte Sofia steif.

James ging sofort darauf ein. »Völlig richtig.« Er blickte sie fragend an. »Können wir reden?«

Sofia nickte knapp. »Ich bin sehr froh, Sie schon viel kräftiger anzutreffen.«

»Noch ein paar Tage, und ich bin wieder auf den Beinen.« Er wandte sich Maxine zu. »Als ich mit dem Fallschirm runterkam, wurde ich angeschossen. Sofia hat mich zur Genesung in das Kloster gebracht.«

»Eine barmherzige Samariterin«, meinte Maxine lächelnd. »So ist sie.«

Eine Weile unterhielten sie sich, und eine junge Nonne brachte ein Tablett mit Kaffee und Keksen. Nachdem sie wieder gegangen war, bestätigte James, dass er ein Funkgerät erwartete. Zwei Wochen nachdem man ihn abgesetzt hatte, solle es abgeworfen werden.

»Ich weiß die genaue Stelle.« Er zog einen zusammengerollten Zettel aus dem Saum seiner Jacke und gab ihn Sofia. »Das wird nicht die sein, wo ich abgesetzt wurde.«

»Danke. Ich werde mich mit Francesco in Verbindung setzen, meinem Winzer in Montepulciano. Er scheint die Lieferung, wie meine Mutter es darstellte, zu koordinieren. Maxine, vielleicht kannst du den Zettel dem Partisanenführer geben, wenn du dich mit ihm triffst.«

Maxine nahm ihn an sich, dann steckte sie sich zwei Kekse auf einmal in den Mund.

James lachte. »Hungrig?«

Sie schluckte und warf ihm ein breites Lächeln zu. »Immer.«

12

Am nächsten Tag kam Maxine frühzeitig in Montepulciano an. Sie hatte Glück gehabt und die vierzig Kilometer in relativ kurzer Zeit zurückgelegt, trotz des streckenweise holprigen Weges. Sie hatte sogar noch Zeit, ihren Cousin Davide zu besuchen. Er war der Sohn ihrer Tante mütterlicherseits, der sich gut verheiratet und zusammen mit seinem Vater das bäuerliche Leben aufgegeben hatte. Seine Mutter war bei seiner Geburt gestorben, aber sein Vater lebte bei ihm und seiner Frau.

Er freute sich, sie zu sehen, wahrte jedoch zunächst vorsichtig Distanz. Erst am Ende lud er sie ein, bei ihnen Zuflucht zu suchen, sollte das je nötig werden.

Nach dem Besuch machte sich Maxine auf die Suche nach dem *Caffè Poliziano* an der Hauptstraße, die den Hügel hinaufführte. Als sie es gefunden hatte, blickte sie sich verblüfft um. Das war die Via di Voltaia Nel Corso, wie man es ihr gesagt hatte, also war sie an der richtigen Adresse. Doch solch ein elegantes bürgerliches Café, das in das Paris oder Wien der Jahrhundertwende gepasst hätte, hatte sie nicht erwartet.

Es schien ihr ein unpassender Treffpunkt zu sein. Angesichts der Spiegelwände, der quastenbesetzten Lampenschirme und der eleganten Kellner, die mit silbernen Tabletts zwischen den Tischen hin und her eilten, zögerte sie hineinzugehen. War das vielleicht eine Falle?

Sie hatte die Flugblätter in dem Korb am Motorrad gelassen, weil sie das für sicherer hielt, als sie bei sich zu tragen – ein altes Motorrad zog wahrscheinlich keine Aufmerksamkeit auf sich –, doch es wäre wohl besser gewesen, sie mitzunehmen, dachte sie jetzt.

Geh schon rein, sagte sie sich. Wenn du noch länger hin und her überlegst, fällst du nur auf. Also betrat sie das Café und trat an die Theke, wo sie sich eine heiße Schokolade und einen Espresso bestellte, genau nach Instruktion. Der Büfettkellner deutete mit dem Kopf zu den Tischen.

»Ah, der Espresso soll für den Herrn dort hinten sein, links neben dem Fenster. Möchten Sie Kuchen oder Kekse dazu?«

Maxine lehnte ab und begab sich in den großen Raum, der am anderen Ende eine Veranda hatte. Sie konnte nicht anders und bestaunte die Aussicht über das Val di Chiana. Doch sie hielt sich nicht weiter auf, sondern ging durch einen Bogen in den angrenzenden Raum, wo sie den Mann erkannte, der allein am Fenster saß.

Als sie näher kam, stand er auf. »Du weißt, dass es das Café schon seit 1868 gibt?«

Das war die Losung, die Elsa ihr ins Ohr geflüstert hatte, und sie gab die erwartete Antwort. »Erstaunlich. Nein, das wusste ich nicht.«

Er gab ihr die Hand. »Marco.«

»Ja, ich erinnere mich.« Vermutlich hieß er ganz anders, aber sie schüttelte ihm die Hand, stellte sich als Maxine vor und dachte dann unruhig, sie hätte besser Massima sagen sollen. Doch da er ihren wirklichen Namen schon bei dem Treffen in Rom erfahren hatte, war das vielleicht egal.

Sie waren die einzigen Gäste in diesem Teil des Cafés, der wahrscheinlich für die Mittagsgäste als Speiseraum diente.

»Du kommst pünktlich«, bemerkte er.

Er hatte sein Aussehen verändert, die Haare kurz geschnitten und sich rasiert, was sein Gesicht noch kantiger erscheinen ließ. Seine hellbraunen Augen waren noch genauso aufregend wie in Rom, und derselbe Spazierstock lehnte an der Tischkante neben seinem Hut, einem dunkelgrauen Fedora.

»Ich koordiniere verschiedene Gruppen«, erklärte er. »Das ist nicht einfach. Die Leute schließen sich uns aus ganz verschiedenen Gründen an und sind sich nicht immer grün.«

»Aber du wirst mir helfen können?«

Er zuckte mit den Schultern. »Kommt drauf an, was du verlangst.«

»Das weißt du bereits. Ich muss berichten, was ihr tut, um die Alliierten zu unterstützen. Und wozu ihr vielleicht sonst noch in der Lage seid.«

Er runzelte die Stirn. »Woher soll ich wissen, ob ich dir trauen kann?«

»Du hast mich bei Roberto und Elsa in Rom gesehen. Du hast gehört, was sie gesagt haben. Ich habe die richtige Losung genannt. Ach, und ich kann dir meinen Ausweis zeigen.« Sie griff in ihre Tasche.

Er lachte. »Du glaubst, man kann Ausweise nicht fälschen? Steck ihn weg.«

Jetzt war sie es, die die Schultern zuckte. »Nun, er ist natürlich gefälscht. Aber hör zu. Ich bin im Auftrag der Briten hier, wie du weißt. Und du bist informiert, was hier läuft. Wir können einander helfen.«

»Schon mal von den GAP gehört?«

»Beiläufig.«

»Das steht für patriotische Aktionsgruppen, also kleine Partisaneneinheiten. Wie in vielen anderen Kleinstädten gibt es auch hier eine. Ich kann dich einführen.«

Sie drehte sich um, weil sie einen Kellner kommen hörte. Ein älterer Mann, der sich sorgsam bewegte und dann die Getränke mit präzisen Handgriffen servierte. »Draußen sind Deutsche«, flüsterte er Marco zu und entfernte sich.

»Also«, sagte Marco und lächelte sie an. »Wir unterhalten uns jetzt über Belangloses. Die Deutschen mögen das Café.«

»Ist es dann nicht ziemlich riskant, sich hier zu treffen?«

Er lachte wieder. »Direkt vor ihrer Nase, das ist am besten. Bleib locker, sie stehen noch draußen, und sie werden sowieso nichts vermuten.«

Doch Maxine konnte nicht locker sein.

Er streichelte ihre Hand, als flirtete er mit ihr. »Im Ernst, wenn du so verkniffen guckst, werden sie aufmerksam. Tu so, als wären wir verliebt. Schließlich ist ein Café ein Treffpunkt für Pärchen.«

Sie senkte den Blick und schaute ihm dann in die Augen, in denen sie das unverhohlene Begehren sah, mit dem Männer sie ständig betrachteten, nur diesmal verbunden mit Belustigung. Er hatte zweifellos Charisma, doch sie sah auch Melancholie in seinen Augen, etwas, was ihn quälte, ohne dass sie den Finger darauf legen konnte.

Sie schwiegen für ein paar Augenblicke, dann plauderte er über die Stadt und ihre Sehenswürdigkeiten, und im Nu hörte sie nicht mehr zu. Etwas rührte an ihr Gedächtnis und löste eine Flut von Kindheitserinnerungen aus. An ihre Mutter, die immer von der Toskana erzählt hatte. Sie löste sich davon und sah ihn an.

»Wüsste zu gern, woran du denkst«, meinte er. »Gewöhnlich sind Frauen in meiner Gesellschaft nicht mit den Gedanken woanders. Du musst jetzt meine Hand nehmen.«

Maxine zog die Brauen hoch, schürzte die Lippen und schämte sich kein bisschen, als sie tat, was er verlangte. Sie war sich nicht sicher, ob er bei ihr mit Unbehagen rechnete, weil sie das verliebte Pärchen spielten, oder ob er sie prüfen wollte.

»So ist es besser. Wie wär's mit einem Kuss?«

»Werde bloß nicht übermütig«, erwiderte sie lachend.

Seit sie als junges Mädchen ihren weiblichen Zauber entdeckt hatte, fand sie gefährliche Liebschaften reizvoll und hatte schon einige genossen. Jetzt hatte sie den Eindruck, das könnte ebenfalls eine werden. Sie neigte sich nach vorn. »Was ist in Rom passiert, nachdem ich durchs Fenster abgehauen bin?«

»Sie haben nichts Belastendes gefunden. Wir haben so getan, als fände eine Abendgesellschaft statt.«

»Und die Ausgangssperre?«

»Elsa hat angegeben, dass wir Übernachtungsgäste sind.«

»Was haben die Deutschen gewollt?«

»Sie haben den Palazzo requiriert. Alle mussten innerhalb einer Stunde ihre Sachen packen und gehen.«

Sie schüttelte den Kopf. »Das ist furchtbar. Wo sollen die Leute denn hin? Roberto und Elsa sind nicht mehr jung.«

»Sie haben dort Freunde.«

»Sind sie Kommunisten?«, fragte sie und stutzte. »Bist du Kommunist?«

»Macht dir das Angst?«

Sie wurde rot, als er über sie lachte.

»Amerikaner haben Angst vor dem Kommunismus. Doch wir auf dem Land haben die Nase voll davon, dass es hinten und vorne nicht reicht. Wenn wir den Krieg gewinnen, wird sich das ändern. Aber nein, Elsa und Roberto sind Intellektuelle, keine Kommunisten. Um die Nazis aus dem Land zu treiben, raufen wir uns zusammen, doch das klappt nicht immer.«

Maxine hörte die Deutschen, die hereingekommen waren. Ihre lauten, befehlsgewohnten Stimmen und ihr schreckliches Italienisch waren unverkennbar. Eben noch aufgeregt, bekam sie jetzt Angst, doch sie drehte sich nicht nach den Männern um, sondern trank weiter ihre Schokolade, und Marco hob ihre Hand an seine Lippen. »Ich habe ein Zimmer.«

»So?«

»Wenn ich aufstehe, tu es auch, zieh dir die Jacke an und schlendere nach draußen. Ich werde bezahlen und nachkommen. Guck in ein Schaufenster, während du wartest, und geh dann zum Motorrad. Wir treffen uns da.«

»Ein Cousin von mir lebt hier. Ich wollte ihn gleich besuchen«, flunkerte sie.

»Ein andermal.«

Maxine tat, was er ihr aufgetragen hatte, und gab ihm einen Kuss auf die Wange, bevor sie das Café verließ. Der Barkellner sagte etwas zu Marco, worauf beide laut lachten. Maxine hatte ihn nicht verstanden. Sie vermutete jedoch, dass er Marco zu seiner schnellen Eroberung gratuliert hatte. Das machte ihr nichts aus. Genau so wollte sie ihr Leben haben, die Grenzen ausreizen, einen Hauch Gefahr spüren und sich niemals festlegen.

Draußen ging sie über die Straße zu einem Hutgeschäft und sah sich im Schaufenster Hüte, Schals, Mäntel und Handschuhe an. Da der Winter schon vor der Tür stand, konnte sie einen warmen Schal gebrauchen. Daher huschte sie hinein, behielt aber die Straße im Auge.

Sie sah Marco aus dem Café kommen und den Hut tief in die Stirn ziehen. Er hinkte und stützte sich auf seinen Stock. Draußen blickte er sich suchend nach ihr um. Sie genoss es, dass er verunsichert wirkte, weil sie nicht da war, aber sie bezahlte rasch den Schal und ging nach draußen.

Er entdeckte sie, lächelte jedoch nicht, und sie bemerkte, dass er demonstrativ zu ihrem Motorrad blickte. Ihr Herz schlug hart gegen die Rippen, als sie die zwei Nazis sah, die es inspizierten. Wäre sie nicht in das Geschäft gegangen, um den Schal zu kaufen, wäre sie bei ihrem Motorrad geschnappt worden.

»Geh in die andere Richtung«, befahl Marco.

»Und das Motorrad?«

»Hast du noch die Flugblätter?«

»Im Korb.«

»Besser da als in deiner Tasche. Geh jetzt. Wenn sie die Flugblätter nicht finden, lasse ich sie später in den umliegenden Dörfern verteilen. Wenn sie sie finden, ist das Motorrad verloren.«

Sie gingen bergab die Hauptstraße entlang, Maxine auf wackligen Beinen, Marco deutlich hinkend. Er zog die Schultern hoch, schob die Hände in die Manteltaschen und schien ein Stück kleiner zu werden.

Ein paar Schritte waren sie gegangen, als sie einen Deutschen laut rufen hörten. Maxine verstand nicht, was er sagte, doch er befahl ihnen zweifellos, stehen zu bleiben. Sie fasste nach Marcos Hand.

»Geh weiter«, zischte er.

»Aber …«

»Weitergehen.«

Sie fing an zu zittern, gehorchte jedoch. Nach einigen Metern – sie konnte nicht anders – blickte sie über die Schulter. Die Nazis gingen in die andere Richtung und hielten auf einen Polizisten zu, der die beiden offenbar gerufen hatte. Also nicht Maxine und Marco.

Marco hob lachend den Kopf und senkte die Schultern.

Plötzlich verstand sie. »Du hast es gewusst, stimmt's? Du wusstest, dass wir nicht gemeint sind.«

»Stimmt.« Mehr sagte er nicht.

Sie boxte ihn gegen den Oberarm, und dann lachte sie auch. Er hatte sich krumm gehalten und gehinkt, um wie ein Krüppel zu wirken, für den die Nazis keine Verwendung hatten.

»Wir werden hintenherum durch eine Gasse gehen, das Motorrad holen und damit zu mir fahren. Da können wir die Flugblätter in meine Tasche packen. Benimm dich, als wäre alles in Ordnung, und unterhalte dich mit mir. Wenn wir gleich allein in der Gasse sind, erzähl mir genauer, warum du hergekommen bist.«

Während sie den Umweg nahmen, überlegte Maxine, wie weit sie darauf eingehen sollte.

»Das ist eine lange Geschichte«, sagte sie, als sie in eine stille Straße einbogen. Sie rief sich ihre Familie vor Augen und stellte sich vor, wie es früher für sie gewesen war.

Damals im November 1910 waren ihre Eltern und einige Verwandte auf Ellis Island mit der *Chicago* angekommen, einem Dampfschiff, das in Le Havre abgelegt hatte. Sie hatten in der Toskana als Bauern und Viehzüchter gelebt, doch die Familie war zu groß geworden, als dass die Erträge sie alle ernähren konnten. Einige hatten in Siena oder Arezzo Arbeit angenommen, andere wie ihre Eltern waren ausgewandert, weil sie hofften, es in Amerika besser zu haben.

Aber in dem Land ihrer Geburt, zu dem es vier Jahre später wurde, fühlte Maxine sich nie wirklich heimisch und erlebte praktisch eine Identitätskrise. Dass sie nun in der Toskana war, bescherte ihr oft einen Kloß im Hals. Ihre Mutter hatte immer wieder von der langen Überfahrt nach Amerika erzählt, und ihr fortwährendes Heimweh und die glühenden Schilderungen ihrer Heimat hatten Maxines Jugend geprägt. Die Freude bei der Traubenernte, die liebliche Landluft, das Einmachen von Obst und Tomaten, der Wein, die goldenen Sonnenblumenfelder im Juni, die reifen Weizenfelder im Juli und August.

Tatsächlich glaubte Maxine manchmal, sie habe die gelegentliche Melancholie ihrer Mutter geerbt, und um der entgegenzuwirken, hatte sie sich bewusst zu jener Kühnheit entschieden, mit der sie ihr Leben lebte.

»Also?«, fragte Marco. »Du bist mit den Gedanken woanders. Sag mir, was die Briten noch von dir verlangen.«

»Tja.« Sie konzentrierte sich wieder auf ihn und fasste sich kurz. »Sobald ich weiß, wo sich die Partisanen aufhalten und wie viele es sind, soll ich als Verbindungsperson fungieren und mich um die nötigen Waffenlieferungen kümmern, damit Kampfeinheiten gebildet werden können.«

»Wirklich?«, sagte er spöttisch. »Dafür schicken sie eine Frau?«

»Offenbar sind nur wenige Italiener bereit, hierher zurückzukehren.«

Er blickte an ihr vorbei, dann wieder in ihre Augen, machte jedoch nicht den Eindruck, als glaubte er ihr. »Kommst du denn nun mit zu mir?«

Sie nickte. »Kennst du Francesco, den Winzer?«

»Natürlich.«

»Und er ist …?«

»Ein guter Mann. Du kannst ihm vertrauen.«

»Ich weiß jetzt, wo das Funkgerät abgeworfen wird. Kannst du ein paar Leute organisieren, die helfen, es zu bergen und wegzuschaffen?«

»Klar. Wann?«

»Das ist das Problem. Wir wissen es nicht genau. Sehr bald, doch wir werden vielleicht ein, zwei Nächte an der Stelle warten müssen.«

Am Nachmittag waberten Nebelschwaden über den Boden und hüllten die unteren Baumstämme ein. Ohne Hut und Handschuhe fror Maxine im grünen Dunkel des Waldes und fuhr jedes Mal zusammen, wenn Vögel kreischend wie Höllenwesen aus den Bäumen aufflogen. Ihr Motorrad hatten sie im Gebüsch versteckt, und jetzt waren sie unterwegs durch dichtes Unterholz.

Marco drehte nicht einmal den Kopf nach ihr, um zu sehen, ob sie noch hinter ihm war. Aber natürlich hörte er ihre Schritte und ihre leisen Flüche, denn sie hatte brennende Kratzer von irgendwelchen Dornenranken. Offenbar behinderte ihn das Hinken jetzt kaum.

Als er sich doch nach ihr umdrehte, um zu sehen, wie sie vorankam, fragte sein spöttischer Gesichtsausdruck: Schaffst du das überhaupt? Und Maxine kniff die Augen zusammen und warf ihre Locken zurück. Sie behielt es für sich, dass sie gerade ein Reh gesehen hatte. Es hatte sie angestarrt. Gab es hier auch Wölfe oder wilde Hunde? Sie wusste es nicht.

Immer wieder hörte sie die Stimme ihrer Mutter, eine nicht enden wollende Litanei von Ermahnungen: Ein anständiges Mädchen wartet, bis es einen Ring am Finger trägt. Was ist mit dir los? Raimondo ist ein guter Mann …

Maxine glaubte das gern, hatte aber nicht den Wunsch, einen Lebensmittelhändler zu heiraten. Die Frau eines Lebensmittelhändlers, um Himmel willen! Da konnte er gern mehrere Läden besitzen und in der Welt herumkommen, das war ihr egal. Nein danke. Lieber würde sie in die Hölle hinabsteigen.

Nach einer Weile näherten sie sich einer Stelle, an der das Unterholz besonders dicht war. Marco drückte ein paar Zweige zur Seite und gab den Blick auf einen Trampelpfad frei, der über eine Lichtung zu einem baufälligen Bauernhaus führte.

»Soll das ein Scherz sein?«, fragte sie angesichts der Löcher in dem Ziegeldach.

Er zuckte mit den Schultern.

»Da wohnst du?«

»Immerhin habe ich ein Zimmer. Und ein Bett.«

Sie zog die Brauen hoch. »Das du sicherlich mit Ratten und Läusen teilst.«

»Ich mag Insekten … und Nagetiere.« Er sah sie durch seine dichten dunklen Wimpern belustigt an.

Auf den zweiten Blick bemerkte sie die zugenagelten Fenster und die abblätternde Farbe und kräuselte die Lippen. War sie hier überhaupt sicher?

»Wir können Feuer machen.« Er ignorierte ihren Gesichtsausdruck und klang unbekümmert. »Falls du frierst.«

»Falls?«

Er erwiderte nichts, sondern musterte ihr Gesicht und lächelte rätselhaft. Sie betrachtete seine gebräunte Haut, die dunklen lockigen Haare und ausgeprägten Wangenknochen. Wie ein Zigeuner, dachte sie. Er sah ungemein gut aus, und das war ihm zweifellos bewusst.

Maxine lächelte ihn an. »Willst du mich nun in dein Schloss bitten?«

Marco neigte den Kopf zur Seite und forderte sie damit auf, ihm zu folgen. Sie schluckte ihre Bedenken hinunter und betrat das Haus. Er führte sie über festgestampften Erdboden an einem Raum vorbei, der, dem Tisch und den Stühlen nach zu urteilen, einmal die Küche gewesen war. Nachdem Marco eine knarrende dunkle Holztür mit schwungvoller Gebärde aufgezogen und Maxine damit zum Lachen gebracht hatte, ging er mit ihr in das hinterste Zimmer.

Überall roch es nach abgestandenem Zigarettenrauch und seltsamerweise nach Zitronen. Nachdem er eine Kerze angezündet hatte, sah sie sich um. Der Raum hatte nur ein Fenster, das mit einem zerschlissenen Tuch verhängt war, doch der Boden bestand aus Steinfliesen, die einigermaßen sauber aussahen. Nicht gerade mondän, aber trotz allem fand Maxine die ländliche Einfachheit romantisch. Sie waren nicht wegen eines trauten Abendessens hergekommen, und je karger die Umgebung, desto besser. Außerdem fand sie Marco bei Kerzenschein noch beeindruckender.

»Setz dich«, sagte er, während er Hut und Mantel ablegte. Dann machte er sich daran, ein Feuer anzuzünden, benutzte Kastanienschalen zum Anfeuern und blies in die Flämmchen, bis sie aufloderten. Sie betastete derweil die Matratze auf dem Boden. Was er als Bett bezeichnet hatte, war ein mit Stroh gestopfter Sack aus Matratzendrillich. Er kratzte, juckte und stach, besonders wenn man nackt war.

»Hast du Bettlaken?«, fragte sie, obwohl sie die Antwort schon kannte.

»Du bist eine Prinzessin?«

Sie lachte. »Sieh zu, dass das Feuer ordentlich prasselt, dann zeig ich dir, was für eine Prinzessin ich bin.«

»Tust du das häufig?«

»Du etwa?«

Er lachte, und sie lachte mit ihm. Dann öffnete er eine Truhe, die in der Ecke stand. Daraus holte er einen Korkenzieher, eine Flasche Rotwein und zwei Porzellanbecher. »Sie sind angeschlagen, aber der Wein ist gut.«

Er entkorkte die Flasche, goss ein und reichte ihr einen Becher, dann setzte er sich neben sie. Sie sah ein gewisses Leuchten in seinen Augen. Leidenschaft oder Feuereifer für die Sache? Vielleicht beides.

Plötzlich nervös geworden, trank sie den schweren, fruchtigen Wein in großen Schlucken und hielt ihm den Becher hin, damit er ihn wieder füllte. Hier in der Toskana hatte sie die Freiheit zu sein, wer sie wollte, ohne dass ihre Familie ihr Vorhaltungen machen konnte. Er brauchte nicht zu wissen, dass sie diese Seite an sich herausgearbeitet und zurechtgeschliffen hatte, bis sie beinahe selbst glaubte, die mutige, kompromisslos unabhängige Frau zu sein, die sie sein wollte. Maxine wusste, wenn sie es nicht fühlte, musste sie es spielen, bis die Rolle zur Wirklichkeit wurde. Was das gelegentliche Verlangen anging, für das sie keinen Namen hatte und auch nicht haben wollte, das konnte sie sich nicht einmal selbst eingestehen.

»Und wie lautet deine Geschichte?«

»Da gibt's keine.«

Sie kniff die Augen zusammen und sah ihm aufmerksam ins Gesicht. »Wir haben alle eine.«

»Keine, die ich bereit bin zu erzählen.«

»Verrate mir wenigstens ein Detail.«

Er zog die Brauen zusammen, solange er zögerte, doch dann hellte sich sein Blick auf. »Ich war mal Journalist.«

»Ich auch.«

»Na, dann bin ich wie du.«

»Ach. Meinst du wirklich?«

»Es wäre interessant, das zu ergründen, oder?«

Damit brachte er sie zum Lächeln, und seine tiefe, leise Stimme fesselte sie, als hätte er sie in seinen Bann geschlagen. Sie genoss das.

»Ich habe eine Zeit lang für die *Nazione* gearbeitet, doch als die Deutschen kamen, wurde das unmöglich. Die wollten nur Artikel, in denen die Alliierten verteufelt werden.«

Eine Weile tranken sie schweigend ihren Wein, schließlich fasste er ihr unters Kinn und küsste sie auf den Mund.

Ihr Körper reagierte. Sie unternahm keinen Versuch, ihre wachsende Erregung zu überspielen, und öffnete seinen Gürtel, um seine Erektion zu spüren. Obwohl sie gerade entdeckte, dass Sex ein geniales Mittel gegen die Schrecken des Krieges war, war ihr nicht bewusst gewesen, wie sehr sie das brauchte.

Er küsste sie noch einmal, und sie ließen sich auf die Matratze fallen und zerrten einander die Kleider vom Leib. Ohne viele Worte waren sie kurz darauf in den Akt an sich vertieft.

Die meisten Männer glaubten nicht, dass es Frauen gab, die diese Art der Vereinigung vorzogen. Ohne Blumen und ohne Liebesschwüre. Es war fleischlich, animalisch, instinktiv. Haut auf Haut. Fleisch auf Fleisch. Und einen Mann, der auf Jungfräulichkeit Wert legte, wollte Maxine sowieso nicht. Nein. So war es viel besser. Keinem wurde das Herz gebrochen. Keinem wurde Treue abverlangt, und keiner musste treu sein.

Hinterher lag sie neben ihm und sah zu, wie das Licht die Atmosphäre in dem kleinen Raum veränderte. Dann streichelte sie seine nun hell schimmernde Haut. Das Feuer warf tanzende Schatten auf die Wände, was sie näher rücken ließ und Maxine ein behagliches Gefühl gab.

Wie war es wohl gewesen, als in dem Haus noch eine Familie lebte? Sie stellte sich ein Ehepaar mit drei oder vier Kindern vor, die für die Tiere sorgten, während die Mutter aus den eigenen Erzeugnissen schmackhafte Eintöpfe kochte und der Vater auf den Feldern arbeitete.

Sie fragte, wem das Haus gehört hatte, aber Marco sagte, es gebe viele verlassene Höfe in der Gegend. Die Bauern hätten es aufgegeben, dem Boden ihren Lebensunterhalt abzuringen. Und sie begriff, dass ihr Bild von der Bauernfamilie nur eine Illusion war. Es musste ein entbehrungsreiches, einsames Leben gewesen sein mit schrecklich harten Wintern, besonders wenn es nicht genug zu essen gab.

»Ich muss jetzt schlafen«, sagte er recht ruppig und zog eine Decke über sie beide. »Heute Abend gibt es Arbeit für uns.«

»Arbeit?«

Er runzelte die Stirn. »Je weniger du weißt, desto besser.«

»Das ist doch albern. Ich muss Bescheid wissen. Deshalb bin ich schließlich hier. Das habe ich doch erzählt.«

Er stützte sich auf einen Ellbogen und sah ihr in die Augen, während er sich skeptisch das Kinn rieb. »Du willst mitkommen, das ist mir klar. Doch warum? Warum hast du dich dazu bereit erklärt? Du bist ein schönes amerikanisches Mädchen. Das ist nicht mal dein Krieg.«

»Wäre er aber, wenn meine Eltern nicht ausgewandert wären. Ich muss verstehen, was du tust, und ich muss erfahren, wo die Partisanen sind.«

»Es ist ganz einfach. Wir machen den Deutschen Probleme, demoralisieren den Feind, wo wir nur können. Verletzen ihren Stolz, verstehst du? Und die meisten von uns sind im Wald am Monte Amiata. Hunderte.«

»Und hier?«

»In den Wäldern rings um die Dörfer. Hier sind nicht so viele. Sie sind ein zusammengewürfelter Haufen, aber wir bringen sie noch auf Vordermann.«

Sie warf ihm einen Blick zu. »Und du willst mich nicht mitkommen lassen?«

»In dieser Phase wärst du eine Belastung. Wie bist du überhaupt so weit gekommen?« Er schüttelte den Kopf. »Das ist unglaublich.«

»Habe ich dir doch erzählt. Die Briten haben nicht viel Auswahl. Wenn du mich mitnimmst, kann ich für euch mehr Unterstützung anfordern.«

»Die brauchen wir sicher, obwohl die Bauern uns helfen. Sie sind es leid, ihre Ernten an die Deutschen abzugeben. Aber dich mitnehmen? Nein.«

»Ich bin an die Gefahr gewöhnt.«

»Nein«, beschied er. »Und jetzt lass mich schlafen.«

»Woher stammst du?«

Marco stöhnte verärgert, antwortete jedoch nicht.

»Wenn du mir das nicht sagen willst, dann verrate mir wenigstens, wie alt du bist.«

Er drehte sich von ihr weg.

Irgendwann fiel sie in einen unruhigen Schlaf, und einmal hörte sie Marco stöhnen. Als sie an seine nackte Schulter fasste, merkte sie, dass er schlief, und darum schmiegte sie sich an ihn und döste wieder ein.

Irgendwann wurde sie erneut wach und hörte barsche Männerstimmen aus der Küche. Marco fuhr erschrocken aus dem Schlaf hoch, aber als er die Stimmen erkannte, zündete er sich eine Zigarette an und entspannte sich. Sie sah die Glut in der Dunkelheit aufleuchten.

»Das sind die Männer«, sagte er.

Sie griff um seinen Arm. »Wenn du mich nicht mitkommen lässt, werde ich euch folgen.«

Er runzelte die Stirn. »Sei nicht dumm. Du kannst entweder hierbleiben oder in die Stadt zurückfahren. Vielleicht beim nächsten Mal.«

Sie nickte. »Na gut. Wenn das dein letztes Wort ist.«

13

Nicht lange nach Maxines Rückkehr ins Castello hatte Sofia vorgeschlagen, dass Aldo die Männer zur Abwurfstelle begleiten könnte. Er sollte sich eingebunden fühlen, damit er zu Hause blieb, anstatt in die Wälder zu ziehen. Maxine hielt das für eine riskante Strategie und hatte dagegen angeführt, dass er dadurch erst recht auf den Geschmack käme. Doch drei Tage später, als sie die zweite Nacht auf das Flugzeug warteten, war er dabei.

Maxine kauerte in der Dunkelheit unter den Bäumen, den Blick auf die kleine Lichtung im Tal geheftet, auf der ein Feuer brannte. Aldo war offensichtlich freudig erregt, weil er dabei sein durfte, und schaute alle paar Minuten zum Himmel hinauf, während er auf und ab ging.

Es war eine sternklare Nacht, zum Glück. Allerdings würden die Deutschen das Flugzeug dadurch genauso gut sehen und leicht abschießen können. Der Pilot würde die Fracht auch bei schlechtem Wetter abwerfen, sodass das Gerät dann wahrscheinlich in einer Baumkrone landete. Das mochte ebenfalls passieren, wenn etwas schiefging oder das Flugzeug abgeschossen wurde.

Nun warteten sie schon seit drei Stunden, und die Männer waren gereizt. Niemand konnte sich erklären, warum das Flugzeug so lange ausblieb. Wenn es die Stelle erst im Morgengrauen erreichte, wäre es für den Abwurf zu spät.

Gespannt lauschte Maxine auf die nächtlichen Geräusche. Tiere raschelten im Unterholz, Vögel schlugen mit den Schwingen, der Wind strich durch die Zweige. Es roch nach Rauch, nach Pflanzen und feuchter Erde. Sie wartete und spähte, während die Dunkelheit sie einschloss.

»Warum kommt es zu spät?«, flüsterte Aldo.

»Das weiß hier wohl keiner.«

»Ich habe mir das nicht so langweilig vorgestellt.«

»Warten ist immer langweilig. Gewöhn dich daran.«

Als ein lauter Pfiff durch den Wald gellte und von hoch oben Motorbrummen zu hören war, blickte Maxine auf. War da schon das erste Morgengrauen zu sehen, oder bildete sie sich das ein?

»Noch kein Flugzeug in Sicht, aber ich glaube, da kommt es«, sagte sie und spürte Aldos Anspannung, der sich neben ihr aufrichtete.

Um den Piloten auf die Lichtung zu lotsen, gaben die Partisanen Signale mit Taschenlampen. Als das Flugzeug in Sicht kam, kniff Maxine die Augen zusammen, um mehr erkennen zu können.

Das Cockpit war unbeleuchtet, doch das Flugzeug kreiste zweimal über ihnen, dann konnte sie plötzlich einen Fallschirm ausmachen. Sie hielt den Atem an. Wenn das Gerät ungebremst auf den Boden prallte, würde es in Stücke zerspringen – aber nein, der Fallschirm öffnete sich. Zwei Abwurfbehälter hingen daran. Die Lieferung war so auffällig; Maxine konnte nicht glauben, dass die Deutschen sie nicht bemerkten.

Sie sah zwei dunkle Gestalten hinrennen, die die Behälter holten und den Fallschirm zusammenrafften. Mit Aldos Hilfe trugen sie alles zu den wartenden Motorrädern und schnallten es daran fest. Eins davon war Maxines. Marco bedeutete ihr trotzdem, hinter ihm aufzusteigen, während ein anderer Partisan auf das zweite stieg und Aldo darauf mitnahm.

Mit halsbrecherischem Tempo fuhren sie zwischen den Bäumen hindurch und auf die schmale, holprige Straße, die schließlich den Hügel hinauf zum Castello führte, wo Sofia sie erwartete.

Bevor sie das Dorftor erreichten, hörten sie hinter sich in

einiger Entfernung ein Auto fahren. Die Deutschen? So früh? Waren sie beobachtet worden? Nachts war die Entfernung von Geräuschen schwer zu schätzen. In der Nähe oder weit weg? Unmöglich zu unterscheiden. Auch dieses Fahrzeug mochte viel weiter weg sein, als es sich anhörte.

Maxine hielt sich an Marco fest, als er mehr Gas gab und eine riskante Abkürzung durch den Wald nahm, wo nur ein Motorrad durchkam. Als sie das Dorf erreichten, stand das Tor offen, und Sofia lief auf und ab, von ihrer vornehmen Gelassenheit keine Spur. Die Männer bremsten, und sie eilte heran, um beim Abladen zu helfen.

»Ich glaube, da kommt jemand«, raunte Maxine ihr zu. »Wir haben ein Fahrzeug gehört.«

Sofia überlegte kurz und winkte sie zur nächstgelegenen Tür. Die schloss sie auf, und sie stiegen fünf Stufen hinunter in den dunklen Keller, wo die Weinfässer lagerten.

»Hier?« Marco blickte Sofia skeptisch an. »Nicht im Keller unter dem Haus?«

»Dafür bleibt keine Zeit. Dieser ist näher.« Sie deutete auf ein Fass weit hinten. »Das da ist leer. Darin verstecken wir immer Vorräte. Richten Sie es auf, es lässt sich an der Rückseite öffnen. Sie können die Sachen hineinstopfen. Wenn die Luft rein ist, bringen wir sie woandershin.«

»Gibt es hier Licht?«

»Benutzen Sie die Taschenlampe. Schnell.«

Aldo fasste mit an, während die beiden Männer das Fass hochkant stellten und die Abwurfbehälter samt Fallschirm darin verstauten. Behutsam legten sie es wieder auf die Seite und drehten es mit der Öffnung nach unten.

»Und jetzt schnell weg von hier«, sagte Sofia und sah den zwei Männern nach, die mit den Motorrädern in den dunklen Wald fuhren. Maxine und sie zogen mit einiger Anstrengung die schweren Torflügel zu.

»Wir müssen verschwinden, bevor jemand sieht, dass wir im Morgengrauen hier draußen sind«, sagte Sofia.

»Sollten wir nicht lieber aufpassen, ob der Wagen hierherkommt?«

»Nein. Viel besser, sie finden alles still und verlassen vor«, antwortete Sofia angespannt.

Sie liefen zum Haus und sogleich die Treppe hinauf.

»Komm mit in mein Zimmer«, sagte Sofia.

In dem Schlafzimmer stand ein Fenster offen, und eine Lampe brannte. Sofia schaltete sie hastig aus und lief ans Fenster, um auf den Platz zu schauen. Maxine wippte unruhig mit dem Fuß, ihr Herz klopfte heftig. Im einfallenden Licht des Mondes sah sie Sofias Schultern herabsinken. »Alles ist ruhig. Draußen ist niemand«, sagte Sofia.

»Darf ich mal sehen?«

»Überzeug dich gern selbst. Aber mir scheint, eure Verfolger haben euch aus den Augen verloren.« Sie ging an ihr Bett und schlug eine Ecke ihrer Daunendecke zurück.

»Du wirst dich doch jetzt nicht hinlegen?«, fragte Maxine, erstaunt, dass Sofia an Schlaf denken konnte.

»Nein.« Sofia lachte freudlos. »Ich könnte kein Auge zutun, aber ich muss das Bettzeug zerwühlen und mein Nachthemd anziehen. Du auch.«

Maxine spähte erneut über den Platz, die Hände auf der Fensterbank, doch niemand war zu sehen. Enttäuscht über die ereignislose Stille nach dem nächtlichen Abenteuer hatte sie Lust auf mehr.

»Passiert da etwas?«, fragte Sofia ein wenig belustigt.

Maxine verneinte seufzend.

Sofia setzte sich auf die Bettkante. »Sobald es hell ist, klopfe ich an deine Tür. Dann gehen wir auf eine Tasse Kaffee in die Küche.«

»Aber was ist mit dem Wagen, den wir gehört haben?«

»Wie gesagt, die müssen euch verloren haben. Nun zieh die Läden zu und schließ das Fenster. Wenn ich etwas höre, kümmere ich mich darum. Bleib du in deinem Zimmer.«

Maxine nickte und zog sich zurück. Wenn doch noch etwas passierte, würde sie auf keinen Fall drinnen hocken und sich das entgehen lassen, egal, was die Contessa sagte.

In ihrem Zimmer zog sie sich aus, schlüpfte in das hauchdünne Nachthemd und legte sich unter die kalte Bettdecke, aber schlafen würde sie ganz sicher nicht.

Ein paar Stunden später wurde sie wach. Tageslicht drang durch die Ritzen der Fensterläden. Vor Kälte zitternd, sprang sie aus dem Bett, schlang sich die Decke um die Schultern und horchte. Vom Platz schallten aufdringliche deutsche Stimmen herauf, dann schrille italienische. Als gegen Türen geschlagen und Befehle gerufen wurden, liefen Leute zusammen, stritten und protestierten. Eine Frau kreischte, ein Kind fing an zu weinen. Himmel, sie waren schon da!

Maxine öffnete ihre Tür und schlich den Flur entlang zu Sofias Schlafzimmer, klopfte leise an und ging hinein.

Sofia war bereits angezogen und bürstete sich gerade die Haare.

»Gehst du nicht nach draußen?«, fragte Maxine.

»Noch nicht.«

»Warum das?«

»Ich lasse mich nicht einschüchtern. Sie werden noch früh genug in mein Haus kommen. Sollen sie erst mal erfolglos das Dorf durchsuchen.«

»Und dann?«

»Dann biete ich ihnen Kaffee an.«

Maxine ließ sich ihre Verachtung anmerken. »Stets die adlige Dame?«

Sofia seufzte verärgert. »Das erwarten sie. Sie sollen nicht glauben, ich sei beunruhigt. Das würde nur Verdacht erregen.«

»Und wenn dein Mann hier wäre?«

»Dann würde er natürlich hinausgehen, als Herr des Hauses. Das würden sie von ihm erwarten. Von mir dagegen nicht.« Sofia rieb sich die Augen. »Nun geh dich anziehen und komm zum Frühstücken in die Küche.«

»Ich möchte lieber nachsehen, was draußen vorgeht.«

Sofia warf ihr einen warnenden Blick zu. »Tu, was ich sage. Wir gewinnen nichts, wenn wir hinausgehen. Die machen sowieso, was sie wollen. Lass dir Zeit.«

»Warum?«

»Du bist schmutzig. Außerdem wird es noch eine Weile dauern, bis sie zu uns kommen.«

Zurück in ihrem Zimmer, wusch Maxine sich so gut wie möglich an dem Waschbecken in der Ecke. Sie hielt sich nicht lange damit auf. Das Wasser war eisig und das Zimmer auch, aber als sie in den Spiegel an der Wand schaute, zog sie eine Grimasse. Sofia hatte recht. Sie hatte dunkle Schlammspritzer und vielleicht auch Schmierfett an den Wangen, und ihre Haare waren zerzaust, die Augen glänzten fiebrig. Sie fror zu sehr, als dass sie sich die Haare waschen wollte. Es würde ohne gehen müssen.

Mehrmals fuhr sie mit einem Kamm hindurch, ohne dass es wesentlich besser wurde. Sie sah verheerend aus. Aber vielleicht könnte Sofia ihr ein Haarband leihen.

Erneut lief sie den Flur hinunter und klopfte an Sofias Tür. Ohne auf eine Antwort zu warten, trat sie ein. »Oh!«, murmelte sie verblüfft. »Wie kommen Sie denn hierher?«

14

Sofia starrte Maxine an, die verblüfft im Türrahmen stand. »Rasch. Komm herein und schließ die Tür.«

Maxine tat es. »Also?«, fragte sie, die Hände an den Hüften, den Kopf zur Seite geneigt. »Wie ist James hierhergekommen?«

»Aldo hat ihn geholt. Er hat in dem Gästezimmer neben dir geschlafen.«

»Und jetzt ist er in deinem Schlafzimmer, weil …?«

Sofia seufzte schwer.

»Und noch dazu unbekleidet?« Maxine grinste.

»Wir wollen sehen, ob ihm einige von Lorenzos Sachen passen. Außerdem ist er nicht wirklich nackt.«

Maxine schaute belustigt. »Meinetwegen müsst ihr nicht schauspielern. Nichts für ungut, aber das hätte ich dir gar nicht zugetraut.«

»Ach, um Himmels willen!«, erwiderte Sofia ungehalten, weil sich Maxine derart aufreizend benahm. Aber sie sah auch das Komische an der Szene und musste ebenfalls grinsen. »Denk, was du willst.«

James nickte Maxine zu. »Guten Morgen. Ich sehe, Sie sind noch zum Scherzen aufgelegt.«

»Immer«, sagte sie mit einem neckischen Blick.

»Und was Ihre Frage betrifft, ich bin zum Funken hier. Ich werde das Gerät virtuos bedienen. Man nennt uns Funker auch ›Pianisten‹, wissen Sie?«

»Aber, James, die Deutschen sind im Dorf. Haben Sie den Lärm nicht gehört?« Maxine wandte sich Sofia zu. »Um Gottes willen, was willst du mit ihm machen?«

»Keine Sorge. Das weiß ich schon.«

»Sie werden das Haus von oben bis unten durchsuchen.«

»Allerdings.«

»Wie kannst du nur so ruhig sein?«

Sofia ignorierte sie. In Wirklichkeit war sie ein Nervenbündel, aber inzwischen konnte sie das immer besser verbergen.

»James, ziehen Sie das an.« Sie gab ihm einen Pullover, eine Jacke und eine Hose. »Die müssen genügen. Maxine, nimm dir ein paar wärmere Sachen aus meinem Schrank und leg sie in deinen. Du hast so wenig mitgebracht. Die Deutschen müssen unbedingt glauben, dass du mich für längere Zeit besuchst.«

Maxine grinste. »Ich bezweifle, dass mir deine Sachen passen.«

»Und ich bezweifle, dass die Nazis dich zu einer Modenschau auffordern. Nun beeil dich.«

»Du wirst James doch nicht etwa als Lorenzo ausgeben, oder?«

Sofia musste an sich halten, um sich das Lachen zu verkneifen, so ernst die Situation auch war. »Geh!«

Sie hatte nicht vor, Maxine in alle Geheimnisse einzuweihen, zumindest jetzt noch nicht, und darum wartete sie, bis sie gegangen war, und rückte erst dann ihren Frisiertisch zur Seite. Sowie James angezogen war, drückte sie auf eine bestimmte Stelle der Holztäfelung gegenüber dem Bett. Knarrend öffnete sich eine verborgene Tür.

»Gehen Sie in den Geheimgang. Nach ein paar Metern kommt ein Sims. Dort liegt Ihr Codebuch. Setzen Sie sich auf den Sims und warten Sie, bis ich an die Wand klopfe. Es könnte einige Zeit dauern. Ich klopfe drei Mal, zähle bis drei und klopfe noch drei Mal. Kommen Sie an die Geheimtür und geben Sie das gleiche Klopfzeichen, dann öffne ich.«

»Wohin führt der Gang?«

»Das erzähle ich später. Und denken Sie daran, kein Geräusch zu machen. Sie dürfen sich nicht einmal räuspern. Wie geht es Ihrer Schulter?«

Er tat die Frage mit einer wegwerfenden Geste ab, doch nach seinem Gesichtsausdruck zu urteilen, hatte er noch Schmerzen.

Sowie er sich versteckt hatte, schob sie den Frisiertisch an seinen Platz zurück, steckte sich ihre Pistole in die Rocktasche – sie hatte sich angewöhnt, sie immer bei sich zu tragen – und schaute prüfend über die Möbel und den Boden, ob nichts Verräterisches liegen geblieben war. Die Dielen waren wie immer glänzend gebohnert, die bestickten Seidengardinen, die sie einmal aus Venedig mitgebracht hatte, sorgten für diffuses Licht.

Fünf Minuten später kam Anna zu ihr und teilte ihr mit, dass unten im Flur ein Hauptmann auf sie wartete.

Sofia dankte ihr. »Geh und klopf zwei Türen weiter an das Gästezimmer. Bitte Maxine, zum Frühstück zu kommen.«

Sie ging die stattliche Haupttreppe hinunter und führte sich damit vor Augen, dass sie noch über Ansehen verfügte. Das beruhigte sie ein wenig. Ihr Auftritt als Contessa gab ihr Halt. »Guten Morgen.« Sie gab sich überrascht. »Was kann ich zu dieser frühen Stunde für Sie tun?«

Er war ein kräftig gebauter Mann; der Wintermantel reichte ihm bis zu den Knöcheln. Er trug eine runde Hornbrille und hatte milde, kurzsichtige blaue Augen, die, da hegte sie keinen Zweifel, über seinen wahren Charakter hinwegtäuschten. Sie nahm seine faltenlose Haut, die hohe Stirn und die dünnen dunkelblonden Haare in sich auf. Er trat ein paar Schritte auf sie zu, jeder Schritt langsam, abgezirkelt, bedrohlich, ohne Zweifel, um seine Macht über sie zu demonstrieren und ihre Machtlosigkeit hervorzuheben.

»Ich bin Hauptmann Kaufmann. Oberst Schmidt haben Sie wohl schon kennengelernt?«

Kaum merklich nickend fügte sie sich. »Aber natürlich. Er hat mit uns zu Abend gegessen.«

»Wir müssen die Villa durchsuchen.«

»Das können Sie ruhig tun. Ich würde es zu schätzen wissen, wenn Ihre Leute nichts beschädigen. Wir haben einige sehr wertvolle alte Stücke, die sich seit Generationen im Besitz der Familie befinden. Auch einige Gemälde.«

Sie beobachtete ihn, als er durch die offene Tür in ihren kleinen Salon spähte, dann sah er sie mit einem verkniffenen Lächeln an. »Wenn ich mich nicht irre, hängt da *Der heilige Sebastian* von Cozzarelli. Nicht wahr? Eine Kostbarkeit.«

»Ja. Mein Mann ist sehr stolz darauf.«

»Tja, Sie brauchen keine Angst zu haben. Ich bin nicht hier, um Ihre Habseligkeiten zu beschädigen, Contessa.«

»Das freut mich zu hören. Aber, wenn Sie die Frage erlauben, warum sind Sie hier?«

»Gestern Nacht gab es in der Nähe einen Fallschirmabwurf.«

»Tatsächlich? Und was hat das mit uns zu tun, Hauptmann?«

»Es heißt, was da abgeworfen wurde, könnte hierhergebracht worden sein. Mit Motorrädern.«

Verwundert zog sie die Brauen hoch. »Ach. Und was glauben Sie, wann das passiert sein soll?«

»Kurz vor Morgengrauen.« Er sprach prägnant und schneidig.

»Du meine Güte.« Sie machte ein bestürztes Gesicht. »Ich habe nichts gehört, allerdings habe ich einen festen Schlaf. Vielleicht fragen Sie ein paar Leute im Dorf. Da wird sicher jemand etwas mitbekommen haben.«

»Gewiss.«

»Was meinen Sie, was könnte denn da abgeworfen worden sein?«

Er kniff die Augen zusammen und hielt sichtlich seinen Ärger im Zaum. »Ich bin nicht hier, um Ihre Fragen zu beantworten.«

»Verzeihung. Ich war nur neugierig. Aber Sie sind doch sicher besorgt, dass da Waffen oder dergleichen gebracht wurden.«

Er sagte nichts dazu, denn plötzlich kam ein Trupp Männer in feldgrauer Uniform herein und trampelte die Treppe hinauf. Als Kaufmann einen Befehl blaffte, verdoppelten sie ihr Tempo.

Sofia wäre ihnen gern nachgelaufen und in jedes Zimmer gefolgt, um zu verhindern, dass sie ihre persönlichen Sachen durchwühlten oder etwas entdeckten. Doch sicher war es unwahrscheinlich, dass sie genau an der richtigen Stelle gegen die Holztäfelung drückten? Kaum jemand wusste von dem Geheimgang, der durch die Gebäude in den ersten Stock des Wehrturms führte, oder von den unterirdischen Gängen unter dem Haus, durch die man in den Wald gelangte. Denn in der modernen Zeit war es nie nötig gewesen, in den Untergrund zu gehen oder in Verstecke zu flüchten.

Kaufmann hatte sich von seinen Leuten wieder abgewandt und zeigte nun mit dem Finger auf Sofia. »Sie müssen alle Lagerräume aufsperren«, verlangte er. »Holzschuppen, Fahrzeugschuppen, Weinkeller und so weiter. Deshalb werden Sie jetzt mitkommen.«

Er ging zur Tür, doch in dem Moment kam Maxine die Treppe herabgelaufen. »Na, hallo«, sagte sie kokett und lächelte ihn an.

Kaufmanns Gesicht zuckte. »Und Sie sind?«

»Massima. Aber alle nennen mich Massi. Ich bin Sofias beste Freundin aus Rom. Ich besuche sie gerade. Rom ist zurzeit furchtbar langweilig, finden Sie nicht, Herr …?«

»Hauptmann Kaufmann«, sagte er brummend und zog misstrauisch die Brauen zusammen, wandte sich jedoch zum Gehen.

»Massi«, sagte Sofia in freundschaftlichem Ton. »Wenn du dich zum Frühstück ins Speisezimmer begeben möchtest, ich werde dem Hauptmann nur rasch die Nebengebäude aufschließen.«

Sie musste anerkennen, dass Maxine sich keine Beunruhigung anmerken ließ und unbekümmert reagierte. »Ich bin nicht besonders hungrig, das Frühstück kann warten. Ich begleite dich. Hast du die Schlüssel bei dir?«

Sofia ging zu dem Wandtisch im Flur und zog die Schublade auf. »Da sind sie. Gehen wir.«

»Was suchen Sie denn?«, fragte Maxine den Deutschen, doch der ignorierte sie.

»Ich vermute, sie suchen nach Waffen.« Sofia redete gerade so laut, dass der Hauptmann es verstehen konnte.

»Ach, wie aufregend! Stell dir vor, ein Waffenversteck direkt vor deiner Nase, Sofia.«

Sofia warf ihr einen Blick zu, der deutlich sagen sollte: Übertreib es nicht. Der Mann ist kein Idiot.

Sie führte ihn und zwei seiner Leute als Erstes zum Fahrzeugschuppen, schloss auf und stieß einen Torflügel zur Seite.

»Wie ich sehe, haben Sie ein Motorrad?«

»Ja, und seit einem Monat ist der Tank leer. Wir benutzen es selten.« Kurz sah sie zu Maxine, heilfroh, dass Marco deren Motorrad mitgenommen hatte.

Der Hauptmann streckte die Hand aus. »Die Schlüssel?«

»Hängen da drüben an der Wand.«

»Wo sie jeder nehmen kann?«

Sofia zog die Brauen hoch. »Dazu müsste er in den Schuppen gelangen.«

»Wer hat sonst noch einen Schlüssel zu dem Fahrzeugschuppen?«

»Der Verwalter und mein Mann natürlich.«

»Und wo halten die sich auf?«

»Mein Mann ist in Rom, soviel ich weiß. Und der Verwalter sollte eigentlich einige Arbeiten in unserem Haus in Florenz verrichten. Nach der Bombardierung, verstehen Sie?

»Eigentlich?«

»Er wurde einberufen … von Ihnen.«

Er heftete den Blick auf sie. Schweigend starrten sie einander an, er mit unerschrockener Eindringlichkeit. Er war auf eine furchtbare Art anziehend, und sie war widerwillig fasziniert. Schließlich tränten ihr die Augen, und der Bann war gebrochen. Doch der Moment hatte sie tief beunruhigt, und das war ihm sicherlich bewusst.

Er probierte den Zündschlüssel aus. Das Motorrad gab keinen Mucks von sich. »Wann haben Sie den Schuppen das letzte Mal geöffnet?«

»Neulich, als wir mit dem Pferdewagen nach San Giovanni d'Asso gefahren sind. Seitdem nicht mehr.«

Sie verließen den Fahrzeugschuppen, und sie führte die drei Männer zum Holzlager. Dabei hoffte sie, dass er wegbeordert würde, bevor sie zum Weinkeller gelangten. Es war ihr unerträglich, mit anzusehen, wie seine Leute das ordentlich gestapelte Feuerholz durcheinanderwarfen.

Da sie schon fürchtete, was später passieren mochte, wandte sie den Blick ab und schaute zu Maxine. Die stand ein Stück abseits mit dem Rücken zur Sonne, sodass ihre Haare im Gegenlicht rötlich leuchteten. »Massima, könntest du weiter aufpassen? Ich brauche frische Luft.«

Draußen sah sie zum Turm hoch, zu den vertrauten Zinnen der Brüstung, und wünschte sich zutiefst, ihr bisheriges Leben zu behalten. Sollte es wirklich zu Ende sein? Sie hatte sich immer bemüht, ein freundlicher Mensch zu sein, sich anzupassen, zu helfen, wo sie konnte. Selbst unter dem Joch Mussolinis hatte sie ein leichtes Leben gehabt, ein privilegiertes Leben, und hatte weitgehend tun können, was sie wollte.

Natürlich war auch sie nicht von Leid verschont gewesen. Sie hatte Kinder bekommen wollen, aber nach Lorenzos Unfall war nichts daraus geworden. Sie wusste nicht, was die Ursache war. Vielleicht hatte er eine unbemerkte Verletzung davongetragen, auch wenn die Ärzte nichts gefunden hatten. Er konnte von Glück reden, dass er mit dem Leben davongekommen war, im Gegensatz zu seiner Familie.

Wie auch immer, sie hatte die Sehnsucht nach einem eigenen Kind begraben und widmete sich ganz ihrem Mann, den Dorfbewohnern, den Landarbeitern, ihren Hausangestellten und der Malerei. Sie liebte ihr Leben im Castello, und bei dem Gedanken, es könnte damit vorbei sein, lief es ihr eiskalt den Rücken hinunter.

Wenn sie nur Zeit gehabt hätte, die Funkausrüstung in den unterirdischen Gang zu bringen! Erst als sie schon mehrere Monate im Castello lebte, hatte Lorenzo ihr von den Geheimgängen erzählt, und sie war überrascht gewesen, dass man durch ein Steinhaus im Rosengarten hineingelangte, ausgerechnet von dort, und auch durch den Keller im Haus.

Als Italien noch kein geeintes Land war und die Adeligen gegeneinander Krieg führten, hatten sie für ihre Festungen und Burgdörfer ein Labyrinth unterirdischer Gänge mit vielen Zugängen gebaut. Lorenzo hatte ihr den Weg durch den großen Keller und das Netz von Gängen, Alkoven und verborgenen Räumen in den tiefen Keller darunter gezeigt. Von dort waren sie in die Fluchttunnel gelangt.

Der Hauptmann verließ den Holzschuppen, und sie empfand eine kalte, unnatürliche Ruhe, als sie ihn genauer beobachtete, einen sehr beherrschten Mann, angespannt und verschlossen wie der Oberst, doch ohne dessen resignierte Ausstrahlung. Was würde sie nicht geben, um seine Empfindungen, Gedanken, Ängste plötzlich hervorbrechen zu sehen, alles, was der Mann je unterdrückt hatte! Doch dazu würde es nicht kommen. Wenn er das Funkgerät fände, würde sie ihn allenfalls triumphieren sehen.

Der Moment war gekommen. Mit Lorenzos Stimme im Ohr – Würde wahren, Liebling, unter allen Umständen – atmete sie einmal tief durch. Doch ihre Ruhe hielt nicht an, sondern die Angst kehrte zurück, noch bevor sie zum Weinkeller hinüberzeigte.

15

Als Sofia den Raum aufschloss, fühlte sie sich schrecklich schutzlos, so als wäre sie völlig entblößt und jeder könnte es sehen. Die Tür ging nach innen auf, und der Hauptmann und einer seiner Männer stiegen als Erste die Stufen hinunter, nach ihnen Maxine, und sie selbst folgte ihnen widerstrebend.

»Gibt es hier kein elektrisches Licht?« Kaufmann verzog das Gesicht, als er über die Schulter zu ihr blickte.

»Ich lasse die Tür offen«, antwortete sie und verschwieg die große Taschenlampe auf dem Sims, der jetzt hinter der geöffneten Tür verborgen war.

Kaufmann klopfte an einige Fässer. »Die Sucherei macht durstig.« Und dann griff er nach einem der Probierbecher, die auf dem langen Bocktisch standen, und lachte – ein gezwungenes Lachen ohne Freude.

Sofia kam er nicht vor wie ein Mann, der sich für Wein interessierte. Sein Untergebener trat heran, nahm den Becher, hielt ihn unter den Zapfhahn eines Fasses und drehte ihn auf. Als der Becher gefüllt war, reichte er ihn Kaufmann, der naserümpfend kostete und den Rest langsam auf den Boden schüttete, während er sie ansah und sich an ihrem Unbehagen weidete. Danach ging er zum nächsten Fass.

»Vielleicht schmeckt dieser besser.«

Spielte er mit ihr? Wollte er sich produzieren? Oder würde er tatsächlich sämtlichen Wein kosten und dabei das eine Fass finden, das keinen enthielt? Sie bekam einen trockenen Mund, und während sie um das schwarze Loch herumtappte, das sich vor ihr auftat, wurde ihr bewusst, wie sie atmete: zu schnell und zu flach. Sie versuchte, ihre Angst niederzuringen und nicht zu hoffen. Trotz ihrer ungeheuren Anspannung zwang sie sich, ein sorgloses Gesicht zu machen, als wäre alles in bester Ordnung.

Ihre Wahrnehmung der Zeit änderte sich. Sie schien sich zu dehnen, als er von Fass zu Fass ging und die unbarmherzige Razzia in die Länge zog. Sie hörte die Deutschen von Tür zu Tür laufen. Sie hörte ihre Stiefel knallen und die Krähen über dem Turm krächzen. Sofia sah nach draußen. Aus dem endlosen weißgrauen Himmel fiel ein feiner Regen. Sie schauderte ahnungsvoll und blickte durch das Dorftor über die Landschaft, die an diesem dunklen, grüblerischen Tag ein mattes Grün und Violett annahm. Es war bitterkalt, und sie fragte sich, ob es bald schneien würde.

Währenddessen lächelte Maxine in einem fort. Sie fragte, ob sie den Wein auch kosten dürfe, und der Hauptmann reichte ihr einen unbenutzten Becher.

»Nur zu«, sagte er.

Sofia hatte zu große Angst, um zu reden, aber Maxine unterhielt sich auf Italienisch und Englisch und versuchte sich sogar an ein paar deutschen Ausdrücken. Sofia hörte nur halb zu und konzentrierte sich, um Kaufmann nicht anzustarren.

Maxine tat ihr Bestes, um ihn für die Vorzüge verschiedener Weinsorten zu interessieren, doch der Mann blieb einsilbig, bis er beim vorletzten Fass angekommen war. Er lehnte sich dagegen und blickte Sofia an.

Ihre Hände waren klebrig von Schweiß, und die Angst kroch ihr den Hals hinauf. Sie war an einem Punkt angelangt, wo sie kaum noch wusste, was sie fühlte. Doch als er anmerkte, ihr Wein sei nur mittelmäßig, empfand sie grenzenlose Verachtung. Das war zwar unbedeutend, aber der Wein war gut. Sehr gut. Und jeder wusste es.

Mit unerschütterlichem Selbstvertrauen deutete Maxine auf die letzten zwei Fässer. »Aber die haben Sie noch nicht probiert. Vielleicht ist der Wein darin mehr nach Ihrem Geschmack.«

Sofia entging nicht, wie ihre Augen leuchteten. Maxine

fand das aufregend. Sie spielte ein gefährliches Spiel. Sofia sah Kaufmann an und begegnete einem abstoßenden, kalten Blick und einem ebenso kalten Lächeln. Ein Schwall widersprüchlicher Gefühle durchlief sie, und ihr Magen schlingerte vor Abscheu. Von ruhigem Gleichmut war sie weit entfernt! Doch am schwersten war es, ihren Zorn zu unterdrücken. Sofia war nicht dafür bekannt, die Beherrschung zu verlieren. Sie schob die Hand in die Rocktasche zu der kalten Pistole.

Als Kaufmann auf das hinterste Fass zutrat, überkam sie ein Gefühl der Entrückung. Sie war da und zugleich nicht. Er schien zu warten, ob sie etwas sagte, und sie wollte »Nein!« schreien, die Hand heben, die Pistole ziehen und schießen.

Natürlich durfte sie das nicht. Das war eine unvernünftige Idee. Ihre Mutter hatte einmal gesagt: »Wozu wir fähig sind, wissen wir erst, wenn wir es versuchen.« Dabei hatte sie ganz sicher nicht an Mord gedacht.

»Fahren Sie fort«, forderte sie ihn stattdessen auf und hoffte dabei inständig, ihre Stimme möge nicht schwanken. Doch sie schauderte unwillkürlich, worauf Maxine sie ansah und die Augen weiter öffnete. Eine Warnung. Sofia holte tief Luft, aber ihr Verstand ließ sie gerade im Stich. Grauenvolle Szenen spielten sich vor ihrem inneren Auge ab, während sie sich vorkam wie ein Schatten, durchsichtig und körperlos. War es möglich, dass Kaufmann ihre Gedanken las?

»Oder möchten Sie vielleicht lieber etwas frühstücken, Hauptmann?«, fragte Maxine, noch immer ganz gelassen.

In dem Moment atemlos gespannten Schweigens pochte in Sofias Schläfe eine Ader.

Kaufmann schaute auf das Fass und ging noch einen Schritt darauf zu, doch dann nahm er Maxines Einladung an, indem er sich kaum merklich verbeugte, und Sofia war immens erleichtert, als er die Stufen zum Platz hinaufstieg.

Maxine drückte ihr im Vorbeigehen den Arm. Tief gerührt von ihrem Beistand war Sofia den Tränen nahe und sammelte ihre Kräfte. Hätte sie die Situation ohne Maxine überstanden?

Nachdem die Deutschen endlich abgerückt waren, wollte Sofia sich in ihr Schlafzimmer zurückziehen, um James herauszulassen, doch Maxine wich nicht von ihrer Seite.

»Wo ist er?«, verlangte sie zu wissen. »Sie haben ihn nicht gefunden. Also, was hast du mit ihm angestellt?«

Sofia bedachte sie mit einem leisen Lächeln.

»Na, komm schon.« Maxine redete wie mit einem störrischen Kind.

»Das wirst du schon noch sehen.« Trotz einiger Vorbehalte – je weniger Leute die Geheimnisse des Hauses kannten, desto besser – entschied sie sich dafür. Sie hatte eine Verbündete bitter nötig, und vielleicht würden sie gemeinsam den Mut finden, die Stärke und Möglichkeiten, einander zu helfen. Sie bemerkte Maxines amüsierte Miene. »Also gut. Komm mit.«

Kurz darauf, als James wohlbehalten sein Versteck verließ, lachte Maxine. »Gut gemacht! Meine Mutter hat mir mal von solchen Geheimgängen erzählt. Von denen in Poggio Santa Cecilia. Mein Vater war Bauer, aber sie hat dort im Herrenhaus gearbeitet. Ich habe noch Verwandte in der Gegend.«

»Das Dorf ist nicht weit entfernt.« Sofia dachte an die schöne Villa mit den hohen Räumen auf dem Hügel, größer als ihre. Dort hatte man seinerzeit die prächtigsten Sommerpartys gegeben. Auch Lorenzo und sie waren unter den Gästen gewesen, vor dem Krieg, als alle glaubten, es käme nicht dazu oder er wäre zumindest schnell vorbei.

»Ich habe vor, sie bald zu besuchen«, sagte Maxine gerade. »Das möchte ich unbedingt.«

Sofia zog die Brauen zusammen. »Leider benutzen die Deutschen das Dorf als örtliche Befehlsstelle. Und demolieren es, wie man hört.«

»Ein Grund mehr, um hinzufahren. Wer weiß, was ich dabei herausfinde?«

James war derweil im Zimmer auf und ab geschritten. Er konnte Italienisch, aber Sofia wollte ihre Pläne glasklar vermitteln, darum sprach sie Englisch.

»Ich werde ein Tablett heraufbringen lassen. Dann werde ich mir überlegen, was ich mit Ihnen mache.«

»Kann ich denn nicht hierbleiben?«

»Zu riskant. Auf halbem Weg ins Tal steht ein verlassenes Bauernhaus. In einem Gehölz, sodass man es nicht sieht, es sei denn, man weiß, dass es da ist.«

Maxine lächelte schelmisch, unerschrocken wie immer. »Da könnte ich mich ihm doch anschließen. Wir gehen als Mann und Frau.«

Er konnte dem offenbar etwas abgewinnen und lachte. »Solch ein Angebot kann ich unmöglich ablehnen.«

»Das mag schon sein«, meinte Sofia. »Aber die Deutschen haben dich hier gesehen, Maxine.« Sie rieb sich die Stirn und fragte sich, warum sie sich ärgerte. Schließlich hatte sie kein Anrecht auf ihn.

»Schon gut, schon gut.« Maxine gab sich geschlagen. »Ich merke es, wenn ich unerwünscht bin. Dann bis nachher.«

Als Sofia und James allein miteinander sprachen, gestand sie sich ein, wie erschöpft sie war. Solch eine Anspannung war kraftraubend. Aber sie hoffte, den Einsatz des Funkgeräts zu ermöglichen und dadurch ihre Widerstandskraft zu stärken. Das war gefährlich, und anders als Maxine blühte sie dabei nicht auf. Als James sie hinreißend anlächelte und ihr dann seine Überlegungen mitteilte, erkannte sie, dass er ihr angemerkt hatte, wie sehr sie sich aus dem Gleis geworfen fühlte.

»Entweder bringen wir das Funkgerät sofort zu einer Partisanengruppe, und ich zeige ihnen, wie man es benutzt, oder wir richten es heute Abend oben auf dem Turm ein. Der Platz wäre genau richtig. Ich weiß, das ist viel verlangt, aber in dieser Höhe sendet und empfängt es viel besser. Anschließend bringen wir es wieder weg.«

Sie keuchte erschrocken. Der Turm. Damit hatte sie nicht gerechnet. »Ich weiß nicht so recht. Wir müssen in den gewohnten Alltag zurückfinden und dürfen die Leute nicht noch mehr herausreißen.«

Er nahm ihre Hand, sicher um sie zu beruhigen, doch die Geste machte sie verlegen, und sie senkte den Kopf. Freundschaft hatte sie nicht erwartet, aber sie mochte ihn, wenn sie ehrlich zu sich war, und wollte nicht, dass er jetzt schon ging. Jeder brauchte menschlichen Kontakt, Liebe, die Nähe von Freunden und Familie. Denn ohne das konnte man nicht überleben, geschweige denn aufblühen.

»Also gut. Wenn die Nachrichtenübermittlung dadurch wirklich mehr Erfolg hat, benutzen Sie den Turm heute Nacht. Nur dieses eine Mal. Er hat gut schließende Läden, und ich habe Verdunklungsstoff übrig, den wir vor die Fenster hängen können.«

»Ich danke Ihnen. Tatsache ist, dass es erst noch viel schlimmer wird, bevor sich die Lage bessert.«

Sie fürchtete, dass er recht hatte. Das war ihre Lebenszeit, und sie verloren einen Tag nach dem anderen ohne eigene Schuld. Niemand konnte wissen, was übrig sein würde, wenn alles vorbei war. Falls es je vorbei war. Sofia versuchte, optimistisch zu bleiben, sich eine rosige Zukunft auszumalen, aber das war nicht einfach.

Schon vor dem Krieg und der Besatzung hatten sie lange Jahre unter der Herrschaft Mussolinis ertragen müssen. Über den »Duce«, wie er sich nannte, war sie nie glücklich gewesen, auch wenn Lorenzo anfangs ein Lippenbekenntnis abgelegt hatte. Der Diktator könnte gut für die Wirtschaft sein, hatte er damals gemeint. Aber wie viele andere erkannten sie bald, dass die Gerüchte über die furchtbare Brutalität wahr waren. Und jetzt kämpften sie verzweifelt um das nackte Überleben wie auf einem sinkenden Schiff.

16

Später verbrachte Sofia eine Stunde mit Aldo, um erste Skizzen von ihm anzufertigen. Natürlich hatte sie ihm eingeschärft, still zu sein. Als sie fertig war, suchte sie Carla und ging mit ihr in den Garten, wo man sie nicht belauschen konnte.

Carla wischte sich die Hände an der Schürze ab und strich sich die Haare zurecht, bevor sie ihr ins Gesicht sah. Der Himmel strahlte zur Abwechslung mal in einem changierenden Blau, aber es war auch eisig kalt, und obwohl Sofia keinen Mantel trug, nahm sie das kaum wahr.

Sie vergewisserte sich mit einem Blick, dass sie allein waren, und nahm Carla in den hinteren Garten zu dem abgeschiedenen Sitzplatz mit, wo die Dorfbewohner sonntags nach der Messe hinkamen, um sie in den verschiedenen Angelegenheiten um Hilfe zu bitten.

Doch diesmal verhielt es sich anders. Diesmal war es Sofia, die um Hilfe bat. »Carla«, begann sie. »Wir kennen einander nun schon viele Jahre.«

Carla pflichtete ihr bei, aber sie klapperte vor Kälte mit den Zähnen.

Seltsam erregt erklärte Sofia, dass der Engländer mit einigen Partisanen etwas in den Turm bringen würde und dazu ihre Hilfe benötigte.

»Hilfe? Was für welche?«, fragte Carla ängstlich.

»Es wird im Schutz der Dunkelheit passieren, doch da Maria zwischen meinem Haus und dem Turm wohnt, muss verhindert werden, dass sie Verdacht schöpft, wenn die Männer direkt unter ihren Fenstern in den Turm gehen. Könnten Sie sich auf ein Gläschen Wein zu ihr setzen und sie ablenken?«

Carla zog überrascht die Brauen hoch. »Sie wird das reichlich seltsam finden. Seit ihr missratener Enkel zu den Faschisten gelaufen ist, haben wir kaum ein Wort miteinander gewechselt. Wieso nutzen Sie denn nicht den Geheimgang?«

Nun war es Sofia, die überrascht schaute.

Carla lächelte wohlwollend und tätschelte ihre Hand. »Contessa Sofia, ich lebe hier viel länger als Sie. Ein paar von uns wissen davon. Mein Vater hat mich eingeweiht.«

»Daran hatte ich auch gedacht, aber er ist an einer Stelle blockiert. Das habe ich eben festgestellt, bevor ich zu Ihnen kam. Ich weiß nicht, wie lange es dauern würde, den Durchgang frei zu machen, und die Sache ist wichtig. Das Gerät muss heute Nacht schon eingesetzt werden.«

»Ach so?« Carla kniff die Augen zusammen. »Was für ein Gerät ist das?«

Sofia überlegte, was sie antworten sollte. »Sie dürfen zu niemandem ein Wort sagen.«

Carla nickte.

»Es ist ein Funkgerät.«

»Oh!« Carla war sichtlich entsetzt. »Wenn die Deutschen es finden …«

Sofia unterbrach sie. »Ich weiß. Wenn sie es finden, ist das mein Ende.«

»Schlimmer. Bevor sie einen Gefangenen töten, foltern sie ihn, damit er möglichst viele verrät.«

Sofia senkte den Kopf und schwieg.

»Sie beweisen großen Mut«, sagte Carla kopfschüttelnd. »Was, wenn etwas schiefgeht?«

Sofia blickte auf und holte tief Luft. »Ich habe so viel von Ihnen gelernt, Carla, von euch allen. Ihr seid so standhaft und mutig und entschlossen, niemals aufzugeben. Und jetzt bin ich es, die etwas tun muss. Der Verwundete, den wir aufgenommen haben, ist ein Funker der Briten, also ein Alliierter und Freund. Er wird Aldo beibringen, wie man das Gerät benutzt.«

Es war wirklich zu kalt, um sich nur im Kleid im Freien

aufzuhalten, und Carla rieb sich während des kurzen beklommenen Schweigens kräftig die Hände. Zudem hatte der Wind aufgefrischt, und der Himmel bewölkte sich.

»Warum Aldo?«, fragte Carla.

»Das mag für ihn das Sicherste sein.«

Carla sah sie wissend an. »Sie meinen also, dadurch braucht er nicht in den Wald zu den Partisanen zu ziehen?«

Sofia nickte. »Es sei denn, er wird von den Deutschen einberufen. Und wir wissen nicht, wann das passieren wird oder ob es überhaupt dazu kommt. Vorerst scheint mir das die beste Lösung zu sein.«

Carla stand von der Bank auf, wirkte aber nicht ganz überzeugt. »Hoffentlich, Contessa. Ich habe Angst um ihn.«

»Ach, Carla, das weiß ich doch. Ich habe nur nach einem sicheren Kompromiss gesucht, durch den wir Aldo zu Hause halten können.«

Carla nickte.

»Sind Sie bereit, Maria abzulenken?«

»Das wird nicht weiter schwer sein, das kann ich tun. Aber glauben Sie wirklich, das ist für meinen Sohn das Richtige?«

»Ja. Das glaube ich.«

17

Sofia zog eine Schranktür auf, um sich einen warmen Pullover herauszusuchen. Um diese Jahreszeit war es im Turm bitterkalt. Sie machte sich immer wieder vor, sie hätte keine Angst, und trotzdem steckte sie die Pistole in die kleine Umhängetasche, die sie vor dem Körper trug. Dann ging sie hinunter zur Hintertür und holte dabei Aldo in der Küche ab.

»Bist du bereit, junger Mann?«

Aldo warf ihr einen nachdenklichen Blick zu. »Das hoffe ich.«

James wartete schon an der Seitentür auf sie. Vor ein paar Stunden hatten sie ihn zu dem Bauernhaus gebracht und ihm ein paar Büchsen Sardinen, einen runzligen Apfel und einen Laib Brot mitgegeben, den Carla gebacken hatte. Als Sofia ihn nun in den Korridor winkte, schaltete sie die trübe Lampe ein und fragte ihn, ob er sich in seinem neuen Unterschlupf wohlfühle.

»Verflucht kalt ist es da.« Er rieb sich die Hände.

»Ich kann Sie jederzeit wieder in dem Geheimgang unterbringen, wenn Ihnen das lieber ist.« Sie sah ihn fragend an, obwohl sie sehr wohl wusste, dass es dort noch ungemütlicher wäre als in dem Bauernhaus.

»Ich werde zurechtkommen, Contessa.«

»›Sofia‹ genügt.«

Er schien ein warmherziger, aufrichtiger Mann zu sein. Sie war sich sicher, das Richtige getan zu haben, als sie sich mit ihm verbündet hatte. Doch man musste vorsichtig sein. Wenn man einmal die Erfahrung gemacht hatte, dass sich jemand als ein ganz anderer entpuppte, fing man an, seinem Instinkt zu misstrauen. Einmal hatten zwei Männer im Castello um

Unterschlupf gebeten, und da sie Zweifel gehabt hatte, ob sie wirklich Flüchtlinge waren, hatte sie sie abgewiesen. Später waren sie als Spione enttarnt und von Partisanen erschossen worden. Wie gut, dass sie so vorsichtig gewesen war!

»Haben Sie ein ungutes Gefühl bei der Sache?«, fragte James, und sie war von Neuem überrascht, wie gut er spürte, was in ihr vorging.

»Was glauben Sie denn?«, antwortete sie scharf.

In dem Moment kam Maxine zu ihnen. Sie war in einen zu großen Mantel gehüllt und hatte die Haare im Nacken zusammengebunden.

Kurz darauf klopfte es an der Tür, und Sofia fuhr zusammen, obwohl sie darauf gewartet hatte.

James berührte sie sanft am Arm. »Atmen Sie durch.«

Das tat sie und öffnete dann die Tür einen Spaltbreit. Da standen zwei Männer in dicken Wintermänteln und tief in die Stirn gezogenen Wollmützen.

»Marco«, flüsterte einer, und sie erkannte ihn als einen der Motorradfahrer vom gestrigen Abend.

Der kleinere, der bei ihm war, murmelte ebenfalls seinen Namen. »Lodo.«

»Lodovico?«

»Nur Lodo.«

Sofia, James, Aldo und Maxine schlossen sich den beiden an. Sie gingen an Marias Haus vorbei zum Weinkeller, wo trotz der späten Stunde Licht brannte. Sofia sah zum Himmel. Es war eine wolkige, mondlose Nacht, ein Vorteil auf ihrer Seite. Sie hoffte, dass Carla noch bei Maria saß und beide zum heiligen Sebastian beteten. Denn das war sicherlich nötig.

Während die Männer das Gerät aus dem Weinkeller holten, lief sie zum Turm, um die schwere Tür aufzuschließen. Drinnen war es kalt wie in einem Eiskeller. Als sie den dunklen Raum durchquert hatte, strich sie mit den Händen über die raue Wand und fand den Schalter. Mit Herzklopfen stieg sie in dem düsteren Licht zum obersten Raum hinauf und öffnete die Tür. Ihr schlug ein Geruch entgegen, als wäre darin ein Tier verendet.

Die Läden standen offen und mussten geschlossen werden. Verzweifelt darauf bedacht, kein Geräusch zu verursachen, zog sie sie zentimeterweise zu sich heran und hängte schließlich den Verdunklungsstoff davor.

Unten hatte sie die Tür angelehnt gelassen, und jetzt hörte sie Schritte auf der Treppe. James kam herein, Aldo stand hinter ihm, neben ihm der Mann, der sich als Marco vorgestellt hatte. Der, der sich Lodo nannte, folgte mit Maxine. James schaute sich um und sah die schmale Öffnung in der Wand.

»Das ist die Treppe zum Dach«, erklärte Sofia.

James übernahm es, das Gerät betriebsbereit zu machen. Sofia bat die beiden Partisanen, nach unten zu gehen und zu entfernen, was immer den Geheimgang blockierte. Er führte hinter einer falschen Wand vom ersten Stock des Turms durch die angrenzenden Gebäude, hauptsächlich Lager, zu ihrem Haus und ihrem Schlafzimmer.

»Bitte, tun Sie es schnell und leise. Sobald das Gerät aufgebaut ist und wir den ersten Funkspruch abgesetzt haben, müssen wir es darin verstecken.«

James öffnete die Abwurfbehälter und erklärte, dass es sich nicht um das übliche Koffergerät handle, das Agenten unauffällig bei sich tragen konnten.

»Wäre das nicht besser gewesen?«, fragte Aldo.

»Es hätte den Aufprall nicht überstanden. Diese Behälter hingegen sind gut gepolstert und wasserdicht. Es ist ein B2-Gerät. Die Nachrichten werden mit Morsezeichen übermittelt.«

»Aber es ist schwer und unhandlich«, meinte Aldo, und Sofia war froh, weil ihn das Funken offenbar interessierte.

Maxine trat neben James. »Sie müssen für mich eine Nachricht an meinen Führungsagenten senden. Übermitteln Sie, dass ich den Kontakt hergestellt habe und ihm die ungefähre Anzahl mitteile, sobald ich sie weiß. Tun Sie das?«

James nickte, und aus der Polsterung des Metallbehälters hob er einen kleineren Behälter, der mit einem G markiert war. »Das ist der Sender und das der Empfänger«, sagte er zu Aldo.

Er hob den Deckel von dem kleinen Behältnis und erklärte weiter, während er die Geräte miteinander verband und das Kabel einstöpselte, das als Antenne fungierte. Nachdem er Sender und Empfänger an die aufladbare Batterie angeschlossen hatte, setzte er sich den Kopfhörer auf und drehte den Bandwahlschalter.

James wies Aldo auf einen Umschlag hin, der im Deckel des Behälters klemmte, und entnahm ihm mehrere bedruckte Blätter aus sehr dünnem Papier. »Das ist die Bedienungsanleitung.«

»Wie viele Seiten hat sie?«

»Vierzehn.«

»Santo cielo, so viele!« Aldo runzelte die Stirn.

Sofia traute es ihm zu, er selbst dagegen machte ein Gesicht, als fürchtete er, nie zu verstehen, wie das komplizierte Gerät funktionierte. Sie hatte gehofft, wenn er das von James lernte, wäre das für ihn eine befriedigende Möglichkeit, die Alliierten zu unterstützen, und er wäre nicht mehr so darauf erpicht, sich an gefährlichen Sabotageaktionen zu beteiligen.

»Auf der letzten Seite findest du die Frequenztabelle«, sagte James gerade, als ein lauter Knall sie aufschreckte. James fuhr zu Sofia herum, und ihre Blicke trafen sich.

»Vielleicht hat der Wind eine Tür zugeschlagen«, sagte sie. »Oder die Männer haben den Geheimgang freigelegt.«

Er legte den Zeigefinger an die Lippen, und sie lauschten. Sofia klopfte das Herz gegen die Rippen, und sie klapperte vor Angst mit den Zähnen, sodass sie sie fest zusammenbiss.

»Ich gehe nachsehen«, erklärte Maxine.

18

Maxine rannte die Turmtreppe hinunter und schlüpfte nach draußen. Verstohlen lief sie durch das Dorf und sah sich nach allen Seiten um. In keinem Haus brannte Licht, und von den Deutschen war nichts zu sehen.

Die eisige Nachtluft brannte im Rachen. Wer hätte gedacht, dass es in der Toskana so kalt werden konnte? Die Nostalgie ihrer Mutter hatte dazu geführt, dass sie Geschichten über die Winter in Italien ausließ. In Luisas Erinnerungen war es immer Frühling, der Mohn blühte auf den Feldern und wilde Iris am Wegesrand, es roch berauschend nach Rosmarin, und der Himmel war stets wolkenlos blau.

Ein lauter Knall riss sie aus ihren Gedanken. War das aus dem Turm gekommen? Was, wenn den anderen etwas passiert war? War etwas schiefgegangen? Hatten die Deutschen es schon herausgefunden? Sie zog die Brauen zusammen. Sie hatte aufmerksam gelauscht und kein Fahrzeug kommen hören.

Ein schwacher Rauchgeruch hing noch in der Luft. Eine Eule schrie, in den Bäumen raschelten Nachtvögel, und Vierbeiner – Wildschweine oder vielleicht ein Fuchs – streunten jenseits der Mauer durch die Gemüsegärten. Sie meinte, das Dorf selbst atmen zu hören, ein und aus, ein ewiger Takt.

Während sie wachsam auf Bewegung achtete, bemerkte sie kurz darauf etwas in einer Gasse und hielt inne, steif vor Angst. Nach ein paar Sekunden wich sie zwei Schritte zurück und blieb stehen. Nichts. Sie musste sich wohl getäuscht haben. Doch dann knackte ein Zweig. Eine Katze auf der Jagd? Ein deutscher Stiefel?

Ihr Atem ging schnell. Sie beschloss, noch einmal in die

Gasse zu spähen. Diesmal sah sie eine kleine dunkle Gestalt aus einem Hauseingang huschen und hinter der nächsten Ecke verschwinden. Zuerst wagte sie nicht, sich zu bewegen, war unsicher, ob sie ihr folgen oder zum Turm eilen und die anderen warnen sollte. Dann sah sie eine Tür aufgehen und zufallen – wenigstens wusste sie jetzt, was da geknallt hatte.

Und die dunkle Gestalt hatte sie sich auch nicht eingebildet. Ohne noch länger zu zögern, rannte sie zum Turm zurück, in Gedanken bei der Frage, welcher Dorfbewohner in solch einer kalten Nacht so spät noch draußen unterwegs sein konnte. Sie hatte keine Uhr, aber es musste weit nach Mitternacht sein.

Während ihr das durch den Kopf ging, öffnete sich knarrend die große Turmtür. Der kleine Partisan namens Lodo schlich heraus. Er trug etwas, das wie ein Brett aussah, und verschwand in der Dunkelheit, ohne zu erkennen zu geben, dass er sie gesehen hatte. Von irgendwo hörte sie den schaurigen Schrei einer Wildkatze und betrat hastig den Turm, fand die schwach beleuchtete Treppe und stieg vorsichtig hinauf.

Oben angelangt, drückte sie die Tür auf und betrat den Raum. Drei Köpfe beugten sich über das Funkgerät, nur Sofia drehte sich zu ihr um.

Sofia winkte sie zu sich. »Was war da eben los?«, zischte sie.

Maxine ärgerte sich über den herrischen Ton, berichtete ihr jedoch von der Gestalt in der Gasse.

»Würdest du denjenigen wiedererkennen?«

Maxine schüttelte den Kopf.

»Schade.«

»Er war klein, mehr konnte ich nicht erkennen.«

»Eine Frau?«, fragte Sofia.

»Kann sein. Habt ihr den Funkspruch abgesetzt?«

»Ja. Sie packen gerade zusammen. Wir müssen den Raum als Atelier herrichten. Es muss nach Ölfarben und Terpentin riechen. Das tun wir morgen früh. Du kannst mir helfen.«

»Konnten sie den Gang frei machen?«

»Ja.«

Als Sofia sich abwandte, fing Maxine Marcos Blick auf und bedeutete ihm, mit ihr nach draußen zu gehen.

Sie erreichten das Haus vor den anderen, und ohne jemandem zu begegnen, zog sie Marco in die Waschküche. Anschließend warteten sie darauf, dass Sofia kam und nach oben in ihr Schlafzimmer ging. Sobald sie sicher waren, dass Sofia ihre Tür geschlossen hatte, ging Maxine auf Zehenspitzen mit Marco hinaus und führte ihn die Treppe hinauf zu ihrem Zimmer, wo sie die Nachttischlampe einschaltete.

Skeptisch schüttelte er den Kopf, flüsterte, das sei nicht richtig, bestand darauf zu gehen, doch sie schlang einen Arm um seinen Hals und zog ihn an sich. Dann küsste sie ihn leidenschaftlich auf den Mund. Er hörte auf, sie abzuwehren, und lächelte sie mit leuchtenden Augen an. Sie streichelte seine gebräunte Haut und strich ihm durch die Locken. Wie ein Zigeuner, dachte sie wieder.

Sie zog ihn zum Bett. Dort legten sie sich bekleidet auf die Decke.

»Soll das so bleiben?«, fragte er.

»Was?«

»Dass wir auf der Decke liegen? Ist dir entgangen, wie kalt es ist?«

»Ich dachte, du könntest mich ausziehen. Ganz langsam.«

»Ein andermal. Es ist zu kalt.«

Sie fingen gleichzeitig an zu lachen, und Maxine legte den Finger an die Lippen. Die Heimlichkeit machte ihr Spaß. Es ging nichts über verbotenen Sex.

Er grinste und knöpfte ganz langsam ihre Bluse auf, nestelte an den Knöpfen herum. »Ich zeige dir, was ›langsam‹ wirklich heißt, junge Dame«, flüsterte er, als sie ihn drängen wollte.

Marco berührte sie mit aufgeregten Fingern und so zart, dass sie den Atem anhielt. Er war hinreißend, charmant, aber er zog die Augenblicke in die Länge, zwang sie zu warten, während sich das Verlangen in ihr steigerte. Wenn er jetzt nicht den nächsten Schritt tat, und zwar schnell, dann würde sie platzen.

Sein schelmischer Gesichtsausdruck offenbarte seine Absicht, sich Zeit zu lassen. Darum schob sie ihn weg und zog sich die Bluse selbst aus. Durch das dünne Unterhemd streichelte er ihre Brüste und rieb mit dem Daumen über die Brustwarzen. Wegen der Kälte keuchte sie auf und drückte sich an ihn.

Langsam zog er die Träger von ihren Schultern und spielte mit der Zungenspitze an ihrem Hals. Sie stöhnte, um ihn anzutreiben, doch er ignorierte das, küsste ihre Schultern weiter quälend langsam, dann fasste er um ihre Brüste, die sie ihm stöhnend entgegenreckte. Er war stark, straff und muskulös, und sie drängte sich beharrlicher an ihn. Endlich hob er die Bettdecke an und schob sich mit ihr darunter.

Fahrig vor Frustration und Erregung zerrte sie sich die Unterwäsche vom Leib. Zuerst fröstelte sie, doch dann streichelte er ihren Bauch, und benommen vor lauter Verlangen nach ihm, fing sie Feuer; die Lust prickelte und wogte in ihr. Seine Hände waren in ihren Haaren, an ihren Lippen, auf ihrer Haut. Er küsste die zarten Stellen ihrer Oberschenkel und ließ sich noch immer Zeit, und schließlich überließ sie sich der Langsamkeit. Und als spürte er genau, dass sie sich ergeben hatte, legte er sich auf sie und drang in sie ein.

Hinterher lagen sie ineinander verschlungen da, und sie genoss verschwitzt und atemlos die Nachbeben. Diesmal war es anders gewesen, diesmal hatte sie eine echte Verbundenheit gespürt. Da war sie sich ganz sicher.

Vor dem Abend hatte sie sich innig gewünscht, ihn wiederzusehen, herauszufinden, was sie empfand, aber jetzt zog sie sich zurück. Solches Verlangen war für sie ungewohnt. Sie hatte sich geschworen, sich nie zu verlieben, und die Ehe immer als Falle betrachtet. Die Liebe war für eine Frau der sicherste Weg in den Untergang.

Selbst vor ihrem geliebten Vater hatte sie den Respekt

verloren, als sie einmal bei ihrer Mutter die blauen Flecken gesehen hatte. Da war sie acht Jahre alt gewesen. Ihr war an dem Tag übel, und deshalb wollte sie nicht zur Schule gehen. Ihre Mutter verlangte trotzdem von ihr, sich anzuziehen und hinzugehen. Darauf umklammerte sie ihren Arm und bettelte, sie möge sie zu Hause behalten. Luisa verzog das Gesicht vor Schmerzen und fuhr sie an.

Später, als sie sich die Ärmel aufkrempelte, um das Geschirr abzuwaschen, sah Maxine die Blutergüsse, und es dauerte nicht lange, bis sie begriff. Ihr fiel auf, dass die verräterischen gelbvioletten Flecke immer dann auftauchten, wenn ihr Vater spät nach Hause gekommen war, nach Alkohol riechend, mit geröteter Nase und Wangen. Natürlich hatte sie die lauten Wortwechsel immer gehört, aber nie begriffen, dass ihre Mutter geschlagen wurde. Nachdem sie die Wahrheit erkannt hatte, weinte sie sich an vielen Abenden in den Schlaf.

Von da an schwor sie sich, niemals solch ein eintöniges, von Gewaltausbrüchen durchzogenes Leben zu führen. Später in ihren Mädchenjahren, als sie eine rebellische Ader entwickelte, versuchte sie, mit ihrer Mutter über die Schläge zu sprechen, doch die verlangte von ihr zu schweigen. Alessandro sei ganz anders gewesen, als sie noch in Italien lebten, behauptete sie, ein guter Ehemann. Er habe sich für den Hof krummgelegt, denn die Landwirtschaft sei eine Knochenarbeit, aber sie hätten ein gutes Leben gehabt. Sie seien glücklich gewesen. Damals habe er nur bei den Mahlzeiten Wein getrunken, wenn das alle taten, sogar die Kinder.

Luisa seufzte und erzählte, dass die Probleme nur angefangen hätten, weil Alessandro den Verlust seiner Heimat nicht verwinden konnte, obwohl das viele Jahre her war. »Wenn man jemanden liebt, dann für immer«, erklärte sie ziemlich traurig. »Ganz gleich, was kommt.«

»Wirklich?« Maxine war entsetzt. »Egal, was er dir antut? Du lässt dich von einem Mann verprügeln?«

Bedauernd wünschte sie, sie hätte mehr tun können, doch

ihre Mutter fand immer neue Ausflüchte und nahm ihn in Schutz. Deshalb traf Maxine für sich eine Entscheidung. Eine Ehefrau brachte die Kinder zur Welt, trug die Hauptlast ihrer Betreuung, ging womöglich noch arbeiten, kaufte alles ein, erledigte die Hausarbeit und pflegte die Alten und Kranken. Und dann musste sie sich auch noch von ihrem Mann tyrannisieren lassen? Nein. Niemals. Das kam für sie nicht infrage. Es mochte das Schicksal ihrer Mutter sein, still und gefügig zu leiden, sie selbst würde sich so etwas nicht gefallen lassen.

»Also, warum?«, wollte Marco wissen.

»Warum was?«

»Warum sind deine Eltern ausgewandert?«

Sie runzelte die Stirn. »Das fragst du mich jetzt? Habe ich das nicht schon erzählt?«

»Eigentlich nicht. Ich verschaffe mir gern Klarheit.«

»Du willst nur meine Geschichte überprüfen.«

»Willst du mir das vorwerfen? Wir bekommen nicht oft schöne Amerikanerinnen zur Unterstützung.«

»Das Landleben hat ihnen nicht mehr genügt.«

»Und das war alles?«

»Soweit ich weiß, ja.«

»Und du willst sehen, wo deine Familie gelebt hat?«

»So ist es.«

Er schaute verwirrt. »Hättest du das nicht vor dem Krieg tun können?«

»Tja, jedes Mal, wenn ich mit meinen Eltern darüber gesprochen habe, haben sie mich davon abgebracht.«

Er lachte. »Du kommst mir nicht vor wie jemand, der sich leicht von etwas abbringen lässt.«

»Tue ich auch nicht.« Sie schwieg einen Moment lang und kratzte sich am Ohr. »Am Ende bin ich ohne ihre Zustimmung hergekommen. Oder vielmehr bin ich als Journalistin nach London gereist. Das mussten sie dann akzeptieren. Sie wissen gar nicht, dass ich in Italien bin. Man hat mich angewiesen, das zu verschweigen.«

»Aber warum wollten sie dich vor dem Krieg nicht nach Italien reisen lassen?«

»Das weiß ich nicht genau. Vielleicht weil ich noch ziemlich jung bin und weil sie Mussolini nicht leiden können.«

»Kann ich verstehen.« Marco zog ein verächtliches Gesicht. »Wir müssen ihn schon seit 1922 ertragen.«

Darauf waren sie eine Weile still.

»Willst du mehr über mich wissen?«, fragte er.

Überrascht stützte sie sich auf einen Ellbogen, um ihm ins Gesicht zu sehen. Er hob den Arm und strich ihr über die Haare.

»Ja«, sagte sie. »Ich wollte nicht fragen … ich dachte …«

»Zu Recht. Wir erziehen uns zum Schweigen, dürfen nicht verraten, wer wir wirklich sind.«

»Dann erzähl mir doch, warum du dich den Partisanen angeschlossen hast.« Sie schmiegte sich wieder an ihn und legte eine Hand auf seine Brust, damit sie seinen Herzschlag spürte.

»Vor dem Krieg wurde mein älterer Bruder von den Faschisten abgeholt. Wir haben ihn nicht mehr wiedergesehen.«

»Das tut mir leid.«

»So ist es gewesen. Das ist nicht nur uns passiert. Aber da habe ich mir geschworen, eines Tages gegen sie zu kämpfen, wenn sich die Gelegenheit ergibt. Mein Bruder hat Mussolini nie unterstützt, kaum jemand von uns tat das, doch er redete immer zu freimütig, und eines Abends kamen sie ihn holen. Wir wissen nicht, was sie mit ihm gemacht haben, aber das kann man sich denken. Ich habe noch eine Schwester, doch meine Mutter ist über den Verlust nicht hinweggekommen.«

»Oh, Marco.«

Er sah ihr in die Augen, und eine Weile sprachen sie kein Wort. Seine Leidenschaft, nicht nur für die Sache, sondern auch ihr gegenüber, bewegte sie und weckte ihre Bewunderung.

»Hast du Geschwister?«, fragte er.

»Einen Bruder. Er ist ein Jahr älter als ich.«

»Ist er gut zu dir?«

»Durchaus.«

Er seufzte. »Wir dürfen das nicht zur Gewohnheit werden lassen, weißt du?«

Ihre Freude verflüchtigte sich. Sie wollte das nicht hören und war zwiegespalten. »Warum nicht?«

»Weil uns das gefährlich werden kann«, antwortete er. »Verschwiegenheit kann uns das Leben retten. Wir dürfen von uns nichts erzählen.«

»Und was ist mit unseren Gefühlen?«

»Die machen uns schwach. Der Feind sucht immer nach schwachen Gliedern in der Kette.«

»Tja, dann«, sie gab sich unbeschwerter, als ihr zumute war, »dann sollten wir die Gelegenheit besser nutzen.«

Er küsste sie auf den Mund, schüttelte dann aber den Kopf. »Es ist höchste Zeit zu schlafen.«

Sie schaltete das Licht aus. Und als sie ihn tiefer und ruhiger atmen hörte, wirbelten ihr die Gedanken durch den Kopf. Warum fand sie ausgerechnet jetzt in dieser unmöglichen Zeit einen Mann, den sie so sehr mochte?

»Bist du noch wach?«, fragte sie.

»Hm?«

»Ich will bei eurer nächsten Aktion mitmachen, egal, was ihr vorhabt.«

»Meinetwegen.«

»Meinetwegen?« Das überraschte sie.

Er lachte. »Hauptsache, du lässt mich jetzt schlafen!«

19

Sofia sträubte sich dagegen, wach zu werden, und zögerte es hinaus. Dann rieb sie sich die kalten Arme, und als sie die Vorhänge auseinanderzog, wich sie zurück, weil draußen ein stürmischer Wind wehte. Wenigstens trieb er die Wolken fort, sodass hier und da ein leuchtendes Blau hervorkam.

In der Hoffnung, frische Luft würde ihre Stimmung heben, zog sie sich rasch an und ging nach unten. Dort wollte sie nach Lorenzos altem Mantel greifen, der gewöhnlich am Haken neben der Hintertür hing. Er war ihr so lang, dass er über den Boden schleifte, aber er roch nach seinem Rasierwasser und Zigarrenrauch, und das mochte sie. Sie zog ihn oft an, nicht nur, weil er gut wärmte. Sie fand ihn auch tröstlich. Jetzt, da der Haken leer war, fiel ihr ein, dass Maxine ihn am Abend angehabt hatte.

Draußen schaute sie zum Turm hinauf. Sie hätten die Läden hinterher wieder öffnen sollen. Vielleicht fiel jemandem auf, dass sie jetzt, anders als sonst, geschlossen waren. Darum ging sie wieder ins Haus und klaubte den Schlüssel aus seinem neuen Versteck.

Im obersten Turmzimmer war alles so, wie sie es verlassen hatten. In dem unteren Raum hatte James einen Wäscheschrank vor die Tür zum Geheimgang gestellt, und heute würde sie Farbe, Pinsel, Terpentinflaschen und Lappen hineinbringen, außerdem zwei Bücher über Malerei. Und sie würde Aldo bitten, ihre beiden Staffeleien bis ganz nach oben zu tragen, mitsamt ihrem jüngsten Werk.

Als sie an das Gemälde dachte, fiel ihr auf, dass Lorenzo sie nicht mehr darauf angesprochen hatte. Er wusste, dass sie es nicht zum Rahmen gegeben und ihn angelogen hatte, und das machte ihr zu schaffen. Dagegen gab es nur ein Mittel: die Wahrheit gestehen, ihm von James erzählen. Und das würde sie tun, sobald er nach Hause kam.

Lorenzo verlangte von ihr nur selten eine Erklärung. Meistens plauderte er kurzerhand weiter, wenn sie auf etwas nicht einging, und wartete ab, bis sie es von sich aus erzählte. Es widerstrebte ihr zu lügen. Dabei hatte sie schon zu vielen kleinen Lügen gegriffen und ihm allerhand verschwiegen. Aber es war einfacher, sich selbst etwas vorzumachen, sich die Dinge zurechtzubiegen, der Lüge zu glauben, das Gesicht zu wahren. Besonders jetzt. Sie beruhigte sich damit, dass ihre häuslichen Lügen wenigstens keine groben Unwahrheiten gewesen waren.

Bevor sie die Läden öffnete, nahm sie das Tuch vom Fenster weg und faltete es zusammen, dann ging sie nach unten.

In den paar Minuten, die sie im Turm verbracht hatte, hatte es vollkommen aufgeklart. Jetzt sah man changierendes Blau, so weit das Auge reichte.

Schon ein wenig heiterer nahm sie den gepflasterten Weg rings um das Dorf. Tief atmend ging sie an den Gemüsebeeten und den leeren Hühnerställen vorbei und dann an einer krummen Reihe zweistöckiger Häuser entlang, von denen einige winzige Balkone hatten, und die Bewegung an der frischen Luft befreite sie von ihren nächtlichen Ängsten.

An ihrem Lieblingsplatz angekommen, schaute sie über die Mauer zu den sinnlichen Konturen des Orcia-Tals mit dem dämmrig blauen Monte Amiata in der Ferne und all den Tälern, die sich eindrucksvoll in weißen Nebel hüllten. Es kam ihr vor, als wäre das Panorama nur für sie entworfen worden.

Der Anblick beruhigte sie wie immer, unabhängig von der Jahreszeit. Als sie sich sattgesehen hatte, machte sie sich auf den Rückweg und kam an zwei Dorfbewohnerinnen vorbei, die sich die Kopftücher fest im Nacken zugeknotet hatten und die Steinstufen vor ihrer Haustür schrubbten. Es freute sie, dass die Frauen trotz Krieg, Entbehrungen und Trauer ihre Maßstäbe beibehielten, und sie lächelte ihnen zu.

Dann blieb sie stehen, um ein paar Worte mit Sara und ihrer Nachbarin zu wechseln, der jungen Federica, deren kleiner Sohn leider mit einer Lippenspalte zur Welt gekommen war und der ihnen daumenlutschend zuschaute.

Am Friedhof neben dem Kirchturm blickte sie zum Himmel hinauf und sah einen Adler kreisen und dann nach Norden fliegen, wo es sicher noch kälter war, und als sie wieder auf den Weg schaute, bemerkte sie in einer Mauernische eine kleine zusammengekauerte Gestalt. »Gabriella«, sagte sie überrascht. »Bist du das?«

Das Mädchen senkte den Kopf und drückte sich zitternd noch dichter an die Mauer.

»Gabriella. Was tust du denn, um Himmels willen?« Sofia ging auf sie zu und streckte ihr die Hand hin, die jedoch ignoriert wurde.

Zweige und Blätter steckten in Gabriellas zerzausten Haaren, und ihre Haut war so blau gefroren, dass Sofia einen Schreck bekam. Sie war doch nicht etwa die ganze Nacht draußen gewesen?

»Komm, wir müssen dich ins Warme bringen. Wo ist dein Hündchen? Wo ist Beni?«

Sofia redete freundlich mit ihr, doch Gabriella rührte sich nicht. Sie überlegte, ob sie Carla holen sollte. Doch in der Zwischenzeit würde das Mädchen vielleicht weglaufen. Sie beschloss, strenger aufzutreten. »Gabriella. So geht das nicht. Ich bestehe darauf, dass du mit mir ins Haus kommst. Du holst dir noch den Tod.«

Erst als das Mädchen den Befehlston hörte, blickte es auf und stemmte sich mit wackligen Beinen aus der Hocke hoch.

»Warst du die ganze Nacht im Freien?«

Gabriella nickte, und Sofia wurde klar, dass sie es wohl war, die Maxine in der Gasse gesehen hatte.

In dem Moment bog ihre Schwester Anna um die Ecke, mit dem kleinen Alberto an der Hand. Sie blieb abrupt stehen, als sie die beiden sah. »Was …«, begann sie ärgerlich.

Sofia unterbrach sie mit erhobener Hand. »Gabriella muss sich jetzt drinnen aufwärmen, nicht wahr, Liebes?«

Gabriella reagierte kaum, doch ihr Blick huschte hin und her.

»Per Dio«, rief Anna ungehalten. »Warum kann sie nicht ein Mal den Mund aufmachen und reden?«

Sofia brachte sie mit einem Blick zum Schweigen.

Doch Anna war noch nicht fertig. In ihren Augen loderte der Zorn, als es aus ihr herausplatzte: »Meine Mutter hat sie zu sehr verwöhnt. Wie sieht sie denn aus! War sie etwa die ganze Nacht draußen? Und was hat sie getrieben, wenn ich fragen darf?«

»Anna, du hast recht«, sagte Sofia. »Das verlangt nach Antworten, aber zuerst muss sie sich aufwärmen und etwas essen.«

»Natürlich, Contessa. Es tut mir leid. Ich wollte nicht vorlaut sein.«

»Schon gut. Du bist besorgt, ich weiß.«

Der kleine Alberto zog am Rock seiner Mutter und fing an zu weinen. »Ich bringe nur rasch den Jungen zu Rosalia«, sagte Anna. »Ich muss … etwas …«

»Schon gut. Ich verstehe.«

Anna musterte Sofias Gesicht, als fragte sie sich, woher die Hausherrin von ihren Kurierdiensten wissen konnte. Sofia nickte ihr zu, und Anna ging.

An der Küche angelangt, stieß Sofia die Tür auf.

Carla war bereits in heller Aufregung. »Gabriella!«, rief sie mit zitternder Stimme. »Ich habe dich überall gesucht, Kind. Wo bist du gewesen?«

Da das Mädchen stumm blieb, griff Sofia ein. »Ich habe sie auf dem Friedhof gefunden. Ich fürchte, sie war die Nacht über draußen.«

Carla stemmte nun ärgerlich die Hände in die Hüften. »Wieso? Was zum Teufel …?«

»Ich kann sie mit zu mir nehmen«, sagte Sofia. »Bringen Sie sie nur zum Reden. Sie soll erzählen, was sie vorhatte.«

Carla straffte die Schultern. »Nein, Contessa. Ich danke Ihnen für das Angebot, aber ich will mich gern selbst mit meiner Tochter befassen. Ich werde der Sache schon auf den Grund gehen.« Sie zog sich mit Gabriella in ihr Zimmer zurück. Ein paar Minuten lang hörte Sofia Carlas laute Stimme, dann wurde es still.

Als Carla zurück in die Küche kam, stellte sie sich an den Herd und schüttelte den Kopf. »Sie sagt kein Wort. Ich glaube, sie braucht erst mal Schlaf. Ich habe sie in eine Decke gewickelt und bringe ihr gleich etwas Heißes zu trinken. Mal sehen, ob das hilft.«

Sofia nickte. »Lassen Sie ihr Zeit.«

»Ja. Sie haben recht.«

»Nun sagen Sie, wie war es gestern Abend bei Maria?«

»Ich habe ihr Wein und etwas von dem guten Käse angeboten, den wir vor den Deutschen verstecken. Es wird doch Zeit, sich wieder zu vertragen, habe ich gesagt.«

»Und sie hat sich darauf eingelassen?«

»Ja, und die Sache ist gut gegangen. Sie hat nicht das Geringste bemerkt.«

Carla holte eine Bürste aus dem Schrank, machte eine Schüssel mit Seifenwasser bereit und begann, den Küchentisch zu schrubben.

Als Aldo offenbar hungrig aus dem Garten hereinkam, zwinkerte Sofia ihm zu, um ihn zu erinnern, dass er vor Carla ihr neues Malvorhaben nicht erwähnen sollte, und er warf ihr einen kindlich verschwörerischen Blick zu.

Carla wurde mit der Tischplatte fertig und zündete als Nächstes den Ofen an. Danach holte sie den Besen aus dem Schrank, aber als sie sich ans Fegen machen wollte, nahm Aldo ihr die Arbeit ab. Als die getan war, stellte er auf den Tisch, was sie fürs Frühstück brauchten, während seine Mutter den Kaffee kochte. Die erste Tasse, die sie eingoss, brachte sie Gabriella.

Sofia lächelte Aldo an, als er sich setzte. Nur wenige Männer ließen sich dazu herab, Frauenarbeit zu übernehmen, aber er war seiner Mutter schon immer zur Hand gegangen.

»Ich frühstücke gern mit dir, junger Mann.« Damit nahm sie ihm gegenüber Platz. »Wie geht es dir nach dieser Nacht?«

Er lächelte sie unsicher an. »Ich weiß nicht, ob ich jemals durchblicke, was so ein Funkgerät macht.«

Sie tätschelte seine Hand. »Wirst du noch.«

Als Carla zurückkam, fragte Sofia, wie sich Gabriella inzwischen fühlte.

»Sie ist sehr müde.« Carla zuckte mit den Schultern. »Wir werden sehen.«

Dann wickelte sie einen Laib Brot aus dem Baumwolltuch, den sie am vorigen Nachmittag gebacken hatte, und brachte ihn auf den Tisch, dazu ein paar Tomaten aus dem Garten, eine Flasche von ihrem selbst gepressten Olivenöl und etwas Salz. Die Tomaten schnitt sie in dünne Scheiben und stellte die süßen Brötchen dazu, die sie zusammen mit dem Brot gebacken hatte.

»Haben wir noch getrocknete Pfirsiche?«, fragte Sofia, denn die mochte Aldo besonders gern.

Carla, die von der tröstenden Wirkung guten Essens überzeugt war, nickte und ging in die Speisekammer, wo sie den Keramiktopf versteckt hielt.

»Kannst du mir eine Weile Modell sitzen?«, flüsterte Sofia, während Carla fort war. »Ich möchte die Skizze heute fertigstellen.«

20

Es war fast dunkel, aber in dem verlassenen Bauernhaus waren sie einigermaßen sicher.

Marco blickte Maxine aufmerksam an. »Du darfst unsere Anzahl, unseren Bedarf an Waffen und unsere Verstecke durchgeben, aber keine Namen nennen. Ist das klar?« Er fasste sie fest bei den Schultern, um seinen Worten Nachdruck zu verleihen. »Hast du verstanden?«

Sie nickte und sah sich nach ihrer Unterwäsche um. Wo zum Teufel war ihr BH?

»Und du darfst mit keinem über das reden, was du heute Nacht zu sehen bekommst. Wenn es Schwierigkeiten gibt, bist du auf dich allein gestellt. Du versteckst dich oder haust ab.«

Sie fand den BH, und er warf ihr die Bluse zu, dann zogen sie sich hastig an. Als sie zu Marco aufblickte, hängte er sich gerade ein Fernglas um.

»Was ist?«, fragte er.

»Wo hast du das denn ergattert?«

Er lachte und kam zu ihr, um sie auf den Mund zu küssen. »Ich kann alles beschaffen.«

Sie gingen hinüber in die Küche, wo einige unfreundliche Männer versammelt waren. Ein hagerer, verschlagen wirkender alter Mann blickte sie anzüglich an und machte eine vulgäre Bemerkung auf ihre Kosten. Die Männer lachten und ignorierten sie dann. Sie entdeckte Lodo unter ihnen und dann Aldo. Überrascht sah sie ihm in die Augen, die schrecklich jung und voller Angst waren, und trotzdem lächelte er tapfer.

Sie fasste ihn am Ellbogen und flüsterte: »Ich dachte, du wolltest nur lernen, wie man das Funkgerät bedient?«

Er schüttelte den Kopf. »Das habe ich zu meiner Mutter

und der Contessa gesagt, aber das reicht mir nicht. Ich will mitkämpfen.«

»Und Marco hat das erlaubt?«

»Ich habe ihm keine Wahl gelassen. Bin ihm einfach gefolgt.«

Maxine warf einen Blick auf die Männer. Alle waren dunkel gekleidet und hatten sich dicke Socken über die Schuhe gezogen.

»Du auch.« Marco gab ihr ein Paar. »Damit tritt man leiser auf. Die Dorffrauen stricken sie für uns.«

»Bereit, Aldo?«, fragte der hagere Mann.

Marco stieß ihn an. »Keine Echtnamen. Nenn ihn ›The Kid‹.«

Aldo grinste.

Maxine spürte, dass die Männer ungewöhnlich erregt waren. Die Angst, sich in Gefahr zu begeben und geschnappt zu werden, und die gespannte Vorfreude auf den möglichen Erfolg der Aktion waren eine tödliche Kombination. Als die Gruppe aufbrach, rief einer Aldo zu sich.

»Kid, du gehst mit mir.«

Maxine duckte sich unter einem tief hängenden Zweig durch und folgte den Männern, deren Erregung auf sie überging.

Niemand sprach ein Wort, bis sie sich eine Dreiviertelstunde später einem Bahngleis näherten. Das war die Bahnstrecke, die durch das Tal nach San Giovanni d'Asso ging. Also ein Sabotageakt, dachte Maxine. Drei der Männer trugen Rucksäcke, vermutlich voller Sprengstoff.

»Wenn einer hustet«, flüsterte Marco ihr zu, bevor er sie allein ließ, »ist das unser Zeichen, dass sich ein Wachposten nähert. Gleich kommt ein Versorgungszug der Nazis, Güterwaggons mit Lebensmitteln, und wir sprengen das Gleis. Aber du bleibst im Hintergrund.«

Im nachlassenden Schein ihrer Taschenlampe sah sie zu, wie die Männer seltsame Behälter in der Form langer Salamis aus den Rucksäcken nahmen und verteilten. Mit angehaltenem Atem verfolgte Maxine, wie sie zu den Gleisen schlichen. Auf der Eisenbahnbrücke über der Straße legten sie den Sprengstoff an die Schienen, und beim Kontakt mit den Rädern würde er zünden. Das Ziel war, den Zug entgleisen zu lassen und die Strecke unbefahrbar zu machen. Ab und zu brachten sie ein paar Steine ins Rollen, was in der nächtlichen Stille einen schrecklichen Lärm machte, und jedes Mal, wenn das passierte, hielten die Männer inne, starr vor Angst, sie könnten entdeckt werden.

Maxine sah die Linsen von Marcos Fernglas in der Dunkelheit schimmern. Wie viel konnte er damit sehen? Zwei Männer standen an einer Stelle Schmiere, von der sie das Gelände überblicken konnten. Sobald sich irgendwo etwas bewegte, würden sie husten oder pfeifen. Maxine spürte die allgemeine Anspannung, und je länger es dauerte, desto steifer fühlte sie sich. Es war erschreckend kalt, sodass sie fortwährend zitterte.

Unvermittelt flammte ein grelles Licht auf, als würde es plötzlich Tag. Eine Nazipatrouille mit Leuchtkugeln! Laute Rufe auf Deutsch schallten über das Gelände, die Partisanen stoben auseinander. Schüsse fielen. Maxine sah Aldo stürzen.

Sie schlug sich die Hand vor den Mund, um nicht aufzuschreien. Er stand jedoch auf und rannte weiter. Zwei Sekunden lang sah sie ihm erleichtert nach, und gerade als sie selbst loslaufen wollte, wurde er von einem Deutschen gepackt und zu Boden geworfen. Noch einmal sprang der Junge strauchelnd auf die Beine. Sie schaute sich hektisch nach Marco um, doch es gab nichts, was sie für den Jungen tun konnte.

Die übrigen Männer verschwanden in den Wald, jeder in eine andere Richtung. Und dann dachte Maxine an das eigene Überleben und folgte ihrem Beispiel. Stolpernd rannte sie durch die Bäume. Zweige zerkratzten ihr das Gesicht, knackten unter ihren Sohlen. Von den Blättern tropfte ihr Wasser in die Augen. Tiere raschelten im Unterholz, schnaubten hinter Baumstämmen. Wildschweine? Würden die angreifen?

Sie konnte kaum etwas erkennen, lief aber weiter, bis sie mit einem Fuß an einer Wurzel hängen blieb und der Länge nach hinfiel. Der Aufprall raubte ihr den Atem. Der Gestank faulender Pflanzen stieg ihr in die Nase, und als sie ihn am Gaumen schmeckte, übergab sie sich.

Sie zwang sich aufzustehen und merkte dabei, wie nass ihre Kleidung war. Ohne zu wissen, in welche Richtung sie lief, taumelte sie weiter. Schnaufend stieg sie einen Hang hinauf. Der Wind pfiff durch die Baumkronen, und in der Dunkelheit kam es ihr vor, als bewegte sich überall etwas. Sie prallte gegen einen Baum und rang nach Luft. Zugleich bekam sie einen Wadenkrampf, sodass sie erst mal nicht weiterkonnte.

Von irgendwoher erklang Hundegebell. Von den Deutschen? Kam es näher, oder entfernte es sich? Sie schleppte sich weiter den Hang hinauf, der jetzt steiler wurde, und zog das schmerzende Bein nach. Dabei wurde sie von einer Angst gepackt, die sie noch nie erlebt hatte.

Der Wald war voller Gefahren, und sie wurde gejagt. Hatten die Deutschen sie bereits eingekreist und warteten auf sie?

Als sie Schritte im Unterholz hörte, kauerte sie sich nieder. Da trampelte jemand gemächlich durch das Farnkraut. Das musste ein Deutscher sein. Vermutlich stach er mit dem Gewehrlauf hinein. Wie weit war er entfernt? Drei Meter? Einen? Sie hielt den Atem an, während er an ihr vorbeistapfte. Der Deutsche fluchte, ein anderer schnauzte Befehle. Daraufhin machte der eine kehrt und kam zum zweiten Mal an ihr vorbei, diesmal nur eine Handbreit neben ihr.

Als er ein paar Meter entfernt war, atmete sie auf.

Der Schall nahm sonderbare Wege, verfälschte die Eindrücke. Und wie aus dem Nichts brüllte jemand: *»Halt! Halt!«*

Es hallte ihr durch den Kopf. *Halt! Halt!*

Wo waren sie? Ihr Mund wurde schlagartig trocken. Sie konnte nicht schlucken. Sie sah nichts mehr. Ihr wurde heiß, im nächsten Moment kalt. Und dann fiel ein Schuss, und sie war wie gelähmt. Unter starkem Herzklopfen stellte sie sich vor, wie die Kugel in ihr Fleisch drang, so plastisch, dass sie kurz glaubte, es sei wirklich passiert. Wieder fiel ein Schuss und dann noch einer. Hatten sie jemanden geschnappt? Marco? Hatten sie Marco? Aber wie hatten die Deutschen wissen können, dass die Partisanen an der Brücke waren? Plötzlich wurde es ihr klar: Jemand hatte sie verraten.

Nach einer Ewigkeit hörten die Schüsse auf, und die Stimmen entfernten sich. Zutiefst erleichtert atmete sie durch. Dabei roch sie etwas. Holzrauch?

Sie folgte dem Trampelpfad, bis sie an ein kleines Bauernhaus gelangte. Daneben standen eine Scheune und ein Schuppen. Nass und verdreckt, wie sie war, hielt sie auf die Scheune zu. Sie war zuversichtlich, dass Marco entkommen war. Aber was war mit Aldo? Lieber Gott! Ob er ihnen doch noch durch die Finger geschlüpft war?

21

Am folgenden Tag hörte Sofia in ihrem Salon ein schnelles Klopfen an der Tür zum Rosengarten, dann eine leise Stimme. Sie öffnete, und Anna fiel praktisch in den Raum, stark erregt und mit rotem Gesicht. Sie blickte ängstlich zur Zimmertür.

»Meine Mutter weiß nicht, dass ich hier bin.«

Nachdem Sofia vorsorglich abgeschlossen hatte, atmete Anna bewusst langsam, als versuchte sie, sich zusammenzureißen.

»Willst du dich nicht setzen?«

Anna blieb stehen, das Gesicht qualvoll verzogen, die Augen zugekniffen.

»So rede doch!«, bat Sofia.

»Es ist Aldo.« Anna schluckte einen Schluchzer hinunter.

Sofia empfand ein wachsendes Grauen, während sie darauf wartete, dass Anna fortfuhr.

»Sie haben ihn, Contessa.«

»Wer? Wer hat ihn?«

Anna ließ den Kopf hängen, und als sie wieder aufblickte, schwammen ihre Augen in Tränen.

Sofias Herz geriet ins Stolpern. »Komm und setz dich mit mir.«

Anna taumelte auf sie zu, und Sofia streckte ihr die Arme entgegen. Sie nahmen zusammen auf dem Chintzsofa Platz, wo Anna zu weinen anfing.

»Erzähl mir alles. Von Anfang an.«

Hastig berichtete Anna von einem Gerücht. »Es heißt, Aldo könnte bei der letzten Partisanenaktion angeschossen worden sein.«

»Aldo war daran beteiligt? Ganz sicher?«

»Im Morgengrauen kam ein Mann zu mir. Er wusste nicht genau, ob es Aldo war oder ob er noch lebt. Aber sie glauben, dass er zum Polizeirevier in Buonconvento gebracht wurde.«

»Angeschossen von den Deutschen?«

Anna nickte schmerzerfüllt und rieb sich die Stirn. »Er meinte, jemand muss die Männer verraten haben, denn die Deutschen hätten schon auf sie gewartet. Ich weiß nicht, was ich tun soll. Aldo ist nicht nach Hause gekommen. Ich wage gar nicht, es meiner Mutter zu sagen.«

»Aber warum wurde er nach Buonconvento gebracht?«

»Dem Gerücht zufolge stammt einer der Partisanen von dort. Würden Sie mit mir hingehen? Damit wir herausfinden, was passiert ist?«

»Selbstverständlich.« Sofia überlegte. »Wir nehmen unsere Einkaufskörbe mit und fahren mit dem Pferdewagen über den ungepflasterten Weg, damit wir keinen Verdacht erregen. Aber wir müssen wachsam sein und uns den Anschein geben, als wollten wir bloß einkaufen.«

Anna sah sie mit großen Augen an. »Wenn ein Deutscher getötet wurde, werden aus jedem Dorf, aus dem die Partisanen stammen, fünf Männer hingerichtet.«

»Ist Aldo der Einzige, den sie in die Hände bekommen haben?«

»Das weiß ich nicht«, antwortete Anna unglücklich.

»Nun gut.« Sofia zwang sich, Haltung zu bewahren. »Warte vor dem Dorftor auf mich. Pass auf, dass Carla dich nicht sieht. Ich brauche eine halbe Stunde, um mich umzuziehen und den Pferdewagen zu holen. Wo ist dein Söhnchen?«

»Bei meiner Nachbarin.«

»Gut. Verlier nicht den Mut. Wir wissen noch nicht sicher, ob sie Aldo haben.«

Nach einem tiefen, bebenden Atemzug hob Anna den Kopf und nickte.

Während der quälenden Fahrt redeten sie kaum. Sie kamen nur langsam voran. Der Weg schlängelte sich an Hügeln und Felsen entlang durch mehrere Täler.

Am Ziel angekommen, fuhren sie durch das große Holztor an der Nordseite, das Porta Senese hieß, weil es Siena zugewandt war. Buonconvento lag am Zusammenfluss von Arbia und Ombrone und war bis in die jüngste Zeit hinein ein beliebtes Etappenziel für Reisende gewesen. Der Name bedeutete »gute Zusammenkunft«, aber Sofia konnte sich keine unpassendere Beschreibung für diesen Tag denken. Ihr war übel vor Angst, und auch Anna hatte Mühe, ihre Nervosität zu unterdrücken.

»Na komm«, sagte Sofia. »Wir wissen doch noch gar nichts.«

Sie fanden die Hauptstraße verlassen vor. Da sie den Grund dafür nicht kannten, beschlossen sie, den Wagen stehen zu lassen, und gingen zu Fuß durch die Seitenstraßen und Gassen parallel zur Via Soccini. Gewöhnlich fuhr Sofia auf der Hauptstraße nach Buonconvento, und ihr Lieblingsplatz war die kleine Piazza am Ende der Via Oscura.

Sofia mochte das Städtchen mit den mittelalterlichen Häusern und den großen roten Backsteinvillen. Selbst die Seitenstraßen waren malerisch. Doch auch hier begegneten sie keiner Menschenseele. Niemand hängte Wäsche auf oder fegte die Türstufen. Und sie hörten nur die eigenen Schritte auf dem Kopfsteinpflaster. Es kam ihnen vor wie in einer Geisterstadt. Schließlich sahen sie eine Frau in einer Haustür stehen und auf den Boden starren.

Sofia sprach sie an. »Entschuldigen Sie.«

Aber die Frau streckte nur wortlos den Arm aus und zeigte nach Süden.

Sofias Angst wuchs. Hier musste etwas passiert sein. Buonconvento war gewöhnlich ein lebhafter Ort, obwohl Krieg herrschte. Doch jetzt trafen sie hinter jeder Ecke auf eine beunruhigende Leere, und ein sonderbares Raunen schien in der Luft zu liegen.

Am Ende liefen sie wieder zur Hauptstraße und nahmen die Richtung zur Porta Romana, die an der Südseite lag.

Und dann sahen sie sie.

Zwei Tote, die Haut von roten Striemen bedeckt, die Finger schwarz, die Gesichter voll dunkler Blutergüsse.

Sofia stockte der Atem, und Anna klammerte sich an ihren Arm. Sie traten an den Rand der stillen Menschenmenge, die zum Haupttor hinaufstarrte, an dem man die beiden Toten aufgehängt hatte. Niemand konnte durch das Tor gehen, ohne sie zu sehen, und Sofia wusste sofort, dass einer der beiden der Junge war, den sie von Anfang an ins Herz geschlossen hatte. Der andere war der Partisan Lodo.

Sie hielt sich den Mund zu, damit der Schrei in ihrem Kopf nicht nach außen drang. Die Luft teilte sich, ihr Blick verschwamm, und die Häuser und Menschen rückten zur Seite, sodass sie nichts weiter sah als Aldo. Ein paar Leute verließen die Menge fassungslos, andere nahmen ihren Platz ein und rückten nach vorn, als wären sie fasziniert von dem bitteren Geruch des Todes, dem Blutgeschmack auf der Zunge, dem Fäkaliengestank in der Nase, der grausigen Stille, in der nur das unaufhörliche Flüstern zu hören war.

Nicht fähig, den Anblick noch länger zu ertragen, schloss Sofia die Augen, und als sie sie wieder öffnete, wusste sie, dass sie nicht mehr dieselbe war. Sie war ein völlig anderer Mensch in einer völlig anderen Welt.

Dieser Akt äußerster Provokation löste in ihr einen derartigen Zorn und eine so große Abscheu aus, dass sie es im ganzen Körper spürte. Sie schmeckte Blut und Salz, und diesen brennenden Zorn hatte sie noch nie empfunden. Es drängte sie, hinzulaufen und sie loszuschneiden, um ihre geschundenen Körper zu waschen und heimzubringen. Aber natürlich konnte sie das nicht tun. Sie durfte nicht einmal zeigen, dass sie die beiden gekannt hatte.

Anna stand wie erstarrt neben ihr, und Sofia hielt sich an ihr fest, als könnten sie beide jeden Moment zu Boden sinken.

Aber es gelang ihnen, sich aufrecht zu halten. Sofia strömten Erinnerungen an den schelmischen kleinen Jungen durch den Kopf, der Aldo einmal gewesen war. Sie sah ihn auf seinem Pferdewagen spielen oder irgendwo im Dorf Unfug treiben, die Locken vor den vergnügten Augen, und immer wurde ihm verziehen wegen seines entwaffnenden Lächelns. Ihn tot an einem Seil zu sehen, mit gebrochenen Knochen und zur Seite hängendem Kopf, schmerzte sie in unvorstellbarer Weise.

Als sie ein schneidender Schmerz durchfuhr, hatte sie Mühe, sich auf den Beinen zu halten. Dabei musste sie jeden Ausdruck von Trauer unterdrücken, bis sie den entsetzlichen Ort hinter sich gelassen hatten.

Sie schaute zu einem Haus gegenüber hinauf, und in einem Fenster sah sie einen deutschen Offizier mit unbewegter Miene, und die kalte Gleichgültigkeit seiner hochgezogenen Brauen entfachte in ihr noch größere Wut. Kaufmann. Er blickte zu ihr herunter, und sie empfand einen starken Hass, der zu einer Gewissheit führte: Sie konnte töten. Sie wollte töten. Und in ihren Gedanken kam sie dem Gewaltakt so nah, dass sie vor sich selbst erschrak.

Sofia zog Anna am Arm. »Komm, wir müssen gehen.«

»Ich kann nicht von ihm weg. Noch nicht.«

Sofia verstand das, und so blieben sie, obwohl das riskant war.

Hinter ihnen entstand Unruhe in der Menge, die inzwischen weiter angewachsen war, und das Nächste, was Sofia sah, war Carla, die sich mit leichenblassem Gesicht durch die Leute drängte.

»Wer hat ihr das gesagt?«, flüsterte Sofia, doch Anna war wie erstarrt.

Sofia erwartete einen Aufschrei, hörte aber nur Gemurmel hinter sich. Die Zeit blieb stehen, als sie in quälender Ungewissheit verharrte, doch Carla schien sich in einer Art Trance zu befinden, so als wäre nur ihr Körper noch in dieser Welt. Wenn jemand die Trance beendete, was dann? Würde sie zusammenbrechen, um ihren armen toten Jungen weinen? Genau das tun, was die Deutschen sehen wollten?

Dann entdeckte sie Maxine, die sich einen Weg zu Carla bahnte. Sie griff um ihren Arm und schien ihr etwas zuzuflüstern. Carla blinzelte heftig und schien dennoch nichts zu sehen. Sie blieb in ihrem Entsetzen gefangen und ließ zu, dass Maxine sie von dem schrecklichen Anblick wegführte.

Angetrieben von einer plötzlichen, wilden Entschlossenheit zog Sofia nun auch Anna von dort weg, und sie folgten den beiden. Dabei schwor sie sich, alles Menschenmögliche zu tun, um ihr Land von diesen widerwärtigen Besatzern zu befreien, und wenn es noch so lange dauern sollte. Aldos Tod musste gerächt werden. Der liebenswerte Junge, den sie seit seiner Geburt gekannt hatte, sollte nicht umsonst gestorben sein. Und als ihr die Pistole einfiel, überkam sie das brennende Verlangen, den Finger um den Abzug zu krümmen und abzudrücken.

22

Dezember 1943

Es gab keinen Raum im Haus, in dem sie Aldos Abwesenheit nicht spürte. Die Trauer überfiel Sofia immer wieder mit Macht, und jeden Tag war sie von Neuem fassungslos. Sein fröhliches Lächeln folgte ihr überallhin. Egal, wohin sie ging, er war da. Sie konnte nicht glauben, dass sie ihn nie mehr sehen würde.

Immer wieder kam ihr das Bild vor Augen, wie er an dem Stadttor hing, und das raubte ihr die Kraft. Nichts konnte den Schmerz in ihrer Brust lindern, und Gott allein wusste, wie es in Carla aussah. Sofia sehnte Lorenzos Rückkehr herbei. Ihn bei sich zu haben wäre ein Trost. Sie stellte sich vor, wie er, gerade angekommen, in der Tür stünde und ihr die Arme entgegenstreckte.

Schon bei ihrer ersten Begegnung mit ihm war sie ganz entspannt gewesen, weil er Selbstvertrauen ausstrahlte und mit sich im Reinen war.

Oberst Schmidt war das genaue Gegenteil, ein Mann, der sich zu keiner Zeit wohlzufühlen schien. Nervös, schlaksig und dünn, wie er war, betrat er nun den Salon mit langen Schritten, dann erst lächelte er. Sie hatte wieder den gleichen Eindruck wie zuvor, nämlich dass er lieber zu Hause bei seiner Frau vor dem Kamin sitzen und die Füße hochlegen würde.

Da sie sich sein Vertrauen erhalten musste, erwiderte sie das Lächeln und reichte ihm die Hand, um die Form zu wahren. Er hauchte einen Kuss darauf, und sie roch sein scharfes Rasierwasser. Da erst bemerkte sie, dass er nicht allein gekommen war, sondern dass Kaufmann hinter ihm stand. Und der war ein ganz anderes Kaliber.

Schmidt bemerkte ihren Blick über seine Schulter und neigte höflich den Kopf. »Hauptmann Kaufmann«, sagte er.

»Ja, wir sind uns bereits begegnet.« Sofia wandte sich dem Hauptmann zu und nahm erneut seine sogenannte arische Erscheinung in sich auf. Ein Nazi wie aus dem Bilderbuch, dachte sie.

Kaufmann verneigte sich und ließ den Blick sogleich durch den Raum schweifen.

»Seien Sie willkommen«, sagte sie, wahrscheinlich zu steif, und er ging darauf nicht ein. Stattdessen schlenderte er, während Schmidt sich in einen Sessel setzte und wie immer unruhig die Beine übereinanderschlug, an den Möbeln entlang, strich mit sinnlicher Zartheit über Gegenstände, beugte sich darüber, um sie genauer zu betrachten. Was er dabei zu entdecken hoffte, war ihr schleierhaft.

Sofia versuchte zwar, sich ganz dem Oberst zuzuwenden, doch aus dem Augenwinkel beobachtete sie den Hauptmann. Er stand jetzt breitbeinig und mit hinter dem Rücken verschränkten Händen vor dem Gemälde, das sie am meisten schätzte. Es schien ihn zu faszinieren.

»Das ist tatsächlich ein Cozzarelli. Er ist mir hier neulich schon aufgefallen.« Er drehte sich um und blickte sie an. »Gehörte zur Schule von Siena, byzantinisch beeinflusst, und weniger bekannt als die Florentiner Malerei.«

»Ja.«

Er bedachte sie mit einem langen, kalten Blick. »Es mangelt uns nicht an Feingefühl, was immer Sie glauben. Ich selbst bin ein Sammler italienischer Kunst. Ich glaube, es hat mehr als einen *San Sebastiano* von ihm gegeben.«

»Mein Mann wird das wissen. Dieses Gemälde befindet sich seit vielen Generationen in der Familie. Die Dorfbewohner sehen den heiligen Sebastian als ihren Beschützer an.« Sie schauderte vor Abscheu, als sie daran dachte, wie Kaufmann in Buonconvento zu ihr herabgeblickt hatte. Dass er jetzt hier war, konnte kein Zufall sein.

Und jetzt sprach Schmidt sie an, mit besorgter Miene und freundlichem Ton. »Sie scheinen mit den Gedanken woanders zu sein, Contessa. Sind Sie einigermaßen wohlauf?«

Am besten, ich bleibe möglichst nah an der Wahrheit, dachte sie und rieb sich die Schläfen. »Ich muss mich entschuldigen, Oberst Schmidt, ich wollte nicht unaufmerksam sein. Es ist nur … nun ja, ich habe rasende Kopfschmerzen, wissen Sie?«

Herzschmerzen, keine Kopfschmerzen, dachte sie. Dabei sah sie Aldo am Stadttor hängen und hatte wieder den Gestank von Blut, Fäkalien und Angst in der Nase.

»Nun, wir wollen Ihre Zeit nicht allzu sehr in Anspruch nehmen. Ich bin nur gekommen, um zu fragen, ob in Ihrem Dorf jemand vermisst wird.«

Ihr Zögern dauerte eine Spur zu lange. Sie konnte nur hoffen, dass das nicht aufgefallen war. »Nun, nicht, dass ich wüsste. Aber natürlich könnte auf einem der Bauernhöfe jemand verschwunden sein, das würde ich nicht unbedingt erfahren, jedenfalls nicht so rasch.«

Schmidt schien mit der Antwort zufrieden zu sein, aber Kaufmann trat auf sie zu und neigte den Kopf ein wenig zur Seite. »Wirklich?«

Schmidt sah den Mann an. »Ich bin mir sicher, dass wir der Contessa vertrauen können.«

Kaufmann wölbte die Brauen und blickte sie forschend an. »Meiner Ansicht nach sind Sie hier über alles im Bilde, besonders wenn Ihr Mann abwesend ist.«

»Nun, das ist meine Pflicht.«

»Und sicher keine leichte Aufgabe«, warf der Oberst ein, worauf sich Kaufmann wieder den Gegenständen zuwandte, die ihn interessierten.

Sie holte tief Luft. »Daran bin ich gewöhnt. Darf ich Ihnen vielleicht einen Kaffee anbieten?«

Der Oberst schüttelte den Kopf, obwohl sie ihm anmerkte, dass er jetzt nichts lieber täte, als eine Tasse Kaffee zu trinken und sich eine Pause vom Krieg zu gönnen. »So verlockend das ist, wir müssen die Einladung ausschlagen, fürchte ich. Unsere Zeit ist ein wenig knapp.«

Kaufmann blickte auf, während er weiter über die Porzellanschäferin strich. »Sie mögen englische Figurinen?«

»Ich sammle die verschiedensten Porzellanfiguren. Im großen Salon stehen noch mehr, falls Sie sie sehen möchten.«

»Sprechen Sie Englisch?«, fragte er, ohne auf ihr Angebot einzugehen.

»Ja.«

Er warf ihr einen misstrauischen Blick zu. »Wie kommt das?«

»Ich habe ein Jahr in London verbracht. Meine Eltern betrachteten das als wichtigen Teil meiner Erziehung.«

Er senkte den Blick, zupfte mit betonter Sorgfalt ein Haar von seinem Ärmel, dann sah er sie schweigend an.

Ihr wurde übel, während sie auf seine Reaktion wartete, die nur Unangenehmes bedeuten konnte.

»Eine Frage noch, Contessa«, sagte er schließlich und kniff dabei die Augen zusammen. »Waren Sie neulich in Buonconvento?«

23

Sofia ging nach Carla sehen und fand sie in der Küche, wo sie am Tisch saß, während Anna hin und her eilte, Kaffee kochte und ein frisches Brot aufschnitt. Es roch nach Gebäck, Kräutern und Gemüsesuppe. Sofias Magen zog sich schmerzhaft zusammen. Seit sie Aldo so gesehen hatte, war ihr Essen zuwider.

Sie betrachtete Carla und dachte dabei an Aldos letzte Stunden. Sie mussten ihn gefoltert haben. Natürlich. Hatte er Angst gehabt? War ihm klar gewesen, dass er sterben würde? Sicherlich. Sie dürften vor allem nach Namen gefragt haben. Sofia konnte nur beten, dass er keine preisgegeben hatte. Doch er war schließlich erst siebzehn Jahre alt gewesen. Zu jung, um für eine Sache zu sterben.

Sofia erinnerte sich an Carlas Mann, an Enricos letzte Stunden, als er nur noch mühsam Luft bekommen und mit dem Tod gerungen hatte, aufgezehrt vom Krebs. Carla hatte damals geglaubt, das sei bereits das Schlimmste, das ihr passieren würde. Wie sehr sie sich getäuscht hatte! Denn Aldo so zu sehen, aufgehängt wie ein wertloser Kadaver, das war mehr als grausam. Das war barbarisch. Sofia stellte sich sein liebes Gesicht vor, das Licht in seinen lebhaften, lächelnden Augen, und wusste nicht, wie Carla diesen Verlust jemals verwinden sollte.

Maxine setzte sich nun auch an den Tisch und schob Carla einen Teller mit Brot und Tomatenscheiben zu. Sofia roch den Knoblauch und das Olivenöl. Plötzlich fegte Carla den Teller vom Tisch, sodass er auf den Steinfliesen zersprang. Niemand reagierte. So als wären sich alle einig, mit unnatürlicher Ruhe darüber hinwegzugehen, als könnte das den Schmerz irgendwie lindern.

Sofia blieb still, während Anna mit rot geweinten Augen zu Kehrblech und Handfeger griff und sich auf den Boden kniete, um die Scherben aufzufegen.

»Kaufmann ist hier gewesen«, sagte Sofia. Sie wischte sich ebenfalls die Augen. »Kann sein, dass er wiederkommt.«

Anna richtete sich auf. »Das ist nicht gut.«

Maxine stand auf und trat zu Sofia. »Weiß er etwas?«

»Schwer zu sagen. Ich glaube, sie vermuten etwas.«

»Sie?«

»Er hatte den Ortskommandanten bei sich. Kaufmann könnte mich in Buonconvento gesehen haben.«

Anna keuchte erschrocken. »Er hat uns erkannt? Das ist nur meine Schuld. Ich hätte Sie nicht bitten dürfen, noch länger zu bleiben. Wir hätten sofort umkehren sollen, nachdem wir gesehen haben, was passiert ist.«

»Wäre das nicht herzlos gewesen?«, widersprach Sofia sanft. »Es hat keinen Zweck, sich Vorwürfe zu machen. Außerdem hat er nur mich erkannt, nicht dich.«

»Sie werden wiederkommen«, sagte Maxine.

Sofia erinnerte sich, wie Kaufmann sie zuletzt angeblickt hatte. »Ich habe das Gefühl, er kann in mich hineinsehen – und sein Lächeln ist widerlich, er lächelt nie mit den Augen.«

Und ihr fiel ein, was ihr bewusst geworden war, als er sich verbeugt und auf dem Absatz umgedreht hatte, um ihr Haus zu verlassen: Sie hatte die ganze Zeit über an ihm eine zutiefst verstörende unterschwellige Grausamkeit wahrgenommen.

»Der Ortskommandant war anders«, erklärte sie. »Anständiger.« Sie merkte, dass ihr die Hände zitterten. »Aber sie wissen mehr, als sie sagen. Jemand muss ihnen verraten haben, dass Aldo aus unserem Dorf stammt.«

»Die meisten Leute hier würden lieber sterben, als etwas zu verraten«, erwiderte Anna.

Sofia seufzte und ging zu Carla. Sie legte ihr sanft eine Hand auf die Schulter. Mehr konnte sie nicht tun. Alle warteten darauf, dass Carla ihr Leid in Worte fasste, aber sie blieb stumm.

»Contessa, da ist noch etwas«, bemerkte Anna. »Gabriella hat erzählt, dass sie verliebt ist, will jedoch nicht sagen, in wen. Sie lächelt so sonderbar, so geheimnisvoll. Das beunruhigt mich.«

»Soll ich mal mit ihr reden?«, bot Sofia an.

»Ich weiß nicht. Vielleicht wird Mutter das tun, wenn sie die Kraft dazu aufbringt.«

»Wie du willst.«

Als Sofia und Maxine die Küche verließen, dachte Sofia an die Zeit zurück, als Carla und Enrico den Bauernhof bewirtschaftet hatten und ihre Kinder noch klein gewesen waren. Zu Carlas Aufgaben hatte damals gehört, das Vieh zu füttern, hauptsächlich Puten, Enten, Hühner und Perlhühner. Sie sorgte das ganze Jahr über für Fleisch, zerlegte die geschlachteten Tiere und machte die Würste. Sie half beim Dreschen und bei der Trauben-, Oliven- und Tabakernte, und sie bereitete die Mahlzeiten für die Feldarbeiter zu. Das war ein arbeitsreiches Leben gewesen, aber durch die Kinder auch ein glückliches Leben, in dem viel gelacht wurde.

Arme Carla. Wie sehr musste sie diese Jahre vermissen!

24

Maxine hatte sich Sofia angeschlossen, als die die Küche durch die Hintertür verließ, und schlenderte mit ihr zwischen den spärlichen Kohlbeeten durch den Gemüsegarten. Es war kalt, und sie fror. Sofia war geistesabwesend. Nach allem, was passiert war, kaum überraschend.

»Ich war dabei, weißt du?«, sagte Maxine. »Ich wusste nicht, ob das bis zu dir gedrungen ist.«

»Dabei?«

»Als Aldo ihnen in die Hände fiel.«

Sofia sah ihr aufmerksam ins Gesicht. »Gütiger Himmel. Wie schrecklich!«

»Ja, und ich hatte furchtbare Angst.« Maxine atmete tief durch, dann redete sie sehr sanft. »Schau, Sofia, ich verstehe wirklich, wie schlimm das für dich ist, doch wir dürfen uns nicht aufgeben. Wir müssen weitermachen. Das sind wir Aldo auch schuldig, und all den anderen, die im Widerstand gestorben sind.«

Sofia nickte zögernd. »Ich weiß. Es ist nur so, dass ich nicht weiß, wie ich das hinter mir lassen soll. Ich habe Aldo von klein auf gekannt und hatte ihn sehr gern. Ich war gerade dabei, ihn zu malen. Das Bild sollte ein Geschenk für Carla werden. Meinst du, ich soll es ihr trotzdem geben?«

»Irgendwann wird sie es lieben, denke ich.«

Sofia seufzte schwer.

Maxine nahm ihre Hand. »Es ist grauenhaft, sich vorzustellen, wie Aldo gelitten hat. Man kann nichts sagen oder tun, um es erträglicher zu machen.«

Darauf schwiegen sie eine Weile.

»Aber es gibt noch viel zu tun, und ich muss mit meinem

Führungsagenten in Verbindung treten, ihm berichten, was ich über die Partisanen erfahren habe.«

»Und das wäre?«

»Dass viele Männer bereit sind zu kämpfen, dass sie aber hungern und zu wenig Waffen haben. Marco formt sie nach und nach zu schlagkräftigen Einheiten, doch wir brauchen Waffen, Munition und Lebensmittel.«

»Wie soll das gehen?«

»Was die Waffen betrifft, haben wir einen Kontakt im Vorzimmer des deutschen Konsuls in Florenz. Der hat offenbar Informationen für uns.«

»Und die Lebensmittel?«

»Ich treffe mich mit Marco, um das zu besprechen.«

Der Wind frischte auf, wehte durchs Gras und rauschte in den Bäumen. Sofia wirkte zögerlich und strich sich die Haare aus dem Gesicht. »Also heute Nacht? Du willst heute Nacht funken?«

»So bald wie möglich.«

»Nicht wieder vom Turm aus. Sie werden uns beobachten.«

»Nein. Wir bringen das Gerät woandershin.«

»Du wirst mich also nicht brauchen?«

»Nein. James und ich werden es im Schutz der Dunkelheit auf den Dachboden des neuen Bauernhauses bringen, in dem er jetzt untergekrochen ist. Das ist weiter weg, dafür aber höher gelegen, und wir müssen das Funkgerät sowieso ständig woandershin schaffen, sonst spüren sie uns mittels Funkpeilung auf. Wir werden die bisherigen Erkenntnisse übermitteln und hoffen, bald Instruktionen zu bekommen.«

Wieder schwiegen sie für ein paar Minuten.

»Was hat das zu bedeuten, was Anna über Gabriella sagte?«, fragte Maxine.

Sofia verzog das Gesicht. »Sie glaubt, sie hat sich verliebt. Gabriella ist nicht dumm, doch die Schule war für sie schwierig.«

»Was heißt das?«

»Sie ist störrisch.«

»Du meinst, sie ist leicht beschränkt?«

»Das nicht. Aber gegen ihre Sturheit und ihre Weigerung zu lernen kommt man schlecht an. Ich möchte sie in keine Schublade stecken. Sie ist, wie sie ist. Verträumt, unaufmerksam, geistesabwesend. Ich habe versucht, ihr das Lesen beizubringen, doch das war zwecklos. Sie sagte immer wieder, dass die Buchstaben hin und her springen. Wir haben schließlich aufgegeben. Dafür kann sie andere Dinge. Sie kennt sich mit Pflanzen aus und kann wunderbar mit Tieren umgehen. Zum Beispiel mit ihrem dreibeinigen Hündchen.«

»Und jetzt ist sie zum ersten Mal verliebt.«

»In der Tat ... Aber wollen wir wieder ins Haus gehen? Hier draußen ist es eisig.«

Am nächsten Tag standen Maxine und Marco bei San Giovanni d'Asso frierend auf einer Lichtung im Wald mit einem ungewöhnlich dicken Partisan namens Fazio und ein paar anderen. Die Männer sprangen von einem Bein aufs andere, um sich warm zu halten, und erörterten dabei, wie sie am geschicktesten etwas zu essen besorgen könnten.

Marco hatte vorgeschlagen, jeder von ihnen sollte ein Huhn, eine Salami oder einen Sack Kartoffeln auftreiben. Egal, was, es wäre besser als nichts. Doch die Ausbeute war kaum der Rede wert gewesen, mit Ausnahme der Gans, die Fazio gebracht hatte.

»Wie bist du denn an die gekommen?«, fragte Marco und lüftete den Hut, um sich am Hinterkopf zu kratzen.

Fazio kniff die Augen zusammen. »Was geht dich das an?«

»Wir dürfen nicht die bestehlen, die selbst kaum etwas haben. Das weißt du. Eine der Witwen in San Giovanni hat immer Gänse gehalten.«

In Fazios Gesicht zuckte es ständig, offenbar ein Tic. »Die hat mir die Gans gegeben.«

Maxine seufzte. »Können wir wieder zum Wesentlichen kommen? Wir werden wohl die Deutschen um ihre Vorräte erleichtern müssen.«

»Leichter gesagt als getan«, brummte Fazio, dann spuckte er auf den Boden.

»Wir wissen doch von dem Vorratslager in der Nähe«, sagte Maxine. »Könnt ihr dort nicht einbrechen?«

Marco nickte. »Genau daran habe ich auch gedacht. Und es gibt nicht weit von dort einen Hof. Er gehört Galdino. Er ist schon alt, aber ich glaube, er wird uns helfen. Wenn er dazu bereit ist, spähen wir das Lager heute Abend aus und schlafen in seiner Scheune. Fazio, du weißt, wo es ist?«

Der Partisan nickte.

»Sag den anderen Bescheid, dass wir uns morgen Abend um zehn dort treffen. Du, Maxine, musst die Briten dazu bringen, mehr Lebensmittelpakete abzuwerfen. So trägt jeder etwas bei.«

Als sich die Männer wegschlichen, nahm Marco sie bei der Hand. »Komm mit mir zum Hof.«

»Einverstanden.« Sie drückte seine Finger und ließ sie los. »Hör zu, Marco. Ronald hat befohlen, dass wir schneller vorgehen sollen. Mehr Störaktionen, sogar einen bewaffneten Aufstand. Kannst du das den Männern sagen? Mir ist natürlich klar, wie schwierig das wird, solange die Partisanen so unorganisiert sind.«

»Schwierig? Kaum zu bewerkstelligen, würde ich meinen. Wir tun, was wir können. Und es ist hart. Unsere Leute stellen sich trotz Unterdrückung, Hunger und Kälte der Gefahr, und das Ende ist noch nicht mal in Sicht.«

»Ich weiß.«

»Wann hattest du Funkkontakt mit Ronald?«

»Gestern Nacht. Er verlangt auch mehr Informationen über Feindbewegungen.«

»Das können wir versuchen und gleichzeitig mehr Sabotage verüben, doch das belastet die Männer umso mehr. Je länger das geht, desto härter ist es für sie, körperlich und seelisch.«

»Und trotzdem bleibt uns keine Wahl. Du musst den Druck aufrechterhalten. Die Spähtrupps müssen die Deutschen zermürben, wo sie können.«

»Und wir müssen auf der Hut sein vor Spitzeln der Deutschen, die uns unterwandern wollen.«

»Ihr kriegt das schon hin.«

Sie gelangten zu einem heruntergekommenen Bauernhaus, dem man seine einstige Schönheit noch ansah.

»Wer wohnt da jetzt?«, fragte Maxine.

»Die Alten und die Jungen.«

Er klopfte an die Tür.

Eine dünne, schlohweiße Greisin in einer abgetragenen blauen Schürze öffnete ihnen und führte sie in ein verrauchtes Zimmer, wo sie ihnen wortlos einen Stuhl anbot. Maxine war sofort klar, dass sie Marco kannte.

Im Kamin brannte ein kleines Feuer, das den Raum nicht wärmte. Maxine und Marco setzten sich und sahen sich um. Ein alter Mann mit krummem Rücken und einem schlimmen Husten lehnte neben dem Kamin an der Wand, und eine sehr junge Frau saß auf der anderen Seite am Feuer und wiegte einen weinenden Säugling.

Der alte Mann, der wohl Galdino sein musste, blickte die junge Frau an und seufzte. »Kannst du das Kind nicht beruhigen?«, brummte er.

»Er hat Hunger. Das weißt du.«

Marco erklärte ihnen, was geplant war, und dabei fing die junge Frau zu weinen an. Er stand auf und ging neben ihr in die Hocke.

»Sie haben ihn aufgehängt«, flüsterte sie. »Sie haben meinen Lodo aufgehängt.«

»Ich weiß.«

Sie wischte sich die Augen mit dem Rocksaum. »Deshalb bin ich einverstanden. Ihr dürft die Scheune benutzen.«

»Und wenn der Plan gelingt, gebt uns etwas ab«, sagte die alte Frau. »Mehr verlangen wir nicht.«

Der Alte nickte nur.

25

Es war der achte Dezember, der als »Tag der unbefleckten Empfängnis« gefeiert wurde und für die Dorfbewohner zugleich als Beginn des Winters galt. Für die Gläubigen unter ihnen, und das waren die meisten, war das der wichtigste Feiertag im Kirchenjahr. Für die übrigen ging es nun auf Weihnachten zu. An dem Wochenende zündete man Kerzen an und schmückte sein Haus mit Zweigen aus dem Wald und Blumen, die man im Spätsommer getrocknet hatte. Weihnachtskrippen wurden aufgebaut; in einigen Städtchen und Dörfern fanden Weihnachtsmärkte statt, in diesem Jahr jedoch nicht.

Als es hell wurde, schaute Sofia zum Himmel, der grau und hart wie Stein aussah, und hörte die Kirchenglocken läuten. Das war wenigstens etwas. Doch wie kam es, dass die Nazis ihre charakteristischen Merkmale selbst dem schönen toskanischen Himmel aufzwingen konnten? Sie legte sich wieder aufs Bett und lauschte.

Wenig später wurde sie in den großen Salon gerufen. Mit schwerem Herzen sah sie Schmidt mit dem Rücken zu ihr am Fenster stehen. Die Hände hinter sich zusammengelegt, blickte er zum Turm hinüber. Wie groß und dünn er war, wie gebeugt und müde er wirkte! Fast tat er ihr leid. Er hörte ihre Schritte und drehte sich sofort um. Sie sah seinen traurigen Gesichtsausdruck und rang sich ein Lächeln ab.

»Oberst Schmidt, wie schön, Sie schon so bald wieder hierzuhaben. Aber wir könnten gut ein wenig Sonne gebrauchen, meinen Sie nicht? Möchten Sie Platz nehmen? Ich kann Kaffee und frisches Gebäck bringen lassen.« Sie besann sich noch rechtzeitig darauf, nicht ins Plappern zu geraten.

»Sehr freundlich, aber ich habe keinen Appetit, Contessa.«

»Ach … nun, möchten Sie sich nicht setzen? Das rote Samtsofa ist sehr bequem, auch der Ohrensessel.«

Er ging auf den Sessel zu, überlegte es sich jedoch anders und stellte sich neben sie, so nah, dass sie die Zwiebeln in seinem Atem roch.

»Was kann ich heute für Sie tun?«, erkundigte sie sich.

Er lächelte. »Das, gnädige Frau, wird Hauptmann Kaufmann entscheiden.«

Ihr wurde flau. »Er ist hier?«

»In Kürze.«

Sie fragte sich, was er wusste, oder vielmehr, was er ihr zu wissen unterstellte.

»Ihr Mann ist noch fort?«

»Ja, aber ich erwarte ihn bald.«

Er nickte. »Das ist gut. Ich habe es nicht gern, wenn Sie hier allein sind.«

Sie schwieg dazu und merkte, dass sie die Finger zusammenkrampfte.

»Sind Sie heute ein wenig nervös?«

Natürlich bin ich nervös!, wollte sie schreien. Unbezweifelbar. Was erwarten Sie denn?

»Dazu gibt es keinen Grund, Contessa. Zumindest hoffe ich das.«

»Sagen Sie, Oberst Schmidt, waren Sie einmal Arzt?«

Er sah sie verblüfft an.

»Ich meine, früher einmal.«

»Wie kommen Sie denn darauf?«

»Durch Ihre Fragen. Sie scheinen mir ein mitfühlender Mann zu sein.« Dann wechselte sie rasch das Thema. »Würden Sie gern mal darauf spielen? Auf dem Klavier, meine ich.«

»Sehr freundlich«, antwortete er, »aber da ist Kaufmann schon. Ich werde solange an die Luft gehen. Mal sehen, ob die Sonne doch noch irgendwo hervorbricht.« Er lächelte sie an und verließ den Raum.

»Contessa«, sagte Kaufmann beim Hereinkommen. »Geht es Ihnen gut?«

Sie nickte und wollte ein selbstsicheres Lächeln aufsetzen, doch es fiel eher zittrig aus.

»Tja, ich habe einige Fragen an Sie.«

Sie lächelte gezwungen weiter. »Zuerst werde ich Gebäck bringen lassen, Hauptmann Kaufmann.«

»Sie haben noch nicht gefrühstückt?«

»Nein. Ich kam gerade von oben herunter.«

Sicher nahm er an, sie würde läuten, doch stattdessen ließ sie ihn allein, und sowie sie die Tür hinter sich geschlossen hatte, lehnte sie sich gegen die Flurwand und versuchte, sich zu beruhigen. Sie kniff sich in die Nasenwurzel, um ihre Anspannung zu lösen. Am liebsten wäre sie geflüchtet. Aber sie ging in die Küche, wo sie Anna antraf, die eine weinende Gabriella tröstete.

»Ist er weg?«, fragte Anna.

»Nein. Ich komme nur wegen etwas Gebäck. Wenn ich nicht gleich etwas esse, klappe ich zusammen. Andererseits ist mir so flau im Magen – ich weiß gar nicht, ob ich etwas essen kann.«

»Ich sage dem Hausmädchen Bescheid.«

»Hast du etwas erfahren können?« Sofia deutete auf Gabriella, die den Kopf auf Annas Schoß gelegt hatte und das Gesicht in den Rockfalten barg. Beni winselte bekümmert.

Anna zuckte mit den Schultern.

»Nun, ich gehe besser zurück in den Salon.«

»Warum ist er hier?«

»Ich habe keine Ahnung. Bisher schweigt er sich aus.« Sie verließ die Küche, und bevor sie den Salon betrat, straffte sie die Schultern.

Kaufmann beobachtete sie beim Hereinkommen. Seine unerträglichen hellblauen Augen schienen bis in ihr Innerstes zu blicken. »Habe ich schon mal erwähnt, wie sehr Sie mich an meine Tante erinnern?«

»Ich fürchte, ich kann mich nicht erinnern.«

Er lächelte kalt. »Nun ja, ich bin mir sicher. Tanzen Sie, Contessa?«

Sie runzelte die Stirn. »Vor dem Krieg.«

»Meine Tante tanzt. Sie ist eine sehr attraktive Frau. Wie Sie.«

Er kam zu ihr und berührte sie an der Wange. Sie musste sich beherrschen, um nicht vor seiner Hand und dem ekelhaft süßlichen Atem zurückzuzucken. Seine nächsten Worte bestätigten ihre schlimmsten Befürchtungen.

»Ach, Contessa, ich wünschte wirklich, Sie hätten die Wahrheit gesagt, als ich neulich hier war.«

Vor Schreck brachte sie kein Wort heraus und fühlte sich, als hätte er ihr ein Messer ins Herz gestoßen. Sie hatte große Angst.

»Sie brauchen sich nicht zu fürchten.« Offenbar sah er es ihr an. »Aber wissen Sie, wir schätzen es nicht, wenn wir belogen werden.«

»Belogen?« Sofia kniff die Lippen zusammen und hatte das Gefühl, dass die Wände auf sie zukamen, die Wände, die seit Generationen Schutz bedeutet hatten.

»Fühlen Sie sich in meiner Gegenwart unbehaglich?«

»Ganz und gar nicht«, versicherte sie, doch der Boden unter ihr gab nach, bekam ringsherum Risse und Spalten, in die sie jeden Moment hineinfallen würde. Und das würde ihr Ende bedeuten. *Lorenzo. Lorenzo, ich brauche dich hier!*

»Wir konnten den Vornamen eines der Männer erfahren, die wir verhaftet haben«, fuhr er nonchalant fort.

Sie wappnete sich. »Und was hat das mit mir zu tun?«

»Sagt Ihnen der Name Aldo etwas?«

Sie überlegte hastig. Wenn er schon Bescheid wusste, machte sie ihre Lage durch Leugnen nur schlimmer, und vermutlich wusste er etwas und war gekommen, um sie bei einer neuen Lüge zu erwischen. Sie traf eine Entscheidung.

»Contessa?«

»Verzeihung. Ja, durchaus. Wir haben hier einen Aldo.«

»Hatten. Sie hatten einen Aldo.« Er lächelte höhnisch. »Warum haben Sie nichts gesagt, als wir fragten, ob jemand vermisst wird?«

»Er wird vermisst?«

»Jetzt nicht mehr.« Er schnaubte verächtlich und drehte das Messer in ihrer Brust herum. Sie dachte daran, wie seine Männer Aldos junges Leben ausgelöscht hatten, und wurde wütend. Ein Wort schallte ihr immer wieder durch den Kopf.

Mörder.

Mörder.

Mörder.

»Wir haben Informationen bekommen. Dadurch konnten wir ermitteln, wo er wohnte. Bei Ihnen. Oder, genauer gesagt, bei Ihrer Köchin.«

Sofia schüttelte den Kopf.

»Abschaum, gnädige Frau. Warum versuchen Sie, jemanden wie ihn zu schützen?«

Sie konnte sich nicht mehr zurückhalten und fuhr ihn scharf an: »Wenn ich das getan haben sollte, wäre es ohnehin zu spät gewesen, nicht wahr?«

Er lachte schallend. »Was für ein Feuer! Ich sehe gern ein wenig Temperament bei einer Frau. Das bringt mehr Spaß.«

Sie blickte ihn ärgerlich an und hoffte, sich nicht verraten zu haben.

»Doch nun zu dem unglücklichen jungen Mann. Einer von uns wird mit seiner Mutter reden müssen.«

»Das wird kein Problem sein.«

»Aber Sie haben mir noch nicht erklärt, warum Sie ihn nicht erkannt haben.«

»Wenn Sie die beiden Männer meinen, die Sie in Buonconvento erhängt haben, muss ich sagen, sie waren so grausam zugerichtet, dass sicher niemand erkennen konnte, wer sie waren.«

Er schaute gekränkt. »Halten Sie mich für grausam?«

»Das habe ich nicht gesagt. Aber das war ein schrecklicher Anblick. Ich habe sofort wieder weggesehen.«

»Ja, sicherlich nicht schön. Doch wissen Sie, ich habe die Menschenmenge beobachtet und bin mir sicher, dass Sie hingestarrt haben.«

»Daran kann mich nicht erinnern.«

»Wir scheuchen gern die Verwandten auf, wenn wir können.«

»Wenn es wirklich unser Aldo war, dann war er noch ein Junge.«

Kaufmann blickte sie ungläubig an. »Ein Junge, der keine Skrupel hatte, einen von uns zu töten. Sie wären überrascht, wie jung manche von denen sind.« Er schwieg einen Moment lang. »Aber Sie fragen sich vermutlich, was wir jetzt tun werden.«

Die Angst schnürte ihr die Kehle zu.

»Nun, ich will zugestehen, dass der Anblick von zwei Erhängten für ein weibliches Mitglied des Adels, für eine Frau Ihres Feingefühls, ein zu großer Schock gewesen ist, als dass Sie den Partisan Aldo erkannt haben.«

»Um Gottes willen, Aldo kann doch kein Partisan gewesen sein!«

»Und woher wollen Sie das wissen?«

Sie fand keine Worte und schluckte mühsam.

»Contessa?«

»Ich schwöre, ich habe ihn nicht erkannt. Sollte ich wirklich gestarrt haben, war es mir jedenfalls nicht bewusst. Ich weiß nur noch, wie bestürzt ich war, dort zwei Männer hängen zu sehen. Dieser Anblick …« Sie griff sich an den Mund. »Der Geruch … Ich habe nicht geahnt, dass einer davon Aldo sein könnte.«

»Nun, hoffen wir, dass Sie die Wahrheit sagen.« Er ließ einen Moment verstreichen. »Jedenfalls bin ich mir sicher, dass Sie sich für unsere Nachsicht erkenntlich zeigen werden.«

»Wie meinen Sie?«

»Indem Sie dem Ortskommandanten gestatten, Ihr Klavier zu benutzen.«

»Und Sie?«, fragte sie.

»Ich? Ich sehe mir gern Ihre Bilder an, Contessa.«

»Ach so.«

»Ich werde wiederkommen und Ihre Köchin verhören. Wir müssen natürlich wissen, wer mit den Partisanen sympathisiert.«

Darauf machte er eine schneidige Verbeugung und ging eilig hinaus. Giulia verabschiedete ihn, und sobald Sofia das Auto wegfahren hörte, eilte sie nach unten in die Waschküche und übergab sich, bis nichts mehr kam. Natürlich hatte er ihre Lügen nicht geglaubt. Also was bezweckte er mit diesem Spiel?

26

Januar 1944

An jenem eisigen Januarmorgen wurde Sofia von den Kirchenglocken geweckt. Sie ließ Lorenzo schlafen und ging zum Fenster, um nach draußen zu sehen. Verblüfft betrachtete sie die märchenhaft verwandelte Landschaft. Sie freute sich immer, wenn der erste Schnee fiel: wenn der Himmel lavendelblau war, die Luft in der fahlen Sonne schimmerte und die Dächer weiß bestäubt waren.

Doch als sie zu den dunklen Bäumen schaute, die sich schwarz gegen die Helligkeit der frisch beschneiten Felder abhoben, fürchtete sie um die Partisanen in den Wäldern. Die Dorfbewohner schützten sie, und die Frauen strickten ihnen warme Sachen, doch es waren nie genug. Die Männer mussten Feuer anzünden, um zu überleben, obwohl sie sich dadurch verrieten.

Und nicht nur die Partisanen waren auf ihre Hilfe angewiesen. Marcos Leuten war es gelungen, ein Vorratslager der Deutschen auszurauben, sodass sie länger durchhalten konnten. Doch Ende Dezember waren dutzendweise heimatlose Männer, Frauen und Kinder über die Straßen und durch die Wälder gezogen, um sich in den Süden zu den Alliierten durchzuschlagen.

Sofia hatte einige mit Lebensmitteln versorgen lassen, aber nicht genug für alle gehabt. Darunter waren auch britische Kriegsgefangene gewesen, die ausgebrochen oder von italienischen Soldaten freigelassen worden waren. Doch wegen der vielen Deutschen in der Gegend waren sie in einer gefährlichen Lage, zumal auch noch Frost herrschte. Von ihren alten Bauern boten einige vorübergehend Unterschlupf an, aber niemand wusste, wie sie die deutschen Linien durchbrechen sollten. Und am ersten Weihnachtstag hatten sie dann aus dem Radio erfahren, dass Pisa bombardiert wurde.

Kaufmann war zurückgekommen, um Carla zu verhören, aber nachdem er sie eingeschüchtert und bedroht hatte, war er zu dem Schluss gekommen, dass er nichts erfahren würde, zumindest vorerst. Sofia hatte Angst gehabt, die Nazis könnten fünf Männer aus ihrem Dorf hinrichten, um sich für die Plünderung zu rächen. Doch es schien ihnen zu genügen, dass sie Aldo und Lodo erhängt hatten. Sofia war zutiefst erleichtert, da nur noch wenige Männer im Dorf lebten, und die waren alt oder gebrechlich.

Kurz bevor Kaufmann nach dem Verhör wegfuhr, hatte er verlangt, den Cozzarelli noch einmal zu sehen. Einige Minuten lang hatte er vor dem Gemälde gestanden und sich dabei die Hände gerieben, dann plötzlich innegehalten, die Schultern gestrafft und sich verabschiedet. Sein besitzergreifender Blick hatte Sofia tief beunruhigt, sodass sie überlegt hatte, das Gemälde zu verstecken und zu behaupten, sie habe es verkaufen müssen, doch am Ende hatte sie sich dagegen entschieden.

Als sie nach unten ging, war es im Flur eiskalt. Maxine und Marco standen in dem kleinen Gang an der Seitentür zusammen und flüsterten miteinander. Sofia ärgerte sich, teils, weil sie noch im Morgenmantel war und nur einen Wollschal um die Schultern gebunden hatte, und teils, weil sie nicht die Erlaubnis gegeben hatte, dass Marco bei ihnen übernachtete. Augenscheinlich hatte er genau das getan. Sie beobachtete die beiden, bis die ihre Anwesenheit bemerkten und sich zu ihr umdrehten.

»Oh.« Maxine rieb sich die Augen.

»Ja, in der Tat«, erwiderte Sofia.

»Marco will gerade gehen.«

Sofia merkte, dass sie die Zähne zusammenbiss. »Er hat die Nacht hier verbracht?«

Maxine zuckte mit den Schultern.

»Schau, du kannst nicht beliebig irgendwen zum Übernachten einladen.«

»Er ist nicht irgendwer.«

»Herrgott noch, er ist ein Partisan in *meinem* Haus. Begreifst du das nicht?«

»Das Funkgerät war in *deinem* Geheimgang versteckt«, hielt sie ihr entgegen. Eine aufgebrachte Maxine war offenbar ein ernst zu nehmender Gegner, doch Sofia ließ sich nicht einschüchtern.

»Mein Mann ist hier im Haus«, zischte sie, »nicht in dem verdammten Geheimgang. Das darf nicht noch mal vorkommen.«

»Er kann doch aber nichts dagegen haben, oder?«

»Wie meinst du das?«

Maxine zog die Brauen zusammen. »Er steht doch nicht etwa auf der Seite der verfluchten Nazis, oder?«

»Wo immer er steht, das ist kein passendes Thema für eine Unterhaltung.«

»Oh … gut.« Maxine verzog einen Mundwinkel und klopfte Marco zärtlich auf den Arm. »Wie auch immer, wir haben Neuigkeiten.«

»Gute?«

»Ich glaube ja. Die Kuriere haben die Nachricht übermittelt, dass ich dringend Funkkontakt mit Ronald aufnehmen soll. James und ich haben es mehrmals versucht, aber die Verbindung kam nicht zustande. Die Gebirge machen es schwierig, weißt du? Doch dank der Nachrichtenpriorisierung konnten wir uns gestern endlich verständigen. Wir wissen jetzt, dass die Deutschen einen Verteidigungsplan für die Städte haben und auch ein großes Waffenarsenal im Zentrum von Florenz lagern wollen.«

»Wo?«

»Das wissen wir nicht. Nur dass die Waffen in Kisten mit dem Zug ankommen, vom Beretta-Werk in der Lombardei. Maschinenpistolen, Gewehre, Pistolen. Die wurden alle für das italienische Militär produziert, bis die Deutschen die Fabrik nach dem Waffenstillstand beschlagnahmt haben.«

»Lorenzo kannte den Firmenleiter«, sagte Sofia.

»Tja, der hat den Posten bestimmt nicht mehr«, meinte Maxine. »Ich habe außerdem Befehl erhalten, mich mit einem SS-Führer namens Bruckner anzufreunden. Sturmbannführer Gustav Bruckner. Normalerweise ist er in Florenz, aber er ist Kesselring unterstellt, dem Oberbefehlshaber, und wir glauben, dass er entscheiden wird, wo die Waffen gelagert werden.«

Marco nickte. »Er wird nach Montepulciano kommen, um sich mit wichtigen Leuten aus Rom zu treffen.«

»Ich werde dort sein und mich an diesen Bruckner ranmachen«, sagte Maxine.

»Und ich stehe in Verbindung mit Partisanen in Florenz, die uns bestimmt nach Kräften helfen werden, das Waffenlager ausfindig zu machen«, fügte Marco hinzu.

»Ihr wollt die Waffen also stehlen?«, fragte Sofia.

»Ja.«

»Ich habe einen Cousin in Montepulciano, bei dem ich übernachten kann«, warf Maxine ein. »Marco weiß, in welche Bars die Deutschen gehen und wo sie essen. Ich hoffe, Bruckner näher kennenzulernen und möglichst viel zu erfahren. Dann würde ich mich mit den Partisanen in Florenz treffen.«

»Die werden wissen wollen, wer du bist und was du in Montepulciano vorhast – und wenn die hören, dass du …« Sofia zuckte mit den Schultern, aber was sie sagen wollte, war klar. »Du wirst andere Kleidung brauchen.«

Maxine stimmte ihr zu.

Während Sofia sich über diesen Punkt Gedanken machte, fiel ihr ein, dass sie von Lorenzos Schwester noch einen Schrank voller Kleider hatten. Nach dem Autounfall in der Schweiz, bei dem seine Eltern und seine Schwester umgekommen waren, nur wenige Monate nach ihrer Hochzeit, hatte Sofia es nicht übers Herz gebracht, die Sachen wegzugeben, und seine Schwester hatte Maxines Statur gehabt.

Marco warf Sofia einen fragenden Blick zu. »Sie haben Freunde in Florenz?«

»Ja, viele. Wir haben dort einen kleinen Palazzo. Aber Sie wissen von den Verhaftungen durch die SS, den Verhören und Folterungen?«

Er nickte, und zweifellos dachte er dabei an das Hauptquartier der SS in der Via Bolognese, im Volksmund »Villa Triste« genannt.

»Da ist man nicht sicher«, fügte Sofia hinzu.

»Zurzeit werden die eher damit beschäftigt sein, die verbliebenen Juden zusammenzutreiben, als Partisanen aufzustöbern.«

Maxine streckte eine Hand nach Sofia aus. »Ich werde in Florenz ein Bett brauchen. Es wäre eine sehr gute Tarnung, wenn du auch dort wärst. Denn als deine Freundin begleite ich dich natürlich.«

»Contessa, haben Sie dort nicht auch gewisse Kontakte?«, fragte Marco.

»Ja. Ich kenne den deutschen Konsul, Gerhard Wolf. Und einen Deutschen, der schon lange in Florenz wohnt und zu den wohlwollenden gehört, ein junger Mann mit Namen Reinhard. Vor dem Krieg war er Anwalt. Wenn er noch dort lebt, könnte er uns nützlich sein.«

Maxines Gesicht hellte sich auf. »Wir haben einen Kontakt im Vorzimmer des deutschen Konsuls. Du kannst dich um einen Termin mit Wolf bemühen, und ich komme nach Florenz, sobald ich kann.«

»Also gut. Ich werde den Palazzo öffnen, aber erwarte nicht zu viel.«

Marco sah Sofia hoffnungsvoll an. »Vergessen Sie nicht, der Widerstand wächst. Sie haben unsere Soldaten zu Tausenden als Zwangsarbeiter verschleppt, und das richtet sich jetzt gegen sie. Sie werden Fehler machen.«

Als Sofia am nächsten Morgen aufwachte, lag Lorenzo an sie geschmiegt. Sein Geruch nach Sandelholz und Seife war tröstlich für sie, ihre Freude, ihn so nah bei sich zu haben, überwog die unterschwellige Angst. Sie hatten immer so zusammen geschlafen, er an ihren Rücken geschmiegt oder sie an seinen. Seine Wärme hatte ihr gefehlt, und sie fühlte sich jetzt sicherer, obwohl sie ihm angemerkt hatte, dass ihn etwas belastete. Sie hatte ihn am Abend zuvor darauf angesprochen, doch er hatte nur kopfschüttelnd geantwortet, seine Arbeit werde immer schwieriger. Er werde das Gefühl nicht los, unter Beobachtung zu stehen.

Genau das hatte sie schon immer beunruhigt.

Sie erinnerte sich an ihre erste Begegnung mit Lorenzo. Als er sie mit seinen sanften grauen Augen angeblickt hatte, war es ihr so vorgekommen, als sähe er bis in ihr Innerstes. Das hatte sie verblüfft und sprachlos gemacht. Wenn ein Mann zum ersten Mal die schützende Fassade einer Frau durchschaute, war das erregend und neu, machte sie aber auch verwundbar. Lorenzo hatte das nie ausgenutzt. Und jetzt schien er Schutzschilde zu errichten, als wäre er der Verwundbare.

In der Nacht hatte es stark geschneit, und als sie aufstanden, stellten sie fest, dass sie von der Außenwelt abgeschnitten waren. Es gab keinen Strom, und deshalb konnten sie auch nicht telefonieren oder Radio hören. Sie würden keine Post bekommen, bis der Schnee geräumt war.

Sofia war heilfroh, dass Lorenzo zu Hause war. Nach dem Frühstück zogen sie sich Mantel, Schal, Mütze und Handschuhe an und brachen trotz der klirrenden Kälte zu einem Schneespaziergang auf, und die Hunde begleiteten sie.

Draußen war die ganze Welt still geworden. Der schwere weiße Himmel hing so niedrig, dass man glaubte, man könne ihn mit dem ausgestreckten Arm berühren. In dicken Lammfellstiefeln stapften sie einen Weg entlang, der zur Straße nach San Giovanni d'Asso führte. Sofia beobachtete, wie sich ihre Atemwolke mit Lorenzos vereinte.

»Warum hier entlang?«, fragte sie, als sie sich bei ihm unterhakte.

»Auf der Straße sind wir sicherer.«

»Vor Bomben?«

»Vor Schneewehen, Dummerchen.«

Sie lachten beide, und Sofia fühlte sich schon unbeschwerter.

»Ich möchte dir von Rom erzählen«, sagte er. »So etwas habe ich noch nicht erlebt. In der ganzen Stadt halten sich die Leute im Verborgenen, weil sie um ihr Leben fürchten. Permanent hört man Maschinengewehrfeuer, und die Explosionen von Handgranaten verfolgen uns Tag und Nacht. Und das ist vielleicht einer der härtesten Winter.«

Sofia durchfuhr die Angst um ihre Eltern. »Nicht nur vielleicht. Einen so harten Winter habe ich noch nicht erlebt.«

»Aber der Widerstand ist stark, und ab und zu werden Deutsche und unsere Faschisten aus dem Hinterhalt erschossen. Leider gibt es zu viele rivalisierende Partisanengruppen, die oft nicht zusammenarbeiten.«

Sie wagte kaum zu fragen, und als sie es tat, schwankte ihre Stimme. »Und meine Eltern?«

»Die sind fürs Erste einigermaßen sicher. Doch nach jeder Handgranatenexplosion werden alle verhaftet, die gerade in der Nähe sind. Das Schlimmste ist, dass das Vertrauen in die Alliierten nachlässt und Lebensmittel furchtbar knapp sind.«

»Wie steht es bei den Alliierten?«

»Die Briten kommen so gut wie nicht voran. In den letzten beiden Monaten konnten sie nur dreißig Kilometer vorrücken.«

»Mir war nicht klar, dass es so schlecht steht.«

»Die Umstände sind höllisch. Es ist nass, kalt und morastig. Sie müssen über die Berge, wo sie keine Deckung durch Bäume haben, und werden von den Gipfelstellungen der Deutschen beschossen. Mit Mörsergranaten, Handgranaten, Maschinenpistolen. Sie müssen bis Rom vorrücken, aber das kann Gott weiß wie lange dauern. Die Berge sind wie Festungen, schwer einzunehmen.«

»Die Soldaten tun mir leid.« Sofia griff nach Lorenzos Hand. »Was meinst du, wie ich meinen Eltern helfen kann?«

»Wenn ich wieder in Rom bin, will ich sie überreden, hierherzukommen. Doch schreib du auch deiner Mutter. Ich werde ihr den Brief geben.«

»Vielleicht sollte ich zu ihnen fahren. Hast du eine neue Adresse? Ich glaube, mein letzter Brief hat sie nicht erreicht.«

»Ich weiß. Sie müssen immer wieder woandershin ziehen.«

»Ach, Lorenzo.« Sie schluchzte auf, und ihr liefen heiße Tränen über die eisigen Wangen, als sie daran dachte, dass ihre armen Eltern praktisch im Untergrund leben mussten.

Er zog sie in die Arme, und so standen sie ein paar Minuten lang reglos und still wie das Land ringsum, jeder mit seinen Gedanken beschäftigt.

Dann wischte er ihr die Tränen weg. »Komm, Liebling. Lass uns weitergehen, und nachher verbringen wir den ganzen Tag vor dem Kamin. Wenn Giulia kein Feuer gemacht hat, werde ich das nachholen. Wie hört sich das an?«

»Wunderbar. Aber ich fürchte, Giulia ist wieder nach Pisa zu ihrer kränklichen Großmutter gezogen. Du weißt, sie hat dort schon einmal eine Zeit lang gelebt.«

»Wann ist sie abgereist?«

»Gestern. Sie war schon eine Weile unzuverlässig, und plötzlich hat sie ihr Zeug gepackt und ist weg, hat nur Carla einen Zettel hinterlassen.«

»Ach. Wirst du ohne sie zurechtkommen?«

»Vollkommen.«

»Wird sie dir fehlen?«

»Nein, sie war nicht lange bei uns.«

»Die kleinen Dinge fehlen uns oft am meisten«, sagte er. »Findest du nicht?«

Sie nickte und dachte an die vertrauten Rituale, die sie miteinander verbanden und das Fundament ihres Lebens bildeten, die kleinen Dinge, die man für selbstverständlich nahm, bis sie nicht mehr da waren. Sie sehnte sich nach den gewohnten Tagesabläufen, als sie noch sicher und in Frieden gelebt hatten.

»Woran denkst du?«, fragte er. »Bedrückt dich etwas?«

Sie würde mit ihm über Florenz sprechen müssen, das war ihr klar. »Ich habe überlegt, für ein paar Tage nach Florenz zu fahren. Das ist alles. Sofern du nichts dagegen hast.«

»Wirklich? Ihr werdet das Haus lüften müssen, und Florenz ist nicht sicher. Und was ist mit den Schäden am Palazzo?«

»Darum hat sich schon jemand gekümmert. Es gab nicht viele.« Sie ging über seinen missbilligenden Gesichtsausdruck hinweg. »Ich kann Anna mitnehmen, und wir haben dort viele Freunde.«

Er neigte den Kopf zur Seite und sah sie an, liebevoll und besorgt. »Ich wünschte, du würdest es lassen. Warum die plötzliche Veränderung?«

»Tja … ich weiß nicht.« Ihr versagte die Stimme. Sie holte tief Luft, und dann erzählte sie ihm alles. Von dem Brief ihrer Mutter, von James und dem Funkgerät, ihrer Verbindung zu den Partisanen und von Maxines Auftrag, in Florenz das Waffenlager der Nazis aufzuspüren.

Reglos stand er da und starrte zu Boden. Als er endlich aufblickte und die Hand nach ihr ausstreckte, waren seine Augen dunkel vor Angst. »O Gott, Sofia. Verflucht! Das alles ist furchtbar gefährlich. In dieser Phase des Krieges kann es dich schon in Teufels Küche bringen, dass du Maxine auch nur kennst. Da kann alles Mögliche passieren. Ich will, dass du dich da raushältst. Du *musst* dich da raushalten.«

Sie schüttelte den Kopf. »Das ist unmöglich. Aldos Tod hat für mich alles verändert.«

Lorenzo wirkte so aufgewühlt, dass sie ins Schwanken geriet. Aber schließlich blieb sie dabei.

»Ich verstehe das«, sagte er. »Trotzdem. Ich kann dich nicht weglassen.«

»Und ich kann nicht tatenlos zusehen. Ich brauche gar

nicht viel zu tun. Wirklich. Maxine wird dort sein, und Anna auch. Die werden das Nötige erledigen. Doch wenn ich auch dort bin, haben sie eine plausible Erklärung für ihren Aufenthalt, und ich will mit Wolf sprechen.«

»Du lieber Gott. Das ist verrückt! Muss das sein? Als er uns besucht hat, war das lange vor dem Waffenstillstand. Bedenke, dass wir damals mit den Deutschen noch auf einer Seite standen.«

»Er könnte etwas wissen.«

Lorenzo seufzte. »Und das wird er dir nicht sagen dürfen.«

»Vielleicht.« Sie holte Luft. »Schau, Lorenzo, ich muss nach Florenz. Aber ich würde lieber mit deinem Segen gehen als ohne.«

An seinem Kiefer zuckte eine Ader. Sie sah ihm an, wie stark ihn das aufwühlte. »Wenn dir etwas passiert …«

Sie fiel ihm ins Wort. »Wird es nicht. Versprochen.«

Er atmete tief durch und nickte.

»Weißt du, ob Reinhard noch in Florenz ist?«, fragte sie. »Der Anwalt. Erinnerst du dich an ihn? Ich fand ihn damals recht sympathisch.«

»Er wurde verhaftet.«

»Weißt du das genau?«

»Hat für die Alliierten spioniert.«

»Und du? Tust du das auch?«

»Ich tue, was ich kann, wie du weißt. Wenn möglich gebe ich ihnen detaillierte Informationen.«

»Wo Lebensmittel gelagert werden?«

»Genau.«

Sie lächelte, weil sie ahnte, dass er mehr tat, doch ihr war auch klar, dass er ihr nicht mehr erzählen würde. »Du fühlst dich beobachtet, hast du gesagt. Wirst du vorsichtig sein?«

»Natürlich.«

»Meinst du, du kannst für meine Eltern eine Fahrt hierher arrangieren?«

»Ich werde es versuchen.«

Er schwieg für ein paar Augenblicke. »Also«, sagte er dann, »wenn du dazu entschlossen bist, kann ich dich nicht abhalten. Wenigstens wirst du in Florenz nicht so sehr frieren müssen wie hier.«

Sie lächelte ihn dankbar an.

»Schau, es schneit schon wieder«, sagte er.

Sofia sah die weißen Kristalle in der Luft tanzen.

»Du bist mein Sonnenschein.« Mit eiskalten Handschuhfingern strich er ihr Schneeflocken aus den Haaren.

»Das sagst du immer.«

»Weil es wahr ist.« Er blickte ihr in die Augen. »Versprich mir, dass du gut auf dich aufpasst.« Und obwohl er dabei lächelte, sah sie ihm an, dass er weiter um sie Angst haben würde.

»Mir wird nichts passieren. Und jetzt komm weiter.«

Ihre Stiefel sanken tief in den Schnee ein, der unter ihren Sohlen knirschte. Sie hielten sich an der Hand, um sich notfalls abzufangen, und nicht nur deshalb, sondern auch um ihrer Liebe, der Hoffnung und der Zukunft willen. Die Sonne brach durch einen Riss in den Schneewolken und ließ die Hügel rotgolden aufleuchten.

Sofia schaute zurück auf ihre tiefen Fußspuren und prägte sich das Bild ein, denn auf einmal war es ihr wichtig, den Spaziergang mit Lorenzo in Erinnerung zu behalten.

27

Maxine saß in dem mittelalterlichen Bergstädtchen Montepulciano im Wohnzimmer ihres Cousins. An den beiden Fenstern, die auf den Garten hinausgingen, waren die Läden geschlossen, die schweren Samtvorhänge zugezogen. Das selten genutzte Zimmer kam ihr beklemmend eng vor, und die Luft war abgestanden. Sie hätte zu gern das Fenster aufgerissen, so kalt es auch war. Für sie war kein Feuer angezündet worden, und es brannten nur zwei Kerzen. Es war der zweiundzwanzigste Januar.

Bei ihrem ersten Besuch im Spätherbst war Davide anfangs reserviert gewesen, denn schließlich kannten sie sich überhaupt nicht, hatte sich aber zögerlich bereit erklärt, sie bei sich aufzunehmen, falls sie das mal nötig hätte. Seit vor einer Woche sechs Bauern exekutiert worden waren, weil sie entflohenen Kriegsgefangenen ein Bett und eine Mahlzeit gewährt hatten, waren die Bewohner der Stadt nervös. Maxine war darüber erschüttert, denn zwei der Hingerichteten hatte sie am Tag zuvor noch getroffen, zwei ganz gewöhnliche Landarbeiter, die zu alt waren, um eingezogen zu werden, aber eine große Familie hatten, die von ihnen abhing.

Marco hatte sie mitgenommen, weil sie mit örtlichen Partisanen reden wollte, doch da immer mehr faschistische Milizionäre in die Stadt kamen und der Gestapo halfen, politische Gegner auszuschalten, blieben viele untergetaucht.

Maxine wartete mit Lara, der Frau ihres Cousins, im Wohnzimmer auf Davide. Sie hörten die Stufen knarren, dann kam er herein. Er zwinkerte ihnen zu und stellte das Radio auf, das er auf dem Dachboden versteckt hielt. Das war der aufregendste Moment des Tages.

Erwartungsvoll setzten sie sich vor das Gerät, um die jüngsten Entwicklungen zu erfahren. Während Davide die Regler hin und her drehte, pfiff es aus dem Lautsprecher, und zuerst war der Empfang ständig unterbrochen. Zwischen Knacken und Rauschen war ab und zu ein Wort zu hören. Selbst als sie ganze Sätze vernahmen, waren sie schlecht zu verstehen.

Maxine hielt den Atem an. Würde heute Abend irgendetwas durchkommen? In letzter Zeit hatte es keine guten Nachrichten mehr gegeben. Die Leute verloren den Mut, der Hass wuchs, und manche glaubten, die Deutschen würden den Krieg doch noch gewinnen. Und angesichts der anscheinend wahllosen Bombardierungen der Alliierten war das manchen sogar fast lieber. Wie zu erwarten, zielten die Alliierten auf die Eisenbahnstrecken, Bahnhöfe und Industrieanlagen, aber dass Bomben immer häufiger auf Dörfer fielen, machte die Leute wütend.

Es knisterte und knackte weiter, dann begannen die Neun-Uhr-Nachrichten der Alliierten, die manchmal verschlüsselte Botschaften für die Widerstandskämpfer enthielten. Gelegentlich wurden in den Nachrichten und Unterhaltungssendungen für das besetzte Europa persönliche Botschaften übermittelt, oft auch verschlüsselte Anweisungen für Geheimagenten. Maxine hatte Sorge, der Empfang könnte zu schlecht sein, doch nach einer Weile war der Sender endlich schwach zu hören und einigermaßen gut zu verstehen.

Zu Anfang wechselten sie ungläubige Blicke. Es gab keine verschlüsselte Botschaft, sondern nur diese unglaubliche Neuigkeit. Konnte das wahr sein? Konnten die Alliierten wirklich so nah sein? Der Nachrichtensprecher wiederholte: *»Die Alliierten sind in Nettuno gelandet, nur fünfundsechzig Kilometer südlich von Rom.«*

Nicht nur das, in Deutschland waren auch viele Städte bombardiert worden, sodass sich in der deutschen Bevölkerung Angst breitmachte und viele fürchteten, den Krieg doch noch zu verlieren.

Davide jubelte vor Freude, klopfte Maxine auf den Rücken und küsste seine Frau auf beide Wangen. »Das muss gefeiert werden.« Er stieß eine Faust in die Luft und ging hinaus.

Maxine strahlte Lara an. »Ist das nicht wunderbar? Hoffen wir, dass sie Rom bald befreien.«

Davide war zwar kein Partisan, unterstützte aber jeden, der sich aktiv am Widerstand beteiligte. Da er von Beruf Anwalt war, hätte man meinen können, dass er zu den Faschisten hielt. Stattdessen arbeitete er geräuschlos und ganz unauffällig daran, Leuten zu helfen, die zu Unrecht verhaftet worden waren, und besorgte Verfolgten sichere Verstecke. Bis er Maxine so weit vertraute, um ihr das zu erzählen, hatte es seine Zeit gedauert.

Als er wieder hereinkam, hielt er eine Flasche vom besten Rotwein hoch.

Leise lachend und zufrieden mit sich zog er den Korken heraus und schenkte drei Gläser ein. »Der war gut versteckt. Hab ihn für eine besondere Gelegenheit aufbewahrt.«

Ein paar Tage später traf Maxine sich mit Marco im *Caffè Poliziano* an der Via Voltaia Nel Corso, wo sie sich schon einmal verabredet hatten. Da es noch früh und das Café kaum besucht war, nahmen sie einen Tisch mit Aussicht. Als sie gemeinsam aus dem Fenster sahen, wagte Maxine einen verstohlenen Blick auf Marcos Profil. Er drehte den Kopf zu ihr, und plötzlich war sie verblüfft über die Intensität seines Blicks. Es war ein schwindelerregender Moment, ihr Herz hüpfte, und verwirrt nahm sie ihre aufkeimenden Gefühle wahr. Deshalb entging ihr, was er gerade sagte.

»Hörst du nicht zu?«

»Entschuldigung.« Sie wollte ihm nicht erzählen, was in ihr vorging, deshalb murmelte sie etwas über die Aussicht. Wieso kam sie sich in seiner Gegenwart immer wie eine Schwindlerin vor? Er hatte etwas an sich, das ihre sorgsam aufgebauten Schutzmauern überwand, und wenn sie richtig vermutete und er sie so sah, wie sie wirklich war, dann machte sie das kopfscheu.

Er hatte nur einen vernichtenden Blick für sie und machte ein strenges Gesicht. »*Santo cielo,* die Aussicht interessiert überhaupt nicht. Weißt du denn nicht, dass in Rom der Notstand ausgerufen wurde?«

»Doch, ich habe es gehört.«

»Es gibt nichts zu essen, die Ausfallstraßen sind gesperrt, und aus den Wasserleitungen kommt kein Tropfen mehr.«

»Wie sollen die Leute überleben?«

»Jeder setzt darauf, dass die Alliierten bald hier sind.«

Maxine seufzte. »Und wenn nicht?« Sie sah ihn fragend an, doch er gab keine Antwort. Was könnte er auch sagen? Die Lage war entsetzlich.

Er schüttelte den Kopf. »Die Deutschen wollen nicht kampflos aufgeben. Von Siena sind schon lange Kolonnen nach Rom unterwegs.«

»Du hast sie gesehen?«

»Ja. Unsere Leute haben sie gezählt, haben in Gräben und unter Büschen gelegen. Die Alliierten werden die Information brauchen.«

Beide schauten wieder aus dem Fenster. Wie unpassend, auf eine Landschaft zu blicken, die derart schön in der Wintersonne schimmerte, unter einem unwirklich blauen Himmel, während nicht weit von ihnen Tod und Zerstörung herrschten.

»Also …?«, meinte er mit einem fragenden Blick und beugte sich zu ihr.

Sie drehte sich um, um zu sehen, wer an den anderen Tischen saß. »Wir wissen noch immer nicht, wo das deutsche Waffenlager in Florenz sein wird. Aber ich habe Bruckner ausfindig gemacht. Er ist eindeutig hier und wird an der Piazza Grande sein.«

»Da gibt es noch immer ausgezeichneten Wein.«

Maxine wusste, dass Montepulciano für seinen Vino Nobile berühmt war, und natürlich plünderten die Deutschen die Weinkeller des Renaissance-Palastes an der Piazza Grande, den sie beschlagnahmt hatten.

»Du musst schnell sein«, fügte Marco hinzu. »Ich glaube nicht, dass er sich hier lange aufhalten wird.«

»Ich will es heute Abend tun. Hast du den Namen des Barkellners, der mich einlässt?«

»Ja. Ricardo. Der ist dafür zuständig, die Mädchen reinzulassen. Ich stelle dich ihm vor.«

Sie zog eine Grimasse. »Ich werde sagen, dass ich hier bin, weil meine Mutter mich aus Rom raushaben wollte, bevor die Straßen gesperrt werden. Und dass ich bei einer Freundin auf dem Land gewohnt habe, jetzt jedoch bei meinem Cousin bin und Arbeit suche. Die glauben alles, was aus einem schönen Mund kommt.«

»Es sei denn, sie halten dich für eine Prostituierte.«

Maxine zuckte mit den Schultern. »Und was ist mit dir? Hast du etwas für mich?«

»Ja. Wenn du in Florenz ankommst, musst du mit dem Partisanenführer Ballerini Kontakt aufnehmen. Er wird dir sagen können, was in der Stadt gerade vor sich geht, und das kannst du den Alliierten über Radio Cora übermitteln.«

»Was ist Radio Cora?«

»Unser Untergrundsender. Das Losungswort, um mit Radio London Verbindung aufzunehmen, lautet: ›Der Arno fließt durch Florenz.‹ Das ist ein ziemlich kleiner Sender, der ständig verlegt werden muss, so wie James das auch tut.«

»In Ordnung. Wenn ich also in Florenz bin, wende ich mich an Ballerini. Mal sehen, was wir zusammen erreichen können.«

»Ja. Ich werde hier und am Monte Amiata gebraucht, daher ist er die beste Wahl. Und geh zur Piazza d'Azeglio Nummer zwölf und sprich mit dem Mann, der im Vorzimmer des deutschen Konsuls arbeitet.«

»Bei Gerhard Wolf?«

»Ja.«

»In Ordnung.« Sie neigte den Kopf zur Seite und lächelte ihn verführerisch an. »Gehen wir. Wo ist dein Hut?«

Er winkte ab. »Hab ihn verloren.«

»Ich weiß zwar, was du neulich noch über das Abstandhalten gesagt hast, aber …«

Er tat entrüstet. »Ich kann mir nicht vorstellen, worauf du hinauswillst.«

»Mein Cousin ist noch bei der Arbeit, und seine Frau ist heute nicht zu Hause, also …«

»Lädst du mich auf einen Kaffee ein?«

Sie grinste freudig. »Genau.«

Maxine liebte die eleganten Renaissance-Paläste, die alten Kirchen und die vielen kleinen Plätze und lauschigen Ecken. Sie hoben ihre Stimmung, wenn sie glaubte, den Krieg nicht mehr ertragen zu können, und dann stand sie da und schaute über das wunderschöne Val d'Orcia oder das Val di Chiana, und so ging sie gut gelaunt vor Marco her zu Davides Haus. Sie hatte nicht geglaubt, dass er mitkommen würde, aber nun war sie entschlossen, das Zusammensein mit ihm gehörig auszukosten.

Nachdem sie sich in dem kleinen Zimmer im dritten Stock geliebt hatten, lagen sie nebeneinander im Bett und redeten. Er erzählte, was er sich für die Zukunft erhoffte und wie gern er eines Tages eine Familie gründen würde, die den Verlust seines Bruders irgendwie ausgleichen sollte. Er erzählte, dass er eine Schwester und einen Neffen habe und dass er um ihretwillen für bessere Verhältnisse kämpfte.

Maxine war überrascht und sagte das auch.

Er lächelte. »Ich erlaube mir selten den Luxus, an eine schönere Zukunft zu denken.«

»Von besseren Zeiten zu träumen macht die Gegenwart erträglicher.«

Marco schüttelte den Kopf. »Ich weiß, was du meinst, aber

ich finde, das macht sie nur quälender. Nach meiner Erfahrung kann ich all das nur tun, indem ich härter werde.«

Sie setzte sich auf und schüttelte ihr Kissen auf. Dabei fiel ihr Blick auf seine geschlossenen Augen, und sie strich mit dem Finger über seine Brauen. »Schwierig, oder?«

Er machte die Augen auf und sah sie an. »Was?«

»Die Liebe. Oder vielmehr, ohne Liebe zu leben.«

Er schnaubte. »Du glaubst, das tue ich?«

Sie zuckte mit den Schultern. »Vielleicht musst du das.«

Eine Weile schwiegen sie.

»Denkst du nicht, dass Liebe die Schrecken des Krieges ausgleichen kann?«, fragte sie. »Nur ein wenig?«

»Sag du es mir. Kann sie es?«

»Ich möchte das glauben.«

Er sah weg. »Kann man wirklich lieben, wenn die Welt so finster geworden ist?«

Sie seufzte. »Was bleibt einem sonst?«

»Der Krieg. Mehr gibt es nicht.«

Sein ernster Ton ließ sie verstummen.

»Gefühle machen dich schwach, beeinträchtigen deine Entscheidungen, bringen dich und andere in Gefahr. Deshalb dürfen wir keinerlei Kontakt zu unseren Familien haben und müssen eine falsche Identität annehmen.«

»Du heißt also gar nicht Marco.«

»So ist es.«

»Tja, aber auch du hast Gefühle.«

Ihre Blicke trafen sich wieder, und er zog die Brauen zusammen.

»Doch, hast du«, sagte sie entschieden, da sie noch nicht aufgeben wollte. »Du fühlst dich schuldig, weil dein Bruder geschnappt wurde und nicht du. Darum tust du das alles, stimmt's?«

Er verspannte sich.

»Du empfindest auch Angst und Zorn. Das weiß ich genau.«

»Du etwa nicht?«, entgegnete er.

»Doch, natürlich. Das behaupte ich gar nicht. Ich gerate in Panik, werde unsicher, habe Zweifel, all diese Dinge. Doch wer all das fühlen kann, der liebt auch.«

»Das ist verrückt. Wie kommst du darauf?«

»Du kannst dich gegen die Liebe nur verschließen, wenn du dich gegen alle Gefühle verschließt.«

»Und woher weißt du das?«

»Durch meinen Vater«, antwortete sie. »Da ist etwas vorgefallen. Früher. Ich weiß nicht, was. Meine Eltern haben in meinem Beisein nie davon gesprochen, aber ich habe meine Mutter mit ihren Freundinnen flüstern hören. Mein Vater hat sich verschlossen, seine Gefühle, sein Herz abgeschaltet. Manchmal denke ich, er kannte nur noch Wut.«

»Und du glaubst, wir können allein mit Wut überleben?«

»Wir überleben zwar damit, doch ›leben‹ kann man das nicht nennen, oder?«

Er starrte sie an. »Du meinst, Wut ist das Schlimmste?«

»Ich weiß nicht. Was denkst du?«

»Seit dem Krieg oder schon immer?«

»Beides.«

Er schien nachzudenken. »Apathie. Das ist das Schlimmste.«

Sie nickte. »Ja. Das stimmt. Vor allem jetzt.«

»Dir kann sicher niemand vorwerfen, apathisch zu sein.« Er wirkte bewegt und schluckte. »Ich sehe ihn noch immer überall«, sagte er.

»Deinen Bruder?«

»Ja. Ich sehe ihn die Straße entlanggehen, in einem Café sitzen, die Ernte einholen. Ich sehe ihn bei meinen Eltern, bei meiner Schwester. Ich sehe den Vater, der er geworden wäre, die Kinder, die er gehabt hätte.«

»Du hast gesagt, dass du das alles seinetwegen tust. Ist das nicht Liebe?«

»Oder Rache. Hast du daran mal gedacht?«

Sie sah ihn prüfend an. »In deinen Augen kann ich keinen Rachedurst erkennen, Marco.«

»Sondern?«

Sie zog seine Hand an die Lippen. Er war so anständig zu lächeln. Ach, dieser Mann, dieser Mann, dachte sie. Wie sehr ich ihn liebe!

In jener Nacht lag Maxine auf einer samtbezogenen Chaiselongue in dem von Nazis beschlagnahmten Palazzo und kippte ab und zu etwas von dem Wein, den sie zu trinken vorgab, hinter sich in die Topfpflanze. Obwohl sie nichts lieber trank als einen ausgezeichneten Roten, musste sie bei klarem Verstand bleiben. Zwar hatten sie den Kontakt im Vorzimmer von Bruckner, doch sie musste Bruckner persönlich kennenlernen, da er vermutlich über den Ort des neuen Waffenlagers entscheiden würde.

Sie hörte dem äußerst langweiligen Vogler zu, Hauptmann Baltasar Vogler, der sich über die Bedeutung seines Vornamens ausließ. »Demnach werde ich also von Gott beschützt. Wie alle Deutschen.« Er lachte und beklagte sich dann über die Streiks in Norditalien. »Aber keine Sorge«, sagte er. »Wir haben ihnen gezeigt, wo's langgeht.«

Maxine lächelte ihn fasziniert an, so hoffte sie jedenfalls, doch insgeheim wünschte sie sich, sie könnte ihm die hellbraune Locke abschneiden, die ihm immerzu vor die Schweinsäuglein fiel. Ungewöhnlich klein und stämmig war er – die meisten Offiziere waren zumindest groß – und roch abstoßend nach Fleisch. So als wäre er nicht mehr ganz genießbar. Die Vorstellung, dass er langsam von innen her verweste, brachte sie zum Lächeln, und wie sie sah, nahm er das als Zeichen, dass sie bewundernd an seinen Lippen hing.

»Wollen Sie wissen, wie?«, fragte er, und ohne ihre Antwort abzuwarten, prahlte er damit, dass sie einfach ein Zehntel der Belegschaften erschossen hatten. »Die sind ziemlich schnell wieder zur Arbeit erschienen, das kann ich Ihnen sagen.« Er lachte, als hätte er einen köstlichen Witz gerissen.

Maxine war bei seinen Worten schlecht geworden. Sie

schaffte es aber weiterzulächeln, und dabei behielt sie die anderen zwei Männer im Auge, die dem Anschein nach in ein Gespräch vertieft waren. Vogler hörte sich selbst gern reden, und Maxine brauchte wenig mehr zu tun, als interessiert zu erscheinen.

Als er eine schweißige Hand auf ihr Knie legte, spürte sie die feuchte Wärme durch den Seidenstoff ihres Kleides. Es war pfauenblau und hatte Sofias Schwägerin gehört. Inzwischen war es nicht mehr modern, doch die Farbe brachte den roten Schimmer ihrer Haare zur Geltung und betonte ihre rot geschminkten Lippen.

Unvermittelt schwang die Tür auf. Ein Mann kam herein, der nicht besonders groß, aber muskulös war, sehr kurze, sehr blonde Haare hatte und eine SS-Uniform mit vier silbernen Sternen am Kragenspiegel trug. War das Bruckner?

Maxine hielt den Atem an, die Angst kroch ihr den Rücken hinauf, doch sie lächelte ihn versuchsweise an. Die SS, ursprünglich eine Eliteeinheit zum Schutz Hitlers, war inzwischen die vorherrschende Organisation in Deutschland und den besetzten Ländern Europas, zu deren Aufgaben Sicherheit, Überwachung und Terror gehörten. Maxine war bewusst, dass sie äußerst vorsichtig agieren musste.

Vogler sprang sofort auf. »Ah, Herr Sturmbannführer Bruckner, was kann ich Ihnen zu trinken bringen?«

»Haben wir Bier?«

»Nein. Nur Rotwein.« Der stämmige Hauptmann lachte, doch Bruckner zuckte bloß mit den Schultern.

Als Vogler sich daranmachte, eine neue Flasche zu öffnen, sah Bruckner zu Maxine hinunter. Sie senkte kurz die Lider, bevor sie zu ihm aufblickte. So grüne Augen wie seine hatte sie noch nie gesehen. Wie schade, dass er ein Nazi war. Sie überlegte, wie es wohl wäre, mit solch einem Mann zu schlafen, und ob der Zweck die Mittel rechtfertigte, egal, was es sie kostete. Wenn sie vergessen könnte, wer er war, wäre es vielleicht gar nicht so übel. Falls sie es vergessen könnte. Ihr fiel Marcos Bemerkung ein, dass Gefühle den Widerstandskämpfer schwächten und in Gefahr brachten, und sie sehnte sich danach, bei ihm zu sein statt bei den Nazis.

»Ich heiße Massima.« Sie riss sich zusammen und konzentrierte sich.

Seine Augen tanzten. »Hübsches Kleid.«

Nachdem Vogler zwei geöffnete Flaschen Rotwein gebracht hatte, entließ Bruckner ihn mit einer Geste, worauf Vogler hinausging, gefolgt von den anderen beiden, die sich am Kamin unterhalten hatten.

Bruckner musterte Maxines Gesicht. »Sie sind von hier?«

Maxine stellte sich seinem neugierigen Blick und verneinte. Dann sagte sie, wie überrascht sie sei, so gutes Italienisch zu hören.

»Ach, wir waren oft hier, als ich noch ein Kind war. Meine Mutter war vernarrt in Italien, besonders in die Seen. Lugano schätzte sie besonders, aber auch die Toskana. Wir alle.«

»War?«

Er sah zu ihr hinunter. »Leider weilt sie nicht mehr unter uns. Unser Haus wurde bombardiert. Nur mein Vater und ich sind noch am Leben, weil wir zu dem Zeitpunkt nicht zu Hause waren. Mein Bruder und meine jüngere Schwester sind ebenfalls umgekommen.«

»Das tut mir sehr leid«, erwiderte sie und empfand tatsächlich so. Schließlich starben auf beiden Seiten viele Unschuldige.

»Sie haben einen ungewöhnlichen Akzent, finde ich.«

Das traf sie unvorbereitet. Die Stimme ihrer Mutter warnte sie, vorsichtig zu sein, und die sehr britische Stimme Ronalds schlug in die gleiche Kerbe: Bleib bei der Wahrheit oder möglichst nahe dran. Das war sein Mantra gewesen.

»In meiner Jugend habe ich einige Jahre bei Verwandten in New York verbracht. Doch ich stamme aus Rom. Ich besuche hier meinen Cousin.«

Dem folgte ein kurzes Schweigen.

»Möchten Sie nicht Platz nehmen, Herr Bruckner?«

»Nennen Sie mich Gustav. Ich bin heute Abend nicht im Dienst.«

Er setzte sich dicht neben sie, und ein zitroniger Duft wehte ihr in die Nase. »Sie riechen gut«, bemerkte sie.

»Sie auch. Was ist es?«

Maxine hatte alles sorgfältig bedacht, bevor sie nach Italien aufgebrochen war, und hatte ein besonderes Parfüm gewählt, in ihren Augen das erotischste, das je kreiert wurde, einen schweren Duft aus erdigem Patschuli, Nelke und Vanille.

»Es heißt Danas Tabu.«

»Sinnlich«, sagte er leise. »Animalisch … Mir scheint, Sie können einem gefährlich werden.«

Sie sah ihm auf eine Weise in die Augen, die seine Meinung bestätigen sollte.

Eine Stunde lang plauderten sie miteinander, und Maxine merkte, dass er ihr gefiel. Er hatte etwas an sich, das ihn von den anderen Nazis unterschied, so als fühlte er sich fehl am Platz. Andererseits musste er wohl skrupellos und unbarmherzig sein, sonst wäre er nicht schon Sturmbannführer und Major, so jung, wie er war.

Er habe Medizin studiert, erzählte er, bis zum Ausbruch des Krieges, da habe er sich zur Wehrmacht gemeldet, um fürs Vaterland zu kämpfen, um seine geliebte Heimat zu verteidigen. Er hatte einen Stoßtrupp angeführt. Sein Onkel, ein hohes Tier im Oberkommando des Heeres, war sein Steigbügelhalter gewesen.

»Empörend, dass Italien die Seite gewechselt hat«, sagte er, und sein beißender Ton entging ihr nicht.

»Nicht alle von uns«, erwiderte sie. »Sie hätten Mussolini auf seinem Schimmel sehen sollen, als er verkündete, ein vereintes Italien anzustreben.«

»Ein stolzer Mann. Wie unser Führer. Aber er war nie stark genug. Man darf nicht schwach sein oder Schwäche dulden, wenn man die Welt verändern will.«

Mit heimlicher Freude dachte sie an die Partisanen, die genauso entschlossen darauf zielten, die Welt zu verändern, indem sie die Kriegsmaschinerie der Nazis sabotierten.

Die Unterhaltung flaute ab, und er stand auf, um das Feuer zu schüren. Maxine hielt das für den richtigen Zeitpunkt, um den Abend in die gewünschte Richtung zu lenken. Als er zu ihr zurückkam und sich noch näher zu ihr setzte, legte sie die Fingerspitzen auf sein Handgelenk.

»Werden Sie länger hier sein?«, fragte sie mit rauchiger Stimme.

Er schüttelte den Kopf. »Nur für ein paar Tage, dann fahre ich zurück nach Florenz.«

Lächelnd streichelte sie seinen Handrücken. »Noch ein Glas Wein?«

Bruckner nickte. Er war inzwischen angetrunken und hatte den verschleierten Blick eines Mannes, der nur noch eines wollte.

Um sein Interesse wachzuhalten, stand Maxine auf. »Werden Sie morgen Abend hier sein?«, fragte sie.

Er lehnte sich zurück. Sein Arm ruhte auf der Lehne der Chaiselongue, die Beine hielt er gespreizt. »Sie denn?«

Sie lächelte aufreizend. »Natürlich. Wo sollte ich sonst sein wollen?«

»Dann komme ich auch.«

»Und danach fahren Sie wieder nach Florenz?«

Er sah sie unergründlich an. »Bis dahin ist noch viel Zeit.«

»Florenz würde mir auch gefallen. Es ist so langweilig hier.«

»Was würden Sie dort tun?«

»Ich könnte mir Arbeit suchen. Ich habe eine Freundin, die nah beim Arno wohnt. Also vielleicht setze ich mich in den Zug und besuche sie.«

»Haben Sie die nötigen Papiere?«

Sie zog die Brauen hoch. »Selbstverständlich.« Ihre falschen Ausweise, die sie von den Nonnen bekommen hatte, hatten ihr bisher gute Dienste geleistet.

Dann hauchte sie ihm einen Kuss zu und ging. Wenn sie ihn nur dazu bringen könnte, sie nach Florenz mitzunehmen …

28

Lorenzo war nach Rom zurückgekehrt, und Sofia bereitete sich auf die Fahrt nach Florenz vor. Am Abend vor der Abreise fand sie James überraschend an der Seitentür.

Er blies sich in die Hände und rieb sie. »Ich hoffe, Sie haben nichts dagegen.« Seine Lippen waren blau gefroren. »Ich weiß, es ist spät, aber in meinem Bauernhaus ist es feucht und eisig kalt, und ein Feuer könnte mich verraten.«

Sie überlegte kurz. Zum Glück schliefen die Hunde in der Küche. Ihr Gebell hätte das ganze Dorf geweckt. »Es ist wahrscheinlich am besten, Sie begleiten mich mit nach oben. Ich kann dort Feuer machen. Wenn jemand kommt, können Sie notfalls in den Geheimgang verschwinden.«

»Danke.«

»Sie dürfen keinesfalls krank werden. Haben Sie Hunger?«

Zur Antwort klopfte er sich auf den Bauch.

»Es könnte noch etwas Kaninchenpastete übrig sein. Ich werde nachsehen. Sie kennen noch den Weg in mein Zimmer?«

James nickte. »Ist Maxine da?«

»Nein. Sie ist noch in Montepulciano. Gehen Sie. Niemand wird Sie sehen.«

Er ging zur Treppe und Sofia in die Küche, wo sie Carla antraf, die gerade den Tisch abwischte.

»Sie sind noch auf«, sagte sie verblüfft.

»Ich kann gern noch etwas für Sie zubereiten.«

»Ja … Ist noch Kaninchenpastete übrig?«

Carla ging zur Speisekammer und kam mit einem Stück auf einem Teller zurück, den sie auf den Tisch stellte. »Ich gebe Ihnen eine Gabel.« Besorgt musterte sie Sofias Gesicht. »Ist alles in Ordnung, Contessa?«

»Ja. Warum fragen Sie?«

Carla kniff skeptisch die Augen zusammen. »Sie sind blasser als sonst, und Sie essen sonst nie so spät noch etwas.«

»Ihnen entgeht aber auch nichts, hm? Mir geht es gut, um ehrlich zu sein. Die Pastete ist für James. Er ist durchgefroren und hungrig.« Sie nahm den Teller und die Gabel, die Carla ihr hinhielt. »Ich bringe sie nach oben.«

In ihrem Kamin lagen sonst immer Scheite, die sie jederzeit anzünden konnte. Bisher hatte Giulia täglich dafür gesorgt, doch nun musste Sofia sich selbst darum kümmern, und sie hielt einen guten Vorrat an Holz bereit. Natürlich könnte sie ein neues Hausmädchen anstellen, aber angesichts der Umstände war es ihr lieber, kein fremdes Mitglied in ihren Haushalt aufzunehmen.

Sie gab James die Pastete, dann knüllte sie Papier zusammen, legte Kiefernspäne dazu und ein paar knochentrockene schmale Scheite darüber. Dabei war ihr bewusst, dass er jeden ihrer Handgriffe verfolgte. Das war eine seltsame, recht peinliche Situation, und sie empfand das deutlich.

Als sie das brennende Streichholz an das Papier hielt, gingen die Flammen rasch auf das Holz über, und sie zog die beiden Sessel vor den Kamin.

Sie sah James nicht an, spürte jedoch, dass er sie noch immer betrachtete. Als sie doch aufblickte, konnte sie seinem Gesicht nichts entnehmen – in seinem Blick lag jedoch etwas Sehnsüchtiges, und sie überlegte, ob er Heimweh hatte. Ihr war, als ginge die Traurigkeit aus der Tiefe seiner blauen Augen auf sie über, und sie verspürte den Drang, ihn zu trösten.

Als er die Pastete aufgegessen hatte, ließ er ein kurzes Lächeln sehen. »Danke. Sie sind sehr großzügig.«

»Überhaupt nicht.«

»Ich habe nach geeigneten Plätzen gesucht.«

»Plätzen?«, wiederholte sie und dachte, wie dumm das klingen musste.

»Wo wir mit dem Funkgerät hingehen können.«

»Und haben Sie welche gefunden?«

»Ja, ein oder zwei. Einen verlassenen Kirchturm und eine hohe Scheune auf einem Hügel.« Er sah sie auf eine freundliche, vertraute Art an, und plötzlich war sie gereizt und fühlte sich entblößt. »Aber … wie geht es Ihnen?«, fragte er.

Sie versteifte sich. Normalerweise war sie nicht so unsicher. »Gut.«

Die Unterhaltung wurde immer gekünstelter, das Resultat ihres wachsenden Unbehagens, weil sie so spät abends einen attraktiven Mann, der nicht ihr Gatte war, in ihr Schlafzimmer mitgenommen hatte.

»Es tut mir leid.« Offenbar spürte er ihre Verlegenheit. »Ich gehe jetzt besser.«

Zuerst sagte sie nichts dazu. Sollte sie ihn wegschicken oder seinen Vorschlag einfach abtun? Sie brachte es nicht über sich, ihn sofort wieder in das eiskalte Haus zurückzuschicken; es war ein weiter Weg dorthin. Sie bemühte sich um einen neutralen Ton und bot an, ihm zwei zusätzliche Decken mitzugeben.

»Danke.« Er machte Anstalten aufzustehen.

Nach kurzem Zögern versuchte sie, die Situation zu retten. »Wissen Sie, eigentlich … brauchen Sie noch nicht zu gehen. Bitte wärmen Sie sich gründlich auf.«

Er lehnte sich wieder an. »Das ist sehr freundlich von Ihnen.«

Als sie darauf nichts sagte, entstand ein längeres Schweigen.

»Können Sie mir etwas über Ihr Leben erzählen?«, fragte sie schließlich. »Ihr Leben in England.«

Er rieb sich das Kinn und schaute resigniert. »Ich fürchte, wir dürfen nichts Privates preisgeben.«

»Natürlich. Dumme Frage.«

»Keine dumme, eine normale Frage eigentlich. Nun ja, wenn die Situation normal wäre.«

Sie verfielen wieder in Schweigen, und nach einer Weile setzten sie gleichzeitig zum Reden an.

»Nur zu«, sagte sie. »Sie zuerst.«

Er lächelte sie an, und sie fühlte sich durch das Leuchten in seinem Blick derart entwaffnet, dass alle möglichen komplizierten Reaktionen in ihr aufkamen.

»Ach, zum Teufel damit«, murmelte er. »Das wird uns kaum den Sieg kosten, oder? Ich stamme aus Gloucestershire, genauer gesagt aus Stroud. Na ja, aus einem der umliegenden Dörfer.«

»Wie ist es dort? Ich kenne bisher nur London.«

»Ganz anders. In den Cotswold Hills stehen überall hübsche Feldsteinhäuschen und auch einige herrschaftliche Häuser.« Langsam erwärmte er sich für das Thema.

»Das klingt reizend. Sicher vermissen Sie es.«

»Ja. Meine Eltern leben in Minchinhampton an der Allmende, wo ich mit unserem Labrador spazieren gegangen bin.«

»Wie heißt er?«

»Er ist leider schon tot. Aber ich habe ihn Pluto genannt.«

Sie lachte. »Ein lustiger Name für einen Hund.«

Eine Stunde lang plauderten sie ganz behaglich.

Er erzählte von England, von seiner Verlobten, seinem Zuhause, seinem Lieblingsessen. Offenbar redete in England jeder übers Essen oder träumte davon, wie sie auch. Er erzählte von Würstchen mit Kartoffelbrei, Hackfleisch-Kartoffel-Auflauf, Sonntagsbraten und Apfelkompott mit Streuseln.

Sie erzählte von dem Essen in London, das nicht besonders gut gewesen sei.

»Grottenschlecht.« Er verzog das Gesicht, und sie lachten.

Während sie zusammen vor dem Feuer saßen, fühlte sie sich in einer Oase des Friedens, abgekapselt von der Welt.

»Und Sie?«, fragte er. »Wo sind Sie aufgewachsen?«

»In Rom. Die Wände unserer Wohnung waren hinter Bücherregalen und Gemälden verschwunden.« Die Erinnerung brachte sie zum Lächeln. »Mein Vater verzweifelte, weil meine Mutter ständig auf der Jagd nach seltenen Ausgaben und Gemälden war und alles, was sie fand, nach Hause brachte. Sie sind nachdenkliche Menschen und gute Eltern. Wenn sie mir eine besondere Freude machen wollten, durfte ich manchmal aufbleiben, wenn ihr monatlicher Musikabend stattfand.«

»Das war bestimmt sehr schön.«

Als sie an ihre Kindheit zurückdachte, wurde sie traurig. »Ja, das war es. Eine Zeit lang. Die Freunde meiner Eltern waren Maler, Schriftsteller, Musiker, Schauspieler, keine, die zu den Faschisten hielten. Und mit der Zeit wurden sie weniger.«

»Wie das?«

»Durch Mussolini. Einige verschwanden, und man hat nie wieder von ihnen gehört. Andere gingen ins Ausland. Zumeist nach Amerika. Das hat meiner Mutter das Herz gebrochen.«

»Ich nehme an, Ihr Mann hat eine etwas andere Vergangenheit.«

»Die meisten Adligen unterstützten Mussolini.«

»Ihr Mann auch?«

Sie zuckte unverbindlich mit den Schultern und versank in Gedanken. Lorenzo hatte gegen Mussolini ernste Bedenken gehabt, sich aber nicht offen gegen ihn ausgesprochen. Das taten damals wenige, und die bereuten es bald, bezahlten sogar mit dem Leben. Im Großen und Ganzen war Lorenzo nie so unverblümt gewesen wie sie. Er hatte eine andere Persönlichkeit, und da man ihn zu Zurückhaltung erzogen hatte, war es für ihn vielleicht nur natürlich, seine Ansichten für sich zu behalten.

»Er unterstützt Mussolini nicht, und er ist ein guter Mensch, ein wirklich guter Mensch. Doch er behält vieles für sich.«

»Und damit kommen Sie zurecht?«

»Sind nicht die meisten Männer verschlossen, zumindest zeitweise?«

Er neigte sich nach vorn und sah sie fragend an. In dem Moment traute sie sich selbst nicht so recht und beließ es lieber dabei. Sie hatte den Eindruck, dass er noch etwas dazu sagen wollte. Es schien ihm schon auf der Zunge zu liegen, doch dann lehnte er sich wieder zurück und sah weg.

Nachdem sie eine Weile geschwiegen hatten, wurde ihr bewusst, dass ihr Unbehagen vergangen war. Die kameradschaftliche Atmosphäre zwischen ihnen und die Offenheit ihrer Unterhaltung hatten ihr gutgetan. Er war geradlinig, und das gefiel ihr. Wie es schien, entwickelte sich zwischen ihnen eine taktvolle Verbundenheit.

Bisher waren sie sich wortlos einig, über alles zu sprechen außer über den Krieg. Doch nun konnte sie nicht anders.

»Werden die Alliierten siegen?« Sie hörte, dass ihre Stimme zitterte.

Er holte tief Luft und atmete langsam aus. »Na, das will ich doch hoffen.«

»Aber es geht nicht nur um Sieg oder Niederlage, nicht wahr? Es ist komplizierter. Das Problem ist dieser ganze Irrsinn. Es dürfte überhaupt nicht passieren.«

Er stöhnte angesichts der unabweislichen Tatsache. »Keiner von uns will das.«

»Meine Mutter sagt, auch in tiefster Dunkelheit gibt es immer irgendwo ein Licht.«

»Und Sie glauben das?«

»Ich möchte es gern … Doch das Gegenteil ist auch wahr.«

Der Abend war weit fortgeschritten. Sie war schon schläfrig und musste gähnen.

»Verzeihen Sie bitte.« Er stand augenblicklich auf. »Ich habe Sie lange wach gehalten, und Sie brauchen Ihren Schlaf.«

Sie erhob sich ebenfalls, und weil sie sich einsam fühlte, war sie kurz davor, ihn zu längerem Bleiben aufzufordern.

James sah sie an, als könnte er ihre Gedanken lesen. »Ich danke Ihnen.« Er zog ihre Hand an die Lippen. Sie lehnte sich an ihn, sodass sie sein Herz schlagen fühlte und spürte, wie warm er jetzt war. Es vergingen zwei, drei Augenblicke, bis sie zurücktrat, und dabei wünschte sie, sie hätte sich solche Intimität nicht gestattet.

»Es tut mir sehr leid«, sagte er geknickt.

»Ist schon gut«, erwiderte sie. »Aber besser, Sie gehen jetzt. Ich begleite Sie nach unten und schließe hinter Ihnen ab.«

29

Florenz

Lorenzo hatte recht gehabt. Als Sofia und Anna in dem deutsch besetzten Florenz ankamen, fanden sie es nicht so kalt wie in ihrem Dorf, doch die Feuchtigkeit drang ihnen bis in die Knochen.

Sofia erinnerte sich an ihren ersten Besuch bei Lorenzos Eltern. Wie sehr sie die Schönheit des Palazzos bewundert hatte! Ihr letzter Besuch war im September gewesen, und da hatten sie Glück gehabt. Die Sirenen hatten vor dem Luftangriff nicht gewarnt. Die Familie saß entspannt im Salon, ohne zu ahnen, was passieren würde.

Als das schreckliche Pfeifen begann, rannte Sofia zu Lorenzo. Sie hielten einander im Arm und hörten das schrille Kreischen, dann das Poltern und kurz darauf die Explosion, bei der man glaubte, verrückt zu werden. Während der Albtraum weiterging und die Bomben in kürzeren Abständen fielen, warteten sie kaum atmend das Ende ab, immer im Ungewissen, ob sie mit dem Leben davonkommen würden. Sie betete verzweifelt und versuchte, möglichst nicht daran zu denken, was geschehen könnte, wenn ihr Haus getroffen würde.

Wunderbarerweise blieben sie verschont. Nur ein paar Fensterscheiben gingen zu Bruch. Aber ringsherum wurden mehrere Häuser zerstört, und über zweihundert Menschen starben. Das war schwer zu akzeptieren. Briten und Amerikaner waren ihre Feinde gewesen und über Nacht zu Freunden geworden, und jetzt bombardierten sie Brücken und Bahnstrecken, um den Deutschen das Leben schwer zu machen, doch sie trafen damit auch die ganz gewöhnlichen Bürger.

Nun war Sofia zum ersten Mal wieder in der Stadt, und das ganze Haus hallte von Lorenzos Abwesenheit. Eigentlich war nichts Ungehöriges passiert, aber dass sie überhaupt mit James allein gewesen war, machte ihr vielleicht umso deutlicher bewusst, wie sehr sie ihren Mann neben sich brauchte. Was war mit ihr los? Sie kam doch zurecht. Sie kam sogar sehr gut zurecht, doch sie sehnte sich danach, ihn bei sich zu haben in den verdunkelten Zimmern und in ihrem Bett.

Energisch riss sie die Musselintücher von den Möbeln, und das half ein wenig. Der vierstöckige Palazzo war viel zu groß für sie. Sie hatten mal den aufregenden Plan gefasst, ihn in vier Wohnungen aufzuteilen, das Projekt jedoch zu Kriegsbeginn auf Eis gelegt.

Kurz nach ihrer Heirat hatte sie in die Rolle der Contessa hineinfinden und sich das nötige Selbstbewusstsein zulegen müssen, und besonders in dem Palazzo war sie sich wie eine Schauspielerin vorgekommen, bis sie nach und nach in diesem Lebensstil Tritt gefasst hatte. Bei alldem war Lorenzos Mutter überaus freundlich zu ihr. Sofia war damals gerade in Rom bei ihren Eltern, als der schreckliche Unfall passierte. Lorenzo überlebte ihn als Einziger, sodass seine Trauer und Schuldgefühle bedrückend mit anzusehen waren. Sie tat ihr Möglichstes, um ihm beizustehen, und ganz allmählich kehrte das Licht in seine Augen zurück.

Während die stets praktisch denkende Anna etwas zu essen richtete, machte Sofia im Wohnzimmer Feuer und dachte wieder an James. Einsamkeit und ständige Angst konnten einen Menschen zu Dingen verleiten, an die man unter normalen Umständen nicht einmal denken würde.

Nachdem das Feuer brannte und es im Zimmer stark nach Rauch roch, wollte sie einen klaren Kopf bekommen und beschloss, spazieren zu gehen. Sie zog sich einen langen schwarzen Mantel mit einem dicken Pelzkragen an und setzte einen passenden Hut auf. Da sie nicht wusste, wie gefährlich es auf den Straßen war, überlegte sie, die Pistole einzustecken, entschied sich aber dagegen. Denn sie könnte angehalten und durchsucht werden.

Offenbar hatte es inzwischen heftig geregnet. Auf dem Kopfsteinpflaster standen große Pfützen, und von den Dächern tropfte es. Sie begegnete wenigen Einheimischen, aber vielen Deutschen, und deren Lastwagen und Militärfahrzeuge waren überall. Sie ging den Lungarno entlang zum Ponte Vecchio, der auf flachen Bögen über den Arno führte.

Nachdem die Medici im sechzehnten Jahrhundert in den Palazzo Pitti umgezogen waren, ließen sie von Vasari einen überdachten Gang bauen, der vom Palazzo über den Fluss zu den Uffizien führte, damit sie sich ungesehen zwischen beiden hin- und herbewegen konnten.

Sofia konnte nun über den Juweliergeschäften auf der Brücke die kleinen Fenster des Vasarikorridors sehen. Als Lorenzo und sie sich vor all den Jahren kennenlernten, wählten sie ihn oft als romantischen Treffpunkt. Der Himmel war immer azurblau gewesen und die Bauten in der Sonne hellgolden. Bei der Erinnerung spürte sie ein Ziehen in der Brust, besonders wenn sie an die ersten Abende zurückdachte, die magische Stunde, in der sie Arm in Arm unter einem samtig violetten Himmel am Ufer entlangschlenderten. Die Stunde, wenn die Hügel vor der Stadt in dunstigem Blau verschwammen, die goldenen Spiegelungen der alten Häuser auf dem Wasser schimmerten und der Geruch von Orangenblüten in der Luft hing.

Ein Schreck durchfuhr sie, als ihr der Gedanke kam, dass die Deutschen beim Kampf um die Stadt oder beim Rückzug die Brücke zerstören könnten. Sie beschloss, sich bei ihren Freunden nach etwaigen Gerüchten zu erkundigen, wo die Deutschen ihr Waffenlager einrichten würden. Die Partisanen brauchten die Waffen dringend, wenn sie den Alliierten helfen wollten, Florenz zu befreien.

Als es dämmerte, stieg ein durchscheinender weißer Nebel vom Wasser auf. Widerstrebend wandte sie sich vom Fluss weg, und kurz darauf rannte sie, weil Schüsse fielen, und schlug sich den Kragen hoch gegen den bitterkalten Wind, der sie nach Hause trieb.

Am Palazzo angekommen, schaute sie zu den beiden schmiedeeisernen Laternen über der Tür hinauf, die an den grob behauenen Natursteinen der Hauswand angebracht waren. Es waren keine Glühbirnen darin. Sie drückte die große Holztür auf und betrat den Innenhof, wo es nach gebratenen Zwiebeln und Knoblauch roch. Das Leben musste weitergehen, und Gott sei Dank tat es das. Sie ließ die breite Steintreppe links liegen, die zu ihren Räumen führte, und ging stattdessen in die gekachelte Küche.

Anna begrüßte sie herzlich lächelnd. »Sind Sie bereit, hier zu essen, Contessa?«

Sofia stimmte zu und setzte sich umstandslos an den Tisch, auf den Anna schon zwei Gläser Wein gestellt hatte.

Zwei Tage später, als Sofia am Morgen aufwachte, sah sie gegenüber ihrem Bett helles Licht an der Wand. Heute war es so weit. Sie hatte zwei Mal im Konsulat anrufen müssen, bevor sie mit Gerhard Wolf sprechen konnte, dem deutschen Diplomaten, der zurzeit Konsul war, aber sie hatte einen Termin vereinbaren können. Sie war sehr mit sich zufrieden.

Ihre Stimmung hob sich noch mehr, als sie aus dem Fenster schaute, denn die Wolken hatten sich verzogen, und ein sonniger Tag wartete auf sie. Sofia war froh, dass das Treffen bei schönem Wetter stattfinden würde.

Da sie beide Kunstliebhaber waren, hatten Wolf und Lorenzo sich vor dem Krieg, im Juni 1935, bei einer Ausstellung in der National Gallery in London kennengelernt und waren sich einen Monat später in Berlin wiederbegegnet. Daraufhin hatten sie sich angefreundet und bis Kriegsausbruch miteinander korrespondiert. Später, als Wolf nach Florenz versetzt wurde, lud Lorenzo ihn in ihr Haus ein. Daher war es für Sofia als Lorenzos Frau nicht schwierig gewesen, sich mit ihm zu verabreden.

Sie wusste, dass Wolf aus Dresden stammte und Philosophie, Kunstgeschichte und Literatur studiert hatte. Als gebildeter Mann war er anfangs abgeneigt gewesen, in die NSDAP einzutreten, und hatte es erst getan, nachdem man ihm mit dem Ende seiner Karriere gedroht hatte. Unter Sofias Freunden erzählte man sich hinter vorgehaltener Hand, er habe Juden zur Flucht verholfen und versuche nun zu verhindern, dass bedeutende Kunstwerke beschlagnahmt und nach Berlin geschafft wurden.

Sofia schaute in den Garten hinunter, der gerade in der Sonne lag. In diesem Haus hatte sie Wolf kennengelernt, im Frühsommer, und in diesem Garten hatten sie zusammen Cocktails getrunken. In Florenz gab es nur wenige Häuser mit Garten, erst recht nicht in der Nähe des Flusses. Er war also kostbar, auch wenn man ihn von den Nachbarhäusern aus einsehen konnte.

Sie nahm sich vor, nach dem Treffen mit Wolf Freunde zu besuchen, damit die wussten, dass sie in der Stadt war, und um sich zu erkundigen, wie es ihnen ging.

Wie nicht anders zu erwarten, waren inzwischen viele geflohen oder aus ihrem beschlagnahmten Haus vertrieben worden. Lorenzo hatte ihr gesagt, dass die Deutschen die Synagoge an der Via Farini als Lagerhaus und Pferdestall benutzten. Also war es denkbar, dass sie auch das Waffenlager darin unterbringen würden. Sie würde ihr Bestes tun, um möglichst viel zu erfahren.

30

Der Treffpunkt war ein Café in der Nähe des Konsulats. Sein Amtssitz sei die Hölle, hatte Wolf am Telefon gesagt, und ganz anders, als man erwarten würde. Er ziehe es deshalb vor, sich in einem Café zu unterhalten. Sie fand, das hatte etwas Verstohlenes, aber sie ging frühzeitig hin und wählte einen Tisch in einer der hinteren Ecken, wo es ruhig war.

Sofia erkannte den kräftig gebauten Mann mit dem freundlichen Gesicht, sowie er hereinkam. Sie stand auf und gab ihm die Hand.

»Danke, dass Sie gekommen sind.«

»Ist mir ein Vergnügen. Ich kann mich noch gut an Sie erinnern. Wie geht es Ihrem Gatten?«

»Er ist zurzeit in Rom.« Sie antwortete ausweichend, da sie nicht wusste, wie es Lorenzo ging und wo er tatsächlich war.

»Noch im Ministerium?«

Sie bejahte.

»Also.« Er legte die Hände aneinander. »Was kann ich für Sie tun?«

»Offen gestanden bin ich mir nicht sicher. Sie können sich vielleicht denken, wie besorgt wir sind, ob sich in Florenz Zerstörungen vermeiden lassen.«

»Nun ja, natürlich, doch es dürfte klar sein …« Er hielt inne und lächelte sie mitfühlend an. »Ich habe keinen Einfluss auf die Bombenangriffe der Alliierten.«

Sie erwiderte das Lächeln. »Natürlich. Sie haben hoffentlich nichts dagegen, wenn ich das erwähne, aber es heißt, Sie hätten maßgeblich daran mitgewirkt, Kunstgegenstände vor der Beschlagnahmung zu bewahren.«

Hastig blickte er zu den Tischen, die in Hörweite standen.

»Verehrte gnädige Frau, Sie müssen verstehen, dass ich mich dazu nicht äußern kann. Ich bin Bürger des Deutschen Reiches, und als solcher helfe ich, den Krieg zu gewinnen.«

»Ich verstehe.«

Sie überlegte, es anders zu probieren. »Wir haben gehört, dass die Wehrmacht beim Rückzug Zerstörungen anrichtet. Stimmt das?«

Er senkte den Blick und schwieg für einen Moment, dann sah er sie traurig an. »Es ist zutiefst bedauerlich ... Sehen Sie, Contessa, ich spreche hier mit Ihnen nur aufgrund meiner früheren Freundschaft mit Lorenzo.«

Sie nickte.

»Im dreizehnten und vierzehnten Jahrhundert war Florenz eine Stadt der Bankiers und Kaufleute, die ihren Reichtum darauf verwendeten, schöne Bauten zu errichten und ihre Paläste mit Gemälden, Skulpturen und Fresken zu schmücken. Wie kann ein denkender Mensch es ertragen, das zerstört zu sehen?«

Sie nickte.

»Ich sage Ihnen das, weil ich in einer Zeit extremer Prüfungen versuche, mir meine Menschlichkeit zu bewahren. Ich tue mein Bestes, um Leid zu lindern, wenn es in meiner Macht steht, und das herrliche Florenz so weit wie möglich zu erhalten.«

»Natürlich. Und ich nehme an, Sie unterstützen Kesselrings Absichten nicht?«

Er zuckte mit den Schultern und schaute zur Decke. Unruhig beobachtete sie Wolfs Gesicht, auf dem sich sein innerer Kampf abmalte. An seinem Kiefer zuckte ein Muskel. Er schien mehr sagen zu wollen, und es tat ihr leid, dass sie ihn in diese Zwickmühle brachte.

Schließlich seufzte er und sah sie wieder an. »Obwohl Kesselring ein genialer Mann ist, ist mein Einfluss, was den hiesigen Oberbefehlshaber betrifft, äußerst begrenzt. Und nun muss ich mich leider entschuldigen.«

Er stand auf und gab ihr die Hand, bevor er ging.

31

Um den Bomben der Alliierten zu entgehen, brachen sie um fünf Uhr früh von Montepulciano auf. Maxine saß im Fond des Wagens neben Bruckner. An ihrem dritten Abend hatte er angeboten, sie nach Florenz mitzunehmen, und natürlich hatte sie prompt angenommen. Sie schaute über die kahle Landschaft und sehnte sich nach dem frischen, hellen Grün des Frühlings.

Hauptmann Vogler saß mürrisch neben dem Chauffeur und steuerte kein Wort zu der kargen Unterhaltung bei. Bruckner tätschelte Maxines Knie, doch obwohl er sich offenbar zu ihr hingezogen fühlte, schob er den nächsten Schritt hinaus. Die meiste Zeit hatten sie sich lebhaft unterhalten, und deshalb fand Maxine das Schweigen jetzt beunruhigend. Wenn etwas im Argen lag, würde sie kaum aus einem Auto fliehen können, in dem drei Deutsche saßen.

Sie dachte über das nach, was Bruckner über sich preisgegeben hatte: unverheiratet, daheim keine Verlobte, keine feste Freundin. Sein Medizinstudium würde er nach dem Krieg fortsetzen; er hatte aber nicht vor, eine Familie zu gründen. Er wollte reisen. In Deutschland war er Motorrad gefahren, das er einem Auto vorzog. Er las gern und liebte das Theater, vor allem Opern. Kurz gesagt, er war ein kultivierter Mann. Wäre er nicht der Feind, hätte Maxine ihn gernhaben können. Tatsächlich mochte sie ihn und musste sich ständig sagen, dass er ein gnadenloser SS-Führer war.

Aber jeder Mensch hatte widersprüchliche Charakterzüge. Sie selbst ganz gewiss. Als ihre Mutter sie seinerzeit gedrängt hatte, den Lebensmittelhändler zu heiraten, hatte sie trotzig erwidert, sie wolle sie selbst sein können. Auf die Bitte, das genauer zu erklären, geriet sie ins Stottern. Was sie wirklich wollte, wonach sie sich sehnte, war ein freies Leben, bei dem sie sich selbst kennenlernen und wachsen konnte. Sie wollte nicht bloß überleben wie ihre Mutter. Und nun lernte sie sich tatsächlich selbst kennen. Sie entdeckte ihren Mut und ihre Furchtlosigkeit, stellte fest, dass Mut nur im Angesicht der Angst etwas wert war. Wenn es leichtfiel, war es gar kein Mut. Mut verlangte eine bewusste Entscheidung.

»Gehen Sie mit mir essen«, sagte der Major unvermittelt. »Ich kenne ein ruhiges, einfaches Lokal, wo wir ungestört sind. Können Sie anschließend problemlos zu Ihrer Freundin gelangen?«

Maxine lächelte. »Natürlich, und wie reizend. Ich nehme sehr gern an.«

»Aber wenn es Ihnen lieber ist, kann ich meinen Fahrer anweisen, Sie gleich bei Ihrer Freundin abzusetzen.«

»Danke, doch ich könnte einen Happen vertragen.«

Er lächelte sie freundlich an.

Als sie vor dem sechsstöckigen *Hotel Excelsior* vorfuhren, das am Nordufer des Arno lag, mit Blick auf die Piazza Ognissanti, herrschte unerwartet viel Betrieb. Deutsche Lastwagen parkten rings um den Platz, und in einem fort fuhren Autos vor dem Hotel vor.

Bruckner bat sie, einen Moment draußen zu warten, und ging hinein. Das Hotel war offenbar von den Nazis requiriert worden. Sie blickte durch das Fenster, um Bruckner zu beobachten, und staunte über die grandiose Säulenhalle, in der es von deutschen und italienischen Faschisten wimmelte. Unter ihnen war keine einzige Frau zu sehen.

Nach dem Mittagessen machte sie sich auf die Suche nach der Piazza d'Azeglio Nummer zwölf. Dort würde sie laut Marco Wolfs Büromitarbeiter finden und etwas über den Partisanenführer Ballerini erfahren.

Wie sich herausstellte, befand sich auf dem Platz ein schöner, symmetrisch angelegter Park, der sie an die Parks in London erinnerte. Da standen Nessel- und Ahornbäume zwischen vielen Wegen und Blumenbeeten. Die umliegenden Gebäude stammten nicht aus dem Mittelalter, sondern aus dem achtzehnten und neunzehnten Jahrhundert.

Eine Frau mittleren Alters mit einer Hakennase und schwarz gefärbten Haaren öffnete ihr, und nachdem Maxine das Losungswort genannt hatte, wurde sie in einen hinteren Raum gebracht. Dort ging ein adretter junger Mann mit Brille nervös auf und ab.

»Antonio.« Er gab ihr die Hand.

»War das Ihre Mutter?«, fragte sie.

Er schüttelte den Kopf. »Ich wohne hier nicht.«

»Partisanen?«

Er nickte.

In dem Moment kam ein Mann herein. Er sah heruntergekommen und hungrig aus, und aus seinen angespannten hageren Zügen schloss sie, dass er zu den Florentiner Partisanen gehörte. Er sagte, er heiße Stefano.

Sie erklärte, wer sie war, und Antonio stellte sich als Sekretär im Vorzimmer des deutschen Konsuls vor und sagte, er habe Informationen für sie. Zwei Wehrmachtsoffiziere würden sich in zwei Tagen mit Wolf treffen. Soweit er wisse, solle einer davon Kesselring sein, und er werde das Gespräch der drei belauschen. Wenn Maxine sich den jungen Mann ansah, bezweifelte sie, dass er fähig war, solch ein Vorhaben unbemerkt durchzuziehen. Aber da sie keinen anderen hatten, musste sie ihre Hoffnungen auf ihn setzen.

»Kesselring.« Sie gab einen leisen Pfiff von sich. Kesselring war Oberbefehlshaber in Italien. »Worum geht es bei dem Treffen?«

Diesmal gab Stefano Antwort. »Antonio hat schon aufgeschnappt, dass es mit den Vorbereitungen für das Waffenlager zu tun haben könnte. Deshalb hat Marco Sie zu uns geschickt. Wolf fürchtet, dass einige Waffen bereits in einem bedeutenden Palazzo untergebracht wurden. In welchem, wissen wir aber noch nicht.«

Maxine runzelte die Stirn. »Er ist Deutscher. Was kann er dagegen haben?«

»Wenn der Palazzo bei einer Bombardierung getroffen wird, fliegt die ganze Straße in die Luft, und die Palazzi sind nur noch Trümmer. Wolf ist entschlossen, das historische Florenz so weit wie möglich zu erhalten. Die Lieferung vom Beretta-Werk wird jeden Tag hier eintreffen. Wir beobachten den Bahnhof von Florenz und die Bahnhöfe außerhalb. Aber weil im Oktober einige Maschinenpistolen aus dem Werk entwendet wurden, haben die Deutschen die Bewachung der Züge verdoppelt.«

»Das Konsulat ist sehr klein«, sagte Antonio. »Es hat nur vier Räume zwischen der Evangelischen Mission und dem Lutherischen Pfarramt. Da ist es nicht schwierig zu lauschen, wenn man die richtige Stelle dafür kennt.«

Maxine nickte, und Antonio sprach weiter.

»Wolf hat Hitlers Porträt von der Wand genommen, das hinter seinem Schreibtisch hing, und stattdessen eine Lithografie von Goethe aufgehängt. Ein Porträt im Halbprofil mit Pelzkragen.«

»Das wird Kesselring nicht gefallen«, meinte Maxine, und alle grinsten.

»Wolf ist ein guter Mann«, sagte Antonio. »Er hat enorme Überzeugungsarbeit geleistet, damit die Nazis ihn zum Konsul machten. Er kam vor drei Jahren mit Frau und Tochter hierher. Ich lasse Ihnen eine Nachricht zukommen, wann und wo wir uns treffen, sobald ich mehr weiß.«

»Kennen Sie Radio Cora?«, fragte Stefano. »Mithilfe des Senders können Sie den Alliierten verraten, wo das Waffenlager ist und ob wir die Waffen kriegen oder nicht. Vielleicht finden sie eine Möglichkeit, uns zu helfen.«

»Ich muss auch meinen Führungsagenten über die Lage vor Ort informieren.«

»Was heißt das?«

»Er muss wissen, wo die Partisanen sind, wie viele es sind und so weiter, nicht nur, ob sie Waffen haben. Ich habe Befehl, Ballerini zu finden.«

Stefano seufzte. »Ballerini wurde vor Kurzem ermordet. Ein tapferer Mann. Der Anführer unserer Anarchisten.«

»Tut mir leid, das zu hören.« Verdammt! Damit hatte sie nicht gerechnet.

»Und im Dezember wurden Manetti und Ristori erschossen, die Anführer der anderen Gruppe. Die hatten ihr Versteck am Monte Morello. Das ist der höchste Berg in der Gegend. Bis dahin geht man vier Stunden. Mit einem Fahrzeug braucht man eine halbe.«

»Wer führt die Gruppe jetzt an?«

Er zog ein Gesicht. »Das steht noch nicht fest. Ballerinis Leute haben sich mit einer Gruppe zusammengetan, die sich ›Garibaldis Schwarze Wölfe‹ nennt. Die sind jetzt in den Calvana-Bergen.«

»Wo ist das?«

»Etwa vierzig Kilometer von hier. Es gibt geheime Pfade durch den Wald zu kleinen Dörfern. Da halten sie sich versteckt.«

»Und wie sieht es in Florenz selbst aus?«

»Die Leute kommen und gehen. Sie brauchen Luca, er kann es Ihnen sagen.«

»Und Luca ist …«

Sie verstummte, weil die schwarzhaarige Frau hereinkam. »Schnell. Sie sind zu viert, kommen über die Straße auf das Haus zu.«

Antonio wurde blass, wusste jedoch anscheinend, was zu tun war. Er und Stefano bedeuteten Maxine mitzukommen. Sie gingen durch die Hintertür nach draußen und eine Gasse entlang, die wieder nach vorn auf die Straße führte. Sie mündete nur wenige Meter von der Stelle entfernt, wo die vier Wehrmachtssoldaten jetzt standen.

Maxine verließ die Gasse als Erste und gab sich möglichst unbekümmert, als sie den Bürgersteig hinunterschlenderte, weg von den Soldaten. Zuerst glaubte sie davonzukommen, doch dann überkamen sie eine nervöse Unruhe und erste Zweifel. Deshalb bog sie an der nächsten Ecke kurzerhand nach rechts ab und hoffte, damit auch die Richtung zum Fluss einzuschlagen.

Sie musste zum Ponte Vecchio und von dort Sofias Wegbeschreibung zu ihrem Haus folgen. Kurz darauf zog sich ihr Magen zusammen, noch bevor sie sie sah: dieselben vier Soldaten. Sie mussten in die andere Richtung gegangen und nach links abgebogen sein, denn sie kamen ihr nun entgegen. Ein Blick auf ihre arrogante Haltung und die Gewehre an der Schulter, und sie wusste, die Kerle hatten es auf sie abgesehen. Der größte von ihnen starrte sie bereits mit ausdruckslosen hellblauen Augen an.

»Papiere«, verlangte er und streckte eine behandschuhte Hand aus, während sich ein anderer eine Zigarette anzündete.

Sie holte ihre Ausweise hervor und händigte sie aus. Würden sie auch diesmal der Überprüfung standhalten?

Die Minuten dehnten sich, ihr Mund wurde trocken. Sie begann, in Gedanken zu zählen, denn das lenkte sie von der Angst ab. Jeden Moment könnte der Mann argwöhnen, dass sie gefälscht waren, und wenn das passierte, brauchte sie einen klaren Kopf.

Der Mann kostete die Situation weidlich aus, machte witzige Bemerkungen zu den anderen, die ihm dafür auf die Schulter klopften und vor Lachen brüllten. Sie warfen ihr Blicke zu und genossen ihr Unbehagen, während der Große sie von oben bis unten musterte.

»Was haben Sie an der Piazza d'Azeglio gemacht?«, wollte er wissen. »Wir haben dort Wache gestanden.«

»Ich habe nach dem Weg gefragt.«

Er neigte den Kopf zur Seite. »Wohin?«

»Zum Haus meiner Freundin.«

»Und wo ist das?«

»Am Lungarno, ein Stück vom Ponte Vecchio entfernt.«

Er stieß einen Pfiff aus. »Vornehme Freunde haben Sie.«

Die vier wechselten ein paar Sätze auf Deutsch, von denen sie kein Wort verstand, und nachdem sie noch ein paar spöttische Bemerkungen abgelassen hatten, bekam sie ihre Papiere zurück.

»Sie müssen rennen, wenn Sie das noch schaffen wollen.« Er schaute auf seine Armbanduhr und tippte auf das Glas. »Ausgangssperre.«

»Weiß nicht, ob ich auf sie setzen würde«, sagte ein anderer.

Sie verzog keine Miene und entfernte sich rasch, aber mit dem Gefühl, dass die Soldaten ihr hinterhersahen.

Die Ausgangssperre hatte noch nicht angefangen, doch die Patrouillen waren bereits überall, und sie hörte jetzt, dass ihr die vier Soldaten folgten. Sie huschte in eine Gasse, in der Hoffnung, in die richtige Richtung abzukürzen. Aber als sie die vier plötzlich wieder vor sich entdeckte, zog sie sich geschmeidig zurück. Ihr Herz raste. Wie war ihnen das gelungen? Allerdings gab es so viele Querstraßen und Gassen, da war alles möglich.

Reiß dich zusammen!, befahl sie sich. Reiß dich zusammen. Danach beschloss sie, denselben Weg zurückzugehen, aber auf einmal sah eine Straße wie die andere aus. Verwirrt drehte sie sich nach allen Seiten, um zu entscheiden, wo sie abbiegen musste, doch sie kam zu keinem Schluss. Sie sah auf die Uhr. Nur noch fünf Minuten bis zur Ausgangssperre.

Mit dem Rücken dicht an den kalten Mauern schlüpfte sie von einer Gasse zur anderen und spähte in schummrige, verrauchte Bars, wo Wehrmachtssoldaten mit roten Gesichtern tranken und rhythmisch auf die Tische schlugen. Sie fuhr erschrocken zusammen, als hinter ihr ein Hund bellte. Ein Suchhund?

Irgendwo schrie eine Frau, und Stiefelschritte polterten auf der Straße. Aber wo? Sie duckte sich unter eine Fensterbank, um sich unsichtbar zu machen, und riss versehentlich einen Kräutertopf herunter. Er zersprang am Boden und verbreitete seinen würzigen Geruch. Sie erstarrte, als jemand »Halt!« rief und dann noch energischer brüllte. Doch nicht schon wieder diese vier?

Sie zischte ein Schimpfwort und beschloss, ihr Glück zu versuchen. So schnell sie konnte, rannte sie weiter – hoffentlich in Richtung Fluss! Wenn es hart auf hart käme, könnte sie sich unter den Brücken oder vielleicht sogar auf einem der Boote verstecken.

Maxine wusste, dass ihr Glück sie nicht verlassen hatte, als sie vor sich den Ponte Vecchio erkannte, doch sie sah auch, dass er schwer bewacht wurde. Linker Hand befand sich der elegante Bogengang der Uffizien. Anstatt am Ufer entlangzulaufen, würde sie eine stille Parallelstraße nehmen müssen und den Hintereingang des Palazzos suchen. Aber wieder bog sie in dem mittelalterlichen Gassengewirr mehrmals falsch ab. Endlich konnte sie aufatmen, denn sie gelangte auf eine schmale Quergasse, an deren Ende das hohe schmiedeeiserne Tor zu sehen war, das Sofia ihr beschrieben hatte.

Sie blickte an der Fassade hinauf. In der zunehmenden Dunkelheit suchte sie in einer Reihe von Blumentöpfen entlang der Hauswand nach dem Schlüssel und ertastete ihn. Sofia musste das Schloss und die Türangeln geölt haben, denn der Schlüssel drehte sich mühelos, und das Tor schwang geräuschlos auf.

Maxine erreichte die Rückseite des Hauses, klopfte und wartete. Niemand öffnete. In einem Beet raschelte es, und jetzt kam der Mond zwischen den Wolken hervor. Sie überlegte gerade, einen Stein an ein Fenster zu werfen, als über ihr ein Laden geöffnet wurde, und erleichtert sah sie Sofia hinausspähen.

Kurz darauf öffnete ihre Freundin die Tür und zog Maxine am Arm in ein dunkles Vestibül.

Maxine atmete hörbar auf. »Puh. Ich dachte schon, es ist keiner zu Hause.«

»Komm mit.«

Die Küche war nur schwach beleuchtet, die Fensterläden verschlossen und verdunkelt.

Anna saß am Tisch und sah sie unergründlich an. »Na«, sagte sie. »Sie haben sich ja Zeit gelassen.«

»Ich bin heute erst angekommen. Aber ihr wollt sicher hören, was ich erfahren habe.«

»Ich kann dir einen Aperitif anbieten.« Sofia brachte eine Flasche und eine Platte mit Tomaten-Knoblauch-Bruschetta.

Maxine erinnerte sich, dass ihre Mutter oft von dem Brauch erzählt hatte, Gästen einen Aperitivo zu servieren. Das war nicht nur ein Getränk vor dem Essen, wie Maxine immer angenommen hatte, sondern dazu gehörten schmackhafte Häppchen. Maxine hatte sich mit knurrendem Magen darauf gefreut, diverse Bruschette zu probieren, mit Mortadella oder Schinken, vielleicht auch Mozzarella oder Tomaten und Basilikum. Doch bisher hatte sie die nur auf den Tischen des von Deutschen stark besuchten *Caffè Paszkowski* gesehen oder in anderen schicken Lokalen.

Sie zog sich einen Stuhl heran und setzte sich Anna gegenüber. Sofia, die viel zu blass aussah, stand an den Herd gelehnt. Es war kalt in der Küche.

Maxine erzählte von ihren Treffen mit Bruckner und dass er sie im Auto mitgenommen hatte. Dann schilderte sie das Gespräch mit Antonio und Stefano in Wolfs Konsulat.

Sofia nickte. »Ich habe mit Wolf persönlich gesprochen. Das war nicht aufschlussreich. Ich hatte den Eindruck, dass er gern mehr gesagt hätte, sich das aber verkneifen musste.«

32

Sofia erwachte mit wässrigem Mund und tief enttäuscht, weil der cremige Feigen-Ricotta-Kuchen, den sie auf der Zunge schmeckte, nur ein Traum gewesen war. Den hatte sie oft mit ihrer Mutter zusammen gebacken. Ihre Aufgabe war es gewesen, die Mandeln zu mahlen und daraus den Teig zu kneten. Für die Füllung verrührten sie entwässerten Ricotta mit Eiern, Honig, Zitronenschale und Vanille. Wenn der Kuchen aus dem Ofen kam, verzierten sie ihn mit geviertelten Feigen. Köstlich.

Diese Träume von der Vergangenheit waren vermutlich ihre Art, ab und zu der Gegenwart zu entkommen. Sie schwang die Beine aus dem Bett und stöhnte über die eisige Kälte. Ohne sich zu waschen, zog sie sich an, dann trotzte sie den leeren, hallenden Fluren, wo die Fensterläden im Wind klapperten, und betrat die Küche.

Anna schürte bereits das Feuer in Herd und Heizkessel. Wenigstens hatten sie hier einen Vorrat an Brennmaterial. Aber wie lange der reichen oder wie lange sie ihn brauchen würden, war schwer zu sagen. Die permanente Ungewissheit machte Sofia unruhig, doch Anna zuliebe überspielte sie das und lächelte sie an.

»Hast du gut geschlafen?«

Anna zog ein müdes Gesicht. »Tja, Sie wissen …«

»Ja.«

Sie überließen sich dem Schweigen, während Anna den Kaffee kochte.

»Du meine Güte.« Sofia begriff plötzlich, dass sie echten Kaffee bekommen würde.

Hochzufrieden mit sich zeigte Anna auf den Küchenschrank. »Den habe ich ganz hintendrin gefunden, gemahlen und steinhart. Ich musste mit einem Messer darauf einstechen.«

Sie goss beiden eine Tasse voll ein.

Und obwohl Sofia merkte, dass er an Aroma verloren hatte, trieb ihr der herrliche Geschmack Tränen in die Augen. Erinnerungen. Immer die Erinnerungen an bessere Zeiten.

»Ich habe wieder vom Essen geträumt«, sagte sie.

Anna zog die Mundwinkel herab. »Weil wir immerzu Hunger haben. Ich träume überhaupt nicht.«

»Jeder träumt. So verarbeitet man das Erlebte. Du erinnerst dich nur beim Aufwachen nicht.«

Anna neigte nachdenklich den Kopf zur Seite. »Manchmal träume ich von meinem Mann. Bis vor einer Weile jedenfalls.«

Sofia warf ihr einen mitfühlenden Blick zu. »Das war hart für dich.«

»So geht es vielen«, erwiderte Anna.

Sie schwiegen für ein paar Augenblicke.

»Maxine ist noch nicht aufgestanden?«, fragte Sofia schließlich.

Anna schüttelte den Kopf.

Aber ein paar Minuten später waren Schritte zu hören, und Maxine kam herein. Sie war in eine Decke gewickelt, und die rotbraunen Locken hingen ihr wirr um die Schultern, und trotzdem sah sie schön aus. »Zum Kuckuck mit diesem eisigen Mausoleum!«, sagte sie, setzte sich an den Tisch und griff nach der Kanne, um sich Kaffee einzugießen. »Echter, hm? Was gibt's zu essen?«

Anna schnitt das letzte der zwei Brote auf, die sie von zu Hause mitgebracht hatten. Weil es inzwischen altbacken war, röstete sie die Scheiben in der Pfanne und stellte Salz und Olivenöl dazu.

»Was gäbe ich nicht für einen Käse-Bagel.« Maxine seufzte schwer, dann tat sie den Gedanken schulterzuckend ab und steckte sich ein Stück Brot in den Mund.

Sofia lachte. »Ich habe auch von Essen geträumt.«
»Von Schokoladen-Brownies?«
»Nein, von Feigen-Ricotta-Kuchen.«
»Ach, den hat meine Mutter auch oft gebacken.«
»Erzähl uns, was du über ihr Dorf weißt.«

Maxine bekam einen weichen, verträumten Blick. »Es heißt Poggio Santa Cecilia, wie ihr wisst, und es liegt hoch oben auf einem Berg. Mit dem Auto ist es nicht weit bis Siena. Die Bauernhäuser liegen außerhalb. Meine Eltern hatten eins mit Taubenschlag auf dem Dach. Den hat meine Mutter geliebt. Zu dem Land gehörten Olivenhaine, Weingärten, Felder, Wald und zwei Seen, in denen sie geschwommen ist. Ich bin mir nicht sicher, ob das erlaubt war, aber sie hat es getan.«

Maxines Blick wurde noch weicher. »Sie sagt, das ist der friedlichste Ort der Welt.«

»Es muss ihr furchtbar schwergefallen sein, von dort wegzuziehen«, meinte Sofia.

»So war es.« Maxines Gesichtsausdruck änderte sich, und Sofia hatte den Eindruck, dass sie sich nach etwas sehnte, das sie nie gehabt hatte. »Und es gab auch Obstgärten, sagt sie, mit Pflaumen- und Apfelbäumen. Das Dorf ist von verfallenen Mauern umgeben, die zu einer alten Burg gehört haben.«

»Auf der Mauer habe ich schon gesessen«, sagte Sofia. »Und ich weiß, dass die meisten Häuser aus dem fünfzehnten Jahrhundert stammen.«

»Da leben die Feldarbeiter und die adlige Familie, der der ganze Schotter gehört.« Maxine verzog spöttisch den Mund, dann wurde sie rot und sah Sofia an. »Nichts für ungut.«

»Keine Sorge«, meinte Sofia. »Von Geburt her bin ich eine Bürgerliche.« Nun sprach sie Maxine auf ihre Absicht an, das Dorf zu besuchen.

»Das möchte ich noch. Aber es kommt ständig etwas dazwischen. Und ich will gar nicht daran denken, dass da jetzt vielleicht Deutsche sind. Meine Mutter würde sterben, wenn sie das wüsste. Ich wünschte, meine Eltern hätten die Toskana nicht verlassen müssen.«

»Vor dem Krieg bin ich ein paarmal in Santa Cecilia gewesen«, sagte Sofia. »Zu Gesellschaften und Konzerten und dergleichen. Die Villa hat getäfelte Decken und Fresken an den Wänden, riesige Kamine und eine breite Steintreppe in den ersten Stock, wo ein Wintergarten an den Salon grenzt. Von da hat man einen freien Blick über die Gartenterrassen. Verglichen damit ist unser Castello winzig. Aber Santa Cecilia ist nicht mehr wie früher. Die Familie, der es gehörte, ist weggezogen. Nur die Großmutter ist geblieben, eine reizende alte Dame. Doch ich hörte, dass sie jetzt in einem Haus im Dorf wohnt, weil die Deutschen das Herrenhaus requiriert haben.«

»Eine verdammte Frechheit, nicht wahr? Vielleicht fahre ich erst hin, wenn das alles vorbei ist.«

»Hmhm.«

»Hättest du eventuell Lust mitzukommen?«, fragte Maxine nachträglich. »Wenn du dort jemanden kennst, haben wir einen guten Vorwand. Wir könnten mit meinem Motorrad fahren.«

Sofia lachte, sah Maxine aber an, wie verwundbar sie gerade war. Gemeinhin gab Maxine wenig von sich preis, doch in ihr steckte mehr, als man zunächst vermutete. Das hatte Sofia schon daran erkannt, wie Maxine Marco ansah, und das Dorf ihrer Eltern zu besuchen bedeutete ihr offenbar viel.

»Auf dem Sozius mitzufahren ist mal etwas anderes«, sagte Sofia. »Lorenzo fährt auch Motorrad, ich jedoch nie. Ich würde bestimmt in einer Hecke landen.«

»Du wirst es wunderbar finden«, erwiderte Maxine und lächelte sie herzlich an.

Sofia war klar, dass sie über die Dinge sprachen, die unfehlbar Glücksgefühle in ihnen auslösten. Manchmal musste das sein.

»Ich habe in der Nacht Schüsse gehört«, bemerkte Maxine plötzlich. »Ihr auch?«

»Jede Nacht. Egal, wie oft man das hört, es ist immer furchtbar.«

Maxine wandte sich Anna zu. »Könntest du eine der hiesigen Kurierinnen ansprechen? Eine sollte wissen, wo ich den Partisan Luca finde.«

»Wer ist er?«

»Er könnte hier der neue Anführer sein.«

33

Februar 1944

Maxines Hoffnung auf Informationen richtete sich zwar nun hauptsächlich auf Antonio, aber dass sie Bruckner kennengelernt hatte, könnte vielleicht doch noch nützen. Deshalb verließ sie das Haus, sobald sich der Morgennebel gelichtet hatte, und ging spazieren, um nach ihm Ausschau zu halten. Dazu hatte sie sich in einen alten braunen Mantel gehüllt, den Schal bis zur Nase hochgezogen, einen Wollhut und eine Drahtbrille aufgesetzt, eine bescheidene Aufmachung, denn auf keinen Fall wollte sie Aufmerksamkeit auf sich ziehen.

Die Geschäfte waren so gut wie leer, und Maxine verstand, warum, als sie die deutschen Lastwagen sah, die mit den Waren beladen wurden. Hoffentlich waren die Händler so schlau, noch genügend Nahrungsmittel in einem Versteck zu lagern. Sie schlenderte den Viale Michelangelo entlang und besichtigte die Piazza della Signora mit dem berühmten Turm und der Loggia. Dabei kundschaftete sie die Bars aus, die Marco aufgezählt hatte, und achtete darauf, ob Bruckner irgendwo zu sehen war, damit er sie nicht vorzeitig bemerkte.

Während sie umherging, dachte sie über ihren Führungsagenten nach. Ronald war ein ziemlich vornehmer Mann, mehr wusste sie nicht über ihn. Er war hilfreich und freundlich gewesen, jedoch immer distanziert. Vielleicht gehörte das zur britischen Art. Aber wie auch immer, je mehr die Alliierten über die Gegend erfuhren und wussten, auf wen sie sich verlassen konnten, desto einfacher würden sie es haben, wenn sie nach Norden vorrückten und die Deutschen zurückdrängten, besonders wenn die Partisanen gut bewaffnet waren. Sie hatte vor, am Nachmittag zu Luca Kontakt aufzunehmen.

Sie entdeckte Bruckner bei einem frühen Mittagessen mit einem anderen Offizier. Deshalb drückte sie sich in dunklen Ecken herum und wartete auf den passenden Moment, um Schal und Hut abzulegen und den Mantel aufzuknöpfen. Denn darunter sollte das rote Seidenkleid sichtbar sein, wenn sie ihn abfing.

Augenblicke später hätte sie ihn beinahe verpasst, als er mit langen Schritten zielstrebig das Restaurant verließ, zusammen mit seinem Begleiter, den Maxine jetzt als Baltasar Vogler erkannte. Sie folgte ihnen, und weil ihr keine Zeit mehr blieb, die warme Kleidung abzulegen, sah sie von der anderen Seite des Platzes aus zu, wie die beiden auf das *Excelsior* zuhielten. Vogler ging als Erster hinein und kurz nach ihm Bruckner.

Zur selben Zeit rannten zwei dunkel gekleidete Männer an ihr vorbei und rissen sie beinahe um. In den Sekunden, in denen sie sich abfing, erschütterte ein enormer Knall den Platz. Die Druckwelle warf sie gegen eine Hauswand. Blind von dem Staub, der in ihren Augen brannte, riss sie schützend die Arme hoch, weil Splitter gegen Mauerwerk und Fensterscheiben flogen, und ließ sich zu Boden sinken.

Als der Knall verklungen war, wischte sie sich die Augen mit dem Ärmel, aber es war nichts zu erkennen, weil Staubwolken und Rauch in der Luft hingen. Leute riefen und kreischten. Sie rappelte sich auf, weil sie möglichst schnell wegwollte. Der Boden lag voller Trümmer und Scherben, sodass sie stolperte und schlecht vorankam. Nun bemerkte sie auch, dass es auf dem Platz an einigen Stellen brannte, und da sich der Staub allmählich senkte, sah sie Flammen aus den Fenstern des Hotels schlagen. War die Bombe dort drinnen platziert worden? Oder hatte sie jemand hineingeworfen?

Ihr fielen die zwei Männer ein, die auf das Hotel zugerannt waren, und dann dachte sie an Bruckner. Wenn sie ihren guten deutschen Kontakt durch den Anschlag verloren hatte, war es umso dringender, an Luca heranzukommen. Dann blieben ihr nur noch er und Antonio.

34

Gerade hatte sich Sofia in dem behaglichen Salon niedergelassen, von dem man auf den Arno blicken konnte, als sie von dem Knall einer Explosion erschreckt wurde. Sie legte das Buch hin und lief zum Flurfenster. Von dort sah sie gar nicht weit entfernt eine Rauchwolke über den Dächern.

Eine Viertelstunde später kam Maxine hereingestürmt, mit rot gefrorenen Wangen, von Kopf bis Fuß mit grauem Staub überzogen, Gesicht, Haare, Kleidung. Sie sah aus wie ein lebendes Phantom. Und obendrein zitterte sie am ganzen Körper. Während sie immer wieder zum Reden ansetzte, schaute sie gehetzt durch den Raum, und ihre rot geränderten Augen glänzten wie im Fieber.

Sofia bot an, ihr einen Tee zu kochen, aber Maxine konnte sich kaum so weit beruhigen, dass sie die Sprache wiederfand, und krümmte sich, als hätte sie Bauchschmerzen.

Sobald sie sich aufrichtete, nahm Sofia sie in die Arme. Allmählich atmete Maxine ruhiger. Sofia ließ sie los und sah sie aufmerksam an. »Ich habe die Explosion gehört. Was ist passiert?«

Maxine kniff die Augen zu, und als sie sie wieder öffnete, sah Sofia die dunklen Schatten darunter.

»Kannst du mir das sagen?«

»Eine Bombe …« Ihre Stimme klang heiser und belegt.

»Wo? Ich habe keine Flugzeuge gehört.«

Maxine holte tief Luft und atmete langsam aus.

»Ist schon gut. Lass dir Zeit.«

»Nicht von den Alliierten. Am *Excelsior.* Ich habe Bruckner hineingehen sehen, und im nächsten Moment …«

»Ist er tot?«

»Ich weiß es nicht. Wahrscheinlich. Ich musste abhauen. Ich weiß nicht, warum ich eigentlich so erschüttert bin. Normalerweise benehme ich mich nicht so jämmerlich.«

»Sei nicht albern. Du bist nicht jämmerlich, kein bisschen. Du wurdest davon überrascht. Das ist alles. Du hast einen Schock erlitten.«

»Ich habe mich für unerschütterlich gehalten«, erwiderte Maxine schief lächelnd.

Sofia schüttelte den Kopf. »Das ist doch niemand.«

»Sie werden die Ausgangssperre ausweiten.« Anna kam herein, noch im Mantel, und sah erschöpft aus. »*Per Dio*, diese Hitzköpfe machen es uns anderen nur noch schwerer.«

Maxine fuhr zu ihr herum. »Hast du es gesehen?«

Anna warf sich in einen Sessel, dann schaute sie zu Sofia, als wollte sie nachträglich um Erlaubnis bitten.

Die lächelte sie an. »Ach, weißt du, ich denke, darüber sind wir hinaus, oder? Das ist in Ordnung, mach es dir bequem.«

»Madonna!«, hauchte Anna und sah zu Maxine, die jetzt mit dem Rücken zu einem der geschlossenen Fensterläden stand. »Wie siehst du denn aus! Aber nein, ich habe es nicht gesehen, nur gehört.«

»Gott sei Dank ist euch beiden nichts passiert«, sagte Sofia. »Doch du musst dich säubern, Maxine. Hat dich jemand gesehen?«

Maxine schüttelte den Kopf. »Mich kann niemand erkannt haben. Ich hatte Hut und Schal ins Gesicht gezogen und den alten Mantel an.«

Anna meinte, das Gleiche gelte auch für sie. »Ich bin einen großen Umweg gegangen. Es waren ziemlich viele Leute auf der Straße, aber sie können uns nicht alle verhaften.«

»Ach nein?«, sagte Maxine mit bitterer Ironie.

Anna machte darauf ein finsteres Gesicht. »Es wird Vergeltungsmaßnahmen geben.«

Eine unabwendbare Gewissheit. Sofia wurde bei dem Gedanken übel.

Maxine schaute bedrückt. »Ich werde herausfinden müssen, ob Bruckner tot ist.«

Am nächsten Morgen ging Sofia schon sehr früh im Garten auf und ab. Ruhelos und gereizt wartete sie darauf, zu erfahren, was in der Stadt nach dem Bombenanschlag vorging. Da sie kein Radio besaßen, war Anna ausgegangen, um sich umzuhören.

Als sie das Tor klappern hörte und Anna in den Garten kommen sah, ließ deren langes, angstvolles Gesicht keinen Zweifel: Sie brachte schlimme Nachrichten. Mit atemloser Hast berichtete sie.

»Ich bin zurückgelaufen, so schnell ich konnte. Die ganze Nacht über haben die Deutschen alle aus den Häusern getrieben, die auch nur entfernt mit den Partisanen sympathisieren, und jeden, der nicht aktiv das Deutsche Reich unterstützt.«

»Also sind nur noch Faschisten vor ihnen sicher.«

»Genau.«

»Was ist nur aus uns …« Sofia unterbrach sich. »Bist du jemandem begegnet?«

»Wegen des Anschlags sind viele Männer fort, entweder verhaftet oder in die Berge geflohen. Aber eine Frau, Irma heißt sie, sie hat mich angesprochen.«

»Eine Staffetta wie du?«

»Ja. Sie will sich heute um drei mit Maxine in der Via Faenza treffen und sie Luca vorstellen, dem Anführer ihrer Gruppe.«

»Und die Explosion?«

»Es heißt, dass eine Bombe in das Hotel geworfen wurde. Ich wünschte, wir könnten nach Hause fahren. Es ist furchtbar da draußen. Die Menschen hungern, kämpfen um jeden Essensrest, der von den Restaurants weggeworfen wird. Oder werden erschossen, weil sie für ihre Familie etwas hinausschmuggeln wollten.«

Nach Hause. Niedergeschlagen dachte Sofia an das Castello und sehnte sich danach, dort zu sein.

»Ich muss Maxine von Irma berichten«, sagte Anna, blieb aber noch ein paar Minuten schweigend stehen.

»Erzähl mir etwas Schönes«, bat Sofia. »Etwas, das all das aufwiegen kann.«

Anna blickte sie hoffnungslos an.

»Gibt es denn gar nichts? Nicht eine gute Sache?«

Anna rieb sich den Nacken und überlegte. »Mein kleiner Alberto, der ist etwas Gutes.«

»Stimmt«, sagte Sofia. »Er ist ein Schatz.« Und dann schweiften ihre Gedanken zu den sonnigen Tagen der Vergangenheit, als Lorenzo ihr den ersten Kuss auf die Stirn gegeben hatte, im Beisein ihrer Eltern. Ihr Vater hatte die Brauen hochgezogen, ihre Mutter sanft gelächelt. Und sowie sie verlobt waren, fuhren sie davon, um die Bergdörfer und Städtchen der Toskana zu erkunden.

»Deshalb tun wir das alles, nicht wahr?«, sagte Anna, und Sofia kehrte mit einem Ruck in die Gegenwart zurück. »Damit wir unser Land zurückbekommen und unsere Kinder in Frieden aufwachsen können.«

»Und so wird es sein«, erwiderte Sofia. »Die Alliierten werden siegen. Daran müssen wir weiter glauben.«

35

Es war fast noch dunkel, als Anna an die Tür ging, um zu öffnen. Vor ihr stand eine Italienerin mit schmalem Gesicht, die sich verstohlen nach allen Seiten umsah.

»Ja?«

Die Frau redete hastig, leise und drängend. »Sag Massima, dass Antonio an der Piazza d'Azeglio zwölf sein wird. Punkt zehn Uhr. Sie soll nicht zu spät kommen.«

Anna wollte ihr danken, aber die Frau huschte davon, bevor sie ihren Satz zu Ende bringen konnte. Sie ging nach oben, weckte Maxine und richtete ihr die Nachricht aus, dann kehrte sie nach unten zurück, um Frühstück zu machen, und Maxine tappte im Morgenmantel hinter ihr her.

»War das alles, was sie gesagt hat? Hat sie ihren Namen genannt?«

Anna schüttelte den Kopf.

»Denkst du, sie arbeitet vielleicht für die Deutschen?«, fragte Maxine. »Einer der Soldaten meinte, dass sie den Platz beobachten.«

»Ich glaube ihr. Mehr kann ich dazu nicht sagen.«

»Wie sah sie aus?«

»Mittleres Alter. Sehr schwarze Haare, auffällige Nase.«

»Eine Hakennase?«

Anna nickte. »Jedenfalls bleibt dir viel Zeit, bis du in der Via Faenza sein musst, um dich mit Irma zu treffen.«

Maxine brannte darauf, von Antonio Informationen zu bekommen, aber vorher wollte sie wissen, wie es inzwischen am Schauplatz des Bombenanschlags aussah. Wie viele Frauen hatte sie sich die Haare hochgebunden und unter einem schlichten Schal versteckt, einen abgetragenen grauen Mantel angezogen und auf ihren roten Lippenstift verzichtet.

Als sie am *Excelsior* ankam, waren bereits viele Arbeiter damit beschäftigt, die Schäden zu reparieren. Um sich den Anschein einer neugierigen italienischen Hausfrau zu geben, schlenderte sie zweimal auf und ab, dann näherte sie sich einem stur wirkenden Arbeiter, der hin und her stolzierte und den anderen Anweisungen gab. Sie stellte sich neben ihn und stemmte die Hände in die Seiten.

»Also, Tomasso, mein Mann, meinte, hier wurde ganz schön was angerichtet. Da hat er recht, was? Wie lange werden sich die Reparaturen wohl hinziehen?«

Der Mann zuckte mit den Schultern. »Zu lange.«

»Ist jemand umgekommen?«

»Was geht dich das an?«

»Ich wohne in der Nähe. Ich habe den Knall gehört. Jeder in meiner Straße. Tomasso meint, es hat bestimmt Tote gegeben. Ich dachte ja, das war eine Gasleitung, aber Tomasso glaubt, es war eine Bombe.«

»Und jetzt kommst du her zum Gaffen?«

Gekränkt verschränkte sie die Arme. »Überhaupt nicht. Ich gehe eine Freundin besuchen. Da muss ich hier entlang.«

»Musst du, hm? Na, damit du es weißt: Ein einflussreicher SS-Mann ist hier umgekommen. Bruckner hieß er. Das haben wir jedenfalls gehört. Uns verraten sie ja nicht viel, ehrlich gesagt.«

Er wandte sich ab, um einen seiner Arbeiter anzuschreien, und Maxine nahm das als Gelegenheit, sich davonzumachen. Da Bruckner tot war, würde ein anderer über den Ort des Waffenlagers entscheiden. Aber wer?

Bruckners Tod machte sie ein bisschen traurig und löste Heimweh aus. Sie wollte Vertrautes schmecken und berühren. Sie liebte das New Yorker Getriebe, den köstlichen Käsekuchen, die Straßenbahnen, den Dampf, der aus den U-Bahn-Schächten stieg. Am meisten vermisste sie es, in der Sommerhitze draußen auf der Vordertreppe zu sitzen und die Leute zu beobachten, die vorbeigingen. Und natürlich gab es dort keine Nazis und keinen Krieg. Aber sosehr es ihr fehlte, New York erschien ihr so fern, als läge es am Ende der Welt.

War es verrückt gewesen, nach Italien zu gehen, sich von etwas verlocken zu lassen, das sie dummerweise für aufregend gehalten hatte? War sie wirklich so oberflächlich? Doch so einfach war es nie gewesen. Wie auch? Und da sie sich inzwischen besser verstand, wurde ihr jetzt klar, wie verletzt sie all die Jahre gewesen war. Sie hatte ihren Vater abgöttisch geliebt, und seine Gewalt gegen ihre Mutter war der Schmerz, über den sie nie sprach. Sie hatte ihn sogar nach Kräften unterdrückt. Dennoch hatte er ihre Entscheidung beeinflusst, sich selbst so etwas nie bieten zu lassen. Sie hatte danach gestrebt, furchtlos und mutig zu sein, und doch gab es Tage, wo sie beides nicht war. Vielleicht war das normal.

Und da Bruckner tot war und ihr das geheime Treffen mit Antonio bevorstand, kam ihr bei jedem Fremden der Gedanke, er könnte eine Gefahr für sie sein. Sie schüttelte das ab, indem sie sich zwang, den Leuten ins Gesicht zu sehen, und als sie das tat, verrieten ihre stumpfen Blicke das instinktive Bemühen, sich unsichtbar zu machen. Diese Menschen waren keine Gefahr, konnten gar keine sein – sie litten an Hunger und Hoffnungslosigkeit, und sie taten ihr leid.

Um fünf nach zehn kam sie an der Piazza d'Azeglio an, ging ein paarmal auf und ab, dann die Parkwege entlang und um den Park herum. Nach einer Weile schlüpfte sie in eine Seitengasse, um Ausschau zu halten. Sie sah nirgendwo einen Deutschen, der den Platz observierte, jedenfalls nicht auf der Straße. Natürlich mochten Beobachter an einem Fenster stehen. Schließlich klopfte sie an demselben Haus wie schon einmal, und dieselbe Frau öffnete ihr.

»Sie kommen spät.«

»Tut mir leid. Es war weiter, als ich es in Erinnerung hatte. Ist Antonio da?«

Die Frau nickte und führte sie durch das Haus und einen Garten zu dem Haus dahinter, stieß die Hintertür auf und zeigte auf eine Tür zur Linken. »Er ist da drin. Wenn Sie fortgehen, kommen Sie nicht zurück zur Piazza d'Azeglio, sondern gehen Sie nach vorne raus auf die Via della Colonna.«

Maxine betrat den Raum.

Antonio stand am Fenster und blickte hinaus. »Es muss schnell gehen«, sagte er angespannt. »Gestern Morgen wurden drei Partisanen in einem der Häuser am Platz entdeckt. Sie wurden erschossen.«

»Von Deutschen?«

»Nein. Von unseren Faschisten. Aber wir rechnen damit, dass die Deutschen die Häuser am Platz noch durchsuchen. Sie waren sauer, weil die Partisanen nicht zum Verhör zur Villa Triste gebracht wurden.«

»Was haben Sie mir mitzuteilen?«

»Kesselring war hier, um mit Wolf zu sprechen. Er hatte einen Mann bei sich, einen Vogel oder Volker.«

»Vogler?«

»Ja. So hieß er. Ich konnte nicht alles hören, doch Wolf wurde sehr wütend. Es ist gar nicht seine Art, laut zu werden, aber für mich war das günstig. Er und Kesselring, so nehme ich an, haben sich gestritten, weil die Waffen in einem Renaissance-Palazzo gelagert werden sollen. Kesselring bestand auf einem Haus mitten in der Innenstadt, weil sie dann unmöglich gestohlen werden können. Wolf dagegen wollte ein Lager am Stadtrand.«

»Und?«

»Sie haben sich auf einen Kompromiss geeinigt.« Jetzt sah sie ihn zum ersten Mal lächeln. »Auf die alte Kaserne der Carabinieri in der Nähe des Bahnhofs! Das hat sie beide überzeugt. Die Kisten kommen innerhalb der nächsten zwei Tage mit dem Zug an, werden in Lkws umgeladen und das kurze Stück zur Kaserne transportiert.«

»Und die Carabinieri?«

»Sie wissen vielleicht, dass sie als Militärpolizei unter Mussolini die Aufgabe hatten, die Opposition zu unterdrücken, aber nachdem der Waffenstillstand unterzeichnet wurde, haben die Nazis die meisten Einheiten aufgelöst.«

»Ach.«

»Im Süden haben sich einige dem Widerstand angeschlossen, im Norden blieben sie mehrheitlich Faschisten. Die Deutschen haben die meisten entwaffnet, bis auf die wenigen, die sie noch für den Wachdienst einsetzen. Luca war bei den Carabinieri. Er kennt die Kaserne wie seine Westentasche.«

»Ich treffe mich heute mit ihm. Hoffe ich jedenfalls. Wissen wir, wie viele Waffen kommen?«

»Nein. Und auch nicht, wer die Kaserne bewachen wird. Geben Sie das alles an Luca weiter.«

Als es auf drei Uhr zuging, lief Maxine im strömenden Regen zur Via Faenza, einer schmalen Straße im Bahnhofsviertel, um sich mit Irma zu treffen, der Staffetta, mit der Anna Kontakt aufgenommen hatte. Vor der Tür flüsterte sie das Losungswort, das Marco ihr genannt hatte, und Irma musterte sie schweigend. Sie war klein und hatte graugrüne Augen und einen harten, entschlossenen Blick. Als sie zufrieden war, bedeutete sie Maxine, ihr die Treppe hinauf zu folgen.

Oben sah sich Maxine in dem kahlen Raum um und wunderte sich, warum in der Mitte zwei Stühle standen. Sie streckte die Arme zur Seite, sodass Regenwasser von ihrem Mantel auf die Dielen tropfte. »Ich bin völlig durchnässt.«

»Das sehe ich.«

»Ist das Ihr Haus?«

Die Frau schürzte die Lippen und sah Maxine kalt an. »Was soll die Frage?«

»Entschuldigung. Ich wollte nicht …«

»Wer sind Sie?« Irma klang jetzt feindselig, und Maxine dachte, dass sie vermutlich niemandem traute.

»Ich bin Massima.«

»Ist das Ihr richtiger Name?«

»Nein.«

Irma nickte. »Gut. Also … was wollen Sie hier.«

»Mit Luca sprechen.«

»Hören Sie, Leute kommen und gehen. Das ist ein sicheres Versteck. Ich weiß nicht, wem das Haus gehört. Überall in der Stadt stehen Häuser leer. Auch Luca kommt und geht. Wir gehören zu den GAP … schon mal gehört?«

»Natürlich. Gruppi di Azione Patriottica.«

»Seit dem Bombenanschlag in dem Hotel sind die Männer erst mal abgehauen, jeder woandershin.«

Maxine sah ihr an, dass sie das quälte. »Das tut mir leid.«

»Einige wurden verhaftet. Wir halten uns jeden Tag woanders auf. Leute verschwinden. Keiner weiß, ob sie noch leben. Man wartet, man hofft. *Merda,* keine Frau weiß, ob ihr Mann oder ihr Bruder gefoltert oder erschossen oder in ein Arbeitslager gebracht wird.«

Maxine senkte mitfühlend den Blick. »Werden die Männer aus ihren Verstecken zurückkommen?«

»Selbstverständlich.«

»Haben Sie jemanden verloren?«, fragte Maxine zögernd.

Irma lachte verbittert. »Verloren? O ja. Mein Mann wurde geblendet und auf die Straße geworfen wie ein Hund. Hat sich bis nach Hause getastet.«

»Er lebt noch?«

»Nein. Er hat seine Pistole verlangt und sich vor meinen Augen erschossen.«

Maxine sah zu Boden. »Das tut mir leid.«

Irma blickte an die Decke. »Haben Sie mal jemanden getötet?«

Maxine schüttelte den Kopf.

»Angeblich fällt Frauen das schwer. Weil wir uns um die Kinder kümmern, sollen wir nicht so leicht töten können.«

»Ich meine, eine Frau kann alles, was ein Mann auch kann, und noch mehr.«

Die Tür ging auf, und herein kam ein kleiner drahtiger Mann mit schwarzen Brauen und beunruhigend dunklen Augen. Er und Irma wechselten einen Blick, dann setzte er sich auf einen der Stühle und blickte Maxine an. »Und?«

»Ich wollte mich mit Ballerini treffen«, berichtete sie, »habe aber erfahren, dass er tot ist und Sie jetzt der Mann sind, mit dem man reden muss.«

»Weiter«, sagte er mit grimmiger Miene.

Sie handle im Auftrag der Briten, erklärte sie, und müsse sich ein Bild davon machen, wie stark der Widerstand in der Gegend sei, besonders davon, inwieweit die Partisanen in der Lage seien, bei der Befreiung von Florenz zu helfen.

»Und das ist alles?«

»Nein. Ich soll auch herausfinden, wo, wann und wie wir zusammenarbeiten können, um den Nazis die neuen Waffen zu entwenden.«

Dann wiederholte sie alles, was Antonio gesagt hatte.

Der Mann stieß einen leisen Pfiff aus, und sein Blick hellte sich endlich auf. »Also haben wir Arbeit vor uns.«

»Können Sie genügend bewaffnete Männer stellen für einen Raubüberfall?«

»Die meisten haben sich in die Berge verzogen, doch wir können einige durch das Abwassersystem erreichen.«

»Du lieber Himmel, wirklich?«

Er zuckte mit den Schultern und schnaubte. »Das andere Problem werden die Fahrzeuge sein. Wir müssen die Waffen aus der Stadt bringen. Ich kann einen, vielleicht auch zwei Fiat 626 beschaffen, dazu das nötige Benzin, und acht Leute mit Waffen ausrüsten.«

»Wird das reichen?«

Er wiegte den Kopf. »Wie viele von euch werden dort sein?«

»Drei.«

»Erfahrene Männer?«

»Frauen.«

Er zog die Brauen hoch. »Wir werden unsere Posten am Bahnhof und an der Kaserne erhöhen und nach der Lieferung ein paar Tage abwarten. Dann schlagen wir zu. Ihr werdet von einer Staffetta erfahren, wann wir euch brauchen. Ich werde mir einen einfachen Plan ausdenken. Ihr drei Frauen werdet Schmiere stehen.«

Maxine kehrte durch das hintere Tor in Sofias Haus zurück. Sie fand die Haustür unverschlossen. Sofia und Anna saßen oben vor einem Radio und drehten die Regler.

»Seid ihr verrückt?«, schimpfte sie. »Die Haustür war nicht abgeschlossen. Jeder hätte zu euch reinkommen können und euch so angetroffen.«

Sofia fuhr erschrocken zusammen. »Tut mir leid. Das habe ich völlig vergessen.«

Maxine verzog das Gesicht. »Ich dachte, ihr habt hier kein Radio.«

»Dachte ich auch. Aber ich war es leid, herumzusitzen und nichts tun zu können. Darum bin ich mit Anna auf den Dachboden gestiegen, und da haben wir es gefunden.«

»Gut gemacht.«

»Ich will sehen, ob wir die Alliiertensendung um neun empfangen können. Ich hoffe, sie senden eine Nachricht für den Widerstand, die du verstehst.«

»Wir haben auch haufenweise alte Kleidung gefunden«, erzählte Anna. »Mäntel, Jacken, alles Mögliche. Davon könnte einiges nützlich sein. Aber was hast du erfahren? Was ist mit Bruckner?«

»Er ist tot. Doch es gibt einen Fortschritt. Antonio weiß, wohin die Waffen gebracht werden, und der neue Partisanenführer will, dass wir während des Überfalls Schmiere stehen. Seid ihr beide dazu bereit?«

Sofia ging ans Fenster und drückte eine Wange an das Glas. So stand sie ein paar Augenblicke lang und zitterte.

»Ich muss darüber nachdenken«, sagte Sofia, als sie zu ihnen zurückkam, und Maxine sah die Angst in ihren Augen. »Aber jetzt müssen wir uns aufwärmen. Bitte, Anna, würdest du ein großes Feuer im Kamin anzünden?«

»Brillante Idee.« Maxine seufzte und zog sich den Mantel aus. »Der Regen hat mich bis auf die Haut durchnässt.«

»Das Problem ist, dass wir vergessen haben, wie man glücklich ist.« Sofia rieb sich die Augen.

Anna warf ihr ein grimmiges Lächeln zu. »Wen überrascht das?«

Aber Maxine wurde munterer. »Haben wir Wein?«, fragte sie Sofia.

»Ja.«

»Ein Hoch auf den Vino!«, rief sie. »Ich schlage vor, wir vergessen einen Abend lang alles. Absolut alles. Ich habe gute Lust, mich volllaufen zu lassen.«

36

Sie hatten einen benebelten Abend mit gedämpftem Gelächter und nostalgischen Erinnerungen verbracht und die Angst nach und nach vertrieben.

Am Morgen sah Sofia die rote Sonne über den Hügeln aufgehen, und dann rief Lorenzo an, um sich zu vergewissern, dass sie sich vorsichtig verhielt. Sie hatte sich danach gesehnt, seine Stimme zu hören, aber selbstverständlich durfte sie am Telefon nicht über ihre Pläne oder andere wichtige Dinge reden. Sie blieb bei einem heiteren Ton, damit er sich nicht allzu sehr sorgte. Er wiederum erzählte, es gehe ihm gut, sie solle sich keine Gedanken machen, wenn sie ihn eine Zeit lang nicht erreichen könne, denn die Telefonverbindungen in Rom seien oft gestört.

Sie fragte nicht, womit er zurzeit beschäftigt war, denn das musste oder wollte er ohnehin für sich behalten. Als sie sich nach ihren Eltern erkundigte, sagte er, sie seien in Sicherheit und hätten beschlossen, in Rom zu bleiben. Nachdem sie aufgelegt hatte, schlang sie die Arme um sich und holte ein paarmal tief Luft. »Ich liebe dich, ich liebe dich, ich liebe dich«, flüsterte sie. Lorenzo würde nichts passieren. Er war ein vorsichtiger Mann.

Jetzt brauchte sie Zeit zum Nachdenken, und deshalb unternahm sie einen frühen Spaziergang durch ein glitzerndes, silbriges Florenz. Der Himmel war blau, und die Sonne strömte in alle Winkel und Ritzen. Wer es nicht besser wusste, hätte das für einen ganz gewöhnlichen Tag halten können. In Wirklichkeit war das der Tag, nachdem man ihr vorgeschlagen hatte, bei einem lebensgefährlichen Raubüberfall mitzumachen.

Sie dachte an Aldos Tod und erinnerte sich, wie stark ihr Wunsch gewesen war, Kaufmann zu töten, als er von dem Fenster kalt zu ihr heruntergeblickt hatte. Aber hätte sie das wirklich fertiggebracht? Und wenn sie es getan hätte, wäre er dann nur eins von vielen Kriegsopfern? Oder müsste sie ihn als Opfer ihres persönlichen Racheaktes betrachten, wenn sie ehrlich war? Jemandem das Leben zu nehmen war selbst inmitten von Tod und Zerstörung entsetzlich, im Grunde unfassbar.

Früher hätte sie geschworen, Recht und Unrecht klar unterscheiden zu können, und nun verschwammen die Grenzen zwischen Gut und Böse.

Obwohl die Sonne schien, roch es feucht. Auf der großen Piazza della Repubblica im ehemals jüdischen Viertel, wo einmal das römische Forum gestanden hatte, überkam sie das starke Gefühl, beobachtet zu werden. Sie schrieb das aber ihrer Einbildungskraft zu, die offenbar die Oberhand gewann. Mit Lorenzo war sie einige Male dort gewesen. Sie hatten damals Tagliatelle mit Trüffeln in einem der Restaurants oder das köstliche Gebäck im *Caffè Giubbe Rosse* gegessen, in das sie am liebsten gingen. Es hieß so, weil die Kellner rote Jacketts trugen. Bei regnerischem Wetter saßen sie immer drinnen in den verrauchten, holzgetäfelten Räumen und blieben stundenlang, tranken ihren Kaffee und verbesserten die Welt. Und bei trockenem Wetter entspannten sie sich draußen an einem Tisch mit rot-weiß karierter Decke im Schatten unter der großen Markise, lachten, redeten und beobachteten die Passanten.

Sie hätten sich zu der Zeit nicht vorstellen können, was sie heute dort sah: keinen einzigen Marktstand und nur Lastwagen und Wehrmachtsfahrzeuge.

Sofia beschloss, über den Ponte Vecchio nach San Niccolò zu gehen und von dort in den Giardino Bardini zu den Grotten, der Orangerie, den Marmorstatuen und Brunnen. Der Garten war nicht öffentlich zugänglich, aber Lorenzo kannte den Besitzer, und sie beide hatten seine Erlaubnis, die Stufen zur Villa Bardini hochzusteigen, von der man über die Stadt blicken konnte. Früher waren sie im April und Mai hierhergekommen, wenn die Azaleen, Pfingstrosen und Glyzinien blühten. Heute hoffte sie nur darauf, dort Ruhe zu finden. Sie brauchte die Anstrengung des Treppensteigens und eine erholsame halbe Stunde mit Aussicht.

Als sie oben ankam, sehr außer Atem von der steilen Treppe, setzte sie sich auf eine Stufe, schloss die Augen und hob das Gesicht in die Sonne. Die Stille der Natur war tröstlich.

Versunken in ihre Empfindungen, nahm sie kaum wahr, dass sie jemand ansprach. Als sie ein Räuspern und ihren Namen hörte, fuhr sie erschrocken hoch, denn sie erkannte die Stimme. Ein böiger Wind erhob sich, und plötzlich fühlte sie sich so einsam, dass sie weinen wollte. Sie blickte hoch und beschirmte die Augen gegen die Sonne, um ihre Angst zu überspielen.

»Also habe ich Sie doch erkannt«, sagte er steif. »Sie sind weit weg vom Castello.«

»Guten Morgen, Hauptmann Kaufmann.«

Er schaute über den Garten, dann in ihre Augen. »Major inzwischen. Es ist schön hier, nicht? Und so ein herrlicher Tag.«

Seine höflichen Bemerkungen verblüfften sie, und sie war unsicher, wie sie darauf reagieren sollte. War er ihr gefolgt?

Er zeigte das gewohnte Lächeln, an dem die Augen nicht beteiligt waren. »Wir benutzen die Villa.« Er deutete hinter sich. »Darf ich mich zu Ihnen setzen?« Ohne auf ihre Antwort zu warten, ließ er sich auf der Stufe neben ihr nieder.

Nein, ich will nicht, dass Sie meinen Frieden stören, weder jetzt noch sonst! Das hätte sie gern erwidert, durfte es aber nicht. »Fahren Sie nach Siena oder Buonconvento? Zurück zum Ortskommandanten?«

»Sehr wahrscheinlich.« Er zuckte mit den Schultern, sagte jedoch nichts weiter zu Schmidt. »Ich stelle fest, dass mir Florenz gefällt.«

»Aber Sie sind doch sicher nicht hier, um sich die Stadt anzusehen?«

Sein freudloses Lachen beunruhigte sie.

»Wir arbeiten Pläne aus, halten Stabsbesprechungen ab … um über die Zukunft Italiens zu entscheiden.« Er lachte wieder und fügte mit kalter Verachtung hinzu: »Und über das restliche Europa natürlich.«

Sie holte scharf Luft. Auf eine scharfe Erwiderung musste sie verzichten.

»Nun, da ich Sie hier erwische«, er blickte über ihre Schulter und dann mit unmissverständlicher Geringschätzung in ihre Augen, »werden Sie mir sicher erlauben, Sie in Ihrem Palazzo zu besuchen.«

Sofia blinzelte hastig unter seinem prüfenden Blick, bei dem ihr nur zu bewusst war, dass er ihre Erlaubnis nicht brauchte. »Sie wissen, wo er ist?«

Er neigte den Kopf zur Seite. »Es gibt kaum etwas, das wir nicht wissen, wenn Sie verstehen.«

Sie ignorierte die Bemerkung. »Wann möchten Sie kommen?«

»Wenn sich die Gelegenheit ergibt. Wie ich höre, hat Ihr Gatte einen ausgezeichneten Weinkeller.« Er ließ die Bemerkung wirken, dann wechselte er das Thema. »Besitzt er noch andere Gemälde von Cozzarelli? Ich glaube, ich erwähnte schon, dass ich Kunstsammler bin. Ich umgebe mich gern mit Kostbarkeiten.«

»Nicht, dass ich wüsste.«

»Er hat auf Holz gemalt, wissen Sie?« Kaufmann stand auf. »Ganz wunderbar. Und er hat den Altar in Montepulciano gemalt … Haben Sie ihn mal gesehen?«

»Selbstverständlich.«

Er schnippte einige tote Blätter von seiner Uniform. »Es war mir eine Freude, aber jetzt muss ich mich verabschieden.«

Nachdem er gegangen war, blieb sie noch eine Weile sitzen mit dem Gefühl, als hätte sich die Sonne verdunkelt. Ein

Major Kaufmann, der im Palazzo herumschnüffelte, war das Letzte, was sie gebrauchen konnten.

Bei ihrer Rückkehr empfing sie der Duft von echtem Bohnenkaffee. Als sie auf die Stufen zur Küche zuhielt, fragte sie sich, wie viel versteckte Kaffeevorräte Anna in den Schränken gefunden haben konnte. Drinnen traf sie Maxine und Anna an, die lebhaft erörterten, wie der Raubüberfall auf die Kaserne ablaufen sollte.

»Bevor ihr weiterredet«, sagte Sofia und erzählte ihnen von ihrer Begegnung mit dem Major und seiner Absicht, in den Palazzo zu kommen.

»Ach, verflixt!«, rief Maxine aus und fuhr sich durch die Locken. »Hoffen wir, dass bis dahin alles in trockenen Tüchern ist.«

37

Sofia konnte weder essen noch schlafen, und da nun die Nacht des Überfalls gekommen war, wünschte sie sich nichts mehr, als dass sie schon vorbei wäre.

Am Vortag war Maxine instruiert worden, und jetzt hatten Lucas Leute ihre Posten eingenommen, verborgen in Gebäuden rings um die Kaserne an der Via Fume und im Giardino di Valfonda. Sehr wenige Männer hielten sich zurzeit in der Kaserne auf, da sich die meisten Carabinieri abgesetzt hatten und entwaffnet worden waren. Die wenigen verbliebenen mussten die Lebensmittel bewachen, die dort gelagert wurden, und mehr war ihrer Kenntnis nach dort nicht untergebracht.

Doch jetzt war eine neue Lieferung eingetroffen, und die bestand nicht aus Mehl oder Bohnen. Zwei bewaffnete Carabinieri patrouillierten am Tor, blieben jedes Mal für eine Stunde draußen, einer vorn, der andere an der Rückseite des langen Gebäudes, dann gingen sie nacheinander für fünfzehn Minuten nach drinnen, sodass immer einer draußen stand.

Während die beiden zusammen Wache hielten, sollten Lucas Partisanen an der Seite des Gebäudes eindringen, wo die beiden Carabinieri sie nicht sehen würden. Sobald sie in der Kaserne waren, sollten sie die internen Wachen bewusstlos schlagen, fesseln, knebeln und ihnen die Augen verbinden. Die beiden Wachen draußen mussten unangetastet bleiben, weil eine deutsche Patrouille ihre Abwesenheit bemerken würde. Schießen durften sie nur, wenn die Stadt bombardiert wurde und die Schüsse übertönt würden.

Ein paar Tage vorher hatte Luca den Bruder eines Carabiniere entführt, der für die Innenbewachung zuständig war, und erpresste ihn, damit er die Seitentür zwar verschlossen, aber unverriegelt ließ. Das Schloss würde nicht schwer zu knacken zu sein. Hinterher würden sie dem Carabiniere und seinem Bruder freies Geleit in die Berge gewähren.

Um ein Uhr früh verließen Sofia, Maxine und Anna den Palazzo und begaben sich auf getrennten Wegen in das Wohnviertel am Bahnhof. Sofia hatte die Pistole bei sich, Anna und Maxine jede ein Messer.

Einen alten Schal vom Dachboden vor dem Gesicht und den Hut tief in die Stirn gezogen, wartete Sofia am Ende einer grauenhaften Gasse. Sie zweigte von einer schmalen Straße neben dem Bahnhof ab und stank nach faulendem Gemüse und Exkrementen. Anna hielt sich in Männerkleidung am anderen Ende bereit.

Das Warten schien sich ewig hinzuziehen. Die Zeit stand still, und in der Gasse lauschte Sofia auf die Geräusche der Stadt, die nur als dumpfes Brummen bei ihr ankamen. Sie stellte sich die Menschen in den dunklen Häusern vor, die schliefen oder nicht schlafen konnten. Und manchmal verspürte sie den Drang, die Aktion abzubrechen. Doch dann kamen Maxine und Irma als Prostituierte verkleidet, und da war die Sache nicht mehr aufzuhalten.

Maxine und Anna schlenderten nebeneinanderher und achteten darauf, möglichst im Dunkeln zu bleiben. Die Straßenlampen brannten nicht, aber der Mond stand am Himmel, sodass sie einigermaßen gut sehen konnten. Sie hatten aufzupassen, ob etwas Ungewöhnliches passierte, das die Aktion gefährden könnte.

Sofia blieb in der Gasse so weit wie möglich außer Sicht und behielt dabei die Seitentür der Kaserne im Auge. Luca wartete auf den Moment, in dem seine Männer von den beiden Wachen nicht gesehen werden konnten. Dann gab er das Zeichen, und er und fünf Partisanen in schwarzer Kleidung schlichen an Sofias Gasse vorbei zu dem Seiteneingang. Das Schloss bereitete ihnen keine Schwierigkeiten, und sowie sie im Gebäude waren, schlüpfte Irma auch hinein. Sie sollte sich drinnen an der Tür postieren. Wenn Maxine, Anna und Sofia eine Gefahr bemerkten, sollte eine an die Tür kommen und Irma warnen. Die würde dann die Männer alarmieren.

Als ein Fahrzeug die Straße entlangkam und an Sofias Gassenende vorbeifuhr, sah sie die dunklen Silhouetten des Fahrers und eines Beifahrers. Sie streckte den Kopf um die Ecke, nachdem der Wagen vorbeigefahren war, und erkannte ihn. Das war kein Patrouillenfahrzeug, sondern ein Wagen, wie ihn Lorenzo fuhr. Lorenzos war ein älteres Modell, doch dieser war ein neuerer, fürs italienische Militär gebauter Lancia Artenas, in dem Offiziere chauffiert wurden. Er stoppte, und ein Mann mit einer Aktentasche stieg aus.

Sofia hielt den Atem an, unsicher, was sie tun sollte, und ging ihre Instruktionen durch.

Der Mann betrat ein Haus. Kurz darauf kam er ohne die Aktentasche heraus, gab seinem Fahrer ein Zeichen, das Seitenfenster herunterzukurbeln, und beugte sich hinunter, um mit ihm zu sprechen. Dann stieg er hinten ein, und der Wagen entfernte sich langsam.

Sofia atmete auf, und in dem Moment hörte man die erste Bombe fallen, in der Richtung, wo Fiesole lag.

Die Zeit kroch dahin, und Sofia fragte sich, was gerade in der Kaserne vor sich ging. Außer der Durchfahrt des Lancia war nichts weiter passiert.

Schließlich konnte Sofia einen Fiat-Laster ausmachen, der sich von der Via Bernardo Cennini näherte. Er hielt direkt vor dem Seiteneingang an, drei Männer stiegen aus und überfielen die Wachen, zuerst die eine, dann die andere; sie schossen sogar, da gerade Bomben fielen. Sie zogen die Leichen in das Gebäude, danach trugen sie Kisten nach draußen und luden sie in den Lkw.

Als sie damit fertig waren, kam Irma heraus und stieg mit einem Mann zum Fahrer hinein. Luca und die übrigen Männer verzogen sich zu Fuß.

Es war gut, dass Luca nur einen Lkw besorgt hatte, denn

der war gerade weggefahren, als der Lancia zurückkam und scharf abbremste. Hätten sie einen zweiten Lkw zum Beladen gehabt, wären sie geschnappt worden. Der Lancia hielt in dem Moment an, als Maxine um das Gebäude herumkam. Ein Deutscher in Uniform stieg aus dem Wagen. Er zog seine Pistole und winkte sie heran.

Sofia klopfte das Herz bis zum Hals, und ihr wurde speiübel, als sie begriff, dass Maxine nicht mehr fliehen konnte. Der Fahrer blieb bei heruntergedrehtem Seitenfenster im Wagen sitzen. Der Offizier stand mit dem Rücken dazu und bemerkte Luca nicht, der aus der Seitengasse kam und dem Fahrer eine Pistole an den Kopf hielt.

Aus dem Augenwinkel sah Sofia, wie Anna auf Maxine und den Offizier zuschlich, dann wich sie in einen dunklen Hauseingang zurück. Um Maxine im Auge zu behalten, vermutete Sofia.

»Haben Sie ein Fahrzeug gehört?«, fragte der Offizier Maxine.

»Ja, Ihres.«

»Nicht meinen Wagen, Dummchen. Einen Lkw.«

Sie schüttelte den Kopf.

»Moment mal, kenne ich Sie nicht?«

Sie nickte und hielt ihm ein Zigarettenetui hin.

»Massima, stimmt's? Was tun Sie noch so spät hier draußen?«

Der Mann lehnte die angebotene Zigarette ab und steckte die Pistole ins Halfter, um dann seine eigenen Zigaretten hervorzuangeln. Wahrscheinlich bevorzugt er türkische, dachte Sofia. Er klemmte sie zwischen die Lippen und beugte den Kopf, als Maxine ihm ein Feuerzeug hinhielt.

»Ist anscheinend leer«, sagte Maxine kichernd und blickte neckisch zu ihm auf. »Entschuldigung. Aber ich habe auch Streichhölzer.« Sie nahm eine Schachtel aus ihrer Handtasche, riss ein Hölzchen an und gab ihm Feuer. Dann passierte alles ganz schnell, und Sofia stand fassungslos dabei.

In diesem Moment schlug der Fahrer mit einer blitzschnellen Bewegung auf die Hupe. Der Hupton erschallte noch, bevor Luca ihm in den Kopf schoss. Der Offizier fuhr herum und wieder zurück zu Maxine, und als er begriff, dass sie beteiligt war, packte er sie am Arm.

»Was sollte das werden?«, fauchte er. Mit der anderen Hand zog er erneut die Pistole und drückte sie ihr auf die Brust. »Dafür werden Sie bezahlen«, brummte er.

Darauf drehte er sich mit ihr zum Wagen um, hielt sie weiter fest und die Pistole auf sie gerichtet. Da er auf seinen zusammengesunkenen Fahrer starrte, bemerkte er Anna nicht, die sich von hinten angeschlichen hatte und jetzt hinter ihm stand.

Sie hob ihr Messer, packte ihn bei den Haaren, bog seinen Kopf zurück und schnitt ihm kraftvoll die Kehle durch, von einem Ohr zum anderen. In dieser Schocksekunde gelang es Maxine, ihm die Pistole aus der Hand zu schlagen. Während das Blut aus der Wunde strömte und spritzte, wich Maxine vor ihm zurück. Er gab grausige Gurgellaute von sich und sank nach wenigen Augenblicken leblos hin.

Vor Panik war Sofia wie gelähmt und versuchte, sich zu beruhigen. Das gelang ihr nicht, doch sie fasste sich so weit, dass sie sich den Mantel auszog und zu Maxine rannte, die blutbesudelt war. Entsetzt starrten sie einander an und dann auf das Blut, das sich zwischen den Pflastersteinen gesammelt hatte.

»Danke, Anna«, flüsterte Maxine und ging neben dem reglosen Mann in die Hocke. »Ich kenne ihn. Vogler. So hieß er.«

»Ist er tot?«, fragte Anna.

»Fast. Er blutet noch. Meine Güte, wie das riecht!«

Sofia starrte auf die grausige Wunde, aus der noch immer Blut quoll, dann riss sie sich zusammen und hielt Maxine den Mantel hin. »Rasch. Zieh den über, damit man an dir das Blut nicht sieht.«

»Beeilung. Wir müssen hier weg«, zischte Anna. »Ich gehe mit Sofia. Maxine, du nimmst den Umweg.«

Unterwegs zitterte Sofia am ganzen Körper, Anna dagegen war beinahe unnatürlich ruhig. Als sie am Ponte Vecchio anlangten, fragte Sofia mit schwankender Stimme: »Hast du das schon mal getan?«

»Nur bei einem Schwein.« Anna lachte bitter auf. »Das war nicht viel anders.«

»Du musst dir die Schuhe abwischen. Die sind auch voller Blut.«

»Ich bin von oben bis unten bespritzt. Zum Glück ist es dunkel.«

Sofia spürte einen sauren Geschmack im Mund. Sie hatte keinen erschossen oder erstochen, aber gesehen, wie ein Mann verblutet war. Ein Deutscher, doch ein Mensch, und sie wusste nicht, wie sie damit fertigwerden sollte.

»Nicht nachdenken«, riet Anna, als hätte sie ihr angemerkt, was in ihr vorging. »Gehen Sie es nicht ständig in Gedanken durch. Wir müssen nach Hause, ohne geschnappt zu werden, müssen die Kleider verbrennen und uns gründlich waschen. Das ist notwendig. Zeit zum Nachdenken haben wir morgen noch reichlich. Die Nacht über schlafen wir.«

Da Sofias Angst sich dem Selbsterhaltungstrieb und der Vernunft beugte, widersprach sie nicht, aber es war ihr unvorstellbar, wie sie je wieder schlafen sollte.

38

Nach dem Mord an Vogler und seinem Fahrer und dem Überfall auf die Kaserne wurden überall Straßensperren und Kontrollpunkte errichtet. Die drei Frauen waren praktisch ins Haus verbannt und mussten ausharren. Es ging das Gerücht, dass ein Haufen Waffen, Maschinengewehre, Granatwerfer, Pistolen und Munition gestohlen worden und die Deutschen entsprechend wütend waren. Niemand durfte die Stadt verlassen, und die Polizei patrouillierte die Straßen und Bahnhöfe bei Tag und Nacht.

Zwei Tage waren vergangen, seit Anna Vogler getötet hatte. Dadurch hatte sie Maxine das Leben gerettet. Sofia war das klar, und dennoch litt sie darunter. Sie lief durch die Flure und leeren Räume und versuchte, in dem riesigen Haus einen Platz zu finden, an dem sie sich sicher fühlen konnte. Selbst als sie sich in ihr Schlafzimmer flüchtete und die Tür hinter sich zuschlug, ließ die Angst sie nicht los.

Sie wünschte sich verzweifelt, Florenz hinter sich zu lassen, die Stadt, die ihr immer am besten gefallen hatte, und lag schon Stunden vor dem Morgengrauen wach, zitternd vor Elend. Sie hatten etwas Unbegreifliches getan. Konnte das wirklich passiert sein? Oder erlebte sie einen langen Albtraum, aus dem sie nur zu erwachen brauchte? Alles war viel zu schnell gegangen. Wartet!, wollte sie sagen. Konnten sie nicht einfach zurückgehen und es sich anders überlegen?

Wenn sie schließlich aufstand, taten ihr sämtliche Glieder weh, und das wurde im Lauf des Tages schlimmer. Verfolgt von dem grausigen Erlebnis streunte sie durch das stille Haus und sehnte sich nach Lorenzo, dem Anker ihres gewohnten Lebens. Doch nicht einmal er könnte das wieder hinbiegen, und in ihr gingen Veränderungen vor sich, die sie beunruhigten.

Kann es je akzeptable Gründe geben, einen Menschen zu töten?, fragte sie sich immer wieder. Wenn man einmal getötet hatte, war es beim zweiten Mal angeblich leichter. Das hatte sie Leute sagen hören. Aber hoffentlich würde sie so etwas nie wieder erleben.

Anna hatte keine Gewissensbisse. Für sie war er ein Deutscher gewesen, und wegen der Deutschen hatte sie ihren geliebten Mann und einen Bruder verloren. In ihren Augen hatte es keinen Zweck zu grübeln. Nein, sie mussten so normal wie möglich weiterleben, besonders weil Major Kaufmann sie besuchen wollte.

Wie sollte Sofia ihre Schuldgefühle vor ihm verbergen, wenn sie nicht wie gewohnt auftreten konnte? Sie ging in den Garten, um dort ein wenig Trost zu finden, doch da hörte sie keine Vögel zwitschern, sondern harte Schritte auf Kopfsteinpflaster und deutsche Stimmen, Männer, die schikanierten, befahlen, lachten. Vor ihrem geistigen Auge sah sie ihre rüpelhaften Gesichter, stellte sich ihre grausamen Absichten vor und zitterte.

Als sie in die Küche zurückkehrte, blickte Anna sie prüfend an. »Contessa, Sie müssen etwas essen. Sie sind viel zu dünn. Sie werden noch krank, wenn Sie so weitermachen. Und wenn die Deutschen kommen, merken sie Ihnen etwas an. Bitte, essen Sie. Das wird Ihnen guttun.«

»Wozu denn noch?«

»Wozu? Wollen Sie den Rest Ihres Lebens Deutsch sprechen? Und statt *spaghetti al pomodoro* Würstchen mit Sauerkraut essen?«

Sofia schnaubte verächtlich.

»Das dachte ich mir«, sagte Anna und lächelte schwach.

»Also kämpfen wir um unsere Küche?«

»Genau.« Anna stellte eine Schale voll Brühe auf den Tisch und zog einen Stuhl hervor.

»Ist Maxine schon auf?«

»Noch nicht.«

»Wie sie so lange schlafen kann, ist mir ein Rätsel.«

Sofia setzte sich und zwang sich, etwas zu sich zu nehmen. In gewisser Weise hatte Anna recht. Es ging darum, ihre Kultur zu bewahren, aber auch um viel mehr. Kein Mensch wollte sich einem anderen unterwerfen, und mit Ländern verhielt es sich genauso.

Hinterher zog sie sich in ihr Zimmer zurück und drückte die Wange an die kalte Fensterscheibe. Eine Weile schaute sie über den Arno und den Süden der Stadt. Sie dachte an die Piazza Santo Spirito und die Basilika, zu der Lorenzo und sie sonntags gegangen waren, um auf den Stufen zu sitzen und den Passanten nachzusehen. Auf dem kleinen von Bäumen beschatteten Platz war es besonders friedlich, und deshalb mochten sie ihn.

Dann lenkte das Geschehen auf der Straße ihre Aufmerksamkeit auf sich. Deutsche Soldaten zerrten einen jungen Mann zu einem ihrer Fahrzeuge. Nehmt mich!, wollte sie rufen, als ließe sich ihr Schuldgefühl damit abschwächen.

Sie wollte die Deutschen hassen, alle Deutschen. Kaufmann hasste sie tatsächlich, aber Vogler? Ihn hatte sie nicht einmal gekannt, und trotzdem war er jetzt tot. Das Schlimmste war jedoch, dass sie kein Mitleid mehr übrig hatte. Sie wusste, es gab auch gute, freundliche Deutsche wie Wolf, der den Krieg nicht gewollt hatte, der auch Hitler ausdrücklich nicht gewollt hatte. Auch viele Italiener hatten Mussolini nicht gewollt, und auf beiden Seiten wünschten viele Familien sich nur eines: ihr Leben leben zu dürfen. Aber der Krieg machte sie alle zu Monstern.

39

Da wurden keine Türen eingeschlagen, und niemand brüllte, als Sofia die Treppe hinunterlief. Anna blieb oben, fegte den Boden unter der Dachluke und stellte die Leiter in den Schrank. Sofia hatte gerade das Radio und die Pistole zum zigsten Mal versteckt und dachte wie immer, wie leicht beides zu finden wäre. Doch selbst wenn die Soldaten auf den Dachboden hinaufstiegen, müssten sie zu viel alten Plunder durchwühlen: Kisten mit Kleidern, Gardinen, Bettzeug, Körbe mit alten Spielsachen, Geschirr und Zierrat, und davor standen lauter alte Stühle und andere Möbelstücke, sogar eiserne Bettgestelle und zerschlissene Matratzen. Lorenzos Eltern und schon deren Eltern hatten offenbar nie etwas weggeworfen.

»Anna«, rief Sofia nach oben. »Es hat geklopft.« Sie war durchaus imstande, selbst an die Tür zu gehen, aber sie wollte Anna warnen, falls die das Klopfen nicht gehört hatte.

»Alles erledigt«, raunte Anna ihr zu und eilte hinunter. »Gehen Sie in den Salon.«

»Deine Schürze, schau mal.«

Die weiße Schürze war voller Staub.

Anna band sie hastig ab und gab sie Sofia. »Bringen Sie sie in die Waschküche. Da steht schon ein Zuber zum Einweichen. Werfen Sie sie hinein. Ich bringe den Besuch in den Salon. Wenn Sie dann reingehen, sagen Sie, Sie kämen gerade aus dem Garten.«

Ein wenig später betrat Sofia den Salon, wo Kaufmann am Fenster stand und auf den Lungarno hinunterschaute, die Straße, die am Fluss entlangführte. Er drehte sich sofort um und kam forsch auf sie zu. Sie rang sich ein Lächeln ab.

»Major Kaufmann«, sagte sie so herzlich, wie sie eben konnte. »Ich habe Sie schon erwartet.«

»Mich erwartet?«

»Wissen Sie nicht mehr? Im Bardini-Garten? Sie sagten, Sie kämen auf einen Sprung vorbei.«

»Ach ja.«

»Entschuldigen Sie, dass ich Sie habe warten lassen. Ich war im Garten.«

Er runzelte die Stirn, und seine kalten blauen Augen wurden schmaler. »Das ist wohl kaum das Wetter zum Gärtnern.«

Sie winkte ab. »Das tue ich nicht selbst. Dafür haben wir Personal. Ich höre gern die Vögel zwitschern.«

»Ich dachte, ich hätte Sie nach dem Mädchen rufen hören, damit es mir öffnet.«

Sofia überlegte hastig. »In der Tat. Da war ich gerade auf dem Weg nach draußen, um zu sehen, ob etwas blüht. Ich habe gern frische Blumen im Haus. Sie nicht? Ich konnte nicht wissen, wer vor der Tür steht.«

»Und gab es welche?«

»Wie bitte?«

»Blumen.«

Sie machte ein enttäuschtes Gesicht. »Ich habe dann doch lieber darauf verzichtet, um zu schauen, wer mich besucht. Aber um diese Zeit haben wir schon Krokusse und manchmal sogar Hyazinthen. Ich muss zugeben, in letzter Zeit war ich nicht so oft im Garten wie sonst. Ich habe mich nicht so ganz wohlgefühlt.«

Er zog die Brauen hoch und musterte ihr Gesicht. »Sie sehen tatsächlich blass aus. Nichts Ernstes, hoffe ich.«

Sie zuckte mit den Schultern.

Sein Blick war herrisch, und seine Haltung drückte aus, dass er sich für unbesiegbar hielt.

»Was verschafft mir das Vergnügen? Sie haben noch nicht erwähnt, warum Sie hier sind.«

»Ich war gerade in der Gegend.«

»So?« Die Sonne kam zwischen Wolken hervor und schien herein, und Sofia ging zum Fenster. Unten sah sie seine Männer rauchen. »Wie schön. Die Sonne ist herausgekommen«, bemerkte sie, und dabei kam ihr eine Idee.

»Wissen Sie von dem Mord an zwei unserer Offiziere?«

Sie stand mit dem Rücken zu ihm, Gott sei Dank, und achtete darauf, sich jetzt nicht zu verspannen. Einen schrecklichen Moment lang fürchtete sie, draufloszuplappern und alles zu gestehen, von dem vielen Blut und dem langen Schnitt zu erzählen, von dem langen Warten in der Gasse, der unerträglichen Spannung.

»Ja, davon habe ich gehört«, antwortete sie. »Die Gerüchte grassieren.«

»Wir haben mehrere Leute verhaftet.«

Ihr blieb nichts anderes übrig, als sich zu ihm umzudrehen, und bei dem Gedanken an die bevorstehenden Vergeltungsakte bekam sie eine trockene Kehle.

»Ich nehme an, Sie waren zu der Zeit zu Hause? Wir befragen jeden.«

»Ja. Abends verlasse ich nie das Haus.«

»Ich habe nicht nach dem Abend gefragt.«

Sie lachte gezwungen. »Nun, ich nehme nicht an, dass so etwas am helllichten Tag passiert, Major.«

Er verzog keine Miene. »So etwas?«

»Ein Mord … an einem Offizier … oder sogar zwei, sagten Sie?«

Er nickte nur. »Und wer hält sich noch in Ihrem Haus auf?«

»Meine Freundin Massima und Anna, die für uns kocht.«

»Ihr Gatte?«

»Nein. Leider nicht. Das sind schwere Zeiten. Und da ich schon sagte, dass ich mich augenblicklich nicht so wohlfühle, Major, frage ich mich, ob Sie vielleicht etwas für mich tun könnten.«

»Nämlich?«

Drei Tage später kurz nach Sonnenaufgang wusch sich Sofia das Gesicht am Waschtisch und eilte dann ins Bad, wo sie schon ihre Kleider bereitgelegt hatte. Seit Kaufmanns Besuch war sie noch zittriger als sonst. Aber wenigstens konnten sie Florenz nun verlassen, und das ganz offiziell. Sie hatte von Kaufmann die Erlaubnis erbeten und ihre angegriffene Gesundheit als dringenden Grund angegeben, aufs Land zurückzukehren. Zum Glück war er bereit gewesen zu helfen.

Im goldenen Morgenlicht sah Florenz wieder schön aus, so als könnte es eines Tages das unversöhnliche Grau abstreifen, das seit der deutschen Besatzung über allem lag. Trotz des milden Sonnenscheins waren sie alle drei in einem Zustand nervöser Heiterkeit, wechselten zwischen Ernst und Vorfreude und fürchteten unterschwellig, dass etwas vorfallen könnte und sie zum Umkehren zwang.

Maxine hatte die Pistole mit Draht an einem Rad ihres Wagens festgebunden, verborgen hinter der Radkappe. Zugegeben, wegen der Kontrollposten war es gefährlich, die Waffe mitzunehmen, doch Maxine hatte darauf bestanden. Als sie langsam stadtauswärts fuhren und an den ersten Kontrollposten kamen, trafen sie auf zwei schläfrig wirkende Soldaten. Sofia vermutete stark, dass sie die ganze Nacht auf den Beinen gewesen waren und nur noch auf den Wachwechsel warteten.

Sie irrte sich. Der kleinere der beiden verlangte die Ausweise und den Passierschein, und obwohl die in Ordnung waren, befahl er ihnen mit vorgehaltener Waffe auszusteigen. Der andere öffnete inzwischen den Kofferraum und hob die Koffer heraus, um sie verächtlich auf den Boden fallen zu lassen.

Sofia schaute zu den fernen Bergen und löste sich von dem Geschehen, als würde es dadurch unwirklich. Als der Posten sie musterte, erstarrte sie, in der Schwebe zwischen zwei Welten – die eine relativ ungefährlich, die andere lebensbedrohlich.

Sie wurden aufgefordert, die Koffer zu öffnen, was sie kniend im feuchten Gras taten. Als die Posten nichts fanden außer Kleidung, verloren sie das Interesse und untersuchten den Wagen, griffen unter die Sitze und klopften die Seiten nach verborgenen Hohlräumen ab.

Sofia hatte das Gefühl, als würde ihr das Leben zwischen den Fingern zerrinnen. Gleich würden sie die Radkappen ablösen und sie auf der Stelle erschießen. Als sie unter die Motorhaube schauten, räusperte sich Maxine und warf Sofia einen mahnenden Blick zu.

Ruhig bleiben!

Sofia hielt den Atem an.

Einer der Männer legte sich neben dem Wagen auf den Rücken und tastete die Unterseite ab. Es war wie in einem Stummfilm. Die beiden hatten Langeweile und wollten sich amüsieren.

Nachdem der Mann aufgestanden war und sich den Straßenstaub abgeklopft hatte, gab er das Zeichen, dass die Durchsuchung vorbei war und sie weiterfahren durften. Sofia war so erleichtert, dass ihr schwindlig wurde. Als sie Gas gab, war sie kaum fähig, schnurgerade zu fahren, aber wenigstens befanden sie sich jetzt auf dem Heimweg.

40

Castello de' Corsi

An einem strahlenden Tag voll Sonnenschein und einigen Schauern saßen Sofia, Carla und Gabriella auf einer Bank im Küchengarten und passten auf den kleinen Alberto auf, der mit einem Ball und einem Stock spielte. Quietschvergnügt rannte er zwischen den Beeten entlang, und die Hunde tollten kläffend hinter ihm her. Nach dem nervenaufreibenden Aufbruch aus Florenz genoss Sofia den schönen Tag und die erdigen Gartengerüche, die sie beruhigten, aber sie fror, denn es war noch recht kalt draußen.

Bei ihrer Rückkehr hatte sie das Haus befremdlich und ein bisschen finster gefunden. Sofia verlor nicht den Kopf, wenn die Geister umgingen, wenn sie im Augenwinkel zu sehen waren und verschwanden, sobald man hinschaute. Sie spürte ihre Verurteilung, ihr Mitleid, aber auch ihre Resignation. Und manchmal hatte sie bei all den sonderbaren Gedanken den Eindruck, dass sie allmählich den Verstand verlor.

»Contessa«, sagte Carla, »würden Sie bei mir bleiben, während ich Gabriella etwas frage?«

»Wenn Sie das möchten.«

Carla nickte und wandte sich ihrer Tochter zu, die von der Bank aufgestanden war und jetzt den Weg hinunterging. »Wie geht es dir heute, Gabriella?«, rief sie ihr nach.

»Mir ist schlecht«, brummte das Mädchen unwirsch.

»Das geht vorbei. Mir ging es elend, als ich mit deinem Bruder schwanger war. Das hast du bald hinter dir.«

Gabriella antwortete nicht, sondern rannte in den hinteren Garten. Sofia erinnerte sich, wie das Mädchen damals zur Welt gekommen war, eine schwierige Geburt, wie sie das schöne Gesichtchen bewundert hatte, nachdem Carla ihr den

Säugling in den Arm gelegt hatte, und dass sie ein paar Tage später den milchigen Geruch der Kleinen eingeatmet hatte, traurig wegen der eigenen Kinderlosigkeit. Es war für sie ein Schock gewesen, bei ihrer Rückkehr aus Florenz zu erfahren, dass Gabriella jetzt in anderen Umständen war.

Da sie an die seltsamen Eigenarten des Mädchens gewöhnt war, wunderte es sie auch nicht, dass Gabriella im hinteren Garten verschwand und fortblieb. Stattdessen machte sie sich Gedanken wegen Carla, die sich sicher schämte, weil ihre Tochter unverheiratet schwanger war. Aber Gabriella war immerhin alt genug, um zu heiraten, zumindest mit Erlaubnis der Eltern, und das wäre das Beste. Wenn sie nur verraten würde, wer der Vater war! Darüber schwieg das Mädchen beharrlich.

Carla stand auf und nahm die Grabegabel, die an der Mauer lehnte, um ein paar verbliebene Kartoffeln aus der Erde zu ziehen. »Kartoffeln mit Spiegelei, das wäre doch ein schönes Mittagessen für uns alle«, murmelte sie.

Sofia rief sich die herrlichen Gerichte ihrer Köchin vor Augen. Jeder schwärmte von ihren Bratkartoffeln. Carla summte immer, während sie die Knollen klein schnitt und in die Schüssel warf. Darin würzte sie die Stücke mit Öl, Wein, Knoblauch, Salz und Pfeffer, und zuletzt gab sie Rosmarin und Salbei oder manchmal auch Fenchelgrün dazu. Anschließend wurden die Kartoffelstücke in den Backofen geschoben. Köstlich zu Fleisch. Sofia lief das Wasser im Mund zusammen. Wenn es reichlich Kartoffeln gab, servierte Carla sie ohne Fleisch. Sie hatte auch Geheimrezepte, die sie ihrer Großmutter abgeschaut hatte.

Sie hatten noch grünen Winterkürbis zu verbrauchen, der in der Speisekammer lag, neben Zwiebelbündeln, Knoblauch und Paprikaschoten. Nichts ging über gerösteten Kürbis. Er war fertig, wenn sich die Schale schwärzte und Blasen warf, und dazu gab es Carlas Knoblauch-Focaccia.

Während Carla in der Erde stocherte, behielt Sofia Alberto im Auge, der langsam hinter Gabriella hergezockelt war. Was für ein Jammer, dass der niedliche Kleine ohne Vater aufwachsen würde, und nun, da Aldo tot war, gab es überhaupt keinen Mann mehr in seinem Haus. Als sie das dachte, schrie Alberto auf.

»*Nonna*, komm! *Nonna!*«

Carla rannte, und Beni fing wie verrückt an zu bellen.

Sofia folgte den beiden mit ihren Hunden. Angst fuhr ihr kribbelnd in die Glieder, und ihr Magen geriet ins Schlingern. Wenn Alberto etwas zugestoßen war … Als sie Carla einholte, zeigte der Junge auf die offene Tür des Geräteschuppens. Carla ging hinein, Sofia blieb in der Tür stehen und starrte. Ihr blieb die Luft weg. Die Welt hielt an, als sie Gabriella im Halbdunkel am Boden sitzen sah, mit einem Sägemesser in der Hand.

»*O mio Dio!*«, kreischte Carla. »Was tust du denn, Kind?«

Sie riss ihr das Messer weg, und in dem Moment sah Sofia das Blut.

»Du dummes, törichtes Mädchen!«, schrie Carla. »Was hast du getan?« Sie griff nach Gabriellas Handgelenk, um sich die Wunde anzusehen. Der Schnitt war nicht tief, nicht lebensbedrohlich, aber das Mädchen blutete. »Warum?«, fragte Carla energisch. »Was glaubst du, was du damit erreichst?«

Gabriella ließ den Kopf hängen und fing an zu schluchzen.

Sofia trat zu Carla und wollte ihre Hand nehmen, damit sie sich beruhigte, aber zu spät.

Carla platzte der Kragen. »Herr im Himmel!«, stieß sie hervor und schlug ihrer Tochter ins Gesicht. Sofia sah ihr an, dass sie es sofort bereute. »Das … das tut mir leid«, stotterte Carla leise und reichte ihrer Tochter eine zitternde Hand.

Gabriella reagierte nicht darauf.

Carla zog die Unterlippe zwischen die Zähne. »Bitte, hör auf zu weinen. Wir müssen jetzt vernünftig sein. Ich muss den Schnitt versorgen.«

Gabriella nuschelte etwas, das weder Sofia noch Carla verstand.

»Was hast du gesagt?«, fragte Carla. »Wie war das?«

Das Mädchen schüttelte heftig den Kopf, dann sah Gabriella zu ihrer Mutter hoch. Es war ein flehender, qualvoller Blick. »Du verstehst nicht.«

»Na, dann erklär es mir. Wie soll ich es verstehen können, wenn du nichts sagst?«

»Aldo. Sein Tod«, Gabriella stöhnte, »war meine Schuld.« Und darauf wiegte sie sich vor und zurück und weinte verzweifelt.

Später in der Küche saßen Sofia und Carla am Tisch, und Gabriella stand neben dem Brotofen. Sie hatten Gabriella mit süßem Malzkaffee, geröstetem Brot und Honig beruhigen können, und auch, indem sie nicht sofort eine Erklärung verlangten, obwohl es sie selbst drängte, der Sache auf den Grund zu gehen.

»Also«, begann Sofia sanft. »Kannst du es uns jetzt erzählen? Niemand wird böse auf dich sein. Warum meinst du, dass es deine Schuld ist?«

Gabriella drehte ihren Oberkörper zur Seite, und man sah, ihre Angst war wieder da.

»*Tesoro,* so schlimm kann es doch nicht sein, oder?« Carla lächelte ihre Tochter an.

Sie versucht, sorglos zu klingen, dachte Sofia.

Gabriella starrte auf den Boden und kratzte sich am Kopf, schwieg jedoch. Sofia sah zu Carla, die daraufhin den Kopf schüttelte. Offenbar wollte sie die Sache auf Umwegen angehen.

»Komm zu mir«, sagte Carla. »Jucken dich die Läuse? Ich werde sie dir rauskämmen.«

Gabriella sah noch immer nicht auf.

»Nun, kannst du mal eben nach der Suppe sehen?«

Gabriella rührte sich nicht. »Ich hab's Maria verraten«, sagte sie kaum hörbar, und als sie den Kopf hob, verzog sie qualvoll das Gesicht.

Als der Name fiel, erschrak Sofia. Sie atmete tief durch und hakte nach: »Ihr was verraten?«

Das Mädchen wich ihrem Blick aus.

»Gabriella?«

»Dass sie die Bahngleise sprengen wollten.«

»Sei nicht albern«, erwiderte Sofia. »Du konntest das gar nicht wissen.«

»Hab ich aber. Ich war im Wald spazieren und habe Aldo mit dem anderen reden hören. Mit Lodo.«

»Das verstehe ich nicht«, erwiderte Carla. »Du hast das Maria erzählt?«

Gabriella nickte kläglich.

»Warum?«

»Ich wollte sie beeindrucken.«

»Aber warum?«

»Wegen Paolo. Du weißt. Ich wollte, dass er mich liebt, und dachte, wenn ich ihr das erzähle, dann sagt sie es ihm, und dann …« Sie stockte und unterdrückte einen Schluchzer. »Dann würde er zu mir kommen.«

»Also hast du Maria von dem Plan erzählt?«

Gabriella starrte wieder auf den Boden.

Als Sofia die Bedeutung aufging, schlug sich auch Carla die Hand vor den Mund und stöhnte. Sofia senkte kurz den Kopf und schaute dann das Mädchen an. Nein. Das konnte nicht sein.

Gabriella sah zu ihrer Mutter. »Ich liebe ihn.«

Sofia verspürte ein Stechen in der Brust und atmete gegen ein Gefühl der Enge an. »Du weißt, dass wir Maria nicht trauen und die Schwarzhemden fürchten?«

Gabriella gab keine Antwort.

Sofia rang mit sich. Das Mädchen musste sich das ausgedacht haben. Es hätte nie und nimmer seinen Bruder verraten.

»Gabriella, ist das auch wirklich wahr?«, fragte Carla. »Sei ganz ehrlich.«

Gabriella blickte sie nur kurz an und schwieg.

Sofia überlegte fieberhaft. Sie würden nicht mit letzter Sicherheit erfahren können, ob Maria es ihrem Enkel erzählt hatte, nicht wahr? Vielleicht hatte sie das gar nicht getan. Sie sagte immer, dass sie ihn nur selten sah. Vielleicht sollte sie die alte Frau darauf ansprechen. Aber was, wenn sie dann log?

»Ach, Gabriella, ich weiß gar nicht, was ich sagen soll.«

Carla stand mit entschlossener Miene auf. Sie liebte ihre Töchter genauso sehr, wie sie Aldo geliebt hatte, das wusste Sofia, und diese schreckliche Enthüllung zerriss ihr sicher das Herz.

»Es tut mir leid«, murmelte Gabriella und erschrak, als sie in das zornige Gesicht ihrer Mutter sah.

Die nahm ihre Tochter bei den Schultern, als wollte sie sie schütteln.

»Es tut mir leid«, wiederholte Gabriella, und neue Tränen liefen ihr über die Wangen.

Das war mehr als unfassbar. Diese Tochter mochte ihren Bruder auf dem Gewissen haben, Carlas einzigen Sohn. Sofia sah Aldo wieder vor sich, wie er geschunden an dem Stadttor hing.

Als Carla die Hand hob, wich Gabriella erschrocken zurück. Carla blickte auf ihre Hand, schlug aber nicht zu. Wie stark ihr Drang sein muss!, dachte Sofia.

Sie hatte selbst gute Lust, Gabriella für ihre Dummheit zu ohrfeigen. Doch sie mussten sich zusammenreißen. Was Gabriella getan hatte, ließ sich nicht aus der Welt schaffen. Durch gar nichts. Sofia dachte hastig nach. »Anna darf es nicht erfahren«, sagte sie. »Sie hat Aldo vergöttert.«

»Und mir immer vorgeworfen, dass ich Gabriella verwöhne«, fügte Carla hinzu. »Sie wird ihre Schwester umbringen, wenn sie es herausfindet.«

Das glaubte Sofia auch.

»Jetzt hör mir gut zu.« Carla sah ihre Tochter streng an. »Du darfst das keiner Menschenseele erzählen. Niemals. Hast du mich verstanden?«

Gabriella blieb still.

»Du wirst damit leben müssen bis zu deinem Ende. Aber ich sag dir Folgendes: Maria hat es Paolo vielleicht gar nicht weitererzählt. Die Deutschen können es vorher schon gewusst haben. Vielleicht haben sie es von jemand anderem erfahren. Das ist möglicherweise gar nicht durch dich passiert.«

Gabriella lächelte kraftlos.

»Dieser Paolo«, fuhr Carla fort. »Ist er eindeutig der Vater des Kindes? Ja?«

Gabriella nickte.

»Und das ist in der Nacht passiert, als sie an Annas Haustür kamen und die Frauen oben gestrickt haben?«

Wieder ein Nicken.

»Ach, mein Mädchen, was soll ich bloß mit dir anfangen?« Carla schüttelte den Kopf. »Nun, es ist, wie es ist, und wir werden das Beste daraus machen, nicht wahr? Wie immer.«

41

Buonconvento

Maxine betrat das Café und schaute über die Tische, ob von irgendwem Gefahr drohen könnte. In der Ecke plauderten zwei alte Damen, ohne auf das übrige Geschehen zu achten, und an einem Tisch am beschlagenen Fenster überredete eine junge Mutter ihr kleines Kind, einen Keks zu essen. Anna war es gelungen, eine Nachricht an Marco zu übermitteln. Er würde jeden Moment kommen. Die drei Frauen hatten sich in die Hand versprochen, über jene Nacht an der Kaserne absolutes Stillschweigen zu wahren. Aber Maxine wusste, dass Marco über den Waffenraub informiert war.

Als er kam, warf er ihr ein warmes, verbindliches Lächeln zu, bei dem sie augenblicklich weich wurde. »Du warst also fleißig. Ich gratuliere.«

Obwohl glücklich über sein Lob, zog sie ein Gesicht, als wäre die Sache nicht der Rede wert. Sie wussten beide, dass das nicht stimmte.

Er sah sie ruhig und offen an. »Du hast Eigenständigkeit, Mut und Einfallsreichtum bewiesen. Nimm das Kompliment an.«

»Danke, Marco. Das bedeutet mir viel.«

»Hast du die Alliierten über den Erfolg informiert?«

»Ja, gestern Abend. James hat mir dabei geholfen. Er ist wieder in dem nahen Bauernhaus. Bei dem anderen auf dem Hügel ist das Dach eingestürzt. Das Funkgerät war dort untergebracht, aber jetzt haben wir es in den Gängen unter Sofias Haus versteckt.«

»Weißt du, was aus der GAP-Kurierin geworden ist?«

»Irma?«

Er nickte.

»Ich hoffe, sie hat es mit den Männern in die Berge geschafft.«

»Wusste sie, wer ihr wart?« Er wirkte wachsam, sein Ton forsch und nüchtern.

»Wie meinst du das?«

»Namen, Adresse?«

»Nein. Möchtest du einen Schluck Kaffee?«

Er ignorierte die Frage. »Könnte sie euch wiedererkennen?«

»Vielleicht, doch ich war unscheinbar, Kopftuch, kein Lippenstift. Sie kann nicht wissen, wo wir nach dem Überfall hingegangen sind.«

»Nicht diese Brühe.« Er zeigte auf ihre Tasse. »Und du kannst gar nicht unscheinbar aussehen.«

Sie musste lächeln.

»Kommst du?« Er schob seinen Stuhl zurück.

»Klar.«

»Bist du mit dem Motorrad da?«

Sie bejahte und stand auf. Die junge Mutter musterte Marco bewundernd, und während sie nach draußen gingen, blickte er mit Interesse und Zuneigung zu ihr zurück. Maxine entging das nicht, und sie empfand einen peinlichen Anflug von Eifersucht.

»Sie ist sehr jung«, bemerkte sie und gab sich Mühe, sich ihre Gefühle nicht anmerken zu lassen.

»Stimmt.«

»Eine Freundin von dir?« Dabei machte sie doch noch ein böses Gesicht, und er lachte.

»Eifersüchtig?«

»Sei nicht albern.«

»Tja, je weniger du weißt …«

Sie seufzte. Eine bequeme Ausrede.

»Willst du mit zu mir kommen?«

Er fragte das für ihren Geschmack viel zu beiläufig, und deshalb spottete sie: »In deine stinkende Bruchbude?«

Marco zog die Brauen hoch. »Ich wohne jetzt mehr in

der Nähe und auch etwas behaglicher. Hab ein Bett mit einer richtigen Matratze und nur zwei, drei Ratten als Gesellschaft, außer den paar Küchenschaben natürlich.«

Sie sah in sein kantiges Gesicht, das noch schmaler geworden war, und stieß ihm in die Rippen. »Du weißt, wie man ein Mädchen beeindruckt, hm? Na, jedenfalls kann ich nicht bleiben. Gleich morgen früh fahre ich mit Sofia nach Santa Cecilia.«

»Dann können wir den Nachmittag zusammenbleiben. Ich koche für dich.«

»Du kannst kochen?«

Er schenkte ihr ein hinreißendes Lächeln und nahm ihren Arm. »Bring mich zu deinem Motorrad.«

Von Marcos neuer Unterkunft war Maxine angenehm überrascht. Er hatte nur ein Zimmer, aber ein ordentliches Bett und eine kleine Küche mit einem alten Sofa.

»Ich verstehe nicht, wieso du nicht bei den anderen im Wald oder in den Bergen bist.«

»Meine Aufgabe ist es, die Ohren aufzusperren, das Netz auszubauen und mit dir Verbindung zu halten. Ich führe keine Kampfeinheit, sondern koordiniere. Mein Bein …« Er sah nach unten.

Maxine musste zugeben, dass sie seine Beinverletzung fast vergessen hatte, obwohl er hinkte und den Stock bei sich trug. »Du hast wirklich ein verletztes Bein?«

Er nickte. »Ich dachte schon, das interessiert dich gar nicht. Aber du wirst bemerkt haben, dass sich das Bein rasch erholt, sobald wir allein sind.«

Sie lachte. »Also, was willst du für mich kochen?«

»*Spaghetti al pomodoro.* Ich dachte, wir kochen zusammen. Hier.« Er gab ihr eine braune Papiertüte. »Du kannst die Tomaten hacken. Es sei denn, du möchtest lieber den Knoblauch zerdrücken.«

»Nein, das ist in Ordnung.«

Er reichte ihr ein Messer, und sie beugten sich über den kleinen Tisch, der unter jedem Handgriff wackelte.

»Kochst du gern?«, fragte er.

»Ist nicht gerade meine Passion.«

Zum Scherz schnappte er nach Luft. »Das behältst du besser für dich. Sonst denkt jeder, dass du keine echte Italienerin bist.«

»Und du? Findest du, dass ich eine bin?«

Er legte das Messer hin und beugte sich über den Tisch, um sie zu küssen. Der Tisch wackelte bedenklich. »Ich werde dir gleich zeigen, was für eine du in meinen Augen bist.«

Lachend zog sie den Kopf zurück, obwohl sie vor Lust schon weiche Knie hatte. »Lass uns kochen. Ich komme sonst um vor Hunger.«

»Sehr wohl, Signorina.«

Als Tomaten und Knoblauch vorbereitet waren, setzte er einen Topf mit Wasser auf, dann erhitzte er Öl in der Pfanne. »Das Öl darf nicht sieden oder rauchen«, sagte er und gab den Knoblauch hinein, kurz darauf die Tomaten und Salz. »Es braucht nur zwölf Minuten.«

»Zwölf Minuten. Du nimmst es sehr genau.«

»In der Tat. Nun mach dich nützlich und reich mir die Kräuter an.« Er zeigte auf die zweite braune Tüte.

Er holte fünf Basilikumblätter heraus.

»Und die Spaghetti?«

Er gab Salz ins Wasser, dann die Nudeln. Während die kochten, kam er zu ihr, küsste sie in den Nacken und strich über ihre Brüste. Sie spürte, dass ihre Brustwarzen hervortraten, und drückte sich an ihn.

Lachend gab er sie frei und ging an den Herd. »Jetzt sind sie *al dente.*« Er goss die Spaghetti ab und gab sie mit dem Basilikum in die Pfanne, damit sie in der heißen Sauce nachgarten.

»Riecht wunderbar«, sagte sie, obwohl sie eigentlich darauf brannte, sich auszuziehen und die Nudeln Nudeln sein zu lassen.

»Eigentlich muss die Sauce passiert werden«, sagte er. »Aber ich habe kein Passiersieb.«

Nachdem sie gegessen hatten, beide auf dem Sofa mit dem Teller auf dem Schoß, grinste sie ihn an. Nun war sie an der Reihe mit Necken. »Ich sollte jetzt vielleicht gehen.«

»Wage es ja nicht.«

Er trug die Teller zur Spüle, dann streckte er die Hand nach ihr aus und führte sie zum Bett, wo er zuerst sie auszog, dann sich selbst. Der Sex wurde immer besser, und Maxine konnte sich ihr Leben ohne diesen wunderbaren Mann nicht mehr vorstellen. Nachdem sie sich geliebt hatten, blieben sie eng umschlungen liegen.

»Was war die schönste Zeit in deinem Leben?«, fragte sie schläfrig.

»Abgesehen von diesem Augenblick?« Er knabberte an ihrem Ohrläppchen und erregte sie damit von Neuem.

»Im Ernst.«

»Als mein kleiner Neffe zur Welt gekommen ist, das war eine herrliche Zeit.«

»Ich wusste gar nicht, dass du Kinder so sehr magst.«

Er runzelte die Stirn. »Bin mir auch gar nicht sicher. Ich mag jedenfalls dieses Kind.«

»Aber willst du mal eigene?«

Marco seufzte. »Das habe ich einmal gesagt, doch ich weiß nicht. Wenn du jemanden verlierst, den du liebst – den du wirklich liebst –, verlierst du auch ein Stück von dir selbst. Da bleibt ein Loch.«

»Du sprichst von deinem Bruder?«

Er nickte. »Kann sein, dass ich zu sehr fürchte, das noch mal durchmachen zu müssen, wenn ich Kinder habe. Wie ist es bei dir?«

»Du meinst, Kinder?«

»Nein. Wann war die schönste Zeit in deinem Leben?«

»Ich hatte eine fantastische Zeit in London, bevor ich hierherkam.«

»Und die schlimmste?«

»Als ich mitbekam, dass mein Vater meine Mutter schlug.« Ihre Augen wurden heiß, und im nächsten Moment schwammen sie in Tränen. Sie dachte an die tiefe Enttäuschung und den Verlustschmerz, als sich ihr Vater als ein anderer entpuppt hatte. Sie versuchte, die Tränen zurückzudrängen, weil es ihr peinlich war, vor Marco zu weinen, doch sie quollen immer schneller hervor, und schließlich schluchzte sie und zitterte.

Er hielt sie an sich gedrückt, murmelte beruhigend auf sie ein, streichelte ihre Wangen, bis der Tränenstrom verebbte. »Ach, mein Liebling«, sagte er und gab ihr ein Taschentuch. »Keine Sorge, es ist sauber.«

Sie schnäuzte sich, wischte sich die Augen und die Wangen und lächelte. Jetzt fühlte sie sich leichter. Die Traurigkeit hatte sie viel zu lange für sich behalten. Ihr war auch wärmer in der Brust, besonders nachdem er sie *mein Liebling* genannt hatte. Ihr Verhältnis war vertrauter geworden, und die spontane Ungezwungenheit zwischen ihnen gab ihr das Gefühl, als lebten sie im Frieden, nicht im Krieg.

»Weißt du, was? Du riechst nach Knoblauch und Basilikum.«

Er lächelte. »Wirklich?«

»Aber das ist mir egal, denn du, Signore, bist ein verdammt guter Koch.«

Er küsste sie auf die Lider und liebte sie noch einmal.

Hinterher erzählte sie mehr von ihrer Familie.

»Meine Mutter wurde dazu erzogen, dem Mann zu dienen. Sie hat mich auch dazu erzogen, und manchmal frage ich mich, ob ich geworden wäre wie sie, wenn ich nicht erkannt hätte, was zwischen den beiden wirklich vorging.«

»Das möchte ich doch bezweifeln.«

»Es war nie meine Art, mich einem Mann zu fügen oder ihn zu umgarnen, um zu bekommen, was ich will. Natürlich kann ich das, doch um ehrlich zu sein, ich war immer viel zu unverblümt.«

»Und außerdem kühn, tapfer und mutig.«

Sie lächelte. »In der Schule habe ich mir damit Ärger eingehandelt, und nach der Schule auch. Manche Männer verabscheuen willensstarke Frauen. Sie wollen sie zum Schweigen bringen und klein machen.«

»Die haben bloß Angst. Sie fühlen sich von selbstbewussten Frauen bedroht.«

»Und du? Fühlst du dich von mir bedroht?«

Er lachte. »Als ob … Nein, meine liebe, liebe Maxine, bleib immer, wie du bist. Denn genau so mag ich dich.«

42

März 1944

Sofia hielt sich krampfhaft fest, während Maxine über die holprigen Lehmstraßen fuhr, die zum Heimatdorf ihrer Eltern bei Rapolano führten. Als sie am Fuß des Hügels anhielten, holte sie eine Flasche Wasser und ein belegtes Brot aus der Tasche, das sie sich teilen würden. Trotz aller Sorgen hatte Carla, die gute Seele, ein paar Scheiben Salami für sie beide auf die Seite geschafft.

Als sie den ersten Bissen kaute, schaute Sofia sich um. Sie hatten strahlendes Wetter. Der Frühling war gekommen. Die Felder waren grün, und an dem saphirblauen Himmel zogen nur wenige Wolken. Der Winter hatte sich endlich verabschiedet. Die Luft war glasklar, und alles leuchtete. Die Sonne schien warm auf ihre Arme, und Sofia atmete hoffnungsfroh die frische Luft ein.

Der letzte Abschnitt der Allee, die nach Santa Cecilia hinaufführte, hatte viele tiefe Schlaglöcher, sodass sie beschlossen, zu Fuß zu gehen. Auf diese Weise konnten sie immer wieder die Aussicht über das umliegende Land genießen. Schließlich gelangten sie an das hohe Tor in der Dorfmauer, über dem ein Wappen prangte.

Maxine war ungewöhnlich still. Sofia verstand, dass dies für sie ein besonderer Augenblick war, bei dem Worte nur stören würden. Das Tor war nicht abgeschlossen, und als sie das Dorf betraten und sich umsahen, fanden sie es sonderbar still. Es war nichts zu hören außer Vogelgezwitscher.

»Meinst du, die Deutschen sind weg?«, fragte Maxine.

»Ich weiß nicht. Man müsste wenigstens welche von ihren Fahrzeugen sehen, oder?«

Sie gingen durch Mauerbögen, über schmale Straßen und

schattige Gassen entlang. Als sie am Herrenhaus ankamen, konnte sich Sofia nicht beherrschen und flüsterte, dass sie zu gern durch eines der Bogenfenster spähen würde.

Beim Näherkommen erkannten sie, dass das Haus verlassen war. Sofia drückte die Nase an die schmutzige Fensterscheibe. Feuchte Wände, abgeplatzter Putz, Abfälle und umgeworfene Möbelstücke waren zu erkennen. Die Marmorsäulen sahen aus, als sollten sie mal kräftig abgewaschen werden, und die Fresken waren in einem erbärmlichen Zustand. Als sie sich abwandte, sah sie, dass das Gartentor offen stand. Es hing nur noch in einer Angel.

Sie schlüpften in den Garten. Die Beete waren von Unkraut überwuchert, die Büsche bildeten ein Dickicht, und die Steinplatten waren bemoost oder bunt von Flechten. Er wirkte wie verzaubert, so als würde man gleich Nymphen in der Sonne tanzen sehen. Die Deutschen konnten sich erst im September hier eingenistet haben, also nicht lange genug, um das Haus so verkommen zu lassen. Dann fiel Sofia ein, dass die Familie schon einige Zeit vorher nach Siena aufgebrochen war.

Sie machten kehrt, um den Garten zu verlassen und in die Dorfmitte zu gehen, als sie eine herrische Stimme hörten.

»Was haben Sie in meinem Garten zu suchen? Gehört es sich etwa, hier einzudringen?«

Eine weißhaarige alte Frau, die von Kopf bis Fuß schwarz gekleidet war, stand am Gartentor, die Hände in die Seiten gestemmt.

Sofia ging auf sie zu. »Bitte verzeihen Sie. Das Tor stand offen. Ich war früher oft hier, vor dem … O, Sie sind es.«

»Kennen wir uns?« Die Frau hob eine Hand über die Augen und blinzelte Sofia an.

»Ich bin Sofia de' Corsi … vom Castello de' Corsi. Ich bedauere, dass ich Sie nicht gleich erkannt habe, doch Sie müssen Valentina sein.«

Die Frau lächelte nun schon ein wenig. »Die bin ich. Aber was tun Sie hier?«

Sofia deutete auf Maxine. »Ich bin mit meiner Freundin hergekommen, um ihr das Dorf zu zeigen, aus dem ihre Familie stammt. Sie mussten von hier wegziehen.«

»Sie ist Italienerin?«

»Ganz recht«, warf Maxine ein.

»Wie lautet der Familienname?«, fragte Valentina stirnrunzelnd.

»Caprioni.«

Jetzt lächelte die alte Dame herzlich. »Wie schön. War Ihr Vater nicht der Ziegenhirte? Mir fällt sein Name nicht ein. Wir hatten eine sehr schöne Herde.«

»Er war eigentlich Bauer. Mein Großvater könnte vielleicht Ziegen gehütet haben. Meine Mutter hat im Herrenhaus gearbeitet.«

»Und ihr Name?«

»Luisa.«

»Mein Gedächtnis ist nicht so gut in letzter Zeit, doch der Name klingt vertraut. Da ist etwas passiert, meine ich … Aber gehen Sie zum Café. Da wird sich jemand erinnern.«

»Es hat geöffnet?«, fragte Maxine.

»Wir dachten, die Deutschen sind hier«, erklärte Sofia.

Die alte Dame zog ein verächtliches Gesicht. »Die sind gerade abgezogen … haben einen Schweinestall hinterlassen. Wer von uns geblieben ist, meidet Gesellschaft, und einige haben sich ganz verkrochen. Es hat uns nicht gefallen, unser schönes Dorf mit diesen Ausländern zu teilen. Am besten reden Sie mit Greta im Café. Klopfen Sie, wenn abgeschlossen ist.«

»Danke. Bitte entschuldigen Sie, dass wir den Garten betreten haben.«

»Ich würde Sie ins Haus bitten, doch ich betrete es selbst zum ersten Mal, seit die Deutschen weg sind. Ich lebe jetzt im Dorf.«

»Wird Ihre Familie von Siena zurückkehren?«

»Erst wenn der Krieg vorüber ist.«

»Ist der Gutsverwalter noch da?«

»Er ist vor den Deutschen geflohen. Er hat immer gegen die Faschisten gewettert, hat sich den Kommunisten angeschlossen, soviel ich weiß. Also war er hier nicht sicher.«

»Und Sie? Waren Sie hier sicher?« Das war natürlich eine Fangfrage, und Sofia zweifelte, ob die alte Dame überhaupt antworten würde.

Valentina stutzte, dann blickte sie ihr kühl in die Augen. »Falls Sie meinen, ob ich die Faschisten unterstützt habe, lautet die Antwort: nein. Aber ich weiß, wann ich den Mund zu halten habe.«

Sofia lächelte sie an, und sie verabschiedeten sich.

Auf dem Weg zum Dorfplatz kam Maxine auf eine Andeutung der alten Dame zurück. »Was hat sie wohl gemeint, als sie sagte, da ist etwas vorgefallen?«

Sofia wusste nicht, was sie erwidern sollte, und entschied sich zu schweigen.

Das Einzige, was auf ein Café hindeutete, war ein schmiedeeiserner Tisch mit zwei verschiedenen Stühlen vor einem der Häuser. Maxine drückte auf die Türklinke, es war abgeschlossen. Daher folgten sie Valentinas Rat und klopften. Zunächst regte sich nichts, dann schwang die Tür auf, und eine zierliche Frau von etwa vierzig Jahren, die eine viel zu große Schürze trug, trat heraus.

»Möchten Sie hausgemachtes Bier? Oder Malzkaffee?«

»Haben Sie Limonade?«

Die Frau verneinte.

»Dann bitte zwei Malzkaffee.«

Die Frau deutete auf den Tisch. »Nehmen Sie Platz.«

Sie setzten sich und schauten über den Platz. Die Bewohner des Ortes waren offenbar zu dem Schluss gekommen, dass sie von Sofia und Maxine nichts zu befürchten hatten, denn nach und nach ließen sie sich draußen blicken. Drei alte Frauen in Schwarz standen an einer Hausecke zusammen und unterhielten sich, und auf einer der vier Bänke in der Mitte saß ein weißhaariger Mann und hielt ein Nickerchen. Ein kleiner Junge, vermutlich sein Enkel, spielte zu seinen Füßen.

Als Greta den Kaffee brachte, fragte Maxine, ob sie vielleicht etwas über die Familie Caprioni wisse, die 1910 ausgewandert sei.

Die Frau runzelte die Stirn. »Da war ich noch ein Kind. Sie müssen ihn fragen.« Sie zeigte auf den alten Mann.

Maxine wollte sofort aufstehen und zu ihm gehen.

»Lass uns zuerst den Kaffee austrinken und bezahlen«, schlug Sofia vor.

Aber Maxine war zu ungeduldig. »Trink du deinen aus. Ich spreche ihn schon mal an.«

Sofia beobachtete, wie sie sich auf die Bank setzte. Da der alte Mann sich nicht regte, spielte Maxine mit dem kleinen Jungen »Kuckuck«. Das Kichern des Kleinen weckte den Großvater. Er hob das Kinn von der Brust und wandte Maxine das runzlige, nussbraune Gesicht zu. Sofia bezahlte und schlenderte zu ihnen hinüber.

Überrascht, eine Fremde bei sich zu sehen, kniff der Mann die Augen zusammen und sprach sie an. »Wer sind Sie?« Er hatte eine sehr raue Aussprache, ein Landbewohner durch und durch.

»Es tut mir leid, Sie zu stören. Ich heiße Maxine und suche jemanden, der meine Eltern gekannt hat.«

»Sprechen Sie lauter, Mädchen. Sie wollen Ihre Eltern finden, sagen Sie?«

»Nein. Ich möchte mit jemandem sprechen, der sie gekannt hat. Sie sind 1910 ausgewandert.«

»Na, warum sagen Sie das nicht gleich?«

Maxine schaute skeptisch und fragte sich offenbar, ob mit ihm ein vernünftiges Gespräch möglich war.

»Wie hießen sie?«

»Caprioni.«

Er wurde merklich blasser. »Sie sind Alessandros Tochter?«

Sie lächelte ihn freundlich an. »Die bin ich.«

Der alte Mann schüttelte ihr die Hand. »Ihr Vater war mein bester Freund. Ich habe nicht geglaubt, je wieder von ihm zu hören.«

»Sie kannten ihn gut?«

»Und ob. Ich war älter als er, aber wir haben uns gut verstanden. Ich war Knecht auf dem Hof seines Vaters und blieb es, als er den Hof übernahm. Ach, meine Liebe, wie sie damals von hier fort sind … das war eine schlimme Geschichte.«

Maxine war perplex. »Was ist passiert? Ich dachte, sie sind ausgewandert, weil das Land nicht mehr genug hergab, um so viele zu ernähren.«

»Das haben sie Ihnen erzählt?«

»Ja.«

»Wissen Sie nichts von dem kleinen Matteo?«

Maxine zog die Brauen zusammen. »Wem?«

»Er war noch ein kleiner Junge, ihr Erstgeborener.«

Maxine schaute verwirrt. »Sie müssen sich irren. Ich habe keinen Bruder, der so heißt.«

»Das war vor Ihrer Zeit. Ein blonder Lockenkopf. Ein Engelchen. Sie haben ihn angebetet.« Seine Stimme wurde leiser und schwankte.

»Was ist ihm zugestoßen?«, fragte Sofia.

Er sah sie an, als hätte er sie bisher noch gar nicht bemerkt.

»Er wurde erschossen.«

Maxine schnappte nach Luft. »Ich hatte einen Bruder, der erschossen wurde? Wie das? Warum? War es ein Unfall?«

»Das hat er behauptet. Aber wir wussten alle, dass es keiner war.«

»Jemand wollte ihn töten?« Maxines Augen waren groß vor Entsetzen.

Der alte Mann zuckte mit den Schultern. »Wer weiß? Vielleicht wollte er ihn nur verletzen. Der kleine Matteo war ja erst drei Jahre alt. Eine Tragödie.«

»Wie ist es dazu gekommen? Wer hat ihn erschossen?«

»Eins nach dem anderen. Es passierte hinter der Scheune

auf eurem Hof. Der Mann behauptete, er habe auf einen Hasen gezielt, und der Junge sei ihm in die Schusslinie gerannt.«

»Der Mann hat also Hilfe geholt?«

Er schüttelte den Kopf. »Hätte er tun müssen, der Bastard. Nein, Ihre Mutter hat den Schuss gehört und fand das Kind.«

»Tot?«

»Matteo starb wenig später. Er hatte zu viel Blut verloren.«

»Und darum sind sie ausgewandert?«

»Sie waren am Boden zerstört. Ihre Mutter hat wochenlang nur geweint. Nichts konnte sie trösten. Sie konnten also unmöglich dort bleiben. Ihre Mutter wusste außerdem, dass Alessandro den Kerl irgendwann umbringen würde, wenn sie blieben. Also sind sie nach Amerika aufgebrochen.«

»Aber warum glauben Sie, dass das kein Jagdunfall war? Warum sollte jemand ein kleines Kind töten?«

»Aus Rache.«

»*Dio santo!* Rache wofür?«

»Ein Streit zwischen zwei Familien. Der ist aus dem Ruder gelaufen. Bin mir nicht sicher, warum. Es ging um Vieh. Wer wem was gestohlen hat, kann ich nicht sagen, doch danach fing der Ärger an.«

»Und dieser Kerl hat deshalb ein *Kind* erschossen?«

Der alte Mann zuckte wieder mit den Schultern.

Maxine starrte auf den Boden. Nach ein paar Augenblicken schaute sie Sofia so kummervoll an, dass Sofia die Tränen kamen. Maxine schien alle Kraft verlassen zu haben, und Sofia sah eine ganz andere Frau vor sich als die, die sie inzwischen so gut kannte.

»Lass uns aufbrechen«, meinte sie und griff behutsam nach ihrer Hand.

Maxine dankte dem alten Mann, dann gingen sie sehr langsam auf das Dorftor zu.

»Grüßen Sie Alessandro von mir«, rief er ihnen nach.

Maxine reagierte nicht. Deshalb drehte Sofia sich um und winkte ihm.

Sie gingen durch das Tor und die Allee hinunter und schwiegen, bis sie beim Motorrad ankamen.

»Nichts war wahr«, sagte Maxine und schaute den Hügel hinauf zu der Dorfmauer. »Das wunderbare Leben, von dem sie mir immer erzählt haben, gab es hier nicht. Nichts davon war wahr.«

»Vielleicht doch … vorher.«

»Sie haben nie ein Wort davon erwähnt. Kein einziges Mal.«

»Das wäre niederschmetternd gewesen. Vielleicht wollten sie die Tragödie der Vergangenheit überlassen.«

»Das erklärt vieles.«

»Möchtest du mir von ihnen erzählen?«

Maxine wirkte hin- und hergerissen. »Mein Vater wurde manchmal gewalttätig. Ich habe nie gewusst, warum.«

Sofia sah in die Ferne. »Das tut mir entsetzlich leid.«

»Wollen wir wieder auf die alte Mühle steigen?«, sagte Maxine nach kurzem Schweigen. »Bisher haben wir Glück gehabt. Kein Maschinengewehrfeuer, keine Bomben.«

Sofia lächelte. »Also ein guter Tag! Lass uns die Rückfahrt genießen, solange es geht.«

43

Der plötzliche Sturm hatte sich noch nicht ganz gelegt, und vor einer halben Stunde hätten sie bei dem heulenden Wind im Turm nichts anderes gehört. Jetzt wechselten Sofia und James einen erschrockenen Blick, denn draußen näherte sich ein Fahrzeug. Maxine konnte das nicht sein. Es klang nicht wie ein Motorrad, mehr wie ein Auto, und Maxine war sowieso längst fort, um sich mit Marco zu treffen, trotz des Wetters. Sie war aufgebrochen, sowie sie ihre Meldung an die Alliierten gefunkt hatten.

James packte hastig zusammen. Von draußen hörten sie lautes Scheppern, als hätte jemand einen Eimer umgeworfen, und sofort erklang lautes Gebell.

»Carla hat anscheinend die Hunde rausgelassen«, sagte Sofia.

»So spät noch?«

»Die beste Art, uns zu warnen.«

Zuletzt hatten sie das Funkgerät immer im Geheimgang versteckt, und da das Wetter jetzt so wechselhaft war, hatten sie von einem höheren Punkt aus funken müssen und das Gerät deshalb im obersten Turmzimmer aufgestellt. Es kam ihr vor wie eine Ewigkeit, als James alles penibel in den Behälter packte, damit er sich gut schließen ließ, und sie sah hilflos zu, während er etwas einzufügen versuchte, das sich dagegen sperrte.

»Schnell. Gehen Sie nach unten in den Geheimgang«, flüsterte er. »Ich komme nach.«

»Nicht ohne Sie.«

Augenblicke später hörten sie Carla noch mehr Lärm machen. Sie stritt mit jemandem auf dem Platz unterhalb des

Turmfensters. Sofia wollte gerade die Treppe hinunterlaufen, doch in dem Moment fiel James ein Stecker herunter.

»Verdammt!«, zischte er leise und ging in die Hocke, um unter dem Tisch danach zu suchen.

»Er wird in die Ecke gerollt sein. Lassen Sie ihn liegen.«

»Geht nicht. Wenn die Deutschen da draußen sind, werden sie ihn finden, und dann wissen sie Bescheid. Sie werden Sie verhaften.«

»Es ist dunkel. Sie werden das kleine Ding nicht sehen.«

»Die haben Taschenlampen.«

»Können das nicht auch Flüchtlinge sein?«, meinte sie. »Britische oder italienische Soldaten?«

»Wie sollten die an ein Auto kommen?«

Da er weitersuchte, würden sie es nicht mehr rechtzeitig in den Geheimgang schaffen, selbst wenn er den Stecker sofort fände. Sie wartete angespannt.

»Per Dio«, hauchte sie, als er den Stecker endlich in der Hand hielt. »Rasch! Auf die Treppe zum Dach.«

Die schmale Treppe war so alt wie der Turm selbst, und ihre Stufen waren stark ausgetreten. James trug den schweren Behälter, Sofia den leichteren, und so zwängten sie sich in die finstere Wandöffnung und schlichen die Stufen hoch bis hinter die Biegung. Die Tür zum Dach war verschlossen, sodass sie sich nur davor hinkauern konnten.

James hatte ihre Hilfe eigentlich nicht gebraucht, nur Maxines, aber Sofia hatte sich darauf gefreut, ihn wiederzusehen. Weil Lorenzo seit Januar nicht mehr zu Hause gewesen war, sagte sie sich, und weil die ständige Einsamkeit sie zermürbte.

Die Turmtür wurde aufgeschlossen, und Carla redete laut, während sie die Treppe hinaufstieg und den als Atelier getarnten Raum betrat.

»Da sehen Sie's. Sie ist nicht hier. Wie ich schon sagte, ich muss nach dem Putzen das Licht angelassen haben.«

In ihrer Angst, entdeckt zu werden, rückten James und Sofia noch enger aneinander; die beiden Behälter standen auf der obersten Stufe hinter ihnen. War das Verdunklungstuch heruntergefallen, sodass das Licht zu sehen war? Hatte sie es nicht richtig festgeklemmt? Sie spürte James' rasendes Herz genauso wie ihr eigenes. Als er einen Arm um sie legte, lehnte sie den Kopf an ihn.

Sie hörten eine leise Männerstimme und dann sehr deutlich die Frage: »Wohin führt die Treppe?«

Kaufmann! Sofia wurde es eng in der Brust. Gleich würde er die Stufen hochsteigen. Plötzlich packte sie die Angst, sie könnte sich nicht mehr länger zusammenreißen und sich durch ein Stöhnen verraten. Sie presste die Lippen zusammen. James hielt sie reglos fest, eine Hand über ihren Mund gelegt.

»Zum Dach«, erklang Carlas Stimme. »Die Tür dort oben ist immer zugeschlossen, und ich habe keinen Schlüssel. Da geht niemand rauf, aus Angst vor den Tieffliegern.«

»Wie auch immer, ich werde das gleich untersuchen, wenn ich hier fertig bin«, erklärte Kaufmann.

Sie hörten ihn umhergehen und Gegenstände verrücken. Sofia biss sich auf die Wangen und konzentrierte sich auf den Geschmack ihres Blutes.

»Verbringt sie viel Zeit hier oben?«, fragte Kaufmann. »Man sollte meinen, es wäre hier zu kalt zum Malen.«

»Meine Tochter hat ihr fingerlose Handschuhe gestrickt.«

Sofia fürchtete, das Herz würde ihr jeden Moment aus der Brust springen. Fühlte man sich so bei einem Infarkt? So ausgeliefert und hilflos, wenn der Puls raste und der Tod unaufhaltsam näher kam? Sie waren verloren. Das stand fest. James musste das ebenfalls klar sein. Und dennoch, bei aller Angst, schwelte in ihr eine zitternde Wut, die langsam anschwoll.

»Gibt es Licht auf der Treppe zum Dach?«, wollte Kaufmann wissen.

Sofia hielt den Atem an und zählte im Stillen. Eins, zwei, drei, vier, fünf. Das war das Ende.

»Nein«, sagte Carla.

Im nächsten Augenblick hörten sie ein Motorrad auf den

Platz fahren, dann wurde mehrmals gehupt. Sofia flehte den Himmel an, es möge nicht Maxine sein, die da gekommen war. Sie möge sich an ihren Plan halten und erst am Morgen zurückkehren.

»Verdammt noch mal!«, fluchte Kaufmann. »Kommen Sie mit nach unten, und gehen Sie vor mir her. Ich habe keine Lust, mir im Dunkeln den Hals zu brechen.«

Ja, brich dir den Hals!, dachte Sofia und hielt erneut den Atem an. Kurz darauf wurde unten die Tür geschlossen. Ihr wurde schwindlig vor Erleichterung. Als sie den Atem ausstieß, wich die Anspannung aus ihrem Körper und ließ sie kraftlos zurück.

»Puh.« James atmete auf. »Das war ziemlich knapp.«

Sie schluckte mehrere Male, bevor sie sprechen konnte.

Eine Weile hielten sie sich in den Armen, bis sie sich beruhigt hatten und ein Hochgefühl einsetzte, weil sie noch mal davongekommen waren. Sein warmer Atem strich über ihr Gesicht, und als seine Lippen ihre Stirn streiften, gab er ihr einen zarten Kuss. Dann hielt er kurz inne und beugte sich über sie, wie um sie auf den Mund küssen. Widerstrebend drehte sie den Kopf weg und empfand ein Verlangen, das sie wirklich nicht haben sollte.

44

Eine Woche später bekam Sofia überraschend Besuch von Schmidt. Anna führte ihn in den großen Salon.

»Contessa … Sofia, ich hoffe, Sie erlauben mir diese formlose Anrede.« Er kam auf sie zu und gab ihr die Hand.

»Aber natürlich. Gibt es etwas, das ich für Sie tun kann?«

Er ging zum Fenster und schaute kurz hinaus, und als er sich zu ihr umdrehte, wirkte er wie ein geschlagener Mann. Er sah vollkommen erschöpft aus, und das verblüffte sie. »Eigentlich komme ich diesmal, um etwas für Sie zu tun.«

»Tatsächlich?« Sie hörte selbst, wie überrascht sie klang.

»Es ist heikel.«

»So?«

Er ging nun im Salon hin und her, und während er schwieg, fiel ihr auf, wie angespannt er war. Das sah sie an seinen Händen, seinen Schultern, seiner gedankenverlorenen Haltung.

»Oberst Schmidt. Ist etwas im Argen?«

Er blickte auf seine Füße. »Klaus. Mein Name ist Klaus. Meine Frau heißt Hilda.«

Sie neigte den Kopf. »Ich verstehe.« In Wirklichkeit verstand sie gar nichts. Warum war er gekommen, und was war los?

»Sie haben eine sehr schöne Aussicht«, bemerkte er, dann sah er sie auf eine eindringliche Art an, die sie beunruhigte. »Ich bedaure, dass Sie durch unser Hiersein solche Sorgen hatten.«

Darauf wusste sie nichts zu sagen.

»Ich weiß, wozu sie fähig sind. Verstehen Sie?«

Er schien sich auf einem Drahtseil zu bewegen, daher versuchte sie, ihre Verwirrung zu verbergen. »Sie?«

Schmidt schüttelte kaum merklich den Kopf, als zweifelte er an sich. »Wir.«

Das war sonderbar. Vor ihr stand ein unglücklicher, unsicherer Mann. So hatte sie ihn noch nicht erlebt.

»Sehen Sie, ich weiß es nicht mit Sicherheit und kenne auch keine Einzelheiten. Ich will Ihnen aber sagen, dass Sie möglicherweise als verdächtig gelten. Und beobachtet werden.«

Sofia wich einen Schritt zurück. Ihr wurde heiß, und sie dachte an Florenz. »Ich? Warum ich?«

»Nein, nein«, erklärte er hastig. »Ich muss deutlicher werden. Es geht nicht so sehr um Sie, sondern um Ihre Familie. Vielleicht.«

Sie griff sich ans Herz. »Ich verstehe nicht. Was meinen Sie? Geht es um meinen Mann? Meinen Vater? Meine Mutter?«

»Glauben Sie mir, ich bedaure, dass ich nicht genauer werden kann. Das ist längst nicht sicher, und ich sage nicht, dass Sie selbst in Gefahr sind. Aber natürlich ist es denkbar, dass sie vielleicht …«

Da war wieder dieses »sie«. Distanzierte er sich von den Nazis?

»Ich wollte Sie warnen und sagen …«

»Was? Was sagen?«

»Wenn es etwas gibt, das Sie vielleicht … Ich weiß nicht, wie ich es ausdrücken soll … Falls in Ihrem Castello gewissermaßen etwas vorgeht. Verstehen Sie? Etwas Unpassendes, meine ich. Sie müssen vorsichtig sein.«

Ihr schwirrte der Kopf. »Natürlich«, murmelte sie.

»Und jetzt muss ich mich verabschieden. Ich kehre nach Berlin zurück. Also heißt es Lebewohl.«

»Oh, verstehe. Wann reisen Sie ab?«

»Morgen. Ich wollte vorher noch mit Ihnen sprechen, doch nun muss ich gehen.«

Sie holte tief Luft und gewann die Fassung wieder, obwohl ihr Herz noch heftig pochte. »Nun, vielen Dank, Oberst Schmidt.«

»Klaus.«

Sofia nickte. »Aber eigentlich gibt es hier keinen Grund zur Sorge.«

Sie sahen einander ins Gesicht.

»Das freut mich zu hören. Ich wünschte, ich hätte Sie und den Conte in glücklicheren Zeiten kennengelernt.« Er deutete eine Verneigung an und ging zur Tür. Dort drehte er sich noch einmal um. »Meine Frau und ich sind eine Familie, wissen Sie? Eine kleine zwar, aber eine Familie. Wie Sie und Ihr Gatte.« Er nickte ihr zu und schloss die Tür hinter sich.

»Danke, dass Sie gekommen sind«, rief sie ihm nach, obwohl sie nicht wusste, ob er das noch hörte.

Es war in der zweiten Märzwoche, als Sofia die Hintertür öffnete und Marco und James vorfand, die unter dem schmalen Vordach an der Hauswand lehnten.

Sie winkte sie herein. »Rasch. Danke fürs Kommen.«

James lächelte sie an. »Wir haben aufgepasst. Keiner hat mich gesehen.«

»Das ist gut. Bleiben Sie zum Mittagessen?« Sie blickte Marco an, der auf seine Füße starrte. »Sie auch, wenn Sie möchten.«

Marco schüttelte den Kopf und wechselte das Standbein. »Eigentlich möchte ich Maxine sehen.«

»Sie ist hier irgendwo. Sie können ihr ausrichten, dass das Essen fertig ist.«

»Dann gehe ich sie suchen.«

»Augenblick noch. Ich habe Neuigkeiten. Ein Freund hat angerufen.«

»Und?«

»Die Alliierten fliegen schwere Bombenangriffe auf Rom und Florenz. Offenbar werden die Deutschen Rom nicht verteidigen. Das hat er von einem Mitglied der Regierung.«

»Aber sie werden doch sicher ihre Stellungen bei Rom verteidigen?«, fragte Marco.

»Sie werden die Straßen blockieren. Doch laut Nachrichtendienst planen sie eine starke Verteidigungslinie nördlich von Florenz quer durchs Gebirge.«

»Das heißt, sie rechnen tatsächlich mit der Befreiung von Rom und Florenz.«

»Ein verdammtes Glück«, sagte James. »Tut mir leid, die Bombardierung, wirklich. Doch ich fürchte, es geht nicht anders.«

Sofia wusste nicht, was sie darauf erwidern sollte, und wandte sich Marco zu. »Maxine ist irgendwo draußen, glaube ich. Da dürfte sonst kaum jemand sein. Sagen Sie ihr, es gibt Suppe.«

Marco nickte und ging.

»Genügt Ihnen eine Suppe, James?«

Er lächelte auf seine herzliche, offene Art, und sie strahlte ihn an. Plötzlich war es ihr peinlich, mit ihm allein zu sein, und sie durchquerte den großen Flur, ohne darauf zu achten, ob er ihr folgte.

Während des Mittagessens, das sie in der Küche bei Carla einnahmen – Gabriella aß in ihrem Zimmer –, fiel Sofia nichts Rechtes ein, das sie sagen könnte. Wahrscheinlich bemerkte auch Carla die angespannte Atmosphäre und wunderte sich darüber. Sofia quälte sich. Lorenzo hatte sich seit Wochen nicht gemeldet, und sie war in schrecklicher Sorge, besonders seit Schmidts eigenartigem Besuch. Sie verstand nicht, wieso Lorenzo überhaupt nicht anrufen konnte, und obwohl sie gewusst hatte, dass er länger fort sein würde, hatte sie mit einem so langen Zeitraum nicht gerechnet. Und jetzt verdunkelte sich James' Gesicht, und er blickte sie besorgt an. Sie wollte weinen.

Carla sah sie auch an, aber tadelnd. »Sie haben kaum etwas gegessen.«

Sofia schaute auf ihren Teller mit Knoblauchsuppe und Brot. »Ich habe den Appetit verloren.«

Carla schnalzte missbilligend mit der Zunge.

James schob seinen Stuhl zurück. »Nun, es ist besser, wenn ich jetzt aufbreche. Vielen Dank für die warme Mahlzeit.«

Sofia sah zu ihm hoch und spürte, dass sie rot wurde. »Bleiben Sie noch. Gehen Sie mit mir ein Stück durch den Garten.«

Er erklärte sich einverstanden, und Carla räumte den Tisch ab.

»Wollen wir vielleicht lieber einen Waldspaziergang machen?«, schlug sie vor, da sie im Dorf keinen Klatsch auslösen wollte. »Es ist recht sicher, wenn wir auf den Wegen entlang der Dorfmauer bleiben.«

»Gute Idee.« Er blickte aus dem Fenster. »Allerdings sieht es nach Regen aus.«

»Nehmen Sie einen unserer Regenmäntel vom Haken. Ich gehe gern im Regen spazieren. Sie nicht?«

Hinter dem Dorftor bogen sie auf den Weg ein und gingen schweigend nebeneinanderher.

Der feuchte Wald war schon recht grün, und ein unheimliches Licht erzeugte eine geheimnisvolle Zeitlosigkeit. In diesen alten Wäldern konnte man beinahe glauben, dass Geister und Elfen in hohlen Baumstämmen hausten. Sofia stellte sich gern vor, dass andere Welten um sie herum existierten, doch als sie Vögel in den Bäumen und kleine Tiere im Unterholz rascheln hörte, lachte sie über sich. Da gab es tatsächlich andere Welten.

James sah sie neugierig an. »Was ist so lustig?«

»Ach, nichts Besonderes. Ich habe mir nur vorgestellt, es gäbe hier Waldgeister.«

Seine Augen leuchteten auf. »Das gefällt mir. Da kann man fast glauben, wir wären nicht im Krieg.«

»Wird er bald vorbei sein, was meinen Sie?«

Er blies die Wangen auf und ließ den Atem entweichen. »Das hoffe ich. Wenn wir sie aus Florenz vertrieben haben, wird er für uns noch nicht vorbei sein, aber für Sie.«

»Für mich?«

»Für diese Gegend hier, meine ich.«

»Schmidt war hier, um mich zu warnen, bevor er Italien verlässt. Zumindest glaube ich das. Er deutete an, dass meine Familie überwacht werden könnte. Und jetzt habe ich von keinem etwas gehört, weder von meinen Eltern noch von Lorenzo.«

James blieb stehen und nahm ihre Hand. Sie ließ es geschehen, und ihre Augen füllten sich mit Tränen.

»Es ist unerträglich, nicht zu wissen, ob ihnen etwas passiert ist … oder … Schlimmeres.« Ihre Stimme schwankte, und die Tränen rannen.

»Versuchen Sie, nicht das Schlimmste zu denken. Ich weiß, das ist schwer.«

Er nahm sie in die Arme, doch sie fand die Beherrschung wieder und trat einen Schritt von ihm weg.

»Geht es Ihnen besser?«, fragte er.

Sie wischte sich die nassen Wangen ab und nickte.

»Sehen Sie, ich möchte mich entschuldigen wegen neulich Abend. In der kritischen Situation …«

»Das ist nicht nötig.«

Er setzte zum Weiterreden an, aber sie unterbrach ihn.

»James.« Sie sah in seine schönen blauen Augen. »Ich bin verheiratet und liebe meinen Mann sehr, und im Augenblick fühle ich mich furchtbar.«

Er sagte nichts, und die Atmosphäre zwischen ihnen lud sich auf. Doch sie blickte ihm weiter in die Augen, und er in ihre, und dabei sah sie den guten, anständigen Mann, der er war. Einsam wie sie selbst. Dann wandte sie sich ab. Das war ihr zu nah. *Er* war ihr zu nah.

»Ich verstehe«, sagte er schließlich.

Sie schluckte gegen den Kloß in ihrer Kehle an und schaute wieder zu ihm hoch.

»Ich will, dass Sie eines wissen …«, begann er.

Sofia hob die Hand und wich zurück. »Nicht. Bitte nicht.«

Dem folgte ein kurzes unbehagliches Schweigen.

»Lassen Sie mich nur eines sagen: Sie sind die schönste und freundlichste Frau, die ich je kennengelernt habe. Wenn die Dinge anders lägen …«

»›Wenn‹ ist ein viel zu gewichtiges Wort.«

»Sie haben recht.«

Nachdem sie ein Stück weitergegangen waren, gab sie einen tiefen Seufzer von sich.

»Der klang schwer«, meinte er.

»Nun ja. In diesen Zeiten ist alles schwer, finden Sie nicht?« Sie überlegte, wie sie sich ausdrücken sollte. »Ich weiß nicht mehr, was ich denken soll. Was tun Sie, wenn Sie genug haben?«

»Genug wovon? Sicher nicht vom Leben. Das meinen Sie nicht, oder?«

»Nein. Wohl nicht. Ich spreche vom Krieg. Wenn ich an den bevorstehenden Sieg denke, frage ich mich, ob das überhaupt noch eine Rolle spielt, wenn man so viele Menschen verloren hat.«

Er zog die Brauen zusammen. »So dürfen Sie nicht denken.«

»Warum nicht?«

»Damit gewinnt man nichts.«

»Muss man das denn, wenn man nur seinen Gedanken nachhängt?«

Es donnerte, und sie lächelte müde, als die ersten Tropfen fielen. »Der Himmel rät mir, nach Hause zu gehen.«

»Dann laufe ich jetzt besser zu meinem Haus zurück.«

»Ja.« Ganz leicht berührte sie seine Hände, und dann rannte sie.

Bei ihrer Rückkehr wartete Maxine im Flur auf sie. Sie wirkte abgespannt und beklommen. Sie drängte Sofia, mit ihr in den Salon zu gehen.

»Was ist passiert?«, fragte Sofia. »Ich dachte, du bist mit Marco zusammen. Er war nur deinetwegen hier.«

»Er ist weg. Es gab einen Anruf.«

»So?«

»Von deiner Mutter. Ich habe gesagt, dass du gleich wiederkommst, doch sie meinte, es könnte schwierig werden, noch mal anzurufen.«

Eine böse Ahnung überkam sie. »Geht es um meinen Vater?«

Maxine antwortete nicht gleich.

»Sag es mir.«

»Um Lorenzo.«

»Lorenzo«, keuchte Sofia. Ihr wurde schwindlig. »Tot?«

Maxine nahm sie beim Arm. »Nein, nicht tot. Nein. Er ist verschwunden.«

Sofia starrte sie entsetzt an. Was bedeutete das?

»Er hatte vor, deine Eltern zu besuchen, hat Tag und Uhrzeit genannt, ist jedoch nicht gekommen. Sie haben tagelang gewartet, mussten dann aber weiterziehen. Er wurde seit einem Monat nicht mehr gesehen. Sein Büro weiß nicht, wo er ist. Niemand weiß es.«

»Er muss wegen seines Auftrags unterwegs sein. Er soll die Nahrungsmitteltransporte verfolgen, Getreidesilos und Lagerhäuser kontrollieren und dergleichen.« Sofia wollte das gern glauben, wusste aber, dass sie nach Strohhalmen griff. Wenn er wirklich damit beschäftigt wäre, hätte er sie zwischendurch angerufen.

»Sein Büro hat das verneint«, erklärte Maxine. »Er ist einfach verschwunden. Von dem Deutschen, mit dem er zusammen reiste, fehlt auch jede Spur.«

Sofia starrte ihre Freundin an.

Nach ein paar Augenblicken fragte Maxine: »Denkst du das Gleiche wie ich?«

Sofia ließ sich aufs Sofa sinken. Sie hatte ihr von Schmidts letztem Besuch erzählt. Lorenzos Verschwinden musste mit dem zu tun haben, was der Oberst angedeutet hatte. »Du meinst Schmidts Warnung?«

Maxine nickte und setzte sich neben sie, um sie in den Arm zu nehmen.

Die Tränen, die Sofia zurückgehalten hatte, quollen hervor und waren nicht mehr aufzuhalten. Ihre Trauer um Aldo, die schreckliche Angst wegen jener Nacht in Florenz, ihre aufkeimenden Gefühle für James, doch vor allem ihre Angst um Lorenzo. Plötzlich wurde ihr glasklar bewusst, wie viel er ihr bedeutete. Und sie dankte Gott, dass mit James nicht mehr passiert war. Still schloss sie einen Pakt mit dem Allmächtigen, nie wieder jemanden im Stich zu lassen, und flüsterte: »Beschütze meinen Mann. Lass ihn leben. Bitte, bestraf ihn nicht für mein flüchtiges Begehren. Lass Lorenzo zu mir zurückkommen. Bitte.«

45

Sofia träumte vom Fliegen. Sie flog über die Berge nach Süden, heftete den Blick auf die Felder, die Bergdörfer und Bauernhöfe, sauste hinunter, um wieder hoch in den Himmel aufzusteigen, über die Wolken, wo alles leuchtete, blau und friedlich, und wo sie im Wind schweben konnte, frei schweben, unbelastet, schwerelos, von allem befreit. Als sie aufwachte, hatte sie nasse Wangen.

»Lorenzo«, flüsterte sie. »Bei dir war ich zufrieden mit mir selbst, mit meinem ganzen Leben, und jetzt treibe ich wie ein ruderloses Boot. Nicht frei schwebend wie ein Vogel. Sondern schrecklich im Ungewissen und völlig allein. Ohne dich reicht die Leere bis tief in meine Seele.«

Es war eine Woche her. Sie hatte alle Krankenhäuser angerufen, war Freunden und Bekannten auf die Nerven gegangen, hatte alles Erdenkliche getan, um ihn zu finden. Und das war nicht leicht gewesen. Weil Telefonate oft abgehört wurden, hatten sie sich nur mit eigentümlichen Andeutungen verständigt.

Aber es gab keine Spur von Lorenzo. Lag er etwa tot in einem Straßengraben, erschossen bei einem Tieffliegerangriff der Alliierten? Oder war ihm Schlimmeres zugestoßen? In der nächtlichen Stille hörte sie sich weinend nach ihm rufen, vielleicht auch nur im Traum.

Sie setzte sich im Bett auf, und nach ein paar Minuten ging sie ans Fenster und stieß die Läden auf, um den schönen Frühlingstag hereinzulassen. Doch das schöne Wetter passte nicht zu ihrer Gefühlslage. Sie drehte sich um, weil sie Maxine hereinkommen hörte. Die Freundin war in dieser dunklen Zeit wie ein Engel gewesen, hatte sie ermuntert zu essen, sich zu waschen, und sich immer neue Möglichkeiten ausgedacht, Lorenzo aufzuspüren.

»Ich bringe dir Kaffee«, bemerkte Maxine, und gerührt über ihre Fürsorge senkte Sofia den Kopf, um Tränen wegzublinzeln, bevor sie sie ansah.

Mehr sagte Maxine nicht, aber ihr Blick war mitfühlend und verständnisvoll.

Sofia nahm den Kaffee, und sie setzten sich zusammen ans Fenster.

»Ich werde wegfahren«, erklärte Sofia. »Nach Rom.«

Maxine griff nach ihrer Hand. »Darüber habe ich auch schon nachgedacht. Lass mich stattdessen fahren. Ich werde versuchen, Lorenzo zu finden. Um ehrlich zu sein, du bist in keinem geeigneten Zustand.«

»Aber eigentlich sollte ich das selbst tun.«

»Deine Mutter hat mir das Losungswort verraten.«

»Was, am Telefon? Wann hat sie angerufen?«

Maxine schüttelte den Kopf. »Gestern. Du hast geschlafen. Und sie hat es nicht direkt genannt, sondern versteckte Hinweise gegeben, doch ich habe es erraten. Sie will nicht, dass du nach Rom kommst, Sofia.«

»Wirst du sie sehen? Dich vergewissern, dass es ihnen gut geht?«

»Natürlich. Ich besuche deine Eltern und werde alles tun, um etwas über Lorenzo zu erfahren.«

Sofia drückte ihre Hand. »Und du passt gut auf dich auf?«

Maxine nickte. »Ich habe schon mit Marco darüber gesprochen. Er kommt mit. Er hat Kontakte in Rom. Wenn jemand helfen kann, dann er.«

Sofia sah die Tränen in ihren Augen. »Ich danke dir, Maxine, für alles.«

»Dafür sind Freunde da. Und du würdest das Gleiche für mich tun … Aber jetzt genug davon. Lass uns sehen, ob Carla etwas zu essen für uns hat. Ich habe einen Bärenhunger.«

Sofia lächelte. »Den hast du immer.«

»Und du musst aufgepäppelt werden. Komm mit nach unten.«

»Gleich. Ich brauche noch einen Moment.«

Als Maxine hinausgegangen war, dachte Sofia, dass sie ohne sie verloren gewesen wäre. Natürlich hatte sie auch Carla, die freundliche, großzügige, fürsorgliche Seele, doch der Standesunterschied zwischen ihnen blieb bestehen. Sie war zutiefst dankbar für Maxines Gesellschaft.

46

Rom

Maxine sah, wie stark Rom bereits zerstört war, und bald hörte sie, dass jede Nacht Bomben abgeworfen wurden. Es hieß, die Amerikaner hätten die Zerstörung kritisiert, doch es zeigte sich, dass das Kriegskabinett der Briten sich darum nicht scherte. Die Ewige Stadt war nun ein Ort der Angst, und Maxine besuchte sie ausgerechnet während großflächiger Luftangriffe, wachsender Entbehrung und Grausamkeiten.

In einem fort wurden Menschen jeden Alters auf der Grundlage von Hitlers Nacht-und-Nebel-Erlass festgenommen. Das hieß, jeder, der angeblich die Sicherheit des Reiches gefährdete, durfte im Schutz der Dunkelheit heimlich verhaftet und erschossen oder verschleppt werden. Und alle unversehrten Männer unter sechzig wurden ergriffen und als Zwangsarbeiter eingesetzt. Die Luft in der Stadt war ölig, verraucht und verursachte einem ein sandiges Gefühl in der Nase. Auch feucht war sie, sogar im März, und auf den Straßen war man Tag und Nacht in Gefahr. Maxine war mitten ins Zentrum der Hölle gereist.

Deutsche Regimenter marschierten weiter, und weiterhin fielen Bomben. Soldaten mit Stahlhelm und Gewehr bewachten abgeriegelte Straßeneinmündungen und Gebäude. Im vergangenen Juli hatten die Alliierten den Güterbahnhof und das Stahlwerk in San Lorenzo bombardiert, aber die dicht bewohnten Viertel waren ebenfalls zerstört worden und Tausende Menschen ums Leben gekommen. Nun passierte das wieder.

Marco und sie waren mit dem Zug gefahren, wo das möglich war, und die übrigen Strecken zu Fuß gegangen.

Nun war Maxine unterwegs zu der letztbekannten Adresse

von Sofias Eltern. Dabei dachte sie an ihre eigene Familie, an den Tod ihres Bruders, von dessen Existenz sie bisher nicht gewusst hatte, und an die Auswirkungen auf ihre Eltern. Abgesehen von seinen Gewaltausbrüchen hatte ihr Vater nie starke Gefühle oder Empfindsamkeit gezeigt. Ihr wurde klar, dass er nur mechanisch seinen Alltag verrichtete. Wie sollte jemand normal weiterleben können, wenn er auf so tragische Weise ein Kind verloren hatte?

Ihre Mutter hatte eine zänkische Ader. Es war, als triebe sie ein geheimer Groll an. Sie konnte sich keine spitze Bemerkung verkneifen und hatte ihre Tochter ständig damit traktiert. Solche Nadelstiche hatte Maxine manchmal erst im Nachhinein registriert, und dann war es zu spät gewesen, um zu kontern. Sie hatte gelernt, sich die Stacheln aus dem Fleisch zu ziehen und den Schmerz zu überwinden. Der Verlust des ersten Kindes erklärte vieles, aber sie wünschte, ihre Eltern hätten ihr davon erzählt.

Nach einem schweren Seufzer wandte sie sich der Gegenwart zu. In einer Großstadt voll obdachloser, hungernder Menschen nahm Marco Kontakt mit einer Partisanengruppe auf, um eine sichere Bleibe für sie beide zu finden. In ihre erste Unterkunft hatte in der zweiten Nacht ihres Aufenthalts eine Bombe eingeschlagen, kurz bevor sie dahin zurückgekehrt waren, sodass sie in einem ungenutzten Nebengebäude des Hauptbahnhofs schliefen, zusammen mit Landstreichern und Bettlern aus den ausgebombten Dörfern.

Selbst Leute, die noch ein Zuhause hatten, begaben sich unter die Obdachlosen, aus Angst, verhaftet zu werden, was angesichts der überall hängenden Propagandaplakate der Nazis kaum überraschte. Die Menschen lebten in Luftschutzbunkern oder abscheulichen Kellern unter Regierungsgebäuden neben Abflusskanälen oder, wenn sie Glück hatten, in kalten, verlassenen Häusern. Bei Tag sah Maxine die Menschen auf Kirchenstufen kauern, ein graues, gespenstisches Volk, dessen Hoffnung mit ihren Familien gestorben war.

Marco und sie hatten vereinbart, sich später in einem Stehcafé zu treffen. Es sei wie das *Caffè dei Ritti* in Florenz, sagte er. Zum Scherz hatte er auch vorgeschlagen, ins *Caffè Greco* auf der Via dei Condotti zu gehen, doch Maxine hatte nur verächtlich geschnaubt, weil sie die vielen deutschen Offiziere vor sich sah, die dieses Café besuchten. Die Zeiten für freche Wagnisse waren vorbei.

Erschöpft ließ sie die Schultern hängen, eilte aber weiter durch die Stadt und hielt die Augen offen, entschlossen, nicht schlappzumachen. Sehr wenige Menschen streiften durch die stillen, mit Trümmern übersäten Straßen. Nur vor den öffentlichen Brunnen standen lange Schlangen.

Als sie jemanden darauf ansprach, erfuhr sie, dass Wohnhäuser kein Wasser mehr hatten, man jedoch von Handwagen welches zu überhöhten Preisen kaufen konnte. Es gab weder Gas noch Kohle, und Busse fuhren nicht mehr, nur die eine oder andere Straßenbahn. Vor ein, zwei Lebensmittelgeschäften standen Leute an, aber die Wucherpreise für die Abfälle, die es da zu kaufen gab, waren die Mühe kaum wert.

»Sie bekommen Suppe am Vatikan«, sagte jemand. Doch an Suppe konnte sie jetzt nicht denken. Maxine begegnete einer Schar zerlumpter Kinder mit aufgeblähten Bäuchen, und der Anblick tat ihr in der Seele weh. Sie schob sich die Haare hinter die Ohren und band sich ihr tristes Kopftuch enger um. Sie durfte unter den Leuten nicht hervorstechen. In Rom war es jetzt viel gefährlicher als bei ihrem letzten Besuch im November.

Als sie meinte, die Adresse gefunden zu haben, und an dem dreistöckigen Wohnblock hinaufsah, zögerte sie. Konnte tatsächlich noch jemand darin wohnen? Risse in der Hauswand reichten bis zum Dach hinauf, und ein besonders stark beschädigter Abschnitt bewies, dass eine Bombe eingeschlagen hatte. Eine Innentreppe führte an einer frei liegenden Wand hinauf.

Maxine suchte sich einen Weg durch Trümmer, betrat das Haus durch eine offene Tür und fand die Wohnung Nummer sechs. Sie klopfte. In der Wohnung wurde gestritten. Eine schrille Frauenstimme antwortete einem ruppigen Mann, der immer wütender wurde. Maxine wartete.

Eine große Frau mit rotem Gesicht und wüsten, krausen Haaren riss die Tür auf. »Was?«, brummte sie und wich einen Schritt zurück, um den Mann anzuschreien.

Maxine versteifte sich frustriert. »Ich möchte zu Elsa und Roberto.«

»Hier wohnt niemand, der so heißt.«

»Ein altes Ehepaar. Hat früher in der Via del Biscione gewohnt.«

»Ah.« Die Frau stutzte. »Warum sollte ich Ihnen Auskunft geben? Wer sind Sie?«

»Ich soll sagen, ich habe Neuigkeiten von Gabriella.«

Die Frau verengte die Augen, als überlegte sie. »Also gut. Sie sind nach Trastevere gezogen, im Südteil der Stadt.«

»Wissen Sie die Adresse?«

Die Frau zuckte mit den Schultern. »Woher sollte ich die kennen? Fragen Sie in der Basilica di Santa Cecilia.«

Maxine dankte ihr und ging. Wieder auf der Straße, schlug sie die Richtung zum Tiber ein und überquerte den Ponte Garibaldi. Auf der Brücke drehte sie sich zu der Synagoge um. Was im jüdischen Viertel passiert war, entsetzte sie von Neuem. Es war im Oktober gewesen, am Tag nach ihrer Ankunft. Voller Entsetzen hatte sie mit angesehen, wie Männer, Frauen und Kinder aus dem engen Gassenlabyrinth des überfüllten Ghettos getrieben und in Lastwagen gepfercht worden waren wie Vieh. »Ungeziefer« nannten die Nazis sie. Es gingen Gerüchte um, wohin sie gebracht wurden.

Ihr graute, wenn sie jetzt zu den Fassaden mit den zugemauerten Fenstern sah. Dort befanden sich inzwischen die Folterkammern der Gestapo, wo zuerst die Seele vernichtet, dann der Leib massakriert wurde.

Bald fand sie den Weg in das jahrhundertealte Arbeiterviertel Trastevere und ging die schmalen Kopfsteinpflasterstraßen entlang, verblüfft über die bunten, efeubewachsenen Häuser, an deren Balkonen trotz des Krieges Geranien hingen. Nachdem sie sich zweimal erkundigt hatte, gelangte sie zur Piazza de Santa Cecilia und der Kirche, in der sie nachfragen sollte.

Ein alter Priester saß in der offenen Tür und sprach mit einem nur dürftig bekleideten, sichtlich hungrigen jungen Mädchen. Nachdem es von ihm ein Stück Brot bekommen und sich in den Mund gestopft hatte, rannte es davon, und Maxine ging auf ihn zu, um das Losungswort zu sagen.

»Ich habe Neuigkeiten von Gabriella.«

Er stand langsam auf. »Und wen suchen Sie?«

»Ein altes Ehepaar, Elsa und Roberto.«

»Vielleicht weiß ich, wen Sie meinen. Versuchen Sie es in der Via Giulio Cesare Santini. Das ist nicht weit. Biegen Sie zweimal links ab, dann fragen Sie in dem Haus vor der Ecke Via Zanazzo Giggi.«

Maxine folgte der Wegbeschreibung und fand das Haus nach wenigen Minuten. Es war irgendwann einmal ziegelrot gestrichen worden. Inzwischen blätterte der Putz ab, und die Haustür war verzogen und ausgebleicht. Sie klopfte und wartete.

Ein gebeugter alter Mann öffnete die Tür einen Spalt und spähte ängstlich heraus. »Ja?«

»Der Priester hat mich hergeschickt.«

»Und Sie sind?«

»Massima. Ich möchte zu Elsa und Roberto.«

Er schüttelte den Kopf.

»Ich habe Neuigkeiten von Gabriella.«

Darauf zog er die Tür weiter auf. »Sind Sie allein?«

»Natürlich.«

Er betrachtete sie von Kopf bis Fuß. »Sind Sie Ärztin?«, fragte er. Er klang halbherzig hoffend.

Sie schüttelte den Kopf.

Der Mann zog die Brauen zusammen und seufzte, dann nahm er sie mit durch ein Kaninchengehege hinter dem Haus, und so gelangten sie zur Hintertür eines anderen Hauses. Er öffnete sie und schob Maxine an sich vorbei.

»Die zweite Tür rechts.« Damit ließ er sie allein.

Sie klopfte an die schlichte braune Tür.

Die wurde einen Spaltbreit geöffnet, ohne dass ein Gesicht erschien. »Ja?«, fragte eine Frauenstimme.

»Ich habe Neuigkeiten von Gabriella«, flüsterte Maxine.

Elsa gab sich zu erkennen. »Kommen Sie herein.«

Da die Vorhänge zugezogen waren, herrschte ein düsteres Zwielicht, und die Luft roch widerlich. Zuerst sah Maxine nicht, dass Roberto unter einer dünnen Decke in dem Bett in der Ecke lag, doch dann wich sie erschrocken einen Schritt zurück. »Oh, Verzeihung. Das habe ich nicht gesehen.«

Er sagte nichts, sondern hustete in kurzen Abständen.

»Er hat eine Brustkorbinfektion«, erklärte Elsa, die Maxines Bestürzung sah.

Maxine dachte angesichts seiner erschreckenden Blässe und des trockenen Hustens an etwas viel Ernsteres. »Er ist kreidebleich und abgemagert.«

»Ich kann euch hören«, sagte er und musste sofort husten.

Elsa ignorierte seine Bemerkung. »Das ist Maxine. Erinnerst du dich an sie?«

»Natürlich«, brummte er. »Mein Gedächtnis funktioniert noch, und blind bin ich auch nicht.«

Elsa lächelte traurig. »Er ist manchmal ein wenig gereizt.«

»Aber warum«, Maxine schaute durch das Zimmer, »wohnen Sie so?« Es gab ein rissiges Waschbecken, der Boden bestand aus den nackten Dielen, und auf dem einzigen vorhandenen Stuhl, der an die Wand gestellt war, lag ein wenig Bettzeug.

»Es ist gar nicht so übel … Wir haben eine Öllampe.« Elsa deutete in eine Ecke. »Die Sache ist die: Roberto wurde verraten. Wir wissen nicht, von wem, doch er war einer von denen, die die Druckerpresse versteckt haben. Das wissen die Nazis jetzt wohl und fahnden nach ihm. Wir trauen uns nicht, länger als zwei Tage im selben Haus zu bleiben.«

»Wie gelingt es Ihnen, ständig umzuziehen? Ich habe gehört, dass überall Scharfschützen lauern.«

»Es ist schwierig. Und man weiß nie, wem man begegnet, Faschisten oder Partisanen. Und ständig Vergeltungsaktionen der Deutschen, für jede Kleinigkeit. Die schießen, sobald sie einen sehen.«

»Du lieber Gott, wir müssen Sie aus Rom wegbringen! Haben Sie gefälschte Papiere?«

»Der Priester hat mir welche versprochen. Die sollten heute Nachmittag kommen. Aber Sie brauchen sich keine Sorgen zu machen. Uns geht es gut. Die Leute helfen uns. Jetzt erzählen Sie mir bitte, wie es Sofia geht.«

Maxine senkte den Kopf. »Sie ist verzweifelt, weil Lorenzo verschwunden ist.«

»Wir haben nichts von ihm gehört, doch ich befürchte das Schlimmste.«

»Wissen Sie denn etwas?«

Sie schüttelte den Kopf. »Eigentlich nicht, aber wenn jemand so plötzlich und spurlos verschwindet, rechnen wir immer mit dem Ärgsten.«

»Ich bin gleich mit einem Freund verabredet. Doch ich möchte Ihnen unbedingt helfen, aus Rom wegzukommen. Sofia würde mir nie verzeihen, wenn ich Sie im Stich ließe. Darum komme ich später wieder, bringe etwas zu essen mit und hoffentlich einen Plan.«

Elsa blickte sie eindringlich an. »Das ist sehr freundlich von Ihnen, aber nicht nötig … Ich möchte Sie nur um eines bitten: Sagen Sie Sofia nichts. Nicht, wo wir sind, und nicht, dass Roberto krank ist.«

»Sie wird das wissen wollen.«

»Aber dann kommt sie hierher, und mir ist nichts wichtiger, als dass sie sicher in ihrem Castello bleibt.«

Maxine verstand das und beschloss, nicht von Sofias Aktivitäten in Florenz zu erzählen. Wie es schien, gab es in jeder Familie ein Geheimnis.

47

Am nächsten Morgen kurz vor Sonnenaufgang hörten Maxine und Marco das stetig lauter werdende Dröhnen am Himmel, als die Alliierten einen Angriff nach dem anderen flogen. Dem Sirenengeheul folgte das Pfeifen der fallenden Bomben und diesem die Explosionen, gnadenlose Donnerschläge, als wollten die Götter die Erde vernichten. Danach knatterten Maschinengewehrsalven.

Maxine hielt sich die Ohren zu gegen die schrillen Schreie von der Straße, die in ihrem Kopf weitergellten. Als es vorbei war, gaben die Sirenen Entwarnung. Maxine stieg aus dem Bett und ging nach draußen. Durch Staubwolken und Rauch konnte sie Patrouillenfahrzeuge der Deutschen ausmachen, die die Straße hinunterrasten.

Bald würde sie Elsa und Roberto mit Marco zusammen aus der Stadt schaffen. Sie hatten das bis spät in die Nacht hinein geplant. Sie würden so tun, als wären sie eine Familie, und mit dem Zug zu den Dörfern im Nordosten von Rom fahren.

Marco hatte eine Großmutter, die in einem Bergdorf südlich von Rom lebte. Das wäre ein besseres Ziel gewesen, aber die südlichen Fluchtwege waren viel zu gut bewacht. Und so würde der Rückweg zum Castello wenigstens kürzer sein.

Sie schlüpfte wieder zu ihm ins Bett und schmiegte sich an seinen Rücken. Er murmelte im Schlaf und legte eine Hand auf ihren Oberschenkel.

»Ich liebe dich«, flüsterte sie. »Ich liebe dich.« Ihr kam wieder der Ausspruch ihrer Mutter in den Sinn: Wenn man jemanden liebt, dann für immer, ganz gleich, was kommt.

Er drehte sich zu ihr um und strich ihr sanft die Haare aus dem Gesicht.

»Wenn der Krieg vorbei ist«, begann sie, doch er legte den Zeigefinger an ihre Lippen, um sie zum Schweigen zu bringen.

So leicht ließ sie sich nicht abbringen. »Wenn der Krieg vorbei …«

Diesmal unterbrach er sie mit einem Kuss. Der Kuss auf der Matratze auf dem Fußboden des übel riechenden Zimmers, das er ihnen besorgt hatte, war kompliziert. Bedeutungsvoll und intensiv, aufgeladen mit lauter Unausgesprochenem, weil es unmöglich war, in die Zukunft zu planen. Maxine wollte Marco für immer in ihrem Leben haben, doch das altgewohnte »für immer« gab es nicht mehr.

Sie liebten sich leidenschaftlich und trösteten sich auf die einzige Art, die ihnen möglich war. Sein Charme, seine Kühnheit und Leidenschaft, seine seelische Kraft – Maxine liebte alles an ihm und jeden Stoß seines Unterleibs und jedes Keuchen, das ihre Empfindungen auslösten. Er hatte ihre sorgfältig aufgebauten Barrieren aufgebrochen. Ja, sie liebte ihn, das war wahr, und noch nie so sehr wie jetzt, als sie einander so nahe waren, wie man sich nur sein konnte. Das wenigstens konnten die Nazis nicht zerstören. Dieses gottgegebene Wunder war viel stärker als Angst und Hass. Dies war Hoffnung und das Leben an sich, und sie fand das erhebend.

Als es vorbei war, brannten ihre Augen von aufsteigenden Tränen. Sie sah ihn lautlos die Lippen bewegen und verstand trotzdem, was er sagte. *Ti amo anch'io.* Er liebte sie auch, und das spürte sie mit jeder Faser ihres Seins.

»Ich bin müde«, sagte sie nach einer Weile.

Er stützte sich auf einen Ellbogen und küsste sie auf die Stirn. »Wir sind alle müde, *tesoro.* Müde und voller Angst.«

»Und trotzdem tun wir das alles.«

Er seufzte traurig. »Was bleibt uns anderes übrig?«

»Weit weg irgendwo unterkriechen.«

»Bis alles vorbei ist?«

Sie nickte.

»Das meinst du nicht ernst, oder?«

»Nein, offensichtlich nicht.« Aber tief im Innern wünschte sie sich das. Sie wollte ihn einmummen und in Sicherheit bringen. »Hast du denn nie den Wunsch zu fliehen?«

»Wozu? Das tun wir doch alle schon.«

»Wovor fliehst du, Marco?«

Er schnaubte spöttisch. »Vielleicht vor der Angst vor einem alltäglichen Leben.«

»Aber ist es nicht das, was wir alle wollen? Dass unser Leben wieder normal wird?«

Er lachte. »Wenn du ein normales Leben wolltest, wärst du nicht nach Italien gekommen. Soll das heißen, du bereust es?«

Sie schüttelte den Kopf. Nein, sie bereute es nicht, sie wollte nur, dass es vorbei war.

»Nur eins noch«, sagte er. »Für den Fall, dass du ihn mal brauchst, sollst du meinen Nachnamen wissen.«

»Wofür sollte ich den brauchen?«

»Um mal zu hören, wie er klingt. Wie gefällt dir Maxine Vallone?«

»Fragst du mich etwa …?«

»Was glaubst du denn?«

48

23. März 1944

Äußerst wachsam begaben sich Marco und Maxine zu der Stelle, wo er sich schon zuvor mit den Partisanen der GAP getroffen hatte. Bevor sie zu dem britischen Offizier gebracht wurden, der sich in einem Keller in der Stadt versteckt hielt, mussten sie sich die Augen verbinden. So wurde auch die Anonymität der Gruppenmitglieder gewahrt.

Maxine fragte den Briten nach Lorenzo. Er sagte, dass er wahrscheinlich verhaftet worden sei. Sie hätten sich treffen wollen, doch Lorenzo sei nicht gekommen.

»Wann war das?«

»Vor einem Monat.«

»Und haben Sie ihn vorher schon mal gesehen?«

»Zweimal.«

Marco bat ihn, den Mann zu beschreiben, und die genannten Merkmale passten: graue Augen, grau melierte Haare, groß.

»Er war kultiviert, gebildet«, fügte der Offizier hinzu. »Aus privilegierten Kreisen. Sprach sehr gutes Englisch. Ich nannte ihn ›Conte‹, und er sagte, dass er aus der Toskana kommt.«

»Wieso nehmen Sie an, dass die Deutschen ihn verhaftet haben?«

»Sie haben irgendwann begriffen, dass er uns unterstützt.«

»War er nicht mehr im Ministerium?«

»Nein. Eindeutig nicht. Schon längst nicht mehr.«

Nachdem sie sich bedankt hatten, vereinbarten sie ein weiteres Treffen. In der Zwischenzeit wollte Marco sich ihre neue Unterkunft ansehen und Maxine sich bei der Wasserschlange anstellen.

Drei Stunden später schaute Maxine suchend die Straße entlang. Immens erleichtert sah sie Marco endlich kommen. Sie hatte nicht erwartet, dass es so lange dauern würde, und hatte Ängste ausgestanden. Bevor er die Straßenseite wechseln konnte, kam ihm ein SS-Polizeiregiment in die Quere, das singend an der Piazza di Spagna vorbeimarschierte und auf die Via Rasella zuhielt, wo Maxine stand.

Jeder hasste die Zurschaustellungen deutscher Macht, mit denen die Bürger eingeschüchtert und der Widerstand geschwächt werden sollte. Die Leute ignorierten sie mit schwelender Wut oder resigniert. Keiner der Marschierenden blickte zu Marco, der mit gebeugten Schultern dicht an der Hauswand entlanghinkte und sich damit unsichtbar machte. Nazis interessierten sich nicht für die Schwachen, sie wollten nur die Starken. Marco existierte für sie nicht.

Ihm gelang es, an der Kolonne vorbeizulaufen, und entdeckte sie an der Straßeneinmündung, die noch hundert Meter vor ihm lag. Kurz hob sie ihren Wasserkanister zum Zeichen, dass sie ihn gesehen hatte.

Ein Straßenkehrer schob seinen Abfallkarren auf die Kolonne zu, und plötzlich – diesen Moment würde sie nie vergessen – ließ er ihn stehen und rannte weg, während Marco ihr weiter entgegenhinkte. Augenblicke später gab es einen grellen Lichtblitz und einen Knall. Rauch wölkte auf, und eine starke Hitze traf Maxine. Sie ließ den Kanister fallen und griff sich ans Herz. Sie konnte nichts sehen. Wo war Marco? Wo?

Ringsherum hatten sich die Leute zu Boden geworfen oder rannten vom Explosionsort fort. Ein beißender Geruch breitete sich aus, von dem ihr übel wurde. Als sich der Rauch lichtete, sah sie lauter Leichen. Dutzende Polizisten, schwer verstümmelt in Blutlachen, manche ohne Kopf. Die noch standen, zitterten und stützten einander. Maxine erblickte einen Mann mit aufgerissenem Brustkorb und einen ohne Beine. Ein anderer mit stark blutender Kopfwunde stemmte sich vom Boden hoch.

Glassplitter und Steinbrocken waren durch die Luft geflogen. Ein Polizist entfernte sich humpelnd, er hatte Glück gehabt, und Passanten, die sich zufällig in der Straße aufhielten, eilten davon und riefen anderen zu, sich aus dem Staub zu machen. Maxine schaute panisch suchend umher – wo war Marco? –, und dann sah sie ihn. Er hinkte auf sie zu. Gott sei Dank. Sie hatte geglaubt, er sei unter den Toten, doch da kam er, unverletzt.

Plötzlich wurde geschossen. Maxine drehte sich um – Regimentskameraden, die sich rächten? – und zurück zu Marco und erkannte voll Entsetzen, dass er sich an die Brust fasste. Sein Blick fand ihren, er schaute überrascht, seine Knie gaben nach, und er stürzte hin.

Innerhalb von Sekunden war es passiert, aber Maxine meinte, die Welt stünde still. Ungläubig verharrte sie auf der Stelle. »Nein, nein, nein!«, hauchte sie. »Nicht Marco.« Nach zwei Sekunden Starre rannte sie, stolperte über Steine, trat auf Scherben, flehte den Himmel an, schrie, Marco solle auf sie warten, doch als sie bei ihm ankam, war er schon tot.

Sie fiel auf die Knie und presste die Hand auf seine Wunde, als könnte sie noch etwas für ihn tun, dann schlang sie die Arme um ihn und drückte sich an seinen leblosen Körper. »Mein Liebster«, flüsterte sie. »Mein Liebster.«

Aber es fielen immer mehr Schüsse. Sie musste schleunigst verschwinden. Doch wie könnte sie Marco so zurücklassen? Sie hielt ihn an sich gedrückt und reagierte auch nicht, als sie von einem Polizisten aufgefordert wurde zu gehen. Er stieß sie mit dem Gewehrkolben. Sie bat ihn, sie auch zu erschießen, und hoffte, er werde es tun, doch er wandte sich gehässig lachend ab, um jemand anderes zu quälen.

Wie sie nach Trastevere zu dem Priester gelangte, wusste sie hinterher nicht mehr. Er gab sie in die Obhut einiger Nonnen. Dort besuchte er sie täglich, und während der paar Tage erfuhr er alles über den Bombenanschlag und die Vergeltungsaktionen der Nazis.

Maxine hörte stumpfsinnig zu, während er erzählte. Die Deutschen hatten angekündigt, für jeden der fünfunddreißig SS-Polizisten zehn Italiener hinzurichten. Das war furchtbar, Maxine registrierte das. Aber im Augenblick konnte sie nur an Marco denken.

Einige Tage später berichtete der Priester, dass eine Nonne mit dem Fahrrad den Lastwagen gefolgt sei, die die Italiener zur Exekution aus der Stadt brachten. Im Süden Roms, in den Höhlengängen des stillgelegten Steinbruchs nahe der Via Ardeatina, habe das Massaker stattgefunden. Die Nonne habe hinter Felsen versteckt beobachtet, dass man den SS-Leuten vor den Erschießungen Branntwein zu trinken gab. Die Gefangenen seien mit gefesselten Händen in die Höhle geführt worden, und sie habe sie gezählt: 335 Männer.

Es hieß auch, die Deutschen wollten den Ort des Massakers geheim halten, daher dürfe Maxine zu ihrer eigenen Sicherheit niemandem gegenüber erwähnen, was er ihr berichtet habe. Sie schreckte aus ihrer Benommenheit auf, als sie hörte, dass die Ermordeten aus Gefängnissen geholt worden waren. Über dreihundert Männer, zufällig ausgewählt.

O Gott! Lorenzo! War er unter ihnen gewesen?

Inzwischen war bekannt, dass sechzehn Partisanen der kommunistisch geführten GAP den Bombenanschlag ausgeführt hatten, Partisanen der Gruppe, mit der Marco sich getroffen hatte. Die Bombe, ein Stahlbehälter mit TNT, war in dem Abfallkarren versteckt und von einem der Partisanen in Position gebracht worden. Vom Anzünden der Zündschnur bis zur Explosion waren vierzig Sekunden vergangen. Fünfunddreißig Menschen waren dadurch gestorben, einige erst später an ihren Verletzungen. Die beteiligten Partisanen, von denen manche auch auf die deutschen Polizisten schossen – und vielleicht auch Marco getroffen haben mochten –, hatten sich unerkannt absetzen können. Maxine entging die bittere Ironie daran nicht.

Manchmal, wenn sie sich stark genug fühlte, legte sie sich

einen Fluchtplan zurecht, denn sie musste nach wie vor Sofias Eltern aus Rom wegbringen, doch immer wieder glaubte sie, nie wieder für etwas Kraft aufzubringen. Sie konnte um den Mann, den sie geliebt hatte, nicht weinen, saß nur stundenlang da und dachte an ihn. Warum konnte sie nicht weinen?

Die Augenblicke vor seinem Tod gingen ihr immer wieder durch den Kopf, als könnte sie das Ende durch schiere Willenskraft verhindern. Natürlich konnte sie das nicht. Marco entkam der Kugel nie. Sie musste akzeptieren, dass er tot war. Zuletzt wurde ihr eines klar: Maxine Vallone würde sie nicht mehr werden, doch sie musste Marcos Andenken ehren, indem sie für seine Überzeugungen aufstand und den Kampf weiterführte. Marco würde in ihr weiterleben und ihre große Liebe bleiben. Er war ein tapferer, wunderbarer Mann gewesen, und sie würde ebenfalls tapfer sein. Sie durfte ihn nicht enttäuschen, indem sie sich jetzt ihrer Schwäche überließ.

Und deshalb raffte sie sich auf und fand die Kraft, sich um das Nötige zu kümmern. Sie würde Elsa und Roberto zu ihrer Tochter in die Toskana bringen und nicht in eins der Dörfer bei Rom.

49

Zwei Tage später setzte sich Maxine mit Roberto und Elsa, die inzwischen die neuen Ausweise bekommen hatten, in den Zug. Der Bahnsteigschaffner pfiff, dann zischte Dampf, und der Zug fuhr an.

Elsa hielt einen Korb auf dem Schoß, in dem ein Brot lag, eingewickelt in ein blau-weiß kariertes Tuch. Roberto saß neben ihr auf der Holzbank und lehnte sich an Maxine, die auf dem Gang stand und die Koffer der beiden bewachte. Sein blasses Gesicht hatte einen ungesunden Glanz bekommen.

Maxine machte sich Sorgen, dass er das Castello nicht mehr erreichen würde. Sie sah auch Elsas kummervolle Augen und spürte ihre Scham. Niemand schlich sich guten Gewissens aus seiner Stadt weg wie ein Dieb in der Nacht, und ihre Verzweiflung wegen Robertos Zustand war offensichtlich. Roberto selbst gab sich tapfer. Er war entschlossen durchzuhalten.

Der Waggon, vollbesetzt mit Nonnen, Soldaten und Städtern, die aufs Land wollten, roch nach abgestandenem Tabakqualm und Urin. Maxine und Elsa trugen unscheinbare Röcke, Blusen und bäuerliche Kopftücher. Eine junge Mutter hockte mit ihrem weinenden Säugling auf dem Fußboden. Einer der zwei deutschen Soldaten hätte ihr seinen Platz überlassen können. Monster! Doch dann erhob sich ein viel jüngerer Soldat, kaum älter als ein Junge, und bot ihr seinen an.

Maxine lächelte ihn an, als er ihren Blick auffing, und er errötete. Noch so jung, dachte sie, noch nicht abgestumpft vom Krieg. In der Nähe hielten sich zwei kleine Jungen am Rock ihrer Großmutter fest. Ihre schmutzigen Gesichter zeigten Tränenspuren, und an den Armen und Beinen hatten sie Hungergeschwüre.

»Ihr Haus wurde zerbombt«, sagte die alte Dame zu niemand Bestimmtem. »Ich muss sie zu mir nehmen. Es ist kein anderer mehr da.«

Elsa bemerkte dazu etwas, aber die alte Dame wiederholte nur, was sie gesagt hatte.

Als sie den Stadtrand hinter sich ließen, zogen Bäume, Felder und einsame Bauernhöfe am Fenster vorbei. Die Passagiere unterhielten sich gedämpft. Die meisten waren zu mitgenommen und hatten nichts Neues mehr zu erzählen.

Maxine ruhte ihre Augen aus. Das rhythmische Rattern der Räder auf den Schienen verblasste zum Hintergrundgeräusch, während ihre Gedanken umherschweiften. Jeder blieb in Bewegung, und nichts stand still, aber sie sehnte sich nach Ruhe und ununterbrochenem Schlaf. Vielleicht im Castello.

Der Gedanke führte sie zu Sofia. Bisher wusste sie nur, dass ein Mann, auf den Lorenzos Beschreibung passte, wahrscheinlich verhaftet worden war. Wie sollte sie das Sofia beibringen? Zusätzlich zu Robertos schwerer Erkrankung? Sie hatte mit Elsa darüber gesprochen, die eine Verhaftung Lorenzos für plausibel hielt.

Eine Stunde später wäre sie fast eingenickt, doch plötzlich bremste der Zug, wurde quietschend langsamer und kam mit einem Ruck zum Stehen, bei dem die Passagiere nach vorn geworfen wurden und nach dem Erstbesten griffen, um sich abzufangen. Maxine sah Elsa an, die wortlos die Brauen hochzog. Gleich darauf tönten von weiter vorn bedrohliche Rufe zu ihnen: »Aufstehen! Aufstehen!«

Maxine überlegte ein paar Augenblicke, was sie tun sollte. »Ich gehe nachschauen.« Sie drängte sich zur Tür durch. Draußen sah sie bewaffnete SS-Leute flehende Frauen und weinende Kinder aus dem Zug zerren und brutal zu Boden werfen. Wegen Marco brannte der Hass in ihr, und sie konnte den Anblick der Männer kaum ertragen. Sie wechselte ein paar Worte mit einer älteren Frau, die Anstalten machte, sich heimlich davonzustehlen.

»Sie treiben die Männer in den Wald«, sagte sie. »Und Sie wissen ja, was das heißt. Sie werden erschossen. Zur Vergeltung.«

Maxine lauschte, was draußen gesprochen wurde, dann eilte sie zurück zu ihrem Platz.

»Die Schienen wurden schwer beschädigt. Die Lok ist aus dem Gleis gesprungen«, sagte sie zur Allgemeinheit und dann leise zu Elsa: »Wir müssen fliehen. Die SS-Leute sind schon im Zug, durchsuchen alles, überprüfen Papiere und zwingen alle auszusteigen. Sie schicken uns mit dem nächsten Zug nach Rom zurück.«

»Ich glaube nicht, dass Roberto das schafft«, flüsterte Elsa.

Draußen fielen Schüsse, Frauen kreischten und weinten. Maxine sah den alten Mann an. »Wir haben keine Wahl.«

»War das eine Bombe der Alliierten?«

»Oder von Partisanen. Die sind in dieser Gegend gut organisiert. Bilden ein nationales Befreiungskomitee, wie ich gehört habe.«

Aus dem Waggon vor ihrem hörte man Weinen. Elsa griff nach Robertos Hand, Maxine half, ihn hochzuziehen, und zusammen gelang es ihnen, ihn aus dem Zug zu schaffen und sich unbemerkt davonzustehlen.

»Wir gehen erst mal die Straße entlang und biegen dann auf einen Fußweg in die Berge ab«, sagte Maxine.

Elsa sah sie mit großen Augen ängstlich an. »Wird er überhaupt einen Hang hinaufkönnen?«

»Bestimmt. Ich glaube, die sind nicht so steil.«

Ein deutscher Lastwagen, mit einer Plane über der Ladefläche, die mit Seilen an den Seiten festgeschnürt war, kam ihnen entgegen und hupte im Vorbeifahren. Ihm folgte ein Motorrad mit Beiwagen und zwei Soldaten. Als Nächstes kam ein Pferdefuhrwerk, das mit Säcken beladen war, und gleich darauf ein weiteres, beide nach Rom unterwegs. Dann blieb die Straße leer, abgesehen von zwei ausgebrannten Autos im Straßengraben.

Sie stiegen den sanften Hang hinauf und kamen wegen Roberto, der Schmerzen hatte, nur sehr langsam voran.

»Vielleicht findet sich irgendwo ein Esel«, meinte Elsa. »Der könnte ihn tragen.«

Maxine seufzte. »Schon möglich. Gehen wir von der Straße weg, dann können wir ungesehen rasten. Möglicherweise bekommen wir am nächsten Bahnhof der Strecke einen Zug nach Norden.«

Sie bogen auf einen morastigen Weg ein, und bald gelangten sie in hügeliges Waldland mit Gräben und Bächen. Dort legten sie Roberto auf ein moosiges Ufer unter einen Baum und setzten sich neben ihn. Maxine holte die Wasserflasche aus der Tasche und reichte sie Elsa, die sie ihrem Mann an den Mund hielt. Maxine sah ihr an, dass sie resigniert hatte.

»Wir müssen eine Scheune oder eine Kapelle finden, in der wir die Nacht verbringen können«, sagte sie. »Sobald die Sonne untergeht, wird es kalt.«

Elsas Augen waren von Elend überschattet, aber sie pflichtete ihr bei.

Maxine drückte ihre Hand. »Ich werde ein Stück vorauslaufen und sehen, was ich finden kann.«

Elsa schaute ängstlich. »Eine Frau allein hier draußen, das ist gefährlich.«

»Ich habe keine Angst.«

»Sollten Sie aber haben.«

Maxine stand auf. »Ich bin kurz weg. Machen Sie sich keine Sorgen.« Sie war noch nicht weit gegangen, als sich ihr die Nackenhaare aufstellten. Da waren Stimmen im Wald! Waren das deutsche Stimmen, oder bildete sie sich das ein? In ihrem Kopf hörte sie ja ständig deutsche Stimmen. Sie hielt den Atem an. Aber wie sich herausstellte, suchten da nur zwei geflohene Frauen nach essbaren Kräutern, um etwas in den Magen zu bekommen. Sie gingen wortlos an ihr vorbei, und danach blieb es still, abgesehen von einigen Flugzeugen.

Sobald sie einen geeigneten Platz gefunden hatte, eilte sie

zurück. »Zehn Minuten von hier gibt es eine Scheune. Sie wurde von einer Bombe getroffen, hat ein großes Loch im Dach und einen Krater im Boden, doch die Seitenwände stehen noch. Schaffen wir es heute noch bis dorthin?«

Sie stützten Roberto, der die Augen inzwischen nicht mehr öffnete, und halb trugen, halb zogen sie ihn zu der Scheune. Elsa raffte Heu zusammen, um ihm auf dem Steinboden ein Bett zu bereiten. Maxine sammelte Holzstücke von den zerstörten Viehpferchen und zündete ein Feuer an, damit er es wärmer hatte. Er lag vollkommen still. Erst wenn er einen Hustenanfall bekam, sah man, dass er noch lebte, und danach rang er zuckend nach Atem.

In der Nacht schliefen sie kaum. Maxine sah durch das Loch im Dach die Leuchtkugeln der Alliierten schweben, die etwas Übernatürliches hatten, wenn sie im Fallen den Boden beschienen.

»Wenn sie doch nur endlich kämen!«, murmelte sie. Warum brauchten sie so lange, um den Monte Cassino einzunehmen? Sobald das passiert war, würde Rom an die Reihe kommen. Aber in den Nachrichten hieß es ständig, die Alliierten hätten einen verlustreichen Bodenkrieg zu führen, und die Deutschen könnten ihre stärkste Verteidigungslinie bislang halten. Und solange die Briten und Amerikaner den schwer bewachten Rapido nicht überquerten, konnten sie den Monte Cassino nicht einnehmen.

Es waren Berichte durchgesickert, dass Hunderte Männer versucht hatten, den Fluss zu überqueren, und entweder durch Kugeln gestorben oder ertrunken waren. Einmal hatten die Amerikaner dabei innerhalb von zwei Tagen zweitausend Mann verloren.

Der Mond schien so hell, dass die Leuchtkugeln eigentlich kaum nötig waren. Mäuse huschten an den Bretterwänden entlang, und draußen raschelten größere Tiere, Wildschweine vielleicht, auf der Jagd nach Fressen. Kurz vor Morgengrauen hörte Maxine in der Nähe Soldaten rufen, die das Unterholz durchkämmten. Ihre Hunde bellten. Als es wieder still war, versuchte sie, ihre Ängste zu verbannen. Doch die Stille war ihr unheimlich, sodass sie unwillkürlich nach Marcos Hand tastete.

Der Verlustschmerz überrollte sie mit Wucht, und sie blickte durch einen Tränenschleier. Marco war nicht da. Nie wieder würde er bei ihr sein.

Kurz darauf wurde es hell. Elsa lag bei Roberto und wärmte ihn mit ihrem Körper. Dann durchfuhr Maxine ein kalter Schreck, als ihr aufging, dass etwas nicht stimmte. Seit ein paar Stunden hatte Roberto nicht mehr gehustet.

Elsa richtete sich auf, setzte sich auf die Fersen und fasste an seine Wangen. Mit gebeugtem Kopf saß sie da, und als sie zu Maxine blickte, liefen ihr Tränen über die Wangen. »Jetzt können ihm die Deutschen nichts mehr tun«, sagte sie leise.

Ein letztes Mal legte sie seine kalte Hand an ihre Lippen, dann stand sie auf, hob den Kopf, als besänne sie sich auf ihr Selbstwertgefühl, und ging fort.

Maxine folgte ihr ein paar Schritte und erkannte dann, dass Elsa allein sein wollte.

Bald würden sie sich irgendwie zum Castello durchschlagen müssen, aber die nächsten zwei Stunden verbrachten sie damit, Robertos Leichnam mit Zweigen zu bedecken und einander zu trösten, so gut es ging. Sie gehörten nun zu den Frauen, die Verluste verschmerzen mussten, und es gab so viele, die Bruder, Ehemann, Vater, Geliebten oder Söhne verloren hatten. So viele Tote. Gute Männer und schlechte. Lauter Opfer dieses grausamen Krieges. Maxine hätte nicht sagen können, ob es sie tröstete oder noch schlechter fühlen ließ, dass sie nun zu dem ungeheuren Heer trauernder Frauen gehörte.

50

Castello de' Corsi
April 1944

Maxine war noch nicht zurückgekehrt, sodass Sofia über Lorenzos Verbleib nichts wusste. Trotzdem durfte sie sich nicht erlauben, Trübsal zu blasen, und sie fand, es wäre an der Zeit, noch einmal mit Gabriella zu reden. Daher hatte sie das Mädchen und seine Mutter in den kleinen Salon bestellt.

Nun saßen sie nervös auf dem Chintzsofa, als fühlten sie sich deplatziert. Jede Familie hatte ihre eigene Art, Dinge zu regeln. Sofia war gar nicht so sehr überzeugt, dass ihre Einmischung helfen würde, aber sie hatte Carla versprochen, sie zu unterstützen, wenn es nötig war. Und da Carla zu stolz war, um sie geradeheraus zu bitten, hatte sie angedeutet, dass Gabriella sich den Erfordernissen nicht stellte.

Sofia machte ein mitfühlendes Gesicht und wandte sich dem Mädchen zu. »Weißt du, wann das Kind kommt?«

Carla antwortete anstelle ihrer Tochter. »Ende Juli, glauben wir.«

»Ich halte es für besser, wenn sie für sich selbst spricht«, erwiderte Sofia.

Carla nickte und war still.

Da Gabriella die Einzelheiten vielleicht peinlich wären, beschloss Sofia, das Thema behutsam anzugehen. »Hat deine Mutter recht?«

Gabriella zuckte mit den Schultern und warf Carla einen unverhohlen trotzigen Blick zu.

Sofia seufzte frustriert, fuhr aber fort: »Dir ist doch klar, dass wir dir helfen wollen?«

Gabriella senkte den Kopf. »Brauch keine Hilfe«, murmelte sie.

»Meine Liebe, du bist sehr jung. Du wirst dich um einen

Säugling kümmern müssen und hast keinen Mann, der dir zur Seite steht. Das wird nicht einfach. Verstehst du das?«

Sofia bekam den Eindruck, als sähe Gabriella sie gern böse an und traute sich bloß nicht. Wie sie das Kinn vorschob und stur die Augen zusammenkniff, zeigte, was in ihr vorging.

»Du hast recht«, sagte Sofia darauf. »Ich habe keine Kinder, doch ich habe schon viele junge Mütter gesehen. Mutter sein ist eine der schwersten Aufgaben.«

Als Gabriella aufblickte, erkannte Sofia, dass die störrische Fassade bröckelte und das verängstigte Mädchen dahinter hervorlugte.

»Mutter wird helfen«, erwiderte Gabriella, aber ihre Stimme schwankte.

Sofia schüttelte den Kopf. »Deine Mutter hat ihre eigenen Pflichten zu erledigen. Sie wird keine Zeit haben, sich um einen Säugling zu kümmern. Du allein bist für ihn verantwortlich. Ich habe deiner Mutter ausdrücklich verboten einzuspringen.«

Gabriella drehte ungläubig den Kopf zu Carla. »Aber …«

»Da gibt es kein Aber, fürchte ich. Natürlich darfst du jederzeit um Rat fragen. Wir werden immer da sein.«

Gabriella wurde still, als müsste sie das verdauen, obwohl Carla ihr das alles bereits erklärt hatte, wie Sofia wusste. Es von ihr zu hören brachte ihr die Wirklichkeit vielleicht näher. Sofia wollte ihr keine Angst machen, wusste jedoch durch Bemerkungen von Carla, dass Gabriella das Kind als Spielzeug betrachtete, als Puppe, mit der man sich nach Lust und Laune befasste.

Doch sie musste erkennen, was sie getan hatte. Nicht nur, weil sie mit einem Faschisten geschlafen hatte, der ihrer Familie und Sofia und Lorenzo gefährlich werden konnte, und nicht nur, weil sich ihre Familie wegen des unehelichen Kindes schämte, sondern weil sie, und das war viel, viel schlimmer, etwas weitererzählt und dadurch höchstwahrscheinlich den Tod ihres Bruders herbeigeführt hatte.

Wenn es nach Sofia ginge, sollte sie außerdem begreifen, dass Taten immer Konsequenzen hatten. Carla wollte nicht, dass ihre Tochter von nun an schuldbelastet durchs Leben ging, doch echte Reue musste sein. Davon war seit dem Tag, da Gabriella sich halbherzig die Pulsader aufgeschnitten hatte, nichts zu spüren gewesen. War Sofia zu streng? Ihrer Ansicht nach hatte Gabriella sich nicht wirklich umbringen wollen, sondern Hilfe gesucht. Sie hatte die Wahrheit aussprechen wollen, und das war ein Anfang gewesen.

»Nun, Gabriella«, begann sie. »Ich möchte mit dir über das sprechen, was du Maria erzählt hast.«

Das Mädchen starrte schweigend aus dem Fenster, und dabei wirkte es noch immer aufsässig.

»Ich spreche von dem Plan der Partisanen, die Zuggleise zu sprengen. Du sagst, du hast Maria davon erzählt, damit Paolo es erfährt.«

Gabriella blickte zu ihr. Zwar sah sie ihr nicht in die Augen, aber immerhin.

»Und was hast du damit bezweckt?«

Nach heftigem Blinzeln rückte sie damit heraus. »Er hat gesagt, er liebt mich, doch dann ist er nicht mehr gekommen. Ich war traurig und wollte, dass er zu mir zurückkommt und wieder sagt, dass er mich liebt.«

»Ach, Liebes …«

»Warum ist er nicht zurückgekommen?«, fragte Gabriella mit derart kummervollem Blick, dass Sofia Mitleid bekam.

Plötzlich stürmte Anna herein, die offenbar alles gehört hatte, und sah zuerst ihre Mutter, dann ihre Schwester wütend an. Während Carla und Sofia erstarrten, stürzte sie sich auf Gabriella, packte sie bei den Haaren und zerrte sie durch das Zimmer.

»Du dummes, verdorbenes kleines Luder!«, fauchte sie und schlug ihrer Schwester so fest ins Gesicht, dass die hinfiel. So schnell, wie das passierte, konnte niemand eingreifen.

Gabriella krabbelte auf Carla zu, wo sie sich sicher glaubte, aber Anna war noch nicht mit ihr fertig. Sie beugte sich über ihre Schwester und packte sie am Arm, um sie hochzuziehen.

Sofia sprang auf. »Anna, hör auf! Sofort!«

Anna blickte auf, und Sofia sah den Schmerz in ihren Augen.

»Nicht. Das nützt doch nichts.«

Anna ballte die Hände zu Fäusten, und man sah ihr an, wie gern sie ihre Schwester schlagen würde. Sie ohrfeigen, bis der Schmerz aufhörte. Was jedoch nicht passieren würde. Solch ein Schmerz ließ sich dadurch nicht vertreiben.

Sie machte einen ungestümen Schritt auf ihre Schwester zu und fluchte. *»La puttana!* Ich werde ihr das dumme Gesicht einschlagen, bis sie kapiert, was sie getan hat.«

Sofia zog Anna weg, was die widerstandslos geschehen ließ.

»Contessa«, sagte sie mit wutverzerrten Zügen.

»Ich weiß, aber das hilft nicht. Das ist dir auch klar. Gabriella zu schlagen bringt Aldo nicht zurück.«

Anna atmete tief durch, und als Sofia ihren Arm losließ, schleuderte sie ihren Zorn Carla entgegen. »Du hast sie immer verschont. Jetzt sieh, was dabei herausgekommen ist.«

Sofia ging dazwischen. »Du willst jemanden bestrafen, Anna, das ist verständlich. Aber deine Mutter kann nichts dafür. Was sollen wir denn tun? Sie den Partisanen ausliefern?«

»Warum nicht?«

»Und was werden die wohl mit ihr machen? Sie ist schwanger, um Himmels willen!«

»Es geschähe ihr recht.«

»Nein. Überleg nur, wie du dich fühlen würdest. Sie trägt deinen kleinen Neffen oder deine Nichte unter dem Herzen.«

»Einen dreckigen Schwarzhemdenbastard«, fauchte Anna verächtlich. »Mutter hätte sie zu der Hexe in Buonconvento bringen sollen.«

Sofia wusste von der alten Frau, die bestimmte Kräuter verordnete. Niemand hatte je zugegeben, bei ihr gewesen zu sein, und doch wusste jeder, was sie tat.

»Du weißt, das ist ein Verbrechen«, flüsterte Carla. »Gegen Gott.«

Anna sah verächtlich zu, wie Gabriella sich vor das Sofa kauerte und die Beine ihrer Mutter umschlang. »Steh auf«, befahl sie in einem Ton, der keinen Widerspruch duldete.

Wimmernd kauerte sich Gabriella noch mehr zusammen, worauf Carla ihr über den Kopf strich.

»Lass das, Mutter. Das tust du immer. Du behandelst sie wie ein Kleinkind und lässt ihr alles durchgehen. Sie muss aufstehen.«

Carla hörte auf und flüsterte Gabriella etwas zu.

»Steh auf«, befahl Anna noch einmal.

»Bitte schlag mich nicht«, flehte Gabriella mit der Stimme eines kleinen Kindes und einem schmeichelnden, erprobten Ton.

»*Per amor del cielo.* Ich werde dich nicht schlagen. Steh auf.«

Gabriella raffte sich auf, und Sofia ließ den Dingen ihren Lauf, weil sie glaubte, dass Anna nun friedlich bleiben würde. Das war eine Familienangelegenheit, und sie überlegte, den Salon zu verlassen. Doch es herrschte ein empfindliches Gleichgewicht, das sie nicht zu stören wagte.

Als Gabriella stand, trat Anna vor sie. »Jetzt sprich mir nach: Ich habe mit einem Faschisten geschlafen.«

»Ich … habe mit einem … Faschisten …« Gabriella stockte.

»Geschlafen.«

»Geschlafen«, wiederholte Gabriella mit zittriger Stimme.

»Obwohl ich wusste, dass das meiner Familie schaden kann.«

Gabriella flüsterte nur noch. »Obwohl ich wusste, dass das meiner Familie schaden kann.«

»Ich bekomme ein Kind von ihm und bringe Schande über meine Familie.«

Gabriella wiederholte das.

»Und ich habe Informationen verraten und damit den Tod meines Bruders verursacht.«

Gabriella war still und sah ungeheuer verletzlich aus. Sofia war erschrocken, wie schonungslos Anna vorging. Es drängte sie, den Blick abzuwenden oder einzuschreiten, doch wie gebannt sah sie zu, wie sich die Sache weiter entwickelte. Carla hatte zu ihrer Tochter nicht durchdringen können. Vielleicht gelang das der älteren Schwester?

»Sag es.« Anna brüllte jetzt. »Sag es.«

Gabriella machte einen tiefen, zitternden Atemzug. »Und ich habe Informationen …« Sie brach in Tränen aus.

»Noch mal! Ich habe Informationen verraten und damit den Tod meines Bruders verursacht.«

Gabriella wischte sich mit dem Handrücken die Tränen weg. »Ich habe Informationen verraten und … damit den …« An der Stelle bebten ihre Schultern, und sie stieß ein lautes Geheul aus.

Ihren immensen Schmerz mit anzuhören war fast nicht auszuhalten. Sofia presste die Lippen zusammen, um Tränen zurückzuhalten. Aber ihre Augen wurden nass, und sie hatte den instinktiven Drang, Gabriella in die Arme zu nehmen. Es brach ihr das Herz, sie so schluchzen zu hören.

»Den Tod meines Bruders verursacht«, sagte Anna.

»Den … Tod … meines … Bruders … verursacht.« Gabriella weinte bitterlich und musste vor jedem Wort Luft holen.

»Gut.« Anna war zufrieden.

Gabriella hob den Rocksaum und wischte sich damit das Gesicht. »Es tut mir leid, Anna. Bitte glaub mir.«

»Das ist auch gut«, sagte Anna. Sie war weiß wie die Wand.

Gabriellas Stimme zitterte, als sie weiterredete, aber sie klang auch erwachsener. »Ich weiß, du wirst mir nie verzeihen, und ich erwarte das auch nicht.«

Anna sah ihre Schwester an. Sofia wartete gespannt, was als Nächstes passieren würde, und Carla hörte auf zu weinen.

»Aber es tut mir ungeheuer leid. Ehrlich.«

Ein paar Augenblicke lang schwiegen sie.

»Ich werde mir das selbst nie verzeihen«, sagte Gabriella dann leise.

Annas Gesicht war ausdruckslos, und es war so still, dass man eine Stecknadel hätte fallen hören.

»Ich werde von hier weggehen. Ihr sollt nicht mit der Schande leben müssen. Ich kann nichts tun, um das wiedergutzumachen.«

Es herrschte eine quälende Anspannung. Sofia hatte keine Ahnung, wohin das führen würde. Sie atmete tief durch und fragte sich, ob das der passende Moment war, sich einzumischen. Erneut entschied sie sich dagegen und blickte zum Fenster. Frische Luft täte ihr jetzt gut.

Anna breitete die Arme aus. Sofia sank das Kinn herab, so überrascht war sie, und Carla riss die Augen auf. »Komm her«, sagte Anna, und zuerst machte Gabriella ein Gesicht, als verstünde sie nicht. »Komm«, wiederholte Anna.

Gabriella begriff. Ihr Gesicht hellte sich auf, und sie lief ihrer Schwester in die Arme.

»Du gehst nirgendwohin«, flüsterte Anna, ohne sie loszulassen. »Wir sind eine Familie, wir schaffen das.«

Gabriella nickte.

»Na los, trockne dir die Tränen. Wir können nicht den ganzen Tag hier stehen. Es gibt Arbeit.«

Gabriella strahlte sie an. Man sah, dass ihr eine große Last von der Seele gefallen war.

»Bitte entschuldigen Sie, dass ich so reingeplatzt bin, Contessa Sofia«, sagte Anna, und Sofia hätte wegen der unvermittelten Förmlichkeit fast gelacht.

»Nicht der Rede wert«, erwiderte sie.

Die Schwestern gingen Arm in Arm hinaus, und für die Familie begann eine neue Zeit.

»Nun, das hätte ich nicht erwartet«, sagte Sofia zu Carla.

Die schüttelte ungläubig den Kopf. »Ich auch nicht. Wer hätte das gedacht? Vielleicht hat Anna immer recht gehabt. Ich hätte Gabriella nicht immerzu schonen dürfen.«

»Wir wissen beide, Sie haben Ihr Möglichstes getan. Sie haben ein verletzliches Kind geschützt.«

»Danke. Ich glaube, sie ist heute erwachsen geworden.«

»Es wird für sie immer schwer sein, damit zu leben, wie sie zu Aldos Tod beigetragen hat«, bemerkte Sofia.

»Ja. Aber wenigstens hat sie sich dazu bekannt und kann jetzt anfangen … nun ja … wie soll ich sagen?«

»Es wiedergutzumachen?«

Carla lächelte. »So ungefähr.«

51

Einige Abende später kamen Maxine und Elsa kurz vor Mitternacht im Castello an, schmutzig und abgekämpft.

Erschrocken über die eingefallenen Wangen ihrer Mutter, rannte Sofia auf sie zu. Elsas Blick verdunkelte sich. Sie wirkte benommen und war so übermüdet, dass sie zitterte. Sofia sah Maxine fragend an. Es drängte sie zu erfahren, wo ihr Vater war. Maxine schüttelte nur bekümmert den Kopf, und Sofia begriff sofort. Ihr Vater war tot. Der Schmerz war unermesslich.

Mit schwankender Stimme bat sie Carla, den beiden ein Bad einzulassen und ihnen Nachthemden herauszulegen, was sie auch tat. Später brachte sie ihnen Suppe und Brot ins Zimmer und meldete Sofia, dass sie schlafen gegangen waren.

Während der langen Nacht flogen in einem fort Flugzeuge über das Dorf hinweg, und dazwischen hörte Sofia ihre Mutter weinen. Sie hätte sie gern getröstet, vermutete jedoch, dass Elsa allein sein wollte. Unterdessen gingen ihr Fragen im Kopf herum. Sie wollte wissen, was ihrem Vater zugestoßen war und ob es etwas Neues von Lorenzo gab. Das quälte sie die ganze Nacht, sodass sie keinen Schlaf fand.

Am Morgen stand Sofia in ihrem Salon, als Maxine in der Tür erschien, hinter ihr Elsa, dünn und gespenstisch. Maxine sah aus, als wappnete sie sich für etwas, und als sie ihr in die Augen sah, schnürte es Sofia die Kehle zu. Sofia blieb stehen und stützte sich an der Wand ab, bedeutete ihnen aber, sich zu setzen.

Maxine wählte das blaue Samtsofa und schlug die Beine unter, Elsa setzte sich kerzengerade auf einen Stuhl. Sie war aschfahl.

Sofia wandte sich Maxine zu und sah sie bittend an. »Nun?«,

fragte sie und fürchtete sich vor dem, was sie gleich erfahren würde.

Elsa begann mit tonloser Stimme. »Roberto …«

Sofia presste sich die Faust an den Mund, um nicht aufzuschreien. Als sie sprach, konnte sie nur flüstern. »Sie haben … ihn ermordet?«

»Nicht direkt.«

Elsa sah Maxine an und gab ihr die stumme Erlaubnis zu berichten.

»Dein Vater musste sich verstecken.«

Sofia blinzelte hastig, kaum imstande, das Gehörte zu erfassen. »Verstecken? Warum?«

»Jemand hat ihn verraten«, sagte Elsa tonlos. »Sie haben erfahren, dass er einer von denen war, die die Flugblätter gedruckt haben. Dann wurde er krank, und wir konnten ihn zu keinem Arzt bringen.«

Sofia sah zwischen den beiden hin und her, und ihre Mutter schüttelte hoffnungslos den Kopf.

»Wir mussten deinen Vater aus Rom rausschaffen«, berichtete Maxine. »Es tut mir sehr leid. Er konnte nicht mehr weiter und ist unterwegs gestorben.«

»Mio signore! Nein. Nicht mein armer Vater. Nicht so.« Sofia schluckte mühsam. Sie hatte einen Kloß im Hals, und in ihren Augen brannten Tränen.

Weder Maxine noch Elsa sagten etwas.

»Du … du warst bei ihm?«, fragte sie ihre Mutter mit brechender Stimme.

Elsa nickte.

»Ich ertrage das nicht. Wusste er es? Hat er gelitten?«

»Er war sehr krank. Er wusste, er würde nicht mehr lange leben. Es war ein friedliches Ende. Er ist sanft entschlafen.«

Sofias Augen füllten sich mit Tränen. »Wusste er, wie sehr ich ihn liebe? Ich habe es ihm nie gesagt, *Mamma*. Nie.«

»Ach, mein Liebling, natürlich wusste er das. Du warst die Sonne seines Lebens.«

»Wer ist ›wir‹?«, flüsterte Sofia nach kurzem Schweigen. »Maxine sagte ›wir‹. Wart nur ihr beide bei ihm?« Sie rang die Hände und schaute durch den Salon, als wäre in den dunklen Winkeln jemand zu finden, dann sah sie Maxine in die Augen.

Die hielt ihrem Blick stand und blinzelte gegen Tränen an.

»Hat Marco euch geholfen? Wo ist er jetzt?«

Maxine schluckte sichtlich, antwortete jedoch mit fester Stimme. »Marco ist tot.«

Sofia keuchte auf. »Lieber Gott! Nicht auch noch Marco! Was ist passiert?«

»Wir waren in der Via Rasella verabredet und sind in den Bombenanschlag hineingeraten. Er wurde erschossen, als er zu mir wollte.«

»Das tut mir schrecklich leid.« Sofia machte einen Schritt auf sie zu, doch Maxine senkte den Blick und schüttelte den Kopf.

Sofia schluckte, bis der Kloß in ihrer Kehle verschwunden war. »Aber der Anschlag liegt drei Wochen zurück«, bemerkte sie leise. »Warum seid ihr nicht eher nach Hause gekommen?«

Die Antwort gab ihre Mutter. »Eine Woche nach der Explosion sind wir aufgebrochen und haben zwei Wochen gebraucht, um hierherzugelangen. Der Zug, in dem wir saßen, ist entgleist. Es war eine furchtbare Reise … so viele Straßensperren … so viele Deutsche, die nach Norden unterwegs waren. Und dazu die Flugzeuge der Alliierten. Entsetzlich.«

Sofia kniff die Augen zu und senkte den Kopf. Dafür gab es keine Worte. Sie empfand den überwältigenden Drang, jemandem für den Tod ihres Vaters die Schuld zu geben. »Wenn er so krank war, wäre es nicht besser gewesen, in Rom zu bleiben?«

»Am Ende gab es keine geeignete Bleibe mehr. Es gab kein Wasser in den Häusern und praktisch nichts mehr zu essen. Du kannst es dir nicht vorstellen.«

»Ihr hättet …«, begann sie, doch der Schmerz in der Kehle

hinderte sie am Sprechen. Schließlich setzte sie neu an. »Ihr hättet herkommen sollen, als ich euch darum gebeten habe.«

Maxine sah sie mitfühlend an. »›Hättet‹ ist nicht hilfreich. Wir haben alle getan, was wir im Augenblick für das Beste hielten.«

Sofia musste ihr recht geben.

»Ich fürchte, das ist noch nicht alles«, sagte ihre Mutter zögernd.

Sofia erschrak. »Was noch? Wisst ihr etwas von Lorenzo?«

»Wir sind fast sicher, dass er verhaftet wurde«, antwortete Maxine und blickte zu Elsa, die daraufhin fortfuhr.

»Die Nazis haben vermutlich erfahren, dass er für die Alliierten gearbeitet hat.«

Sofia schlug sich die Hand vor den Mund.

»Du musst dich auf alles gefasst machen«, sagte Maxine. »Wir wissen es nicht, doch es ist gut möglich, dass er unter den Männern war, die bei der Vergeltungsaktion für den Bombenanschlag erschossen wurden. Die Nazis haben dafür über dreihundert Männer aus den Gefängnissen geholt.«

Sofia stand da und starrte ins Leere, sie nahm den Raum nicht mehr wahr. Sie hörte nicht mehr, ob etwas gesprochen wurde. Vor ihren Augen blitzten Lichter auf, ihr wurde eiskalt, dann heiß und wieder eiskalt, und zugleich wurde in ihrem Kopf Empörung laut. In ihrer Ohnmacht fing sie an, sich die Haare zu raufen, und zog daran mit aller Kraft, als könnte sie den unerträglichen Schmerz mit den Haarwurzeln ausreißen.

Ihre Mutter wollte ihr die Hände wegziehen, aber Sofia wehrte sie ab.

»Das ist nicht wahr!«, schrie sie. »Das kann nicht wahr sein!« Dann rang sie nach Atem, krümmte sich zusammen und stöhnte wie nach einem Schlag in den Magen. Jemand half ihr, sich hinzusetzen. Niemand sagte etwas. Sie wiegte sich vor und zurück. Ein Leben ohne ihren Vater und – sie wagte es kaum zu denken – Lorenzo. Das war ihr unvorstellbar. Sie blickte auf und sah den heiligen Sebastian an. »Du hast ihn nicht beschützt«, flüsterte sie. Aus einer finsteren Tiefe, von der sie nichts geahnt hatte, stieg ein Wutschrei auf. »Ihr Dreckskerle!«, schrie sie. »Ihr dreckigen Mörder!«

Während in ihr der Schmerz tobte, sah sie Lorenzo vor sich, der im Gefängnis saß oder vielleicht tot war, und ihren sanftmütigen, liebevollen Vater, der nun nicht mehr lebte. Das war zu viel. Selbst wenn sie diesen gemeinen Krieg gewannen, was blieb ihr noch?

Sofia schloss die Augen und dachte an ihren geliebten Mann. Sie sah ihn ruhig schlafen, seine Brust hob und senkte sich, und sie konnte nicht glauben, dass sie ihn nie wiedersehen sollte. Er blickte sie an, seine Augen leuchteten vor Liebe. Wie sollte etwas so Kraftvolles vergehen? Solch ein Licht? Solch ein Wesen? Er konnte nicht erschossen worden sein. Er war zu gut. Zu aufrichtig. Sie weigerte sich, das zu glauben. Wollte es nicht.

»Er könnte aber noch im Gefängnis sein«, hörte sie ihre Mutter flüstern. »Die Möglichkeit besteht, mein Liebling.«

Sofia griff nach dem Strohhalm. »Sie haben keine Totenliste herausgegeben?«

»Nein«, antwortete Maxine. »Sie wollen das Ganze vertuschen.«

Sofia rannte hinaus und flüchtete sich in ihr Schlafzimmer. Sie wusste, sie sollte jetzt ihre Mutter trösten, und das wollte sie auch, aber im Augenblick musste sie allein sein. Sie warf sich aufs Bett und zog sich ein Kissen über den Kopf. So weinte sie, bis sie keine Kraft mehr hatte.

Während der folgenden Woche hörte man im Haus immer irgendwo jemanden weinen. Sofia brannten ständig die Augen, mal vor Erschöpfung, mal von Tränen. Elsa hatte verquollene Augen und aß kaum. Sie sah so eingefallen aus, dass Sofia Angst um sie hatte. Ihre Mutter schlich durch die Flure, nur noch ein Schatten ihrer selbst, und wenn Elsa so ins Leere starrte, hätte Sofia alles gegeben, um sie aufzurichten. Aber sie konnte nichts für sie tun.

Ihr Vater und Lorenzo nahmen ihre Gedanken ein. Sie erinnerte sich an früher, als ihr Vater ihr vorgelesen hatte und sie beim Klang seiner Stimme eingeschlafen war. Bedingungslos geliebt zu werden war das Geschenk, das er ihr gemacht hatte. Und solch eine Liebe hatte sie auch von ihrem Mann bekommen.

Sofia lag in ihrem Ehebett und schlang die Arme um sich. Wie sehr sie wünschte, es wären Lorenzos Arme! Sie wollte seine Haut berühren, das Licht in seinen Augen sehen, aber ihn in den Armen zu halten wünschte sie sich am meisten.

52

Wie zum Hohn herrschte ein wunderbares Frühlingswetter. Die Tage waren länger, die dunkle Winterstimmung fast vorbei, und der Sonnenschein hellte ihre Welt auf, wenigstens zeitweise. Zu dieser Jahreszeit musste man noch immer mit Regen und Kälteeinbrüchen rechnen, doch bisher war das Wetter freundlich geblieben.

An den grasbewachsenen Wegen zwischen den Weinfeldern und an den Hängen der Olivenhaine streckten Mohnblumen die Köpfe heraus. Schmetterlinge und Bienen schwebten in der Luft. Margeriten sprenkelten die Felder gelb und weiß, zarte hellrosa Rosen, Ginster und Ackersenf blühten am Feldrain. Wenn Sofia mit den Hunden spazieren ging, pflückte sie Blumen, und trotz allem war der Himmel so blau, dass sie meinte, das Leben könnte eines Tages wieder lebenswert sein.

Sie stellte die Sträuße im ganzen Haus in kleine Vasen. Der frische reine Duft heiterte sie ein wenig auf. Elsa aß wieder und war nicht mehr ganz so schweigsam, während Maxine kam und ging. Sie sprach über alles, nur nicht über ihren Verlust. Sofia sah ihre Trauer wachsen, bis sie fürchtete, Maxine könnte daran zerbrechen. Sie fragte kein Mal, wo sie gewesen war oder was sie unternommen hatte. James und einige Partisanen hatten das Funkgerät woandershin gebracht, und Maxine berichtete, dass sie sehr viele genaue Informationen an die Alliierten übermittelt hatten.

Noch immer gab es keine Namensliste der Erschossenen, aber unter dem strahlend blauen Himmel beschloss Sofia, Lorenzo nicht für tot zu halten, solange sie es nicht aus sicherer Quelle hörte.

Sie erfuhren, dass die Partisanen in einigen Gegenden

plünderten, und das verhieß nichts Gutes. Andererseits musste man bedenken, dass mittlerweile über viertausend von ihnen am Monte Amiata hausten. Eine veritable Armee.

An einem späten Nachmittag kam Maxine in die Küche gestürmt, mit leuchtenden Augen und zerrissener Kleidung.

»Wo kommst du her?«, fragte Sofia alarmiert.

Maxine breitete die Arme aus. »Ich war dabei. Ich habe es miterlebt.«

Sofia schüttelte den Kopf über ihren haarsträubenden Aufzug. »Was denn, in Gottes Namen?«

»Du weißt nichts von der Schlacht?«

»Nein.« Aber Sofia hatte sich schon gedacht, dass Maxine ihre Trauer bewältigte, indem sie sich in Gefahr begab.

»Es war herrlich. Ich war gerade in Monticchiello ... ganz zufällig.«

»Wer's glaubt ...«

Maxine grinste. »Tja, weißt du ... ich habe was flüstern hören.«

»Und was ist passiert?«

»Ich war auf der Wehrmauer bei den Partisanen. Jemand hat mir ein Gewehr gegeben. Ein Gewehr! Kannst du dir das vorstellen? Die Faschisten griffen von unten an, keine Deutschen, nur Italiener, Hunderte, und wir waren bloß hundertfünfzig. Ein paar Frauen halfen beim Nachladen, andere brachten uns zu essen und zu trinken. Ich wünschte, du hättest es sehen können, Sofia. Es war fantastisch.«

»Ihr habt gesiegt, nehme ich an?«

Ihre Augen funkelten vor Freude. »Und wie. Was für eine Freude, diese verdammten Schweine abzuknallen! Die einheimischen Partisanen hatten die Getreidelieferung abgefangen und an die Dorfbewohner verteilt. Die Faschisten kamen, um das zu rächen, doch am Ende mussten sie die Flucht ergreifen; sie haben ihre Toten hinter sich hergezogen.«

»Hattet ihr viele Verluste?«

Maxines Gesicht wurde lang. »Leider ein oder zwei. Aber

die anderen sind zu Dutzenden gefallen. Die Idioten. Wir haben ihnen die eigene Medizin zu schmecken gegeben. Doch hör zu, ich will wieder zurück. Es gibt eine Party. Na ja, keine richtige Party, mehr eine stille Zusammenkunft, um auf den Sieg anzustoßen, aber ich hätte gern etwas Hübsches anzuziehen.«

»Ich hoffe, du weißt, was du tust. Haben die keine Angst vor einer weiteren Vergeltungsaktion?«

Maxine zwinkerte ihr zu. »Mach dir deswegen keine Sorgen.«

Ihre Freundin so beschwingt zu sehen brachte Sofia zum Lächeln. »Du kannst dir von mir etwas borgen, wenn du willst.«

»Danke. Ohrringe und ein Schultertuch wären schön.«

Oben schauten sie ein paar Minuten in den Kleiderschrank, und Maxine zog feine Seidenblusen heraus, die sie sehnsüchtig befühlte, aber für zu klein hielt. Bald lagen Kleidungsstücke in leuchtenden Farben auf dem Bett verstreut, doch keins eignete sich für den Anlass. Dann zog Sofia die Schublade heraus, in der sie ihre Schals aufbewahrte.

»Sieh dir den an.« Sie hielt einen purpurroten Seidenschal mit goldenen Quasten hoch.

»Der ist schön.« Maxine hob ihn an die Wange. »Und so weich. Den würdest du mir ausleihen?«

»Bring ihn nur zurück.«

Während Maxine sich damit im Spiegel bewunderte, dachte Sofia an den Tag, als Lorenzo und sie ihn in einem winzigen Laden am Montmartre entdeckt hatten, am Ende einer Kopfsteinpflastergasse. Sie war gleich von der dörflichen Atmosphäre des Viertels bezaubert gewesen und hatte sich noch mehr in Lorenzo verliebt, soweit das überhaupt möglich war.

Sie lächelte Maxine an. »Aber wenn du ihn verlierst, müssen wir nach Paris fahren und noch so einen erstehen.«

»Du hast ihn mit Lorenzo gekauft?«

»Ja.«

»Und du willst ihn mir trotzdem leihen?«

Sofia umarmte sie und spürte Maxines Herzklopfen. Diese junge Frau war so gut zu Elsa gewesen und war ihnen beiden ans Herz gewachsen. »Trag ihn und genieß die Feier. Wir alle müssen uns ab und zu ein wenig Spaß gönnen, nicht wahr, und wenn den jemand verdient hat, dann du. Und jetzt suchen wir dir die Ohrringe aus.«

Als sie ein Paar goldene Kreolen gefunden hatten, legte Maxine sie an und schlüpfte in ein schwarzes Kleid, das Lorenzos Schwester gehört hatte, löste die kastanienbraunen Haare und legte sich den Schal um die Schultern.

»Umwerfend. Wie eine Zigeunerin«, sagte Sofia.

»Nicht zu gewagt?«

»Kann an dir etwas zu gewagt aussehen?«

Maxine lachte, und Sofia stimmte ein.

»Hast du auch einen roten Lippenstift für mich?«

»Natürlich.«

»Danke.« Sie küsste Sofia auf die Wange. »Du bist eine wahre Freundin. Ich bin bald zurück.«

53

Die Feier fand auf dem großen Platz statt, und die Einwohner gesellten sich dazu. Wegen der Luftangriffe wurden keine Lampen angezündet, und es war kein Mond zu sehen, aber es gab Wein, und jemand spielte Geige.

Bald waren die jungen Leute auf den Beinen. Ein sonderbarer Tanz wurde das. Wegen der Dunkelheit stießen die Paare ständig aneinander, und alle versuchten, möglichst leise zu sein, doch dadurch wurde es nur umso besonderer. Bestimmt würde niemand je die Nacht vergessen, in der die Geister auf den Putz hauten. Denn in einer Hinsicht waren sie alle zu Geistern geworden, ein Schatten ihrer selbst, sogar bei Tageslicht.

Gleich zu Anfang freundete Maxine sich mit Adriana an, die ihren Mann früh verloren hatte, als sie noch aufseiten der Deutschen kämpften.

»Es war hart für mich, als wir die Seiten wechselten«, sagte sie während einer Tanzpause. Sie hatten sich gesetzt, um zu Atem zu kommen. »Die Alliierten hatten meinen Gianni getötet, ich habe sie dafür gehasst. Ich wollte nicht, dass sie den Krieg gewinnen. Doch später, als ich sah, was die Deutschen uns antaten, habe ich begriffen, dass er eben nur als Soldat gefallen war.«

Das ist wahr, dachte Maxine und hörte dem melancholischen Spiel des Geigers zu. Die traurige Melodie veränderte die Stimmung. Sicher dachte jeder an die Menschen, die er verloren hatte oder zu verlieren fürchtete.

»Ich habe dich vorhin beim Nachladen gesehen«, sagte Maxine.

»War das nicht wunderbar?« Adrianas Augen leuchteten auf.

Darauf verloren sich beide in Erinnerungen.

»Hast du jemanden verloren?«, fragte Adriana. »Bist du deshalb hier?«

Maxine sah zu Boden.

»Es stimmt, nicht wahr? Sprich nicht darüber, wenn du nicht willst.«

»Doch, ich möchte.« Maxine überlegte einen Moment lang. »Er war ein Partisan. Er starb nach einem Bombenanschlag.«

»Wie hieß er?«

»Marco. Marco Vallone.«

Adriana riss die Augen auf. »Wirklich? Mein Mädchenname ist Vallone, aber mein Bruder heißt Luciano.«

»Ich habe seinen Nachnamen erst am Ende erfahren, als er …« Mühsam schluckend dachte sie an den Augenblick zurück. »Er hat von seiner Familie nichts erzählt, um sie nicht zu gefährden. Daher weiß ich nicht, woher er stammte.«

»Und woher kommst du? Du klingst nicht, als kämst du aus der Gegend.«

»New York. Meine Eltern sind aus der Toskana ausgewandert.«

»Wie hat er ausgesehen, dein Marco? War er ein Hübscher?«

Maxine lächelte, weil sie seine schönen Augen vor sich sah. »Und ob. Und er hatte es faustdick hinter den Ohren.«

»Luciano ist auch ein Hübscher. Komm, ich zeig dir ein Foto.«

Sie gingen zu ihr nach Hause, und sowie Maxine das gerahmte Foto auf Adrianas Anrichte sah, wirbelten ihr die Gedanken durch den Kopf. Unter Tränen nahm sie die Fotografie in die Hand. Wie sollte sie es Adriana beibringen? Sie wischte sich die Augen mit dem Handrücken.

»Dein Marco?«, hauchte Adriana kreidebleich. »Er ist mein Luciano.«

Bestürzt, weil sie ungewollt die furchtbare Neuigkeit brachte, starrte Maxine sie an. »Es tut mir entsetzlich leid.«

Heftig blinzelnd nahm Adriana ihr das Foto aus der Hand und küsste es immer wieder. Ihre Wangen waren nass. »Mein armer, armer Bruder! Kannst du mir erzählen, was passiert ist? Wie er umgekommen ist?«

Und nachdem Maxine sich alles von der Seele geredet hatte, was sie eigentlich in sich vergraben wollte, für das es eigentlich keine angemessenen Worte geben konnte, hielten sie sich weinend in den Armen.

»Er war der einzige Mann, den ich je geliebt habe«, sagte Maxine und wischte sich über die Wangen.

»Wie ich meinen Gianni. Es tut unfassbar weh, aber mit der Zeit wird es besser.«

Maxine sah sie an. »Wirklich?«

»Na ja, zumindest gewöhnt man sich daran. Mein Bruder war ein guter Mann. Ich freue mich, dass er eine Frau hatte, die ihn liebte. Er hat mir sehr gefehlt. Doch mir war immer klar, dass er vielleicht nicht zurückkommt. Im Grunde habe ich auf solch eine Nachricht gewartet. Das war sein Schicksal.«

Maxine glaubte nicht an Schicksal, verzichtete aber auf eine Bemerkung. »Leben deine Eltern noch?«

»Es gibt nur noch mich und meinen kleinen Emilio. Mein älterer Bruder ist auch umgekommen, schon vor dem Krieg, durch unsere Faschisten. Damals war ich noch klein.«

Maxine erinnerte sich, dass Marco einmal vom Tod seines Bruders gesprochen hatte. »Das tut mir leid. Es muss schlimm für dich gewesen sein. Du hast so viele verloren.«

»Ich habe noch meinen Sohn.« Adrianas Gesicht hellte sich auf, sobald sie ihr Kind erwähnte. »Er ist Luciano wie aus dem Gesicht geschnitten.«

»Wo ist er jetzt?«

»Bei einer Freundin in Montepulciano. Es war klar, dass es ein, zwei Tage lang gefährlich wird, nachdem die Partisanen das Getreide an sich gebracht hatten. Ich wollte ihn nicht hierhaben, wenn sich die Nazis rächen.«

»Glaubst du, es wird weitere Vergeltungsaktionen geben?«

»Ich will es mal so sagen: Heute Nacht möchte ich lieber nicht allzu fest schlafen.«

Maxine bewunderte Adriana für ihren Mut und sah den Widerstandswillen in ihren Augen.

»Ich werde dir ein Bett auf dem Sofa machen und dir etwas zum Anziehen leihen. Die sollten dich nicht in dieser schicken Aufmachung sehen. Das wäre nur Salz in ihre Wunde.«

Am nächsten Morgen in aller Frühe wurde Maxine von lauten Schlägen an der Haustür geweckt. Sie sprang aus dem Bett und versteckte die Haare unter einem Kopftuch, das sie unter dem Kinn verknotete. Adriana kam die Treppe heruntergerannt. Dabei hörten sie, dass auch an andere Haustüren geschlagen wurde.

Adriana holte tief Luft. »Bist du bereit?«

Maxine nickte stumm, und Adriana öffnete. Zwei Wehrmachtssoldaten stürmten herein und stellten das ganze Haus auf den Kopf; sie warfen alles durcheinander, fanden aber nichts. Sie taten ihnen nichts, drohten ihnen nur Schläge an, falls sie Widerstand leisteten. So ging es auch in den anderen Häusern.

»Du wusstest, dass sie nichts finden«, sagte Maxine beeindruckt.

»Die Partisanen haben alles in den Wald mitgenommen und versteckt, zu unserem Schutz.«

Hinterher wurde es still draußen. Dann kam die Nachricht, dass ein Lastwagen voller Faschisten in den Wald gefahren war, um die Partisanen auszulöschen, sie aber niemanden gefunden und sich am Ende in die Haare gekriegt hatten. Die Partisanen und ihre Waffen waren wie vom Erdboden verschluckt. Wenigstens diese Vergeltungsaktion war gescheitert, und die Deutschen beließen es wohl bei der Dorfdurchsuchung. Sie waren jetzt zu sehr auf den Kampf gegen die Alliierten konzentriert und kaum noch interessiert, die italienischen Faschisten zu unterstützen.

54

Mai 1944

Am dritten Mai erfuhren sie, dass Florenz bombardiert worden war. Bedrückt fragte sich Sofia, ob ihr Palazzo wohl noch stand. Eine Woche später, kurz nach Sonnenaufgang, schlug eine Bombe in der Nähe ein, und sie spürten die Erschütterung im Castello. Sofia eilte ins Schlafzimmer ihrer Mutter und traf sie am Fenster stehend an.

»Sie hätte ebenso gut uns treffen können«, sagte Elsa, den Blick nach draußen gerichtet. »Wir haben einfach Glück gehabt, nicht wahr?«

Später fanden sie heraus, dass die Bombe einen Weiler zerstört hatte, wo nun Frauen und Kinder tot in den Trümmern lagen. Die Leute im Dorf machten die anscheinend wahllosen Bombardierungen wütend. Warum unsere Dörfer?, fragten sie, und Sofia wusste keine befriedigende Erklärung. Sie führte an, dass die Alliierten die Verkehrsrouten der Deutschen unpassierbar machen wollten, um den Rückzug nach Norden aufzuhalten, und manchmal trafen sie eben daneben.

Insgeheim fragten sich die Leute, ob sie den Alliierten egal waren oder ob die ihnen misstrauten. Sie hatten an der Seite der Deutschen gekämpft. Vielleicht wurde ihnen das nicht verziehen. Warfen die Alliierten ihre Bomben deshalb ungenauer ab? Auch darauf hatte Sofia keine Antwort. Aber sie wusste, was die britischen und amerikanischen Soldaten zu leiden hatten, und verzieh ihnen.

Es ging das Gerücht, die SS habe Spione in die Partisanengruppen eingeschleust, und sie hörten auch, dass Denunziationen in Florenz zu Verhaftungen von Antifaschisten geführt hätten. Nachbarn mit einem alten Groll retteten die eigene Haut, indem sie die Namen von Menschen nannten, die die

Deutschen als Verräter ansehen würden. Selbst Verwandte wurden verraten, die sich der Einberufung entzogen hatten oder einen Juden versteckt hielten.

James hatte sie seit jenem Tag nicht mehr gesehen, wusste aber von Maxine, dass er mit den Partisanen zusammenarbeitete. Sie fragte sich, ob er sich ihretwegen fernhielt.

Am neunzehnten Mai kam große Freude auf, als sie im Radio die Nachrichten hörten. Alle zusammen in der Küche, Sofia, Maxine, Elsa, Carla, Anna und Gabriella – ein Haus voller Frauen. Sie jubelten und kreischten, und dann flossen Tränen der Hoffnung und Erleichterung. Endlich war der Monte Cassino eingenommen! Die Gustav-Linie war durchbrochen, die Alliierten rückten auf die Adolf-Hitler-Linie vor.

Carla öffnete zwei Flaschen vom besten Rotwein und schenkte ihnen allen großzügig ein. »Auf die Zukunft!«, sagte sie, und Sofia betete im Stillen darum, dass die Alliierten Rom bald erreichten und Lorenzo freiließen. Sie glaubte nach wie vor, dass er am Leben war. Gabriella führte einen Freudentanz auf, und alle tranken und lachten und gaben sich den schönsten Hoffnungen hin. Sie fühlten sich unbeschwert und glücklich.

Sogar Sofias Mutter heiterte die Nachricht auf, und so beschlossen sie am nächsten Tag, zusammen spazieren zu gehen, das erste Mal, dass Elsa das Castello verließ. Sofia pfiff nach den Hunden, aber die waren alt geworden und zogen es manchmal vor, in der Küche zu dösen.

Sofia hatte ihre Pistole immer in Reichweite, und heute trug sie sie in der Rocktasche. Sie überlegte, dass sie vor Bomben einigermaßen sicher wären, wenn sie den Weg an der Wehrmauer entlang nähmen. Zum Glück blieben die Flugzeuge aus.

Als sie in den Wald gelangten, setzte sich Elsa auf einen umgestürzten Baumstamm und winkte Sofia neben sich. »Ich habe nicht mehr die Ausdauer wie früher.«

»Ich glaube, du wirst mich noch überleben, Mutter.«

Elsa lächelte nur und schaute zum Himmel hoch.

Sofia beobachtete eine Ameisenstraße, die nun den Umweg um ihre Füße nehmen musste. »Glaubst du wirklich, sie haben Lorenzo verhaftet, weil sie ihm draufgekommen sind?«

»Ja.«

»Hat ihn jemand verraten?« Es tat weh, das auszusprechen, und sie stöhnte, als sie ihre Mutter nicken sah.

»Wie bringt das jemand fertig?«

»Das geschieht nun mal. Deinem Vater ist das auch passiert. Die Leute haben wohl ihre Gründe. Und wenn sie nur die eigene Haut retten wollen.«

Sie schwiegen eine Zeit lang und hörten die Laubsänger, die um diese Jahreszeit den ganzen Tag zwitscherten, und ab und zu rief ein Eichelhäher.

Schließlich stand Sofia auf und reichte ihr die Hand. »Wollen wir weiter?«

Elsa ließ sich aufhelfen, und sie wanderten durch den Wald, wo die Sonnenstrahlen durch die Zweige drangen und tanzende Lichtflecke auf den Weg warfen.

Sofia roch wilde Minze, eines ihrer Lieblingskräuter, und zeigte ihrer Mutter die Staude. »Die mag ich besonders an frischem Obstsalat, du auch?«

»Weißt du noch, als du klein warst und wir zusammen gekocht haben?«

Sofia lächelte bei der Erinnerung. »Natürlich.«

»Zucker an den Nudeln!« Elsa stieß ihr in die Rippen.

»Ach du je, das schmeckte grauenhaft. Du hast gesagt, ich soll einen Teelöffel Salz ins Kochwasser geben.«

»So war es.«

»Und ich habe den Zucker erwischt. Erinnerst du dich, was für ein Gesicht Vater gezogen hat? Er war entsetzt.«

Elsa tätschelte ihre Hand. »Und ob ich mich erinnere.«

»Und ich habe mich derart geschämt, dass ich mich unter dem Bett verkrochen habe.«

»Und dann ging Roberto dich suchen.«

»Das ist nicht weiter schlimm, hat er gesagt, und Fehler sind wichtig, weil wir daraus lernen.«

Ihre Mutter seufzte. »Er hatte immer eine Weisheit parat.«

Sofia dachte an andere Mahlzeiten, die sie miteinander zubereitet und dann zu dritt im Esszimmer verspeist hatten. Sie meinte noch die Zitronenpolitur zu riechen, die ihre Mutter für die Möbel verwendet hatte, und das Lieblingsgericht ihres Vaters, Bohnen mit Waldpilzen und Knoblauch.

»Weißt du noch, wie wir auf dem Balkon Erbsen gepult haben?«, fragte Elsa.

»Ja, und da haben wir auch Zucchiniblüten frittiert. Mir sind sie ständig schwarz geworden.«

»Und nicht nur die!«

»O Gott! Ich konnte nichts dafür, dass das Geschirrtuch so nah an der Flamme lag.«

»Nein, das hat eine Küchenfee da liegen gelassen.«

Sofia lachte. »Ach, wäre es nicht wunderbar, wieder gutes Essen zu haben?«

»Ich sehne mich nach Hähnchenleber-Bruschetta.«

»Ja. Und nach Kaninchen in Sardellensauce. Aber das hat Carla neulich noch gekocht. Kaninchen in hundert Varianten.«

»Wo hat sie denn Sardellen herbekommen?«

»Sie hatte ein paar Dosen verwahrt.« Sofia dachte lächelnd an den Tag, als sie mit Carla und Aldo zusammen die Vorräte versteckt hatte.

»Sie ist sehr loyal, nicht wahr?«

»Es war nicht leicht für sie, besonders seit Aldo …«

»Nein. Und jetzt erwartet ihre jüngste Tochter ein Kind. Wie wird sie zurechtkommen?«

Sofia beschloss, die näheren Umstände für sich zu behalten. »Gabriella ist dadurch erwachsen geworden. Sie wird ihre Aufgabe meistern, auch wenn sie sich erst hineinfinden muss.«

Am Waldrand bogen sie zu einem kleinen Getreidefeld ab. Das frische, leuchtende Grün der Halme stimmte Sofia optimistisch.

»Werden es die Amerikaner sein, die durch unsere Gegend kommen, was meinst du?«, fragte sie. »Oder die Briten?«

»Die Amerikaner haben Schokolade bei sich.«

»Dann hoffen wir, dass sie es sind.« Beide lachten, und Sofia wurde der Mund wässrig.

Langsam spazierten sie um das Feld herum.

»Es ist heiß«, sagte Elsa. »Ich hätte meinen Hut aufsetzen sollen.«

»Wir können umkehren, wenn du möchtest.«

Da ihre Mutter nichts sagte, fragte Sofia, wie sie sich fühlte.

Elsas Blick wurde traurig. »Roberto fehlt mir. Ich vermisse ihn jeden Augenblick.«

»Ich weiß.«

»Und trotzdem geht das Leben weiter. Irgendwie. Wir begreifen wohl nie ganz, wie das möglich sein kann, aber so ist es.«

»Ich glaube nicht, dass Lorenzo tot ist. Das würde ich spüren, weißt du?«

Elsa sah sie so mitfühlend an, dass Sofia einen Arm um sie legte und sie an sich drückte, ihre kluge, traurige, kleine Mutter.

»Uns wird nichts passieren, *Mamma*, nicht wahr? Wir werden durchkommen.«

Und als sie nach Hause kamen, hörten sie die wunderbare Neuigkeit: Die Alliierten hatten die Hitler-Linie durchbrochen. Sie fielen einander in die Arme, und Sofia schaute zu ihrem Cozzarelli. Vielleicht beschützte der heilige Sebastian sie doch.

55

Juni 1944

Südlich von Rom hatten erbitterte Kämpfe stattgefunden, und obwohl sie zuletzt optimistisch gewesen war, wurde Sofia jetzt das Gefühl nicht los, dass etwas Schreckliches bevorstand. Rings um das Castello wurden die Straßen bombardiert, sodass niemand mehr wagte, irgendwohin zu fahren oder spazieren zu gehen.

Entschlossen, den Rückzug der Deutschen zum Erliegen zu bringen, flogen kleine Verbände der Alliierten Tag und Nacht tief über das Gebiet hinweg und schossen auf alles, was sich bewegte. Wie gefährlich das für die Piloten war! Sofia taten sie leid.

Und dann, am Morgen des fünften Juni, sah sie James wieder. Sie hatte mit ihm gerechnet, da die Partisanen kürzlich das Funkgerät zurückgebracht und in den unterirdischen Gängen versteckt hatten. Trotzdem war sie überrascht, ihn morgens um halb neun in der Küche anzutreffen.

Er sah aus, als wäre er eben aus dem Bett gefallen, die Haare zerzaust, die Augen verschlafen. Er empfing sie mit einem breiten Lächeln. »Haben Sie schon gehört? Die Nachricht kam gerade durch.«

»Was denn? Mein Radio funktioniert nicht mehr richtig.«

»Die Alliierten haben Rom erreicht.«

»Nein! Ist das wahr?« Als er nickte, durchströmte sie Erleichterung. »Gott sei Dank! Gott sei Dank! Aber woher wissen Sie das?«

»Ich habe inzwischen ein eigenes kleines Funkgerät.«

Er war so lebhaft und überschwänglich, er konnte nicht aufhören zu reden. »Ich dachte, das werden Sie sicher wissen wollen. Die Partisaneneinheiten stehen bereit.«

Sofia holte tief Luft und atmete langsam aus. Sie konnte es noch gar nicht fassen.

»Denken Sie an meine Worte. Jetzt geht es den Schweinehunden an den Kragen.«

»Endlich. Ich konnte heute Nacht nicht schlafen, weil ein Lastwagen nach dem anderen an uns vorbeifuhr, alle in Richtung Norden.«

»Die Deutschen auf dem Rückzug. Sie fliehen vor uns. Und wir sind ihnen dicht auf den Fersen. Wir haben das Blatt gewendet.«

Plötzlich wurde ihr bewusst, dass sie im Morgenmantel vor ihm stand. »Sie möchten bestimmt etwas frühstücken. Wir haben Eier.«

»Wunderbar.«

»Geben Sie mir fünf Minuten, dann schließe ich mich an. Wir können im Garten essen.«

»Und die Bomben fallen sehen?«

Sie schmunzelte. Sogar das kam ihr heute witzig vor, obwohl es das nicht war. »Ich werde Carla bitten, draußen den Tisch zu decken.«

Als sie wieder nach unten kam, saß James bereits am Tisch im Garten und trank heißen Malzkaffee.

»Bringen die Amerikaner echten Kaffee mit?«, fragte sie.

»Ich denke, sie werden von Westen kommen, aber man kann nie wissen. Wir werden wahrscheinlich eher Tee mitbringen!«

Sie lachte und sah zu ihm hinüber, als er die Tasse an den Mund setzte. »Werden Sie sich den Briten anschließen, wenn sie hier ankommen?«

»Klar. Wir bringen Kriegsgerät nach Norden.«

»Sie werden nicht nach Hause zurückkönnen?«

Er runzelte die Stirn. »Das bezweifle ich. Aber vielleicht doch. Für einen kurzen Urlaub.«

»Sie werden mir fehlen«, sagte sie, und das meinte sie ehrlich.

Dem folgte ein langes Schweigen, bei dem sie über die Freundschaft nachdachte, die sie verband und die sie sehr geschätzt hatte.

»Ich bedaure, dass ich zu falschen Schlussfolgerungen Anlass gegeben habe«, sagte sie verlegen. »Das war … nun ja, das war ein schwieriges Jahr.«

»Ich weiß.«

»Ich liebe meinen Mann sehr und bin mir sicher, dass er lebt. Ich glaube, ich wüsste es, wenn es anders wäre.«

»Entschuldigen Sie sich nicht. Das ist nicht nötig. Ich habe eine Verlobte zu Hause, die auf mich wartet. Aber der Krieg kann Menschen einander näherbringen, manchmal auf unerwartete Weise.«

»Manche bringt er auseinander.«

»So oder so, die Gefühle werden …«

»Verstärkt? Durcheinandergebracht?«

»Sie kommen an die Oberfläche, denke ich. Niemand weiß, wie er reagiert, wenn er mit dem Rücken zur Wand steht.«

Sie dachte lächelnd an jene Nacht, als sie sich auf der Turmtreppe hatten verstecken müssen. »In unserem Fall buchstäblich.«

»Sie waren einsam und ich auch.«

Sie sah in seine freundlichen Augen. »Können wir das einfach hinter uns lassen?«

»Absolut. Ich bin ein Mann, der Wort hält. Ich hoffe, Sie wissen, dass ich vor allem Ihr Freund bin und das immer sein werde, solange Sie das möchten.« Er nahm ihre Hände in seine.

»Glauben Sie, Lorenzo könnte noch am Leben sein?«, fragte sie.

»Alles ist möglich.«

»Da die Alliierten jetzt in Rom sind, werden wir es sicher bald wissen, oder?«

»Anfangs wird es dort chaotisch zugehen, aber ja.« Er gab ihre Hände frei, und sie saßen ein paar Minuten schweigend da.

»Ich danke Ihnen … für alles«, sagte sie.

»Nein, ich danke Ihnen.«

Beide atmeten auf, nachdem sie diesen Teil des Gesprächs zu einem Abschluss gebracht hatten.

»Nun zu praktischen Dingen«, meinte er.

»Ja, es wird Zeit. Wir sind für heute genug in uns gegangen.«

»Wir müssen die Alliierten über die Situation der Deutschen in der Gegend genau informieren.«

»Mit dem Funkgerät?«

»Ja. Wieder oben im Turm, wenn Sie nichts dagegen haben. Da ist die Funkverbindung zuverlässiger.«

Sie gab ihr Einverständnis, und nachdem er sich verabschiedet hatte, sah sie, dass sich das Licht verändert hatte, eine andere, optimistischere Stimmung lag in der Luft.

Sofia fühlte sich ebenfalls verändert. In ihrem beschwingten Schritt, als sie durch den Garten ging, spiegelte sich ihre aufkeimende Vorfreude. Es würde tatsächlich wieder gut werden. Die dunkle Ahnung, dass etwas Furchtbares passieren würde, war verschwunden. Sie fühlte sich befreit von der Schwermut des Krieges und ihrer Angst um Lorenzo. Er würde zu ihr zurückkommen. Am fünften Juni, dem denkwürdigen Tag, an dem die Alliierten in Rom einmarschierten, begann die Befreiung der Hauptstadt, und Sofia begann, auf die Zukunft zu bauen.

56

Vom obersten Stock des Hauses beobachteten Sofia und Carla die Jagdflugzeuge der Alliierten, die tief über die Fahrzeugkolonnen der Wehrmacht hinwegflogen, und jubelten, wenn die Bomben fielen und die Flugzeuge unbeschädigt abdrehten. Das waren mutige Piloten, die so tief über ein Gelände flogen, in dem es jetzt von deutschen Soldaten und Fahrzeugen wimmelte. Sofia fühlte sich stärker und entschlossener, und damit wuchs auch ihre Erwartung, bald von Lorenzo zu hören. Sie hoffte, auch wenn sie noch nicht wagte, das offen auszusprechen.

Seit den vergangenen zwei Wochen waren die italienischen Faschisten endgültig am Ende. Südlich vom Castello lagen Hunderte Partisanen auf der Lauer, um Wehrmachtsfahrzeuge anzugreifen. Im Haus sprach man von gesprengten Brücken und Gleisen und unpassierbaren Straßen. Die Partisanen folgten damit einem Aufruf von General Alexander, der an jeden Einzelnen appelliert hatte, seinen Teil beizutragen und den Deutschen den Rückzug abzuschneiden. Für die Menschen, die unter der Besatzung gelebt hatten, war das ihr Land und ihr Zuhause, das sie verzweifelt verteidigten.

Von Süden kamen die Gefechte immer näher, und eines Morgens hielt Sofia den Atem an, als sie Flugzeuge hörte, die über ihrem Dorf kreisten, und dann Geschützfeuer. Das Haus erzitterte. Zwei Parfümflaschen fielen vom Frisiertisch, und ihr Arpège zerbrach. Der würzig sinnliche Duft füllte das Zimmer mit einem Hauch von Rosen, Jasmin und Maiglöckchen. Sofort fühlte sie Lorenzos Arme um sich und seinen Mund an ihrem Nacken, wo sie das Parfüm aufzutupfen pflegte. Der herrliche Duft kam ihr beim Pfeifen der fallenden Bomben fast anstößig vor. Doch dabei fiel ihr ein, wie Lorenzo ihr damals die erste elegant verpackte Schachtel überreicht hatte, das war 1927 gewesen. Seitdem war das ihr Lieblingsduft.

Als sie nun die Tränen wegwischte und sich bückte, um die schwarzen Glasscherben aufzuheben, bemerkte sie, dass sie sich geschnitten hatte. Das Blut tropfte von ihrem Finger, und sie sah benommen zu. Seit siebzehn Jahren war sie nie ohne solch eine Flasche gewesen, und jetzt war die letzte, die sie noch hatte, zerbrochen. Das kam ihr wie ein böses Omen vor.

Sie standen alle unter enormer Anspannung, Tag und Nacht, und Sofia bat Anna, an die Türen zu klopfen und den Leuten zu sagen, dass jeder in die Keller des Herrenhauses kommen dürfe, der sich dort sicherer fühlte. Mehrere Stunden lang trugen Sofia, Anna und Carla Decken, Kissen und alte Matratzen hinunter, ebenso Krüge mit Wasser, die wenigen Brote, die sie noch hatten, eingemachtes Obst und eine Öllampe. Sofia fürchtete, dass das alles nicht reichen würde.

Bevor es dunkel wurde, prüften Sofia und Anna, ob alle Fenster verschlossen waren, weil Plünderer umherstreiften, und fanden nur im zweiten Stock eines mit zerbrochener Scheibe. Dort würde niemand einsteigen können, also ließen sie es, wie es war.

Am Abend strömten die Dorfbewohner herein. Sofia beruhigte die Hunde und brachte die Leute durch den großen Keller und das Labyrinth dunkler Gänge, Nischen und verborgener Räume in den tieferen Keller hinunter. Auf dem Weg nach unten wurde es immer kälter. Von dort könnten sie in die Fluchttunnel gelangen, doch die zeigte sie ihnen nicht. Sie schaute in die dünnen, erschöpften Gesichter und betete, sie mögen alle unversehrt bleiben. Sara war unter ihnen und Federica mit ihrem kleinen Sohn.

Einige kamen nur, um einen neugierigen Blick in ihren Keller zu werfen, und zwei blieben bei sich zu Hause. Eine davon war Maria. Als Carla sie fragen ging, warum sie sich den anderen nicht anschloss, antwortete sie, sie wolle nicht lebendig begraben werden. Die übrigen Alten und Jungen machten es sich bequem, auch zwei Säuglinge waren darunter, die in einem fort schrien, sodass Sofia überlegte, ob sie lieber woanders versuchen wollte zu schlafen. Die anderen Kinder schliefen oder spielten, und sie fragte sich, ob das Essen für alle reichen würde.

Sie machte sich auch wegen Maxine Sorgen, die seit Tagen nicht nach Hause gekommen war, und versuchte, sich zu erinnern, wann sie sie zuletzt gesehen hatte. War das nach dem Sieg von Monticchiello gewesen? Nein, es musste an dem Tag gewesen sein, als Monte Cassino eingenommen wurde.

Im Keller war es kalt und feucht, die Leute froren trotz der Decken. Als zwei Kinder, ein großer Junge von etwa dreizehn und ein kleinerer, nach unten an die Tür zu den Fluchttunneln liefen, rief Sofia sie zurück und befahl ihnen, von dort wegzubleiben. In den weitverzweigten Tunneln konnte man sich verirren, wenn man sich nicht auskannte.

Als die erste Bombenexplosion zu hören war, fingen die kleineren Kinder zu weinen an, die Erwachsenen zitterten und hielten sich aneinander fest. Sofia hörte Carla beten, wahrscheinlich zum heiligen Sebastian, und dachte voller Angst an den Turm. Würde er heute Nacht getroffen werden? Bergdörfer wie ihres waren besonders gefährdet.

Die angstvollen Minuten gingen vorüber. Ein alter Mann holte eine Mundharmonika hervor und spielte, um das Pfeifen der fallenden Bomben beim nächsten Angriff zu übertönen. Manch einer sang dazu, Carla lauter und länger als die anderen. Der nächste Einschlag war entsetzlich nahe. Sofia hielt sich die Ohren zu und versuchte, sich in geistige Stille zu versenken. Sie hoffte und betete, ihr Dorf möge von Bomben und Feuer verschont bleiben. Und noch immer sang Carla, um Mut und Hoffnung zu bewahren. Eine der alten Frauen fing an zu stricken, und ihre Nadeln klapperten noch stundenlang beim Schein der Lampe.

Der Geruch nach Angstschweiß, Moder und Erde wurde Sofia zu viel, und in der nächsten Angriffspause stieg sie mit einer kleinen Taschenlampe die Treppe hoch. Sie brauchte frische Luft. Aber da explodierte schon die nächste Bombe in der Ferne. Sie bekreuzigte sich und kehrte zurück nach unten, wo auf einmal Aufregung herrschte.

Ihre Hunde bellten, und eine Frau fuchtelte mit den Armen und rief: »Meine Söhne sind weg, meine Jungen. Ich muss eingeschlafen sein. Hat sie jemand gesehen?«

Sofia leuchtete mit der Taschenlampe über die erschrockenen Köpfe und langen Gesichter, aber die beiden Jungen, die sie zuvor ermahnt hatte, waren nirgends zu sehen.

»Sind sie die andere Treppe hochgegangen?«, fragte sie.

Eine Frau saß im Schneidersitz neben der unteren Stufe. »Nein, das hätte ich bemerkt.«

Die Mutter fing an zu weinen, und Sofia ging zu Carla und flüsterte ihr zu, dass sie die Jungen suchen müssten.

»Aber, Contessa«, erwiderte sie. »Was, wenn uns da drinnen die Lampe ausgeht? Sie hat kaum noch Öl.«

Doch ein weiterer Verlust wäre nicht mehr zu verkraften, und deshalb begab sich Sofia mit der Taschenlampe in die Tunnel.

57

Maxine war nach Monticchiello zurückgekehrt, um bei Adriana zu sein und mit ihrem kleinen Jungen zu spielen, der wieder zu Hause war. Er sah seinem Onkel Marco sehr ähnlich. Wie er lächelte und wie er lachte und plötzlich wieder ernst wurde, erinnerte sie sehr an ihn. Maxine dachte bei allem, was sie tat, an Marco, erinnerte sich, was er für sie gewesen war, wie viel er ihr bedeutet und welches Vermächtnis er ihr hinterlassen hatte: eine Fähigkeit zu lieben, die sie sich nie zugetraut hatte.

Sie hatte unermüdlich mit den Frauen gearbeitet, die den Partisanen halfen, und jetzt wartete sie mit ihnen am höchsten Punkt von Montepulciano und platzte beinahe vor freudiger Erregung. Ihr Cousin Davide und seine Lara waren auch gekommen.

Sie jubelten, als die ersten britischen Fußsoldaten sich die schmalen Straßen des alten Bergstädtchens hinaufschleppten, und wenig später fuhren ihre Panzer auf den Platz. Maxine sah ihnen triumphierend entgegen. Sie hatte sich das Gewehr, das Davide ihr beschafft hatte, um die Schulter gehängt und war erleichtert, weil die Kämpfe vorbei waren, zumindest hier.

Alte Frauen weinten, Kinder spielten Fangen und kreischten vor Vergnügen, wenn sie Süßigkeiten auffingen, die die Soldaten in die Menge warfen. Die jüngeren Frauen umarmten die Soldaten, küssten sie auf die Wangen und gaben ihnen Wein zu trinken, und ihre Augen funkelten vor Freude. Alte Männer klopften einander auf den Rücken, und es war kein einziger Faschist zu finden.

Maxine hatte in der vergangenen Stunde nach ihnen gesucht, aber beim Anmarsch der Alliierten waren sie geflohen oder wechselten in letzter Minute die Seiten. In den kommenden Tagen würde ihnen das nichts nützen. Am späten Nachmittag sagte ihr einer der Briten, die Nazis hätten sämtliche Häuser geplündert, an denen sie vorbeigezogen waren, und alles mitgenommen: Decken, Kleidung, Bücher, Geflügel, alles Essbare und Kunstwerke. Maxine beschloss darauf, zum Castello zurückzukehren und Sofia zu warnen. Was die Nazis nicht mitnehmen konnten, verbrannten sie oder machten es auf andere Art unbrauchbar.

Mit Sofias schönem Familiensitz vor Augen ging sie zu ihrem Motorrad und winkte den Soldaten, während sie den Berg hinunterfuhr. Das Castello lag nordwestlich von Montepulciano, vierzig Kilometer entfernt, wenn sie die Hauptstraße nähme. Aber da sie dort vielleicht beschossen werden würde, fuhr sie ungepflasterte Wege entlang. Es würde nicht mehr lange dauern, bis die Deutschen aus der Gegend abrückten. Hoffentlich würde sie sich unterwegs nicht verirren!

58

Am Morgen ging Sofia zum Turm, um nachzusehen, ob er beschädigt worden war. Ein beißender Rauch hing in der Luft, und Gott weiß, wonach es sonst noch roch. Sie dachte an die beiden Jungen, die sie nicht finden konnten. Das halbe Dorf war ihretwegen unterwegs und durchkämmte den Wald. Anna und zwei Freundinnen suchten mit Öllampen und Taschenlampen die Fluchttunnel ab und markierten die Gänge mit Kreide, um den Rückweg zu finden.

Am Abend fehlte von den Kindern noch immer jede Spur. Carla kümmerte sich um die arme Mutter, die außer sich vor Sorge war. Als es still war, hoffte Sofia, die Bombardierung könnte eine Weile aussetzen und sie würden die Jungen in der Zeit finden.

Sie ging in ihren kleinen Salon und nahm ein Buch zur Hand. Nach jedem Satz schweiften ihre Gedanken ab, und sie musste ihn noch einmal lesen. Es war unmöglich, sich in eine Geschichte zu vertiefen, wenn man permanent mit dem nächsten Luftangriff rechnete. Sofia legte das Buch beiseite und griff zu ihrem Strickzeug. Manchmal half es, wenn man die Hände beschäftigt hielt, doch auch dafür war sie zu unruhig.

Sie dachte viel über die Vergangenheit nach und fragte sich, was die Zukunft wohl bringen würde. Sie hatten die Fenster geschlossen, damit der Rauch draußen blieb, aber es war warm, schon zu warm. Sofia stopfte das Strickzeug in den Korb auf dem Tischchen neben dem Ohrensessel und riss das Fenster auf, lehnte sich hinaus und lauschte eine Weile dem Zirpen der Zikaden. Die Luft war jetzt milder und erinnerte sie an die Spaziergänge mit Lorenzo an jenen Juniabenden, als es noch nicht abgekühlt war und sie ein, zwei Stunden vor der

Dämmerung draußen verbrachten, die Fliegen wegschlagen mussten und trotzdem genossen, im Freien zu sein.

Ein tiefes Räuspern unterbrach ihren Tagtraum. Erleichtert fuhr sie herum, und ihr Herz machte einen Freudensprung, denn das musste Lorenzo sein. Endlich!

Es war nicht Lorenzo.

Es war Major Kaufmann, und er lehnte nonchalant im Türrahmen.

»O«, hauchte sie, beunruhigt durch sein plötzliches Erscheinen. »Haben Sie mich beobachtet? Ich habe keinen Wagen kommen hören. Wo ist Ihr Fahrer?«

Er richtete sich auf und machte eine steife Verbeugung. »Verzeihen Sie die Störung. Ich habe geklopft.«

»Carla ist nicht da.«

»Ich habe mich selbst hereingelassen.«

Stirnrunzelnd betrachtete sie seine kurzsichtigen blauen Augen, die sie durch die Hornbrille eisig anblickten. »Sie hätte die Tür abschließen sollen.«

»Dann habe ich ja Glück gehabt. Mein Wagen steht unten am Hang. Ich bin in einer privaten Angelegenheit hier – jedenfalls wenn es so läuft, wie ich mir das vorstelle.«

»Ich habe angenommen, dass Sie schon fort sind. Sollten Ihre Leute jetzt nicht auf dem Rückzug sein?«

»Das ist kein Wort, das ich benutzen würde. Wir greifen zu anderen Verteidigungsmaßnahmen, wenn wir dazu bereit sind, das ist alles. Vorher habe ich hier noch etwas zu erledigen.«

»Erledigen?« Sie versuchte, gleichgültig zu klingen, doch seine Andeutung machte sie derart nervös, dass sie eine trockene Kehle bekam.

»In der Tat.« Er lächelte kalt.

»Die Alliierten werden bald hier sein.«

»Da mögen Sie recht haben, doch Sie müssen eines begreifen: Das Reich werden sie nicht besiegen.« Er lachte. »Das ist nämlich unmöglich.«

Sie sahen einander in die Augen, und Sofia lief ein Schauder über den Rücken. Sie fragte sich, ob er verrückt war. Ob die alle verrückt waren in ihrem unerschütterlichen Glauben an Hitler und das Reich. Sofia hob das Kinn. »Darf ich fragen, was Sie hier wollen?«

»Aha. Ich hatte auf eine höfliche Unterhaltung gehofft, bevor wir zum Wesentlichen kommen, aber da Sie schon fragen … Mein Vorgesetzter ist sicher, dass sich das Funkgerät der Partisanen hier befindet, und hat mir befohlen, es ausfindig zu machen, bevor wir abziehen. Die Funkpeilung hat es hier geortet.«

Zwei Sekunden vergingen, in denen ihr auffiel, dass er ohne seinen langen Mantel nicht ganz so gut gebaut war. »Ich habe keine Ahnung, wovon Sie sprechen.«

»Ach, Contessa. Sie können von Ihrem hohen Ross herunterkommen. Wir beide wissen, dass das nicht wahr ist.«

Sofia versuchte, sich nicht ertappt zu fühlen, meinte aber zu spüren, dass ihr das Blut in die Wangen stieg. Sie atmete ruhig durch, um ihre anfängliche Reaktion zu verbergen. Es nützte nichts. Stattdessen wuchs ihre dunkle Vorahnung und schnürte ihr die Kehle zusammen, bis sie glaubte, keine Luft mehr zu bekommen.

Er neigte den Kopf zur Seite und trat einen Schritt vor, sodass er hinter dem Chintzsofa stand, wo er mit den Fingerspitzen über die Rückenlehne strich. Seine Nägel waren sauber und makellos gepflegt. »Da sehen Sie es. Ich merke es immer, wenn jemand lügt. Und Sie lügen schon die ganze Zeit. Bei mehreren Gelegenheiten.«

»Wie lächerlich«, murmelte sie. »Was habe ich mit den Partisanen zu tun, und warum sollte ich mich mit einem Funkgerät belasten?«

Er sah sie nachdenklich an. »Nun, vielleicht haben Sie recht.«

»Wo sind Ihre Leute?«

Er überging die Frage und schlenderte zu dem Cozzarelli-Gemälde hinüber. »Ein ausgezeichnetes Werk«, sagte er. Dabei drehte er sich um und sah sie aufmerksam an. »Eine Augenweide.«

Diesmal zuckte sie unter seinem kalten Kompliment zusammen. Meinte er sie oder das Bild?

Er lachte spöttisch. »Ich spreche natürlich von dem Gemälde. Dachten Sie, ich meine Sie?«

»Nein.«

»Sie sehen ziemlich mitgenommen aus, wenn ich das sagen darf. Haben Ihre rosige Frische eingebüßt.« Er lachte auf. »Aber wir sind uns sicher einig, dass das ein wunderbares Gemälde ist, das nie altern wird, im Gegensatz zu einer schönen Frau. Nun ja, folgende Abmachung.« Er ging ein paar Schritte, hielt inne und starrte auf das kunstvolle Muster der Bodenfliesen.

Sein Schweigen verwirrte sie. Sie rätselte, was er vorhaben könnte.

»Nun, wo war ich?« Er hob den Kopf und blickte sie an.

»Sie sprachen von einer Abmachung.«

Er lächelte geringschätzig. »Mir scheint, solche geschäftlichen Dinge sind unter meiner Würde. Natürlich. Natürlich. Die Abmachung ist die: Sie schenken mir das Gemälde, und ich berichte meinem Vorgesetzten, dass das Funkgerät nicht hier ist.«

Sie unterdrückte ein Lachen. Scherzte er etwa? Schließlich könnte sie ihn nicht daran hindern, das Gemälde mitzunehmen.

»Die Idee sagt Ihnen nicht zu? Sie finden sie lustig?«

Sein Gesicht verfinsterte sich vor Zorn. Er bekam sich rasch in den Griff, doch sie hatte es gesehen. O ja.

»Nein. Das ist nicht lustig. Ich glaube Ihnen nur nicht.« Sie sah ihm direkt in die Augen, und seine Brauen fuhren in die Höhe.

»Was soll das heißen? Ich bin ein Mann, der Wort hält.«

»Also gebe ich Ihnen das Gemälde, und dann gehen Sie? Ohne weitere Umstände?«

Er zuckte mit den Schultern.

Während sie überlegte, was sie sagen sollte, trat er ein paar Schritte näher. »Das ist ein ausgezeichnetes Angebot … Sie würden sonst alle erschossen. Da genügt der Verdacht, verstehen Sie? Ich erschieße nicht gern Frauen.«

»Verdacht?«

Kaufmann trat direkt vor sie und hob ihr Kinn an, um ihr in die Augen zu sehen. Dann strich er ihr eine Haarsträhne aus der Stirn, und sie bekämpfte den Drang, ihn anzuspucken. »Sie sind nicht dumm.«

»Das ist verrückt«, erwiderte sie, wich zurück und stieß gegen den Beistelltisch. »Sie können nicht einfach hier hereinschneien und ein Gemälde verlangen. Mein Mann würde einen Anfall bekommen, wenn er das wüsste.«

Er schüttelte den Kopf und ging zu dem Cozzarelli zurück, dessen Rahmen er zärtlich betastete. Sie überlegte, wo sie die Pistole zuletzt gelassen hatte. Bisher war ihr das jederzeit präsent gewesen, jeden Tag zu jeder Uhrzeit, doch ausgerechnet jetzt konnte sie sich nicht erinnern.

»Nein«, sagte sie, um Zeit zu schinden, damit sie sich überlegen konnte, wie sie weiter vorgehen sollte. Er würde das Gemälde mitnehmen, egal, was sie tat, und schließlich war es nur ein Bild. Und trotzdem … sie sperrte sich dagegen. Aus Stolz vielleicht oder aus Sturheit, oder weil sie es leid war, dass die Nazis sich einfach nahmen, was sie wollten. Jetzt wollte sie sich auch mal auf die Hinterbeine stellen. Wahrscheinlich würde er sie sowieso erschießen. »Sie können es nicht mitnehmen. Das steht außer Frage. Lorenzo würde mir das nie verzeihen.«

Er blickte über die Schulter. »Tja, nun, ich fürchte, Ihr Mann ist nicht mehr in der Lage, zu verzeihen oder zu verübeln.«

Ihr Herz setzte aus. »Was soll das heißen?«

In dem stillen Moment, da er sich zu ihr umdrehte, wurden ihre Knie weich. Sie konnte sich gerade noch anspannen, bevor sie ganz nachgaben.

»Ihr Gatte, gnädige Frau, hat für den Feind gearbeitet. Wirklich eine Schande.«

Sie starrte ihn an.

»Ich mache Ihnen ein anderes Angebot.«

Sofia schluckte die drohenden Tränen hinunter, und in dem Moment fiel ihr ein, wo sie die Pistole gelassen hatte.

»Ich werde nicht nur angeben, dass das Funkgerät nicht hier ist, ich werde meinen Leuten auch befehlen, das Castello nicht zu zerstören … und nichts darin anzurühren. Wir lassen Sie vollkommen in Frieden. Das ist ein Angebot, das Sie unmöglich ablehnen können.«

»Was ist mit meinem Mann?« Sie bekam die Worte kaum heraus.

Er lächelte. »Ach, Verehrteste, wie er getanzt hat. Sie tanzen, wissen Sie, am Ende des Seils. Treten mit den Beinen aus wie beim Jig. Wirklich unterhaltsam … Ich nehme an, Sie gehen auf mein Angebot ein?«

Kaufmann kehrte ihr wieder den Rücken zu und nahm das Bild von der Wand. Sie wich zurück, und während er leise von dessen Wert schwärmte, nahm sie behutsam die Pistole aus dem Handarbeitskorb und verbarg sie hinter ihrem Rücken. Kurz fragte sie sich, ob er sie mit seinem Gerede reizen, sie zu etwas provozieren wollte, um zu sehen, wie weit er gehen konnte.

»Major«, sagte sie mit klarer Stimme, »zu Ihrem Angebot …« Und er drehte sich mit dem Gemälde unter dem Arm um, überzeugt, dass sie einlenken würde. Er war überglücklich, das Gemälde zu haben, und wirkte sogar ein bisschen weniger grausam. Aber sie durfte sich nicht abhalten lassen, nicht wahr? Und dann lächelte er sie an.

Bis zu dem Moment, da sie das kalte Lächeln sah, das in Wirklichkeit keines war, war sie sich nicht sicher gewesen, ob sie das durchziehen konnte. Während sie ihren Mut zusammennahm, sah sie ihr ganzes Leben noch einmal vor sich, so als wäre sie es, die gleich sterben würde. Sie blickte zum

Fenster. Der Moment dehnte sich und konnte doch nur den Bruchteil einer Sekunde gedauert haben. Hitze stieg in ihr auf und entzündete einen Zorn, bei dem sie sich ihrer Sache gewiss wurde.

Ehe sie registrierte, was sie tat, hob sie den Arm, zielte und schoss Kaufmann zweimal in die Brust. Es mussten zwei Kugeln sein. Eine für Aldo und eine für Lorenzo.

Kaufmann taumelte rückwärts und riss erstaunt die Augen auf. Sie fand, dass sie eigentlich zusammenbrechen müsste, denn der Schock raubte ihr den Atem. Doch er war es, der in sich zusammensackte. Zuckend und stöhnend sank er gegen die Wand und rutschte daran herab, das Kinn fiel ihm auf die blutgetränkte Brust.

Den Fleck kriegen wir nie wieder weg, dachte sie. Kurz darauf saß er reglos da. »Wie beim Jig«, flüsterte sie, »wirklich unterhaltsam.« Und dann schloss sie die Augen. Sie wagte es nicht, wieder hinzusehen, aus Angst, er könnte doch noch aufstehen und sie erdrosseln. Davon abgesehen fühlte sie nichts. Dann öffnete sie die Augen und sah das Blut auf dem Boden. Noch immer war da keine Empfindung in ihr.

Sie blickte auf die Pistole in ihrer Hand, unsicher, was sie tun sollte. Es war leicht, einen Menschen zu töten, viel leichter, als man glaubte. Und dann kam ihr eine unverrückbare Erkenntnis: Sie war nicht der Mensch, für den sie sich gehalten hatte. Das Wort dafür gab es nicht. Für dieses nicht existierende Wesen. Als sie aufblickte, war das Licht im Raum noch milder geworden. Ein schöner goldener Schein fiel auf die Wand hinter Kaufmann, an der ihr herrliches goldenes Gemälde sonst leuchtete. Doch das hing dort nicht mehr, sondern lag in Kaufmanns Blut am Boden. Der Raum zog sich zusammen, drehte sich um sie.

Als hätte sie keinen Willen mehr, versank sie in Erstarrung. Es zehrte an ihrer Kraft, an ihrer Seele … an allem. Sie stand da wie in Trance. Sofia dachte ab und zu, sie sollte handeln, das Blut aufwischen, die Fleischfetzen von der Wand klauben, die sie dort kleben sah, blieb aber wie gelähmt in der völligen Stille des Raumes.

Dann flüsterten zwei Stimmen aus der Vergangenheit, riefen sie, beharrten darauf, dass sie zuhörte. Und das tat sie. Zuerst ihr Vater und dann Lorenzo. Es war lebenswichtig, sie anzuhören, doch ihre Stimmen wurden undeutlich, und sie verstand nicht, was sie wollten. Sie griff nach Lorenzo, wollte ihn berühren, ihm in die Augen sehen und griff ins Leere. Sie blickte auf ihre leeren Arme und sah die Pistole. Die beiden Männer verschmolzen miteinander. Die zwei, die sie am meisten geliebt hatte. Beide tot. Und als ihre Stimmen verstummten, war ihr, als hätte sie beide unsäglich enttäuscht, und der Schmerz war nicht zu ertragen. Niemand konnte verstehen, was solch ein Verlust bedeutete, bis er selbst den liebsten Menschen auf der Welt verloren hatte.

Jetzt hörte sie jemanden ihren Namen rufen, aber von sehr weit her. Jemand wimmerte, und sie erkannte, dass sie es war. Sie war es, die da wimmerte.

59

Bis Maxine am Castello ankam, war es schon Abend. Dankbar und froh, weil niemand auf sie geschossen hatte, parkte sie das Motorrad und sah dann Carla müde über den Platz gehen.

»Ich habe auf dem Weg herauf Schüsse gehört«, sagte sie. »Sie klangen ganz nah. Haben Sie sie auch gehört?«

Carla zuckte mit den Schultern. »Man hört hier ständig Schüsse. Wann nicht?«

»Was ist hier inzwischen passiert? Unten am Berg steht ein Wagen der Wehrmacht. Kein Mensch drin.«

Sie kamen an der Seitentür an und fanden sie angelehnt. Carla runzelte die Stirn. »Offenbar habe ich sie nicht abgeschlossen.«

»Sehr unvorsichtig.« Maxine zog die Brauen hoch.

»Ich bin seit Tagen abgelenkt«, brummte Carla. »Hier wurden zwei Jungen vermisst. Einer ist aufgetaucht, der andere noch nicht. Sein Bruder meint, er hält sich im Wald versteckt.«

Sie gingen in den dämmrigen Flur, und Maxine rief. »Sofia? Elsa?«

Es kam keine Antwort, doch im Salon weinte jemand. Carla und sie wechselten besorgte Blicke und liefen darauf zu.

Maxine öffnete die Tür und schnappte nach Luft. »Du lieber Gott«, flüsterte sie entsetzt, als sie das Blutbad sah.

Elsa wischte sich die Tränen weg und stand schwankend auf. »Sie spricht nicht. Steht nur zitternd da und wimmert. Sie hält die Pistole krampfhaft fest. Ich konnte sie ihr nicht abnehmen.«

Maxine schauderte, zwang sich jedoch, auf Kaufmanns Leiche zuzutreten. »Himmel, so viel Blut.«

»Ich habe es schon geprüft«, sagte Elsa. »Er ist wirklich tot.«

Maxine drehte sich zu Carla und bemerkte die Angst in ihren Augen.

Einen Moment lang verharrten sie unentschlossen, dann riss sich Carla aus der Erstarrung und ging zu Sofia. Sie legte den Arm um sie, führte sie zu einem Sofa, half ihr behutsam, sich zu setzen, und löste vorsichtig Sofias Finger von der Waffe. Elsa setzte sich neben ihre Tochter.

»Ob er über sie herfallen wollte?«, fragte Carla gequält. »Ich werde mir nie verzeihen, dass ich nicht hier war.«

Elsa schüttelte den Kopf. »Sehen Sie das Gemälde auf dem Fußboden? Er hatte es wohl darauf abgesehen.«

Carla schaute verdutzt. »Sie würde ihn doch nicht wegen eines Bildes töten.«

»Stimmt«, sagte Maxine. Plötzlich hatte sie sich wieder gefasst und übernahm das Ruder. »Das ist aber egal. Wir müssen die Leiche loswerden, und zwar schnell. Der Wagen stand verlassen da. Gut möglich, dass Kaufmann allein gekommen ist. Doch ich würde nicht drauf wetten.«

Carla sah sie an. »Normalerweise sind sie zu mehreren.«

»Wie auch immer, wir müssen uns beeilen«, drängte Maxine.

Trotzdem starrte Carla weiter auf die Leiche. »Warum liegt das Bild auf dem Boden? Er hat es vollgeblutet.«

»Das spielt jetzt keine Rolle. Kommen Sie«, verlangte Maxine. »Helfen Sie mir, ihn in den Teppich einzurollen.«

Nachdem sie ihn darin eingewickelt hatten, hoben sie den Teppich an beiden Enden an, aber er hing in der Mitte durch und schleifte über den Boden. »Lassen Sie los«, ächzte Maxine, praktisch wie immer, obwohl sie in einem fort schauderte. »Wir brauchen mehr Helfer. Zu zweit kriegen wir ihn nicht durchs Haus geschleppt. Vielleicht geht es zu dritt.«

Elsa stand vom Sofa auf. »Ich fasse mit an.«

»Nein«, widersprach Carla. »Ich gehe Anna holen. Bleiben Sie bei Ihrer Tochter.«

»Dann beeilen Sie sich.«

Maxine fragte Elsa, ob Sofia etwas darüber gesagt habe, wie das passiert sei.

»Sie sagte nur, sie haben ihn aufgehängt.«

»Wen? Glauben Sie, sie meint Lorenzo?«

Elsa atmete hörbar aus. »Vielleicht.«

»Dann wundert es mich nicht, dass sie Kaufmann erschossen hat.«

»Sie hat Blut an der Bluse.«

»Vielleicht hat sie nachgesehen, ob er tot ist. Sie muss sich eine andere anziehen.« Maxine sah an sich hinunter. »Das müssen wir wohl alle.«

Drei Minuten später kam Carla mit Anna zurück, die erst mal bestürzt auf das Blut an der Wand und auf dem Boden starrte, dann auf Kaufmanns Stiefel, die aus dem Teppich ragten, und schließlich auf Sofia. Sie bekreuzigte sich und flüsterte immer wieder: *»Madonna santa.«*

»Bereit?«, fragte Maxine.

Anna riss sich zusammen. »Nach unten in die Tunnel? Ich kann nicht lange wegbleiben. Alberto ist allein.«

Carla tätschelte ihrer Tochter die Hand. »Er wird zurechtkommen, doch wir müssen uns beeilen. Wenn die Luftangriffe losgehen, wird sich das ganze Dorf in den Keller begeben.«

Maxine hob ein Ende der Teppichrolle an. »O Gott, er ist schwerer, als man denkt.«

»Totes Gewicht«, sagte Anna und lachte über ihren Witz.

»Schscht!« Carla sah sie tadelnd an.

Maxine blickte zu Elsa, die Sofias Hände streichelte. »Werden die beiden zurechtkommen?«

»Fürs Erste«, meinte Carla. »Ich wische das Blut weg, wenn wir zurückkommen, und du versteckst die Pistole, Anna.«

»Hoffen wir, dass die Alliierten hier sind, bevor die Deutschen merken, dass Kaufmann fehlt«, sagte Maxine. »Ich werde den Wagen wegfahren und tarnen.«

»Was ist mit den Schlüsseln?«

Allen kam derselbe Gedanke, und Maxine rollte die Augen. »Herrje! Wir können ihn nicht auspacken und durchwühlen wie eine Handtasche.«

»Hast du eine bessere Idee?«, fragte Anna.

»Na schön.« Maxine schlug den Teppich auseinander und schreckte vor Kaufmanns toten Augen zurück, überwand sich aber, seine Taschen nach den Wagenschlüsseln abzusuchen.

»Macht dir das nichts aus? Du bist gleich ganz voll Blut.«

»Ich verbrenne die Kleidung nachher.«

»Bevor du den Wagen wegfährst oder hinterher?«, wollte Anna wissen.

»Schon gut. Du verbrennst die Sachen. Ich werde saubere anziehen und dann den Wagen wegfahren. Jetzt los! Ich habe die Schlüssel. Packen wir den Schweinehund wieder ein.« Sie grinste schief. In der verrückten Situation war schwarzer Humor das Beste. »Ich hätte zu gern sein Gesicht gesehen, als sie abdrückte.«

Plötzlich hörten sie ein Geräusch. Hatte jemand an die Tür geklopft, oder hatte der Wind einen Zweig gegen ein Fenster geweht? Erschrocken blickten sie einander an. Bestürzung und Angst hatten die Oberhand übernommen und ließen sie das Schlimmste vermuten. Konnten das die Deutschen sein?

»Habe ich die Tür abgeschlossen?« Carla erschrak bei dem Gedanken, sie könnte sie wieder offen gelassen haben.

»Zu spät. Ignorieren Sie das«, befahl Maxine.

»Du hast abgeschlossen«, sagte Anna. »Keine Sorge.«

Carla stockte und zögerte, bevor sie es aussprach. »Tut mir leid, doch es gibt noch etwas. Wir werden eine Lampe brauchen.«

»Du meine Güte! Wie wär's, wenn wir zwischendurch noch einen Kuchen backen?« Maxine sah frustriert zu Elsa hinüber. »Wären Sie so freundlich, doch noch mitzuhelfen? Wir brauchen jemanden, der uns leuchtet.«

»In der Küche steht eine. Die Streichhölzer liegen auf dem Fensterbrett«, sagte Carla.

Elsa eilte in die Küche und kam mit angezündeter Lampe zurück. Endlich schleiften sie den Toten in dem Teppich zur Tür und durch den Flur.

Schließlich hatten sie ihn polternd die Treppe hinunter in den Keller geschafft und in die Tunnel gezogen. Carla kannte den Weg genau. Sie brachten ihn so weit wie möglich vom Haus weg.

»Wir müssen ihn nur so lange verstecken, bis die Alliierten da sind. Die können sich dann um den Toten kümmern«, meinte Maxine. »Sie sind schon in Montepulciano. Es kann nicht mehr lange dauern.«

Carla stieß einen Freudenschrei aus.

»Ob der kleine Junge noch hier unten ist?«, fragte Anna. »Sollen wir noch mal nachsehen?«

»Sein Bruder beteuert, dass er im Wald ist. Und wir können jetzt nicht nach ihm suchen. Oben ist zu viel zu erledigen.«

Leise eilten sie in den Salon zurück, damit jeder seiner Aufgabe nachkam. Anna würde die Waffe verstecken, Carla das Blut aufwischen, Maxine Kaufmanns Wagen wegfahren und Elsa ihre Tochter trösten.

Doch als sie den Salon betraten, war Sofia verschwunden.

60

Carla holte sich einen Eimer Wasser, einen Schrubber, alte Lappen und eine Wurzelbürste, und dabei sorgte sie sich um die Contessa. Anna hatte noch das Haus nach ihr abgesucht, bevor sie gegangen war. Die Ateliertür war abgeschlossen, deshalb nahmen sie an, dass Sofia sich darin eingeschlossen hatte. Carla hätte zu gern nach ihr gesehen, doch sie hatten dringende Aufgaben zu erledigen, bevor die Luftangriffe begannen. Elsa suchte weiter, für den Fall, dass Sofia doch nicht im Atelier war.

Als Carla den kleinen Salon betrat, blickte sie ängstlich über die Schulter, ob etwa gerade ein Wehrmachtssoldat hereinkam und sie bei dem vielen Blut sah. Die Alliierten ließen auf sich warten, und die Deutschen waren *eindeutig* noch da, also war das durchaus möglich. Außerdem könnte Maxine mit Kaufmanns Wagen erwischt werden, und dann wären die Deutschen im Nu im Castello.

Beim Knall einer fernen Explosion fuhr Carla zusammen und bekreuzigte sich. Sie fing schleunigst an zu wischen. Das musste erledigt sein, bevor die Dorfbewohner ins Haus strömten. Aber, du lieber Himmel, sie hatte noch nie so viel Blut auf einmal gesehen!

Der widerliche Geruch schlug sich im Rachen nieder. Sie wischte zuerst den Boden auf und holte alle paar Minuten frisches Wasser, doch in den Fliesen blieb ein Hauch Rosa zurück. Sie legte die Bürste beiseite und schaffte aus einem anderen Zimmer einen Teppich her, mit dem sich der Fleck abdecken ließ.

Als Nächstes befasste sie sich mit der Wand und kratzte mit den Fingernägeln die angetrockneten Fleischbröckchen ab. Sie würde nie wieder saubere Fingernägel haben. Als das erledigt war, holte sie neues Wasser und einen sauberen Lappen, um das Blut von dem Gemälde zu entfernen. Behutsam tupfte sie daran herum, um die Goldschicht nicht zu beschädigen. Ihr geliebter San Sebastiano.

Ihr Blick fiel auf Kaufmanns Hornbrille, die auf dem Boden lag. Sie steckte sie ein, um sie später irgendwo loszuwerden. Dann schaute sie nach blutigen Fußspuren und wischte sie weg. Zu guter Letzt schrubbte sie sich die Hände sauber, bis sie wund waren, zog die blutige Schürze aus und rannte zum Kesselhaus, wo Maxines Kleider bereits brannten. Reglos stand sie da und hörte die Flugzeuge übers Haus fliegen. Die ersten Bomben explodierten, allerdings nicht allzu nah. Gott sei Dank. Die Dorfbewohner würden jeden Augenblick an die Tür klopfen.

Die kommende Nacht sollte die schlimmste werden. Noch immer wussten sie nicht, wo Sofia war, und mussten Elsa zwingen, mit dem Suchen aufzuhören und in den Keller mitzukommen. Sie hatte immer wieder vergeblich an die Ateliertür geklopft und war in den Garten gegangen, um durch die Fenster zu spähen, aber durch die Ritzen der Läden war nichts zu erkennen gewesen, sodass sie weinend ihren Namen gerufen hatte. Anna hatte sie schließlich ins Haus geholt.

Die Alliierten flogen pausenlos Angriffe, aber über einem Gebiet nördlich von ihnen. Sie taten alles, um den Deutschen den Rückzug abzuschneiden. Diesmal sang und betete niemand, und keiner tat ein Auge zu.

Die Mutter des vermissten Jungen wollte die Tunnel nach ihm absuchen, aber Carla hielt ihr entgegen, dass nicht mehr genügend Öl für die Lampe da sei und sie ohne Licht nicht einmal die Hand vor Augen sehen würde. Sie hatte ein schlechtes Gewissen, weil das nicht ganz der Wahrheit entsprach. Doch sie durften nicht riskieren, dass die Frau über Kaufmanns Leiche stolperte.

Carla würde am Morgen selbst nach dem Jungen suchen,

die Hunde mitnehmen und keinen Tunnel auslassen. Sie würde auch in den Wald gehen. Sie war hier aufgewachsen und kannte jede Mulde, jeden Stein und jede Baumhöhle, alle guten Verstecke, in die ein verängstigtes Kind hineinpasste.

61

20. Juni 1944

Am Morgen, als die aufgehende Sonne einen rosa Schein über das Land warf, klopfte Carla an die Ateliertür und erhielt wieder keine Antwort. Einer Eingebung folgend, eilte sie zum Turm, fand ihn unverschlossen und stieg nach oben. Auf die Idee war sie vorher nicht gekommen. Wer würde während eines Luftangriffs auf einen Turm steigen?

Der obere Raum war verlassen, aber sie stieg von dort die schmale Treppe zum Dach hoch, und da fand sie Sofia zusammengekrümmt auf dem Steinboden liegen. Eben noch erleichtert, sie endlich gefunden zu haben, durchfuhr sie jetzt ein Schreck, denn Sofia bewegte sich nicht.

Carla rüttelte sie sanft an der Schulter. Sofia murmelte etwas und wehrte sie mit der Hand ab. Daher ging Carla zurück ins Haus, holte eine Decke und ein Kissen, ebenso einen Krug Wasser samt Glas und brachte das auf den Turm. Sie gab Sofia ein paar Schlucke zu trinken und legte ihr die Decke um die Schultern.

»Wenn die Sonne höher steigt, wird es hier zu heiß sein. Wollen Sie nicht in das Turmzimmer gehen, wo Ihre Malsachen stehen? Haben Sie den Schlüssel?«

Sofia nickte, ließ sich von ihr an die Hand nehmen und die Stufen hinabführen.

»Sind Sie die ganze Nacht da oben gewesen?«

»Ich wollte, dass sie den Turm treffen.«

»Ach, meine liebe Contessa, so dürfen Sie nicht denken.«

»Sie haben ihn erhängt«, sagte Sofia mit schwankender Stimme. »Sie haben meinen Lorenzo erhängt.«

Carla musste sich an der Wand abstützen. Es war also wahr. Sie musste stark sein, wenn sie Sofia helfen wollte, obwohl das ein schwerer Schlag für sie war. Doch umso mehr für die Contessa. »Kommen Sie.« Sie half der taumelnden Sofia auf einen Sessel. »Setzen Sie sich, und ich packe Sie warm ein. Meinen Sie, Sie werden etwas essen können?«

Sofia schüttelte den Kopf. »Lassen Sie mich nur hier sitzen.«

»Ganz allein? Sie sollten jetzt nicht allein sein.«

»Bitte. Lassen Sie niemanden herauf. Sagen Sie keinem, dass ich hier bin. Sagen Sie allen, es geht mir gut und ich ruhe mich aus.«

»Was ist mit Ihrer Mutter und Maxine?«

»Sagen Sie ihnen, es geht mir gut.« Sie holte tief Luft. »Ich habe einen Mann getötet, Carla. Kaltblütig umgebracht. Ich muss allein sein.«

»Sie haben das Richtige getan.«

»Er wollte das Gemälde.«

»Den San Sebastiano?«

»Der war mir nicht mal wichtig. Ich hätte ihm das Bild überlassen. Er hätte es sowieso einfach mitnehmen können, aber … dann erwähnte er, dass sie Lorenzo erhängt haben.«

Carla schwieg tief bestürzt, und Sofia sagte nichts weiter.

»Nun, kommen Sie später ins Haus, wenn Sie so weit sind«, meinte Carla schließlich und sprach wie mit einem kranken Kind. »Ich werde Ihnen ein schönes Abendessen kochen, etwas ganz Besonderes. Jetzt schlafen Sie. So lange, wie Sie können.«

Sofia nickte.

Und Carla unterdrückte den entsetzlichen Schmerz und eilte hinunter in ihre Küche. Sie wollte woanders sein. Jemand anders sein. Jemand, der nicht jeden Augenblick in Panik geriet. Langsam atmete sie durch, um sich zu beruhigen, dann setzte sie sich an den Tisch, legte den Kopf auf die Arme und weinte heftig und lange.

Ihre liebe Contessa so zu sehen war furchtbar, aber Lorenzo … sie hatte ihn von klein auf gekannt. Wenn sie selbst mit einer Pistole in der Hand vor Kaufmann gestanden hätte, sie hätte ihn auch erschossen. Und für den war das eigentlich eine zu milde Strafe gewesen. Sie sah Sofia vor sich, da oben ganz allein, hohläugig und gebrochen. Das war ungerecht.

Später schleppte sie sich die Treppe zum Turm hinauf und fand Sofia schlafend vor. Sie wollte sie nicht wecken. Aber sie würde tun, was sie versprochen hatte, und ein verlockendes Gericht zubereiten, und hoffentlich würde die Contessa zum Abendbrot herunterkommen. Jeder Mensch trauerte auf seine Weise. Manche suchten die Nähe anderer, manche wollten allein sein. Sie würde Elsa beruhigen. Sie würde sagen, dass es ihrer Tochter bald wieder gut gehen würde, und danach würde sie nach dem vermissten Jungen suchen.

Doch nachdem sie ihn bis zum frühen Abend nicht gefunden hatte, wandte sie sich an Maxine. Nicht nur wegen des Jungen, sondern auch wegen der Contessa, denn die war noch immer oben im Turm. Maxine hatte fast den ganzen Tag geschlafen, aber als sie das hörte, stand sie auf und zog sich rasch etwas über.

62

Obwohl es nun Abend war, roch es draußen noch immer nach Rauch. Er setzte sich in den Haaren, in den Kleidern, sogar auf der Haut fest. Deshalb waren die Dorfbewohner den ganzen Tag in den Häusern geblieben und hatten müde von der Nacht im Keller entweder geschlafen oder geruht.

Der Abend war still und drückend. In der Ferne donnerte Geschützfeuer, aber auf der Piazza waren nur die Schwalben zu hören. Als eine große schwarze Krähe von den Zinnen des Turms herabflog, übertönte sie das Gezwitscher mit ohrenbetäubendem Kreischen. Eine zweite Krähe folgte der ersten. Und noch eine.

»Drei Krähen«, flüsterte Maria. Drei bedeuteten den Tod. Hatte es nicht schon genug Tote gegeben? Sie unterdrückte ein Gähnen und zog sich trotz des warmen Abends den zerschlissenen Wollschal enger um die Schultern.

Die Sonne stand als mild scheinender Ball an dem azurblauen Himmel und würde bald zum Horizont sinken. Obwohl so nah bei ihnen Bomben eingeschlagen hatten, hatten die alten Häuser rings um den Platz keine Schäden abbekommen und leuchteten wie von der Sonne vergoldet. Das war ein schöner, friedlicher Ort zum Leben gewesen, bis zum Krieg.

Plötzlich gellte ein Schrei über den Platz. Im nächsten Augenblick flog ein Fensterladen auf, und Annas erschrockenes Gesicht erschien im Fenster. Sie schaute mit verschlafenem Blick auf die Piazza. Was war los? Was konnte denn nun noch passieren? Waren die Alliierten denn nicht fast da?

Maria blickte nach oben, als wüsste sie bereits, was los war, obwohl nichts zu sehen war außer einigen Tauben, die zur Zisterne flatterten.

Der Wind strich durch die Blätter des Feigenbaums, und die Luft fing an zu singen.

Wieder gellte ein Schrei, und der kleine Alberto kam durch das Dorftor gerannt. Er jagte Gabriellas dreibeinigem Hund nach, der offenbar seine Brotrinde im Maul hielt. Als er um die Zisterne rannte und auf einer Feige ausrutschte, rief Anna nach ihrem Jungen, und der Hund entkam.

Maxine verließ in einem dunkelblauen Kleid, das Sofia gehörte, das Haus und ging auf den Platz, wo sie mit Carla sprach.

»Sie ist schon zu lange allein. Gehen Sie. Seien Sie behutsam mit ihr.« Maxine deutete nach rechts, weil sie wusste, dass Carla den Geheimgang nehmen würde. »Ich habe den zweiten Turmschlüssel, für den Fall, dass sie abgeschlossen hat. Auf jeden Fall muss sie endlich ins Haus kommen.«

Nachdem Carla durch einen Hauseingang verschwunden war, ging Maxine auf den Turm zu. Als sie ein Auto hörte, blieb sie stehen. Doch hoffentlich nicht die Deutschen, nicht gerade jetzt? Sie bekreuzigte sich und setzte ihren Weg fort.

Doch in dem Moment – und in ihrer Erinnerung sollte er sich zu einer Ewigkeit dehnen – hörte sie einen erstickten Schrei vom Turm. Die Hand über den Augen, blickte sie nach oben und sah es mit ungläubigem Schrecken: Auf den Zinnen saß Sofia mit dem Rücken zum Abgrund. Sie saß nur da, mit gesenktem Kopf, als betete sie, und rührte sich nicht.

»Sei vorsichtig!«, rief sie zu ihr hinauf und blinzelte gegen das Sonnenlicht. Einige Sekunden vergingen, obgleich die Zeit für Maxine stillstand. Es sah aus, als wäre noch jemand auf dem Turm, doch dann änderte sich das Licht, und sie erkannte, dass ihre Freundin allein war. Es war nur ein Schatten gewesen, eine optische Täuschung. Und plötzlich fiel etwas vom Turm, es bauschte sich und trieb im Wind. Sie sah, es war nur ein Schal, und als Sofia sich danach umdrehte und gefährlich weit zurückneigte, fing Maxine an zu rennen.

63

Zwei Stunden später

Lorenzo saß im Jeep der Briten, der langsam die Straße zum Castello hochfuhr. Er war euphorisch vor Erleichterung und Vorfreude und atmete die vertrauten Gerüche ein – Rosmarin, Zitrone, Erde –, aber auch den Rauchgeruch, der noch immer in der Luft hing. Nach seiner gefährlichen Spionagetätigkeit, überstandenen Gefahren, nach Flucht und Haft war er überglücklich, wieder zu Hause zu sein.

Der Jeep hielt vor dem Dorftor an. Die Briten zogen bereits nach Norden, hatten sich aber bereit erklärt, ihn herzufahren, obwohl das für sie ein Umweg gewesen war. Natürlich wäre er die zweihundert Kilometer auch zu Fuß gegangen, um nach Hause zu gelangen, doch jetzt konnte er das Wiedersehen kaum erwarten. Aus Höflichkeit lud er sie ein, sich das Castello anzusehen, und die drei Männer sprangen aus dem Wagen, froh, sich die Beine vertreten zu können.

Sie gingen durch den Torbogen in der Wehrmauer auf die Piazza zu. Die Luft summte von Insekten. Staunend blickten sich die Briten um und schlugen dabei nach den Mücken.

»Die haben wir in Yorkshire nicht«, scherzte einer.

Lorenzo mochte das Zwielicht, wenn sich die schönen alten Bauten vor dem Himmel abzeichneten und es so still war, dass man nur die Insekten hörte. Aber war es vielleicht allzu still? Es würde bald dunkel sein. Vermutlich war inzwischen jeder, der einen Abendspaziergang unternommen hatte, wieder zu Hause. Freudig erregt stellte er sich Sofias Gesicht vor, wie sie ihm strahlend entgegenlief. Es war viel zu lange her, dass er sie gesehen hatte. Darum führte er die Briten nur kurz herum, verabschiedete sie mit Schulterklopfen und wünschte ihnen Glück.

Sie warfen noch einen Blick auf die alten Fassaden und über das Val d'Orcia, das im letzten Abendschein verblasste.

»Schön hier, Kumpel«, sagte einer, und die anderen nickten.

Er freute sich über das Kompliment und war froh, dass augenscheinlich nichts allzu Schlimmes passiert war, blickte sich aber vorsichtshalber noch mal um. Alle Häuser waren unbeschädigt – wahrlich ein Segen. Dann schritt er mit Herzklopfen auf die Haustür zu und empfand eine unbeschreibliche Sehnsucht nach seiner Frau. Nach ihren Augen, ihrem Lächeln, ihren langen dunklen Haaren. Und nach ihrer Art, ihn anzublicken, wenn sie ihr Tun unterbrach, sodass nur er wusste, wie viel er ihr bedeutete.

Kurz vor der Haustür befiel ihn eine böse Ahnung, was nach so langer Trennung wohl sicherlich normal war. Er tadelte sich dafür und lachte über seine dummen Gedanken. Sofia würde sich genauso sehr über das Wiedersehen freuen wie er.

Er holte den Schlüssel hervor, schloss auf und betrat den Flur, wo er sofort nach ihr rief, weil er es nicht mehr erwarten konnte. Es blieb still. Und mit einem unguten Gefühl im Magen spürte er, dass etwas nicht stimmte. Als er auf den kleinen Salon zuhielt, hörte er aufgeregtes Geflüster.

Carla kam heraus, das Gesicht fleckig, die Augen rot geweint. Sie wischte sich die Tränen mit der Schürze ab.

»Carla?«

Aber sie sperrte nur den Mund auf, ohne etwas zu sagen.

»Carla.«

Sie redete noch immer nicht, sondern zeigte nur zu Sofias Salon, und ihm lief es eiskalt über den Rücken. Was zum Teufel war hier los?

Mit großen Schritten betrat er das Zimmer und sah Maxine vor dem Sofa knien, auf dem jemand lag.

»Maxine?« Zuerst schien es, als hätte sie ihn nicht gehört, dann hob sie den Kopf, und ihre Augen wurden immer größer, so als könnte sie nicht glauben, dass er vor ihr stand.

Er holte scharf Luft und trat einen Schritt näher, und da sah er seine Liebste auf dem Sofa, und sie war totenblass. Augenblicklich spürte er einen Kloß im Hals, und der Schmerz presste ihm die Brust zusammen.

Maxine stand auf und streckte abwehrend die Hand aus. »Nein. Nicht … ist sie nicht.«

In dem Moment riss Sofia die Augen auf und starrte ihn ungläubig an. Sie sprang auf, schlug sich die zitternde Hand vor den Mund, keuchte auf, und dann erstarrte sie, als hätte er ihr einen Schock versetzt. Sie schwankte, er stürzte zu ihr und fing sie auf, als sie ohnmächtig wurde.

Er trug sie zum Sofa. Sie war so leicht, fühlte sich so zerbrechlich an, und als sie zu sich kam, drückte er sie an sich und wollte sie nie wieder loslassen. Nie wieder. Er küsste sie auf den Mund, auf die Wangen, die Stirn. Ihre Haut war kalt und bläulich. Sie starrte ihn noch immer verwundert an. Er verstand ihre Verwirrung nicht.

»Ich dachte schon, du wärst tot«, sagte er. »O Gott, ich hätte das nicht ertragen.«

Sie streichelte sein Gesicht und betrachtete es hingerissen. »Bist du es wirklich?«

Er lächelte. »Natürlich. Du schaust mich so an, als hättest du einen Geist gesehen. Warum?«

»Weil es mir so vorkommt. Weil es mir unmöglich erscheint. Es hieß …« Sie biss sich auf die Lippe und holte zitternd Luft. Ihre Stimme versagte, während sie die grausigen Worte aussprach. »Es hieß, sie hätten dich erhängt.«

Er saß vor ihr und starrte sie an, und dabei wollte er aus der Haut fahren vor Zorn, weil sie solche Qual durchgemacht hatte.

Ihre Augen wurden feucht, aber die Tränen flossen nicht. Wie stark sie ist!, dachte er. Sein geliebtes Mädchen. Es gab so viel zu sagen, doch ihm fehlten die Worte. Seine Liebe und Freude überwältigten ihn gerade. Er nahm ihre Hände in seinen Schoß, streichelte sie, hob sie an seine Lippen und küsste sie und ließ sie wieder sinken. Dann weinte er, rang schluchzend nach Luft, und seine Schultern bebten. Er sah seine Tränen auf ihre vereinten Hände fallen, heiße, zornige Tränen. Sie hob seine Hand und küsste die Tränen weg, und sie saßen beieinander, bis es dunkel war.

Maxine kam herein mit einem Kaffee für beide, und da erst merkte er, dass sie nicht allein gewesen waren. Elsa saß still in einer Ecke mit verweinten Augen, ihr Gesicht war von Trauer gezeichnet. Sofia stand auf und ging zu Elsa. Ein paar Minuten lang hielten sie sich in den Armen und wiegten sich hin und her.

Dann kam seine Frau zu ihm zurück, streckte ihm die Arme entgegen, und zusammen gingen sie nach oben in ihr Schlafzimmer.

Dort legte er Sofia auf die Daunendecke und flüsterte, was er schon die ganze Zeit hatte sagen wollen, was er zu sagen geträumt hatte und für den Rest seines Lebens sagen würde. Die Sekunden, die er sie tot geglaubt hatte, waren einschneidend gewesen. Er sagte, wie sehr er sie liebe, wie sehr sie ihm gefehlt habe, immer und immer wieder. »Du bist die Liebe meines Lebens. Die einzige Liebe meines Lebens.«

Nach einer Weile, als ihnen die Worte ausgegangen waren, hielten sie sich bei den Händen und blickten einander in die Augen, schüttelten ab und zu den Kopf, mal erleichtert, mal ungläubig. Sie schlang die Arme um ihn, tröstete ihn und sah ihn mit leuchtenden Blicken an.

»Du fühlst dich jetzt wärmer an«, sagte er. »Du warst ausgekühlt.«

»Ich bin zu lange im Turm gewesen.«

»Warum?«

Statt zu antworten, legte sie den Zeigefinger an seine Lippen.

Sie hat recht, dachte er. Sie würden reichlich Zeit haben, sich alles zu erzählen. Im Augenblick hatten sie alles, was sie brauchten. Was sie beide fühlten, war immens und kaum in

Worte zu fassen. Sie waren erleichtert, verschont geblieben, befreit, konnten ein neues Leben führen. All das, und vor allem waren sie zutiefst dankbar, beide am Leben zu sein.

Unvermittelt fragte sie: »Erinnerst du dich an unsere erste Begegnung?«

»Ich weiß noch, wie sich dein Gesicht aufhellte, weil ich einen albernen Witz gerissen hatte, und wie das Lachen aus dir heraussprudelte.«

Und im Augenblick der Erinnerung fühlte er es wieder, als sie beide das gleiche ansteckende, freudige Lachen überkam.

64

September 1945

Am achten Mai hatten die Alliierten Deutschlands Kapitulation angenommen. Sofia hatte den Krieg in Italien durchgestanden und seine Grausamkeiten erlebt, wie alle Bewohner ihres Dorfes. Sie hatten die schwersten Sorgen durchlitten und doch nie aufgegeben. Einfallsreich und entschlossen hatten Widerstandskämpfer und ihre Unterstützer sich gegen den einheimischen und den ausländischen Faschismus gestemmt.

Sofia war stolz, dass sie dazu beigetragen hatte. Lorenzo war erstaunt gewesen zu hören, was sie getan hatte. Er hatte große Augen gemacht und sie mit tiefer Bewunderung und Liebe angesehen.

Inzwischen wussten sie, wie es gewesen war, nachdem die letzten Wehrmachtssoldaten Florenz verlassen hatten. Die Partisanen gingen durch die leeren Straßen, hinter ihnen einige alliierte Soldaten. Hunderte Gesichter starrten stumm durch die halb geöffneten Fenster zu ihnen, und langsam erhob sich ein Applaus und schwoll an. Den Partisanen liefen die Tränen über die Wangen, den Soldaten ebenfalls, und ganz bestimmt ging es den Leuten in den Fenstern genauso.

Und nun, an einem schönen Septembertag, saß Sofia draußen im Garten neben dem Granatapfelbaum, dachte über all das nach und dankte Gott, dass es wirklich vorbei war. Als sie neben sich die Küchentür hörte, drehte sie den Kopf.

»Maxine!« Freudig lächelnd stand sie auf und lief ihrer Freundin entgegen. »Wie schön, dich wiederzusehen!«

Sie umarmten sich und hielten sich ein Weilchen fest.

Sofia löste sich, nahm Maxines Hände und musterte ihr Gesicht. »Du warst lange fort. Über ein Jahr.«

»Ich weiß. Ich musste nach Hause. Die Briten waren fantastisch, haben meinen Rückflug arrangiert und alles.«

Sofia fasste ihr an die Wange. »Du trägst die Haare jetzt kürzer.«

Maxine lächelte und drehte den Kopf, sodass ihr Bob hin und her schwang. »Gefällt es dir?«

»Es ist hinreißend.«

»Danke. Du siehst auch gut aus, Sofia.«

»Carla hat mich aufgepäppelt. Nun erzähl mir von dir.«

»Ich bin seit Kurzem wieder in Italien und habe in Santa Cecilia Verwandte und Bekannte meiner Eltern besucht.«

»Hast du mit deinen Eltern über Matteo gesprochen?«

»Ein wenig. Das war ziemlich verkrampft, kann ich dir sagen. Und bevor ich hierherkam, war ich bei Marcos Schwester.«

»Wie geht es ihr und seinem kleinen Neffen?«

»Prächtig ... Aber wie geht es dir, Sofia?«

»Gut. Ganz ehrlich. Wollen wir uns setzen?« Sie betrachtete ihre Freundin ernst, während die sich einen Stuhl heranzog.

»Was ist?«, fragte Maxine.

»Wir haben nie darüber gesprochen, nicht wahr? Du bist so schnell abgereist ... nach Lorenzos Rückkehr.«

»Ich weiß. Das erschien mir nur richtig. Ihr habt die Zeit zu zweit gebraucht.«

Stirnrunzelnd sah Sofia zu Boden, und dann blickte sie Maxine an. »Es ist furchtbar, das zu sagen, aber ich hatte schon die Absicht, weißt du?«

Maxine nickte. »Das war mir klar.«

»Nach allem, was wir bereits durchgemacht hatten, war es mir unerträglich, ohne Lorenzo weiterleben zu müssen. Ich war wohl ein bisschen neben mir, nachdem ich Kaufmann erschossen hatte.«

Maxine streckte ihr die Hand hin, und Sofia drückte sie.

»Mir fuhr der Schreck in alle Glieder, als ich dich auf den Zinnen sah«, sagte Maxine. »Ich bin noch nie so schnell gerannt, und mein Herz raste, ich dachte, gleich bleibt es stehen. Und dann kamst du ganz ruhig die Turmtreppe herunter.«

»Und du bist in mich hineingerannt und hast mich umgeworfen.«

Sie lachten schallend.

»Dein Gesicht. Du warst hochrot, weil du die Stufen hochgerannt bist.«

Maxine schüttelte den Kopf. »Du hast mich zu Tode erschreckt, Mensch. Da, schau!« Sie zeigte auf ihre Haare. »Grau!«

Sofia beäugte sie kritisch. »Kein einziges«, spottete sie.

»Ich kann dir gar nicht sagen, wie froh ich bin, dass du es dir anders überlegt hast.« Maxine senkte nachdenklich den Blick. »Ich hatte keine Gelegenheit, dich danach zu fragen. Als wir wieder im Haus waren, sahst du aschfahl aus und warst durchgefroren, da konnte ich dich schlecht darauf ansprechen. Aber wenn es dir nichts ausmacht …«

»Ist in Ordnung.« Sofia dachte seufzend an den schlimmsten Tag ihres Lebens zurück und schämte sich für das, was sie beinahe getan hätte. Aber Maxine verdiente eine Antwort. »Da kam mehreres zusammen. Ich wollte nicht mehr leben, das ist wahr. Aber ich dachte an meine Mutter, und das riss mich vom Abgrund zurück. Ich hätte ihr damit etwas Furchtbares angetan, nachdem sie schon meinen Vater verloren hatte. Ich dachte auch an dich. Ich durfte dich nicht im Stich lassen, auch nicht Carla und Anna und die anderen im Dorf. Menschen waren im Kampf gestorben, die so gern weitergelebt hätten.«

»Marco.« Maxines Augen füllten sich mit Tränen.

»Ja. Wie hätte ich ihm das antun können? Oder Aldo oder den anderen Kämpfern. Nein. Ich musste die Gefallenen ehren, indem ich weiterlebte, anstatt aus dem Leben zu fliehen.«

»Wolltest du nicht auch für dich weiterleben?«

Sofia nickte zögernd. »Ja. Letztendlich schon. Ich habe mich für das Leben entschieden. Aber ich kann es nicht leugnen, ich hatte den übermächtigen Drang zu springen, ins Vergessen zu fallen, alles loszulassen.«

Maxine wischte sich die Tränen ab, und sie waren eine Weile still. »Danke, dass du es mir erzählt hast.« Sie stand auf. »Wollen wir ein paar Schritte gehen?«

Sie schlenderten durch das Dorf, und als sich der Blick über das Tal öffnete, blieben sie stehen. Es hatte geregnet. Von den Bäumen tropfte es, das Laub glänzte. Der Sommer ging allmählich zu Ende, das Licht wurde weicher. Die Weinfelder quollen über von reifen Trauben. Und sie beide wussten, dass dies ein Abschluss war.

»Eins steht fest«, sagte Maxine, als sie zu den fernen Hügeln sah, die in der Sonne schimmerten. »Diese Lüge werde ich Kaufmann nie verzeihen. Was für ein grausamer Mensch! Gott sei Dank hast du am Ende noch mal nachgedacht.«

»Dafür danke ich Gott ständig. Aber weißt du, man zahlt einen Preis, wenn man jemanden getötet hat.«

»Und welchen?«

»Das ist mir noch nicht so ganz klar.«

»Was denkt Lorenzo darüber?«

»Ich habe ihm nicht erzählt, wie es mir damit geht. Das braucht seine Zeit. Im Augenblick wollen wir wohl beide lieber vergessen. Er spricht auch nicht über seine Haft. Aber er hat Narben am Körper, die er vorher nicht hatte.«

»Ach, Sofia.«

Sie senkte den Blick. »Ich hätte Kaufmann nicht töten müssen, weißt du? Ich hätte ihm das Gemälde einfach überlassen können.«

»Vielleicht hätte er dich trotzdem erschießen lassen.«

»Tja, nun ist es so. Ich habe es getan. Hätte nicht gedacht, dass ich wirklich dazu fähig bin.« Sofia wurde still. »Und du, Maxine?«, fragte sie schließlich. »Was ist mit dir?«

»Wie meinst du das?«

»Du hast dich auch verändert, nicht wahr? Du wirkst … ich weiß nicht … weicher vielleicht.«

Maxine lächelte. »Ich bin mir auch nicht sicher. Aber mir scheint, ich weiß jetzt genauer, wer ich eigentlich bin. Klingt das merkwürdig?«

»Überhaupt nicht.«

»Als ich nach Italien kam, wusste ich das noch nicht. Jetzt bin ich der Erkenntnis ein gutes Stück näher gekommen.«

Sofia lächelte. »Ich denke, ich habe immer gewusst, wer du bist. Du bist die mutigste, lebendigste Frau, die ich kenne, und du wirst mir schrecklich fehlen. Aber weißt du, Maxine, du wirst hier immer willkommen sein.«

»Danke.«

»Und bis du wiederkommst, werde ich oft an dich denken und jeden Tag für dich beten.«

»Du betest jetzt?«

Sofia lachte. »Besser spät als nie.«

»Du wirst mir auch fehlen.« Maxine schniefte und blinzelte Tränen weg.

Sofia nahm ihre Hand. »Allmählich bessert sich vieles. Meiner Mutter ist anzumerken, dass sie ganz langsam ins Leben zurückfindet, die dunkelste Zeit liegt hinter ihr.«

»Gabriella hat ihr Kind bekommen?«, fragte Maxine.

»Ja, einen Jungen. Carla und Maria wetteifern, wer die beste Großmutter ist, und zanken, wer an der Reihe ist, auf den kleinen Aldo aufzupassen.«

Sofia dachte an den Tag zurück, als sie erfahren hatten, dass Maria die Information für sich behalten hatte. Sie waren immens erleichtert gewesen, dass Gabriella keine Schuld traf. Wer die Partisanen verraten hatte, wussten sie nach wie vor nicht. Einige hatten Giulia im Verdacht, weil die so plötzlich nach Pisa gezogen war. Doch das würde sich nicht mehr beweisen lassen.

Der vermisste Junge war zum Glück wieder nach Hause gekommen, zwar halb verhungert, aber trotz allem unbeschadet. Er hatte sich in einer Baumhöhle versteckt gehalten.

»Hast du Aldos Porträt noch fertig gemalt?«, fragte Maxine.

»Natürlich. Es hängt jetzt in Carlas Schlafzimmer.«

»Das ist ihr bestimmt ein Trost.«

»Ich hoffe es.« Sofia seufzte. »Wann reist du nach Amerika zurück?«

»In einer Woche geht mein Schiff. Es tut mir leid, dass ich dich nur so kurz besuchen kann, aber ich denke an meine leidgeprüften Eltern. Wir haben zwar über Matteo gesprochen, doch da gibt es noch viel zu sagen. Ich komme wieder, vielleicht nächstes Jahr oder übernächstes. Das verspreche ich. Ich muss zuerst das Reisegeld verdienen.«

»Wieder als Journalistin?«

»Ja. Nach meiner Rückkehr bekam ich einige Angebote, habe auch einige Artikel geschrieben.«

»Das ist gut. Und wir werden uns freuen, dich wiederzusehen, wann immer du kommst. Du gehörst hierher, jedenfalls zur Hälfte, und das wird sicher immer so sein.«

Während sie Arm in Arm zum Haus zurückgingen, dachte Sofia an den Tag Ende Juni zurück, den sicher keiner von ihnen je vergessen würde: die Hitze, die gleißende Helligkeit, die Ankunft der Alliierten. Der Tag, an dem Lorenzo heimgekehrt war und sie sich entschieden hatte zu leben. Sie fragte sich, ob künftige Generationen oder gar Besucher noch wissen würden, was sich in dieser Gegend abgespielt hatte, wenn sie über die Hügel und Täler und die Zypressenalleen schauten. Wenn sie die strahlenden Frühlingstage genossen – die Felder, in denen die Mohnblüten leuchteten, die Wegränder voller Wiesenblumen und die Luft voller Schmetterlinge –, würde der Krieg in ihren Gedanken noch vorkommen?

Und wenn sie frisch gebackenes Brot rochen und durch den Garten schlenderten, wo es nach Rosmarin und Jasmin duftete, würden sie genauso glücklich darüber sein wie Sofia? Oder würden sie vor ihrem geistigen Auge deutsche Panzer und Wehrmachtssoldaten sehen? Würden sie ihre Vorfahren um das einfache Landleben beneiden, oder würden sie sich fragen, wie die Menschen das damals überlebt hatten?

Und würden sie bei ihren Ausflügen durch die atemberaubende Landschaft Frieden empfinden? Frieden – solch ein unscheinbares Wort für etwas so Großartiges. Für etwas, was man viel zu selbstverständlich nahm, bis es einem abhandenkam.

Vielleicht war es das Beste, wenn sie nichts mehr über die Vergangenheit wussten.

Oder vielleicht war es lebenswichtig, sie zu kennen.

KURZE CHRONIK DES ZWEITEN WELTKRIEGS IN ITALIEN

Juli 1943 – Wenige Wochen nachdem die Alliierten Sizilien eingenommen und Rom bombardiert haben, bricht das Regime Mussolinis zusammen. Vittorio Emanuele III., der italienische König, ernennt Feldmarschall Pietro Badoglio zum neuen Premierminister. Mussolini wird inhaftiert. Währenddessen treten die Deutschen mit Badoglio in Kontakt, der die fortdauernde Treue zu Deutschland bestätigt. Aber die Deutschen sind misstrauisch. Deshalb plant die Wehrmacht, Italien zu besetzen, für den Fall, dass die italienische Regierung auf die Seite der Alliierten wechselt.

8. September 1943 – Italien und die Alliierten vereinbaren einen Waffenstillstand. Der König und Badoglio fliehen aus Rom und suchen Schutz auf der Seite der Alliierten. Als Italien sich den Alliierten unterwirft, besetzen die Deutschen das Land einschließlich Rom. Italien wechselt offiziell die Seiten und schließt mit den Alliierten Frieden gegen Nazideutschland.

9. September 1943 – Die Alliierten landen an der Küste von Salerno. Da sie aus feindlichen Stellungen in den Bergen mit Granatwerfern beschossen werden, dauert es zehn Tage, bis sie die Deutschen zurückgedrängt haben. Zweitausend britische Soldaten sterben.

12. September 1943 – Auf Hitlers Befehl wird Mussolini von deutschen Fallschirmjägern befreit.

23. September 1943 – Mussolini wird von den Deutschen als Chef der Marionettenregierung einer faschistischen Sozialrepublik Italien eingesetzt. Er wäre lieber nach Rom zurückgekehrt, aber die Deutschen errichten seinen Regierungssitz in einer Villa bei Salò am Gardasee im Norden. Allerdings hat er die Kontrolle über den größten Teil Italiens bereits verloren und ist von Berlin abhängig. Der Großteil des Landes untersteht dem deutschen Kriegsrecht.

1. Oktober 1943 – Nach schweren Kämpfen befreien alliierte Panzerverbände die Stadt Neapel. Die Alliierten rücken weiter auf Rom vor, doch der Feind nutzt die natürlichen Bastionen Italiens, um sie aufzuhalten: unüberquerbare Flüsse, festungsartige Gebirge. Der Vormarsch geht nur langsam vonstatten.

13. Oktober 1943 – Das befreite Italien erklärt dem großdeutschen Reich den Krieg. Im Land tobt nicht nur der Zweite Weltkrieg, sondern auch ein Bürgerkrieg zwischen Faschisten und Antifaschisten.

16. und 17. Oktober 1943 – Einsatzverbände des Commonwealth brechen nach Italien auf. Zahlreiche blutige Gefechte folgen, in denen die Alliierten die deutschen Truppen langsam zurückdrängen. Die Deutschen leisten zähen Widerstand.

November 1943 – Die Handlung dieses Buches setzt ein. Zu diesem Zeitpunkt sind die italienischen Partisanen unorganisiert und verüben in der Hauptsache willkürliche Sabotageakte.

5. Juni 1944 – Die Alliierten marschieren in Rom ein und erobern es. Sie stoßen zur Toskana vor und durchqueren sie. Mittlerweile haben die Partisaneneinheiten an Zahl zugenommen und sind besser bewaffnet und besser organisiert.

6. Juni 1944 – Alliierte Truppen landen in der Normandie – D-Day ist gekommen und läutet die Befreiung des von Deutschland besetzten Frankreichs ein. Trotz der symbolischen und strategischen Bedeutung des Falls von Rom nimmt D-Day die öffentliche Aufmerksamkeit fast ganz in Anspruch, und der Italienfeldzug wird weitgehend ignoriert.

29. Juni 1944 – Deutsche SS-Verbände stürmen auf dem Rückzug durch die Toskana. In den Dörfern San Pancrazio und Civitella findet nach der Erschießung vier deutscher Soldaten durch Partisanen ein Massaker zur Vergeltung statt.

Juni/Juli 1944 – Nordafrikanische Soldaten in französischen Diensten, sogenannte Goums, plündern und vergewaltigen angeblich auf ihrem Weg durch die Toskana.

4. August 1944 – Die Alliierten erreichen die südlichen Teile von Florenz, und die Schlacht um Florenz beginnt, bei der italienische Partisanen gewaltige Unterstützung leisten. Brandstiftend und plündernd ziehen sich die deutschen Verbände zurück. Florenz bleibt ohne Elektrizität und Transportmittel, fast ohne Nahrungsmittel und mit nur wenig Wasser zurück. Die Kämpfe verlagern sich nach Norden.

12. August 1944 – In Sant'Anna di Stazzema werden 560 Einwohner und Flüchtlinge, darunter über hundert Kinder, bei einem Vergeltungsmassaker durch die Waffen-SS getötet. Während des Rückzugs folgen weitere Massaker.

21. April 1945 – Bologna wird von den Alliierten eingenommen.

28. April 1945 – Mussolini wird von Partisanen erschossen und auf dem Mailänder Piazzale Loreto an den Füßen aufgehängt.

29. April 1945 – Das deutsche Oberkommando für Italien unterzeichnet die Kapitulation.

2. Mai 1945 – Die Kapitulation der deutschen Streitkräfte in Italien tritt in Kraft, zwei Tage nach dem Fall Berlins. Fünfzigtausend italienische Partisanen sind tot, 300000 Amerikaner und Briten sind während des Italienfeldzugs verwundet worden, 47000 sind tot. Allein bei Anzio verloren die US-Truppen 59000 Mann. Die deutschen Verluste lagen bei ungefähr 434000 Mann.

ANMERKUNGEN DER AUTORIN

Meine Inspirationen für den Schauplatz

Castello di Gargonza

Meinen Hauptschauplatz stellte ich mir als schöne, relativ isolierte und eigenständige Gemeinde vor, wo die Einwohner zunächst glauben konnten, der Krieg wäre an ihnen vorbeigezogen. Die Wahrheit erwies sich als anders, und viele solcher toskanischen Dörfer und Städtchen wurden in einige der schwersten Kämpfe des Zweiten Weltkriegs verwickelt.

Mein fiktives Dorf, Castello de' Corsi, ist inspiriert von dem Burgdorf Castello di Gargonza und beruht auf diesem, wenngleich ich Elemente aus anderen abgelegenen mittelalterlichen Dörfern und Weilern eingebracht habe, auf die ich stieß, als ich mich in unserem Mietwagen mit Vierradantrieb auf ein Netz aus unbefestigten Straßen abseits der Touristenwege begab.

Für die Zwecke der Erzählung habe ich mein Dorf weiter südlich angesiedelt als Gargonza. Ich habe einen Teil der Hügel nördlich des Val d'Orcia gewählt, südlich der Crete Senesi und westlich vom Val di Chiana. Meine Absicht war, die Erzählung dichter an eine wichtige Front der Kämpfe zu verlegen, die während des Zweiten Weltkriegs in der Toskana getobt haben.

Gargonza selbst liegt einige Meilen außerhalb von Monte San Savino in der Provinz Arezzo. Man biegt von der Straße nach Siena ab und folgt einem gewundenen schmalen Pfad durch den Wald, bis das befestigte Dorf vor einem aufragt. Ganz wie in meinem Buch gelangt man nur durch einen einzigen Torbogen in die Ortschaft, in der einmal die 110 Menschen wohnten, die sich um die Bauernhöfe kümmerten, die zum Gut gehörten.

Tritt man ein, fühlt man sich in eine mythische Vergangenheit versetzt. Folgt man den schmalen Gassen und Kopfsteinpflasterwegen, möchte man vielleicht nie wieder den verführerischen Frieden missen, der einen dort befällt. Ich war im November dort, als frühmorgendlicher Nebel die alten Mauern umgab und das ohnehin überwältigende Gefühl von Unzugänglichkeit noch verstärkte. Sobald aber die Sonne den Nebel weggebrannt hat, ist man von dem Anblick gebannt, der sich bietet. Den kleinen Dorfplatz überragt ein alter Turm in der pfeilergestützten Mauer – der Turm aus meiner Erzählung.

Ich habe Neri Guicciardini zu danken, dem Eigentümer, der uns umhergeführt und die Geschichte erklärt hat. Entspannt und ungezwungen wie er war, deutete er mit keinem Wort an, dass er einer Grafenfamilie entstammt, deren Linie bis zu den Medici zurückverfolgt werden kann, es sei denn vielleicht durch die liebenswürdige, aufmerksame Art, mit der er uns empfing.

Das Dorf ging 1696 in die Hände von Neris Familie über, den Guicciardini Corsi Salviati. Bis zum Ende des Zweiten Weltkriegs, als Landflucht zur Aufgabe des Dorfes führte, war es Verwaltungszentrum und Marktflecken für die umliegenden Bauernhöfe. Anfang der 1970er-Jahre lag es verlassen und gehörte zu den berühmten Geisterstädten Italiens. Die Zimmerleute, Schmiede, Mechaniker, Baumeister und andere geschickte Handwerker, von denen die Bauern unterstützt wurden, waren verschwunden.

Das Castello ist nun von Wald umgeben, in dem Jagd und Trüffelsuche stattfinden, aber zuvor war das Land gerodet gewesen, um Weizen, Oliven und Wein anzubauen. Gargonza hat ein wunderbares Restaurant, das Olivenöl aus Eigenanbau verwendet und in dem das Wildschweinragout mit selbst gemachten Tagliatelle mit frischen Trüffeln gewürzt wird, die erst am Morgen gesammelt worden sind.

Neris Vater, Roberto Guicciardini Corsi Salviati, hat es zu seinem Anliegen gemacht, das Dorf wiederzubeleben und etwas zu erschaffen, in dem sich die frühere Pracht widerspiegelt. Er leitete die Entwicklung von der Geisterstadt zur Gästestadt ein. Obwohl Castello »Burg« bedeuten kann, bezeichnet das Wort auch jeden befestigten Wohnbau, wie das Herrenhaus eines Dorfes. Am kleinen Dorfplatz drängen sich Ölmühlen, Gemeinschaftsöfen und Schmieden, und das Dorf rühmte sich einer Kirche und einer Kapelle. Letztere wurde profaniert und ist heute für Weinproben im Einsatz. Die kleine, mit Fresken geschmückte Kirche ist noch geweiht und wird sowohl für Messen als auch für Hochzeiten genutzt.

Die Häuser der verschiedenen Werktätigen und Beamten des Dorfes sind in Apartments oder Gästezimmer umgewandelt worden. Obwohl es wie ein normales Dorf aussieht, ist der Ort heute ein Hotel mit einem Konferenzcenter, in dem Konzerte veranstaltet werden und akademische Tagungen stattfinden. Unweit des Restaurants befindet sich ein herrlicher Swimmingpool. Fernseher gibt es nicht, aber WLAN. Wir entschleunigten einfach, genossen das ausgezeichnete Essen und saugten die unglaubliche Atmosphäre dieses einzigartigen, inspirierenden Ortes auf.

Wenn Sie mehr wissen und Fotos sehen wollen, die Website ist http://www.gargonza.it/

San Gimignano

Zu dem Turm in *Die toskanische Contessa* haben mich auch die Monate inspiriert, in denen ich mich als Au-pair um zwei Kinder in La Rocca in San Gimignano kümmerte, für die Familie von Roberto Guicciardini Strozzi. Das Jahr war 1967, lange bevor die Stadt zu dem Touristenziel wurde, das sie heute ist, aber ihre vielen Türme haben mich nie losgelassen. Immer wieder stelle ich mir vor, wie furchtbar es wäre, von solch einem Turm zu stürzen, und Sie sehen, dass die Saat für dieses Buch vor vielen Jahren ausgebracht wurde.

Lucignano d'Asso

In diesen kleinen Weiler habe ich mich verliebt. Er schenkte mir noch mehr Inspiration für die Ortschaft, die ich als friedliches fiktionales Dorf erschuf, das über eine Hügellandschaft blickt und von Zypressenwäldchen umgeben ist. Zum ersten Mal stieß ich bei einer Tour von Montalcino aus darauf, als das Tal jenseits von Lucignano in Nebel gehüllt war, und so musste ich einfach im Mai zurückkehren, als alle Frühlingsblumen blühten. Wir wohnten in einem ehemaligen Dorfhaus, das heute in eine Ferienpension umgewandelt ist. Wie in Gargonza sind viele Häuser nun Teil des Hotelbetriebs, einer der zauberhaftesten Orte, an denen ich je war.

Die Website ist https://www.borgolucignanello.com/

Buonconvento

Diese prächtige mittelalterliche Ortschaft aus rotem Backstein musste einfach in den Roman, und so nahm ich sie als größere Stadt ins Buch auf. Sie ist absolut wunderschön und stimmungsvoll.

Recherchereisen

Ich habe vier wunderbare Reisen durch die Toskana zu verschiedenen Jahreszeiten gemacht, eine eigens nach Florenz, wo wir in einem Palazzo wohnten, der Vorbild wurde für Sofias Haus in Florenz. Zwar habe ich 1967 in Florenz gelebt, aber ich bin erst 2018 und 2019 zurückgekehrt. Ich habe jeden Moment, den ich dort verbrachte, genossen und kann es nicht erwarten, wieder dorthin zu fahren.

Literatur

Ich habe eine Vielzahl von Büchern über Italien im Zweiten Weltkrieg gelesen, darunter:

The Other Italy: The Italian Resistance in World War II, Maria de Blasio Wilhelm, Ishi Press International, 2013

Gargonza, the Castle, the People: Memoirs of a Landowner, Roberto Guicciardini Corsi Salviati, Edifir Edizioni Firenze, 2014

Italy's Sorrow: A Year of War 1944–45, James Holland, HarperPress, 2009

Toskanisches Tagebuch 1943/1944: Kriegsjahre im Val d'Orcia, Iris Origo, C.H. Beck, 1991

Zwei Filme waren besonders hilfreich:
Rom, offene Stadt, Roberto Rossellini, 1945
Tee mit Mussolini, Franco Zeffirelli, 1999

DANKSAGUNG

Ich bin weiterhin zutiefst dankbar für die große Unterstützung, die ich von dem umwerfenden Team bei Penguin und besonders von Venetia Butterfield erhalte, die wirklich magische Fähigkeiten hat. Riesigen Dank an meine Agentin Caroline Hardman, der ich bedingungslos vertraue und die immer da ist, wenn ich sie brauche, aufmerksam, mit wachem Verstand. Meine Leserschaft? Ich danke jeder und jedem Einzelnen von Ihnen; ich vermag Ihnen gar nicht zu sagen, wie dankbar ich bin, dass Ihnen meine Bücher gefallen. Und ich darf die Buchbloggerinnen und -blogger nicht vergessen, die meine Romane treu unterstützt haben – vielen herzlichen Dank, es bedeutet mir wirklich sehr viel.

Im Herbst 2019 besuchte ich einen Kurs, um mein »Potenzial zu entfesseln«, und ich möchte Bertie Ekperigin und Philippa Gray sowie der ganzen RASA-Familie danken, dass sie mein Leben verändert und mir das Selbstvertrauen geschenkt haben, um einige sehr schwierige Überarbeitungen durchzustehen, und den Mut zu glauben, dass ich etwas ganz anderes probieren kann.

Was meine Familie betrifft – nun, ihr seid meine Inspiration, der Grund, weshalb ich morgens aufstehe und wieso ich mit dem Schreiben weitermachen möchte. Ihr seid mein Ein und Alles. Auf unsere Zukunft und noch viele wunderbare Abenteuer mehr!

Dinah Jefferies